河出文庫

33年後の
なんとなく、クリスタル

田中康夫

河出書房新社

目次

33年後のなんとなく、クリスタル

二〇一三年　七月　東京

1

少し早めに夕ご飯を食べ終えたロッタを抱き上げ、僕は散歩に出掛けた。夕方五時を回っても、夏の陽射しはまだ強い。肉球が火傷（やけど）しないように、木陰へ差し掛かってから降ろす。

フワァ～ァ。前脚を突き出しながら彼女は、なんとも間延びした声を上げた。屈伸運動のように背伸びを繰り返すと、鼻を鳴らして地面を嗅ぎ始める。

シ～シする場所を探しているのだ。いつもと同じ儀式。その歩調に合わせ、僕は後を追う。

「ワンちゃん、よしよ～し」

顔を上げると、年輩の女性がベンチに座っていた。買い物帰りかな。ビニール袋を横に置いて、向かい側の神社の入口脇に。

「可愛いねぇ。女の子？」

道路越しに声を掛けられ、僕は大きく頷（うなず）く。だが、あいにくとロッタはしゃがみ込んで、生理現象へ突入してしまう。待つしかない。

すませるとご満悦な表情になった。お散歩バッグから水を入れたボトルを取り出して流すと、リードを引き寄せ、僕は向かい側へ渡る。車一台分の一方通行路。なだらかな坂道。

「お名前は？」

「ロッタっていいます」

『長くつ下のピッピ』で知られるアストリッド・リンドグレーン*の作品に登場する、おしゃまな女の子の名前がロッタ*。

「そうなのね、ロッタ、ロッタ」

その女性は心持ち屈（かが）み込み、撫で撫でしようとした。だが、ロッタはいっこうにお構いなしに、せわしなく動き回る。今度はウ〜ウする場所を見付けたいのだ。

「ロッタ、いい子になさい」

注意しても、反応ゼロ。行ったり来たり、僕の回りで弧を描く。

「犬はいいねぇ、やっぱり」

「飼ってらっしゃるんですか？」

「大昔にね。今は独り……。でも、娘の家には二匹。この私を、ちゃあんと覚えているのよ。たまあにしか出掛けないのに……。義理堅いわねぇ、人間よりも。競い合って、一目散に駆け寄ってくるもの」

水玉模様のブラウスに、枇杷茶（びわちゃ）*色とでも呼ぶのだろうか、淡い黄褐色*のスカートを合わせていた。髪型も綺麗に整えている。

「お住まいは、お近くですか？」

「ええ、投票の帰りなの」

尋ねたのとは別の答えが返ってきて、どう応じたものか、僕は途惑ってしまう。その間にロッタは、小さな子どもが〝おまる〟に腰掛けるのと似た要領でウ～ウへ突入した。

「誰に入れても同じなんでしょうけど、まぁ、選挙には行かないとね。あなたは、おすませになって？」

ポリ袋とセットになった散歩用の水解紙（すいかいし）に包むと、僕は中腰の姿勢から立ち上がる。

「もう少し陽が落ちてから、家内と二人で出掛けようかと」

ロッタは現金なものだ。猫かぶりする余裕が生まれたらしい。女性の足元へ近付き、シユシユシユシユシユ、尻尾を左右に振って媚（こび）を売る。

「あらぁ、美人ちゃんねぇ」

やや白みがかった淡い茶色の毛並み。耳元には向日葵（ひまわり）のリボンを付けていた。胴体は短く刈り上げ、逆に膝から下の部分をフワッと、ブーツカットに仕上げてもらっている。ロッタは、この秋で満三歳を迎えるトイプードル＊だ。

「お値段も張ったでしょ」

「いえいえ。街のペットショップで家内がひと目惚れして、それで飼うようになった娘（こ）なんです」

関西生まれの彼女は昨年まで、特別に温度調節されたバルク・カーゴ＊と呼ばれる貨物室に預けられて、僕や妻のメグミと一緒に伊丹と羽田の間を幾度も往復していた〝ジェット族*〟。でも、昨年末の総選挙*で僕が敗退してから、彼女は飛行機ともごぶさただ。

「まあ、ヤスオさん。お久しぶり」

呼び掛けられて振り向くと、さきほどまで僕のいた側で、娘を連れた母親が手を振っていた。誰だろう？

「いやだあ、また、忘れちゃったの？　私よ、江美子*。由利*の友達だってば」

あ〜っ。声にもならぬ声を、思わず漏らしてしまった。最後に会ったのは何時(いつ)だっけ？　〝記憶の円盤(ディスク)〟が、頭の中でグルグルと回り始める。でも、検索結果はすぐには表示されない。

「すぐに私の顔を忘れちゃうんだから。ヤスオさんが遊説(ゆうぜい)していて、信号待ちの交差点で私の車が横に並んで、ご挨拶したのよ」

そうだった。前々回の総選挙*よりも前だから、もう五年近い。僕は助手席でマイクを握ってしゃべっていたのだ。何だか変だぞ今のニッポン。さあ、おかしいことは一緒に変えて参りましょう、なあんてセリフを。

「由利、元気よ。ずいぶんと頑張ってる」

そうして、続けた。

「ヤスオさんも変わらずご活躍ね。いつも拝見してるわよ」

こそばゆい、というよりも、ありゃま、という感じだった。

国会の代表質問で、消費税・放射能・TPP、最後に登壇したのは、もう一年以上も前の話だ。予算委員会を含めて、その都度NHKで生中継されたけど、まさか江美子が観ていたとは思えない。

ラジオで聴いてましたよ、と語り掛けてくれるタクシー・ドライバーや料理人には何人もお目に掛かった。運転中や仕込み中に耳を傾けてくれた彼らの多くは、胸がスカッとしましたよ、ってな感想を述べた後に決まって、「どうにかして下さいよ、このニッポン」と続けるのだった。

江美子は、印象で語っているのだろう。もしかしたら、脱ダムや不信任の頃の記憶が残っているのかな。それは十年余り前の出来事。そうして、僕が社会に出たのは一九八〇年代の初頭。いずれも昔、その昔。

「近所にお住まいなんだ」

ほんの数分前と同じ質問を、今度は彼女に。すると応じた。

「そうなの、この春から。ヤスオさんも？　この辺り、暮らしやすいものね。静かで、緑も多くて、お買い物にもお食事にも便利で」

江美子の娘の相貌は、艶やかだった学生時代の雰囲気が今でも残る彼女とは、それほどには似ていないのだった。

「選挙に行ってきた帰り道。この子が投票所を見たいって言うから。中学の授業で、政治の仕組みを習ったらしいの、ねっ」

　小首を傾げているのに気付いて、続けた。

「あっ、そうじゃないわね。友達の間で話題になっていたんだっけ。どうしてネットで投票出来ないのかなって」

　ロッタはベンチの前でお座りしている。頭を撫で撫でしてもらって、おとなしい。

「でも、中には入れてもらえなくて、あなたは外で待っちゃったんだよね。ほら、この間、子どもに書かせて、問題になったでしょ」

せがまれた父親が、投票台の前で抱き上げて〝代筆〟させた一件が報じられたのを思い出した。

「個人名と政党名、どっちを書いたら良いのか、迷っちゃった。それに、入れる人、なかなか決められなくて困っちゃった。参院選って難しい。めげずに今回、ヤスオさんが出てくれてたら、ハッピーだったのに」

ありゃりゃ、実は江美子は、僕の最近をも把握しているらしい。意外だった。

「いやいや。僕ごときの出番じゃないよ、今回は。まぁ、ニッポンは行き着く所まで行かないと、皆、気付かないのかも知れないね」

　自分で自分に嘆息してるわけじゃない。素直に、率直に、そう思っているだけ。

「そうなんだぁ。でも、期待してるからね、ヤスオさん。この子たちのためにもよろしくね。後で連絡するわ」

連絡？　どうやって？　再び〝記憶の円盤〟が回り始める前に、教えてくれた。

「けっこう、私、覗いているの、ヤスオさんのホームページとかフェイスブックとか。そうそう、実は私たち、相互フォローの関係なのよ、ツイッターでは。多分、ヤスオさんは私だと気付かずフォローしてると思うけど」

再度、ありゃりゃりゃだ。知らなかった。嬉しいような、気恥ずかしいような感覚。

「今度、由利と三人で会いましょ。良かったら、ヤスオ夫人もご一緒に。ちょっと愉しくなあい？」

三十数年前から、あっけらかんとしている。それが、江美子の取り柄（とりえ）だった。

「そちらの奥様も、長々とご免なさい。彼とお話しされていたのに」

他方で、こうした気づかいも彼女らしかった。娘と一緒に歩き出す。と、ほどなく立ち止まって、言葉を続けた。

「もう一つ、ワンちゃんにも謝らないとね。この娘（こ）、アトピー*で、少し動物アレルギーなの。だから、そちら側へ渡らずにすませちゃって」

母親に続いて、ぺこりと頭を下げた。心持ち、複雑な表情だったかな。

はてさて、我が家の娘は、と見やると相変わらず、尻尾をふりふり状態だった。

「申し訳ない。話を中断させてしまいまして」

僕も謝る。

「どこかでお見掛けしているのよね。そう、そう、テレビに出てらした、有名な方でしょ。でも、お名前が出てこないの」

何と応じてよいものか、困ってしまう。こうした場合、いつも決まってそうだった。僕は照れてしまうのだ。行政や政治の世界に迷い込む前から、ずうっと……。と説明しても、なかなか信じてもらえないのだけれど。

「物忘れが進んでしまって、哀しい。もしかして、上の息子が読んでいたかしら、あなたの本を。そうよね、文章をお書きになる方でしょ」

継ぐ言葉が、さらに見付からなくなってしまった。彼女の代わりに今度は僕が屈み込んで、ロッタの頭を撫でる。

「お名前は何でしたっけ？」

「はい、ロッタです」

「そうそう、ロッタちゃん。よい子ね、ロッタ。おばあちゃまは、そろそろ、お部屋に戻りますよ。帰りにスーパーへ寄ったから、牛乳や卵、落とさないようにしないと」

独り言のように彼女は呟く。立ち上がろうとして、少しよろめきかけた。

「お荷物、お手伝いしましょう」

僕は声掛けする。

「どうぞご心配なく。すぐそこだから。お話し出来て、嬉しかったわ」

「こちらこそ。また、お目に掛かれますように。いつもロッタと散歩してますから」

「ご機嫌よう」

なだらかな坂道を女性は下り始める。その後ろ姿を僕は見守った。銀鼠(ぎんねず)*色した低層階建てのマンションへと吸い込まれていく。

すると、ヘリコプターの音が聞こえてきた。

麻布十番から青山一丁目へと抜ける六本木トンネルの真上に位置する在日米軍のヘリポート*へと向かうのだろう。

でも、いつもはもう一時間ほど遅くに通過していくのではないかな。部屋でパソコンに向かい、遅々として進まぬ雑誌連載の原稿に呻吟(しんぎん)しながらも、今夜のメグミとの食事は何がいいかなと頭の中では考えている、そうした時間帯に。

休日の今日は変則的なのだろうか。いや、定期便ばかりとは限らない。見上げると、真珠色(パールグレイ)*に塗装されたヘリコプターは、少し離れた上空で〝浮留(ホヴァリング)*〟を続けていた。

信州で県知事だった頃、熟達した防災ヘリの操縦士が教えてくれた、その内容が頭を過(よ)ぎる。

「一番難しいのはホヴァリングです。隊員がロープを伝(つた)って、雪山の遭難者を救出する間、どんなに突風が吹いていても同じ場所に留まり続けねばなりませんから」

予期せぬ荒波や乱気流に遭遇した船舶や飛行機の復原力を指すスタビリティ*。その形容詞がステイブル*。語源は、スティル*・スタンド・エイブルだと以前にどこかで読んだのも思い出す。右顧左眄(うこさべん)や軽挙妄動、あるいは長いモノに巻かれることなく、じっとその場に立っていられる強固な心意気。

「先輩によく言われたもんです。一流の騎手、目指せよと。ほら、ばたばたして落ち着かない時、馬の腹を両足でしっかり挟んで安心させると言うじゃないですか。跨がってる人間まであわてちゃいけない。ちょうどいい具合に手綱を引き締めて、ホーホーと馬に声を掛けたりもして。我々の操縦も、まっ、その感じですね」

どうやら準備が整って、着陸許可が出たのだろう。ヘリは降下し始め、眼界から消えていく。

「ロッタ、もう少し歩くかい？」

声を掛けると、ぴょんぴょんぴょん。神社の石段に向かって彼女は走り出した。

「犬は つないで 散歩させましょう」

立て札の注意書きを見やりながら、いつものルートを辿る。ふと、自分が小学校低学年だった頃の光景が、〝記憶の円盤〟の中から手繰り寄せられてきた。同じように神社の境内を、犬と散歩している。日本犬なのにジョンと僕が名付けた柴犬。非業の死を遂げた大統領の名前だ。そのアメリカの西海岸へ若い時分に留学していた祖母の千代*も一緒に歩いている。

明治二十五年生まれで九十二歳の天寿を全うした彼女に育てられた昭和三十年代の幼少期。その彼女が矍鑠としていた一九七〇年代の僕の学生時代。そうして、由利との出会いも含めた五十七年間の人生。さまざまな記憶が、猛烈な速度でいっきに駆け巡る。

両端が苔むした石段を登りながら、僕は深く息を吐いた。

――さきほどはどうも江美子です。お目にかかれて光栄。ツイッター*のDM*よりもやり取りしやすいかな。そう思ってフェイスブック*でメッセージ*を送ります。私から友達申請したので、そちらからも承認お願いね。よかったら携帯番号も教えて。ヤスオさんの奥様も交えて是非、四人でお食事を実現しましょ。由利にも伝えました。連絡がくると思うわ。お楽しみに。

妻のメグミと投票をすませ、食事から戻ると午後八時を回っていた。テレビを点ける。幾つかの選挙区や候補者の勝敗が気になっていた。だが今回の大勢は、キックオフ前から結果が判明している消化試合みたいなものだ。僕にとっても、自分が当事者ではない、久方ぶりの選挙だった。ピンポンピンポ〜ン。ピンポンピンポ〜ン。「当確」を知らせるチャイムが連続する。

ちょっぴり所在ない気分。手元の携帯電話の画面を見やった。幾つかのアイコンに受信を知らせる数字が表示されている。順次クリック。ライン*には、僕も妻も最近はまっているＬＩＮＥバブルと呼ばれるゲームで使う〝にんじん〟が他の参加者から何本も届いていた。

そうして、フェイスブックに江美子からの連絡が入っていたのだ。

——こちらこそ！　あなたに会ったと家内に話したら、ビックリ仰天。僕のデビュー作に登場した人物ですもの、由利と一緒に。これから友達承認しますね。

携帯電話の番号も書き込むと僕はいったん、送信した。続きの作業は、自分の部屋からノート・パソコンを持ってきて続行した方が良さそうだ。

携帯メール以外の、ソーシャルネットワーキングサービス＝ＳＮＳと呼ばれる類いは、ツイッターもフェイスブックもパソコンで確認する方が多い。原稿の合間に……。いやいや、ＳＮＳの合間に原稿を数行ずつ、と〝告解（こっかい）〟した方が正直かな。意志薄弱、現実逃避、中毒症状。いずれにしても弱ったものだ。

ほんの十数年前、原稿から逃げ込めるパソコンの中の場所は、せいぜいがメールとホームページ。それ以前の手書きやワープロの時代は、机の上に置かれた雑誌や書籍が、憩いの空間なのだった。わずか二十年にも満たぬ、この間の変化は果たして、進化なんだか、束縛なんだか。幸福なのか、不幸なのか。堂々巡りの奇妙な同語反復（トートロジー）の世界へと陥ってしまいそうだ。

で、この際だから白状すると、スマートフォンのタッチパネルよりもパソコンのキーボードの方が、僕にとっては打ち込みがしやすい。加筆削除修正する上でも。

自己満足に過ぎぬと言われてしまえばそれまでだけど、冗漫でない、引き締まった文章で発信したかった。句読点も含めて一四〇字で収めねばならぬツイッターの場合は、とりわけ。それって早い話が世代間格差のルサンチマンですね、少し古い単語で言い換えるとデジタルディバイド。なあんて衒学派*の若手から茶々を入れられてしまうかな。

とまれ、ソファの前の丈の低いテーブルにパソコンを置き、ラグの上に足を伸ばし、江美子のメッセージから彼女のフェイスブックへとジャンプする。画面の一番上のカバーと呼ばれる大きな写真は、厖大な婦人靴のコレクションだった。

中に一足、紅緋色*した靴底のパンプスが写っていて、オ〜ッ、と声を上げてしまう。妻の誕生日に買い求めたのと同じ銘柄*だったから。すべての靴の裏地を赤で統一*しているデザイナーのハイヒール。

どうしたの、とソファから移動して、メグミも画面を覗き込む。

「江美子のページ。圧倒されるね、こんなに沢山、並んでいると。靴フェチだったからなぁ、昔から彼女は」

「素敵かも。あら、この右上、私も欲しいと思っていた靴よ」

妻もひそかに靴持ちだった。玄関脇の靴棚には入りきらず、クローゼットの一廓に靴の箱を積み重ねている。探しやすいように一箱ずつ、自分で撮影した写真を貼り付けていた。

「娘さんのほうが地味かも」

メグミは、斜め左下のプロフィール写真を指差した。江美子が娘と一緒に写っている。

「性格も、そうなのかなあ」

一拍置いて答えながら、僕は「島崎江美子」のフェイスブックの「友達リクエストを承認」バナーをクリックする。ほぼ同時に、新着メッセージを示す数字が画面左上に点った。もしかして、と鼓動が少し速くなる。

妻は再びソファに座り直すと、テレビの音量を絞り、大判の女性雑誌を眺め始める。

カーソルを当てると受信箱の一番上に「Yuri Yoshino」の表示が現れた。*

――江美子から聞きました。なんだか、すごく懐かしい気分。最後にお目にかかったのは、口紅や化粧水をお渡しした神戸の震災の時かしら。それから私は留学を経て、化粧品やファッション関係の小さなPRオフィスを立ち上げました。この辺りまでは多分ご存じでしょ。設立の挨拶状をガラス張りの知事室宛にお送りしたから。早いもので、今年で十年目を迎えます。一昨年からは外資系製薬会社の広報もお手伝いしています。ヤスオは三年前に結婚されたのよね、今の方と。意外だったわ。もう一生しないんだろうと思ってたから。私は相変わらず独身。なかなか、巡り合わないの。江美子は再婚してお嬢さんもいるのにね。*

由利との〝記憶の円盤〟が、今度は時空を超えて重層的に回り始めた。

三十三年前、大学卒業直前に停学処分を喰らって留年し、ある意味では人生最初の大きな挫折を経験した僕は、五月の連休明けから学内の図書館で、生まれて初めて取*

り組んだ小説を書き上げ、同月末が締切日だった「文藝賞」*に応募する。

　僕よりも三歳年下の由利は、その処女作に主人公として登場した。江美子と由利は、神戸寄りの阪神間*に位置する高校時代の同級生。東京で通っている大学は別々だった。

　僕は一浪後、郊外に位置する大学の法学部*に在籍していた。二人と知り合ったのは、三年生の四月下旬。六本木のディスコ*で週末の午後に、別の大学のヨット部が企画したパーティ。かれこれ三十五年も前の話だ。

　二人連れの男子がアプローチしていた。それも自信たっぷりに。今にして思えば、江美子は少なからず反応を示していたのかも知れない。でも、由利は俯き加減に顔を背けていた。ほどなく彼らは諦めて立ち去り、彼女たちは二人の会話を再開する。

　一人は痩軀で色白。もう一人は肉感的で小麦色の肌。タイプは異なるけれど、いずれも整った顔立ちで、〝壁の花〟*とは対極だった。さらに別の、地味目な二人組が話し掛ける。今度は、ともに無反応を装う。

　彼女たちは新入生なのだと、この段階で把握していたなら、手練れですなぁ、あしらい方が、と圧倒されていたかも知れない。が、つゆ知らず、大人びているのに物欲しげな雰囲気とも微妙に違う二人が清新に思えて、僕は挨拶した。「こんにちは」と。ディスコ・パーティの場で発する言葉としては、不器用過ぎる。だが、逆に新鮮だったのかな。「こんにちは」と同じセリフが返ってきた。それも、二人から同時に。

「お一人なの？」

肉感的な方の、即ち江美子が続けて僕に尋ねた。

「ううん、何人かで。ほら、あっちの集団。予備校時代の友達で、今は皆、別々の学校に通ってるんだ。中の一人がヨット部で、チケットを買ったの」

「ふーん、そうなのね」

さほど僕にも関心を抱いてないのかな。予備校時代の云々なんて説明も余分だったかな。当時の僕は、場面展開の技も持ち合わせていない。困ってしまう。勢いジャケットの内ポケットから自分の名刺を取り出し、手渡した。二人は視線を落とす。

「へーッ。でも、パーティに来る子、少なそうなイメージ」

大学名を知って、江美子が呟いた。由利も頷いていた気がする。

「よく言われるよ。生真面目な学生がほとんど。それに、ずいぶんと都心からキャンパスも離れているしね」

「で、寮に住んでるんだ」

大学の学生寮の一人部屋だった。

「実は私も学生会館。原宿の明治通り沿いだけど」

東郷神社に隣接していた確か八階建ての女子学生会館*。現在は取り壊されてしまったけれど、地方の素封家(そほうか)の子女が入寮していると評判だった。

「知ってるよ。幾度か送ってったことがある。門限が22時で、電話の取り次ぎもチェックが厳しくて。でしょ？」

「詳しいー。お付き合いされてたのはいったい、誰かしら？　でも、入ったばかりだからなぁ、私。知らない先輩かも」

「あなたは？」

　瘦軀な、即ち由利にも話し掛けた。

「えっ、私。私は一人暮らしなの。世田谷に。パパがシドニーに駐在していて、この春からママも向こうだから」

　はっきりとした目鼻立ちの、でも涼しげな彼女は髪の毛も長くて、僕のタイプだった。もう少し聞き出したい。だが、それを敏感に察知したのかな、江美子が話の腰を折ってくれた。

「なあに、このマーキュリーって？」

　名刺には、僕の名前と大学名。就任したばかりの『一橋マーキュリー』の肩書。そして寮の住所と電話番号が記されていた。メールアドレスや携帯番号は、存在するはずもない。大学構内の部室にも、固定電話は引かれていなかった。

「うちの大学で出してる雑誌だよ。マーキュリー*はローマ神話に登場する商業の神様。元々、商科大学だったから。僕、三年生で、この春から編集長を務めているんだ」

　大学新聞は学園紛争時に休刊となって久しい。それに代わる形で数年前に創刊されたのが『一橋マーキュリー』*。卒業生が数多く就職している商社やメーカーの人事部、総務部*に出稿してもらった広告料で年二回、全学生に無料配布する形を取っていた。

名刺は、こうした企業を訪れる際に必要で、大学の生協で印刷を発注した。

珍しい存在としてメディアで注目され、論壇誌と同じA5の判型だったこともあり、僕が入部した頃には「学生総合雑誌」を謳(うた)っていた。新聞・雑誌・出版・放送等のジャーナリズムを志望する部員が大半。誌面に新風を吹き込みたいと考えていた同期や後輩に推されて、思いがけず四月に編集長に就任したばかりだった。

「どんな内容なの？　ファッションとか恋愛とかも扱ってる？　まさかねぇ」

目と目を見合わせ、由利は江美子と微苦笑した。そんなわけないよね、と顔に書いてある。見て取った僕は、あえてうわずった声を上げた。

「鋭い！」

エエッと、二人は虚を突かれた表情に変わってしまう。

「鋭いね。これまでは確かに難しい話が多かった。政治とか経済とか哲学とか。でも、新入りの頃から僕は、トラッド・ファッションの座談会とか、上野の朝風呂探訪記とか、毛色の違う企画をページにしてきたんだ。もうじき次の号が出来るから、お二人にも差し上げるね。『いま、クリスタルに翔ぶ雑誌！』*。新しいキャッチフレーズ。ちょっといいでしょ？」

どう対応したら良いのかしら、という感じで二人は再び顔を見合わせてしまった。僕が編集長になったと聞いて、苦虫を嚙みつぶしたであろう先輩諸氏とはまた別の意味合いでね。

うーん、勢い込み過ぎたかな。僕としたことが。でも、会話を繋がなくては。

「飲み物、何かお持ちしましょうか？」

「ううん、けっこうよ。有り難うございます」

繋ぎの言葉を首尾良く見付けたのに、体よく断られてしまった。由利の口調は丁寧だったにせよ、形勢逆転を図るのは難しそうだ。まして一人暮らしだと自己申告した彼女の連絡先なんて、聞き出せる状況になかった。

あ～ぁ、上手くいきそうだったのに……。忸怩たる思いだった。

チャッチャチャッチャチャッチャチャ。

ロッタの爪と肉球が床に触れる音がして、〝記憶の円盤〟に一時停止機能が働いた。ラグの上に座っていた僕に、クウ～ンと鼻を鳴らしながら近寄ると、手首の辺りをペロッと舐める。続いて僕の上腕に前脚を置くと、尻尾をふりふり、今度は顔を舐め出した。ペロペロペロペロッ。舌を目いっぱい、伸ばして僕の首から顎、そして頰へと愛撫を繰り返す。

「よしよし、ロッタ。いい子にしててね。パパは少しお仕事するの」

両手で彼女を抱き抱え、頭を撫で撫でしながら耳元で囁いた。向日葵のリボンが可愛らしい。和みのアクセントだ。

「ロッちゃん、いい子にしなさい。ジャマしちゃ駄目よ。パパは連絡を打たないといけないの。むかーし昔に大好きだった彼女に」

雑誌のページをめくりながら、メグミは引導を渡した。ありがたい。でも、少し険を感じさせるんだよなぁ。ロッタをさらに抱き上げて、今度は僕の方から頬ずりする。

「心配しないで、ロッちゃん。ママも知ってる相手だから。だって、パパはその昔から、なんでも包み隠さず、情報公開の人生だもの」

ロッタは後脚をばたばたさせる。

「嘘じゃないよ、ホントだよ」

すると、メグミが言葉を継いだ。

「早くお返事しなさいよ。由利さん、待ってるんじゃないの？」

仰る通り。またしても妻に一本取られてしまう。スリープ状態に変わっていたパソコンの画面を戻すと、入力した。

——メッセージ有り難う！　すぐにお返事しようと思ったのに、出会った時をいろいろと想い出してしまって、それで遅くなっちゃった。

まずは、ここまでを送信した。まとまった分量を、それも、整った文章に仕上げてから打とうとしたら、夜が明けちゃう。連載の原稿だけでなく、返礼の手紙を仕上げるのも一苦労な、かねて遅筆で知られる僕だって、その程度の分別は持ち合わせている。まあ、一対一で言葉を交わすフェイスブックやラインのメッセージは、推敲を重ねる性格の代物ではないにせよ。

瞬時に「開封」が表示され、続いて「Yuriさんが入力中…」に変わった。待っていてくれたんだぁ、と再び鼓動が早まる。

――千駄ヶ谷でお目に掛かったのよ。エレベーターの中で。私はモデル事務所に登録した直後。出来立てのコンポジット*を抱えていたわ。ヤスオはデザイン事務所に立ち寄った帰りがけ。懐かしい！

「メッセンジャーから送信」と表示され、すぐに「Yuri さんが入力中…」へと再び切り替わった。スマートフォンから打っているのだと僕は知る。こちらもパソコンから返信した。彼女の画面には、「ウェッブから送信」と表示されているはずだ。

――そうそう。あなたと江美子に出会ったパーティから二、三週間後。

――お互いに一瞬、アレッと思ったのよね。それで、お茶をしたの、近くのお店で。

自家焙煎が売り物だった珈琲店。覚えている。入口にオープンテラスも併設されたスターバックスの類い*は、まだ日本ではチェーン展開されていなかった。

創刊時から装幀を担当するデザイン事務所で受け取った版下を、これが『一橋マーキュリー』の次号の表紙なんだ、大振りな封筒から僕は取り出し、そっとパラフィン紙をめくった。

由利も、宣材写真（コンポジット）を見せてくれた。顔のアップと全身の写真の下に、身長やスリーサイズ、靴のサイズ、そうして事務所の電話番号が印字されていた。最近のコンポジットには、ホームページやメールアドレスも記載されているのだろう。でも、当時はファックスすら普及していなかったのだ。

――淳一と知り合う前ですものね、ヤスオと仲良しになったのは。そうだわ、想い出した。あれから間もなく、淳一ともエレベーターの中で出会ったのよ、私。で、二年生を終える頃には彼と一緒に暮らすようになって。

僕より一歳年下の淳一*が所属していた音楽事務所も、デザイン事務所やモデル事務所と同じ建物に入っていたのだ。偶(たま)さかの偶然。

――で、その直後に僕は大学を卒業出来ず、小説を書いたと。

――しかも私が主人公だった。

「そうよそうよ、ひどいわよね。これ書いたんだけど、どうかなって、ヤスオが見せてくれたの、出版社に送ってからなんだもの。まぁ、受賞するわけもないか、と思っていたら、えっ、新人賞ですって。それだけならまだしも、あら、ベストセラーですって。もしかして、これって由利の話？　撮影現場でも聞かれちゃって、見知らぬ学生にも噂されちゃって、うっんもぉ、ヤスオったら」

ってなメッセージが表示されたらどうしよう。身構えていたのに、画面が更新されない、いっこうに。停まったままだ。ありゃりゃりゃ。

――もっしも～し

Enterを押して送信する。すると、速攻で返ってきた。

――動揺しちゃったの、ヤスオ？　全然、ダイジョウブ。

いやはや、彼女らしい。頭の中で想像していたさきほどの文章をキーボードで打ち込んだ。「なあんて愚痴られたら、どうしようかと思ってました」と最後に付け加えた。

　やや、間を置いて、以下のメッセージが到着した。

――だって、あなたはそういう人。でも、憎めない人。淳一も似たタイプだったから、私、同様に惹かれたんだと思う。「あたり前すぎる子って好きになれない。個性の強い子の方が、好きになれる」*。ヤスオが主人公に語らせたセリフよ。私、今でも覚えてる。

　驚いた。書いた当の本人が忘れていた。

――その通りって思ったもの。何でこんなに私という女性を分かってるの？　でも、それって多分、あなた自身の気持ちだったのよね。とりわけ、長く付き合う相手に求める。

　モデルとしての地歩を順調に固めていた由利は、けれども、僕と違って四年間で大学を卒業すると、一九五〇年代に一世を風靡（ふうび）したデザイナー*の名前を冠したフランスの化粧品会社の日本法人に就職してしまう。その彼女の勤める会社と同じ資本系列のブランドが催したファッションショーに僕が招かれて、毎回、由利よりも決まって年下の相手と出掛けると、スタッフとして会場を動き回っていた彼女に、ニカッと目配せ（ウインク）された事もある。

　その十年近く後、50ccバイクにまたがって、寒風吹き荒ぶ阪神間の被災地を回っていた僕の活動が、全国紙の社会面に*写真入りで報じられると、広報を担当していた彼女から連絡が入った。何か、お手伝い出来る事はないかしら、と。

セーターは一週間、着た切り雀でもたえられる。でも、下着はそうはいかない。イタリア系のアパレル会社に頼み込んで調達した男女の下着に加えて、子供用の厚手の靴下を、避難所に設営された自衛隊の仮設風呂や、営業を再開した銭湯の前で被災者に手渡していた僕は、提案した。口紅や化粧水を提供してもらえないだろうかと。

「肌がパサパサでねぇ。そりゃ、あたしだって女だもの、化粧水の一つも叩(はた)きたいけど、そんな贅沢、言ってられないね。家族全員、無事なだけでも感謝しないと」。全壊した文化住宅から一人暮らしの老人を助け出し、避難所の小学校へ向かうとすでに教室も体育館も満杯で、校庭の片隅にテントを張って暮らしていたオバチャンに呟かれた。

昼間はヴォランティア、夜中に連載原稿を書くために長逗留していた大阪のホテル*に、何十箱もの段ボールが届く。阪神間には私どものお客様も数多いから。由利の働き掛けにフランス人の上司も賛同してくれたのだった。

正直に付け加えれば、避難所やテント村で嬉しそうに受け取った女性の大半は、それ以前も、そして、それ以降も、手に触れたことすらない銘柄だったと思う。けれども、当時三十八歳の僕は信じていた。たった一本の口紅や化粧水でも、人々に勇気と希望を与えられるのだと。

出来る時に出来る事を一人ひとりが出来る限り。由利が勤務していた会社は僕に請求する訳にもいかず、公的機関への寄付とも異なるから控除対象にもならず、それらは欠損品として伝票処理した、と後で伝え聞く。

もう時効だけど、その時点で国税庁が察知したなら、追徴課税を命じたのだろうか？　それは違法です、と四角四面に。いかん、話が横道へとそれてしまった。

——ねえ、こんなにヤスオとお話ししていて、奥様、お気を悪くされてない？

由利が、気づかってくれる。

——平気、平気。今日、江美子と出会ったのも夕御飯を食べながら報告ずみだし、あなたとの話も全部、把握しているよ、以前から。今も隣で画面を覗き込んでいる。

——そうかあ。でも、そうよね。だから、お二人は結婚したんですものね。

ちょいちょいちょい。

右肩を叩かれる。またもやロッタかと思ったら、なんとメグミ。メモを差し出された。犬の日めくりカレンダーの裏側に彼女の走り書き。

「女性とのやりとりは　負担を与えず　ほどよく切り上げるのが大切である　byゲーテ*　うそ」

フフッ。笑いをかみ殺すのに一苦労。続きは明日以降に、そういう意味ですね。こうしたメグミの感覚、好きなんだよなぁ。

——四人で是非お目に掛かりましょ。さっきも、そう言ってたよ。じゃあ、そろそろ、今日はこの辺で。

携帯電話の番号を、由利にも伝えた。

——ごめんなさい。甘えてしまって延々と。江美子には私から連絡を取って、二人の都合を早めにお知らせするわ。

——お二人に日程を合わせます。というか、合わせられますよ。こちらは目下、無冠の素浪人*ですからw。

パソコンから顔を上げると僕は、ぺこり、頭を下げた。一応は恭順の意を表しておかないと。そのやり取りを妻のメグミはすべて把握ずみとはいえ。すると早速、促される。

「さあ、ロッタがお待ちかねよ」

振り向くと、リードを口にくわえている。お腹をペタッと床に付けて、伏せの姿勢。尻尾にビブラート*を効かせていた。

僕を見て取っていっそう、動きが激しくなる。さらには勢い余って、ウ〜ッ、ワン！　吠えた瞬間、リードが下に落ちてしまった。ばつが悪そうな表情。でも、尻尾だけは振り続ける。

拾い上げ、リードを首に回すと僕は、朝から数えて四回目、本日最後のお散歩へ出掛けることにした。シ〜シもウ〜ウも彼女はお外でするのがお好みなのだ。

万歳三唱*が聞こえる。中継映像を見やると、再選を決めた西日本選出の現職が映し出されていた。党派を超えて親しかった幾人かの中の一人だ。

「行ってきま〜す」

岡持ちの要領で後ろ向きに抱き上げると、彼女は爪先を立てて僕の背中に前脚でしがみつく。そうして、安定を取ろうと後脚の片方を、ボタンとボタンの間からシャツの中に捩じ込んできた。

ベロベロベロ。さきほどよりもさらに舌を突き出し、僕を舐めまくる。

「パパ〜ッ、私の事も忘れないでね！」

訴えているのかな。ベロベロッ。犬って、その場の気配に敏感だ。

大丈夫だよ、ロッちゃん。ママとキミは、パパの一番の理解者だよ。

エレベーターの扉が開いて、乗り込んだ。

2

ほんの少し遅れそう、と羽田に到着した段階でメールが入っていた。由利は福岡へ日帰り出張だった。浜松町へ出て、そこからタクシーで向かう旨（むね）、記されていた。

ともに大学生だった二人が知り合った三十五年前、電話を確実に取り次いでくれる待ち合わせ場所を見付けるのは一*苦労だった。当時、携帯電話は*疎（おろ）か、サービス開始時には贅沢品と呼ばれた自動車電話すら商用化されていなかった。

学生の傍ら、モデルとしての活動を始めていた由利の仕事が大幅に長引いて、余裕を持って約束していたはずなのに、一時間半近く待ってしまった記憶が甦る。湘南の海辺で雑誌の撮影が入っていて、帰り道の横浜新道が大渋滞だったのだ。

編集者やカメラマンも一緒に都心まで戻るロケバスを、自分一人の都合で東海道線の最寄り駅へ付けてもらうわけにもいかず、トイレ休憩に立ち寄った際に公衆電話から彼女は、その日の僕との待ち合わせ場所へ連絡を取ろうとした。が、そっけなく断られてしまう。他のお客様へのご迷惑となりますので、当店ではお呼び出しを行っておりません。

「今日も遅刻しちゃったわね、ごめんなさい」

由利に恐縮されてしまう。

「こちらこそ申し訳ない。席に着くなり、こんな話題を振ってしまうなんて」

骨董通りへ右折する高樹町の手前で渋滞気味だから、さらに五分ばかり遅れちゃうわ。今日は都合二回、由利からメールを受け取った。それで、先に到着していた僕は、お久しぶりと述べた後に、多少の照れ隠しもあって、便利な世の中になったよねぇ、と切り出したのだった。

「私も鮮明に覚えているわ、あの日の出来事は」

「ドキドキしていたよ。交通事故にでも巻き込まれたんじゃないかと。でも、ひたすら、待ち続けるしかなかった。雑誌や文庫本も持ち合わせてなかったし……。不安と退屈が交互に訪れる奇妙な感じ」

「どうしよう、って私も一人で頭を抱えていたもの。年上のお姉さんモデルやスタッフは〝お疲れさまー〟、ロケバスの運転手さんが用意してくれた冷え冷えのビールで、盛り上がってるのに。まっ、一応、私は大学生とは言え、二十歳未満だったわけですけどね」

　こういうフォローをすかさず自分からするのも、昔からだった。やっぱり「由利」なんだぁ、と懐かしくなった。

「しかもすぐに飲み切っちゃって、足りないぞ、とカメラマンが騒ぎ出して、新入りの編集くんが酒屋さんで買ってきたのよ」

　あれっ、と僕は訝ってしまう。すでに横浜新道は首都高速とも第三京浜とも直結していたはずだけど……*。すると、ここでも解説を加えてくれた。

「そうそう、想い出した。一般道へいったん降りて、酒屋さんを探したの。大通り沿いには見当たらなくて、グルグル回って、夕暮れ時の車両進入禁止の商店街入口で、新人くんが一目散（いちもくさん）に駆け出して。だから余計に遅くなってしまったのよ」

　抑揚（イントネーション）を最後に上げて、由利は苦笑いした。

そうなのだった。規制緩和と称してコンビニエンスストアでの酒類販売が自由化されたのは、二十一世紀に入ってからだ*。ドラッグストアやディスカウントストアはほとんど出現していなかった。

「さて、飲み物はどうしましょ。シャンパーニュから始めますか。それとも白ワイン？　で、二本目に赤を取る？」

　由利と待ち合わせしたのは、フランスの伝統的日常食*を供する、こぢんまりとしたレストラン。南青山の住宅街の奥まった一廓（いっかく）。豚料理が定評だった。ピレネー山脈を挟んでスペインと大西洋側で国境を接する仏領バスク地方の雰囲気を店内に漂わす。

何を食べようか、とあらかじめ彼女に尋ねたら、即座に返ってきたのがフレンチだった。時流に合わせて、和食かイタリアンを希望するかなと思っていた。が、理由を聞いて深く納得してしまう。

「ビストロ的な雰囲気のお店がいいわ。ヤスオ、覚えてるわよね？　初めてのデート、イル・ド・フランス*って名前のお店だったのを。私がお願いしたのよ」

そうだった。由利のリクエスト。話が脱線することで人気だという名物教授が授業で推奨して、訪れてみたいと彼女は望んだのだった。六本木の交差点から飯倉片町へ向かって少し歩いた建物の地階。他の繁華街とは違って、パチンコ店*が一軒も存在しないのが六本木の魅力だと言われていた時代。僕は家庭教師の月謝を握り締めて、出掛けた。

ホテル以外の街場で営まれていたフランス料理の店は当時、ほんのわずかだった。そのほとんどは今夜と同じビストロタイプ。ちなみにイル・ド・フランスは直訳すると〝フランスの島〟。周辺部を含めたパリ都市圏を指す。

すでに二年生の頃に買い求めていた東京のレストラン・ガイドをめくると、紹介されていた。半ば丸暗記して臨んだので、今でも覚えている。

――この店では前菜にはハーブとニンニクを効かせたエスカルゴのブルゴーニュ風。主菜はウサギのモモ肉の煮込みがお薦め。そしてワインは手頃な値段のボージョレーを是非。

由利と出掛けた僕は、そのボージョレーを頼んだ。五月下旬にもかかわらず。こちらはいかがですか、同じ価格帯ですから、と年輩の給仕人はリストに記された別の赤ワインを指差した。でも、僕は押し通したのだ。ボージョレーでお願いしますと。

実は、十一月下旬が解禁日のヌーヴォー以外にも、一年を通して愉しめる軽やかな味わいの赤ワインをボージョレー地区では量産している。だが、一九七八年当時の僕は、ヌーヴォーという存在も含めて、そんな事情はつゆ知らなかった。いや、僕だけでなくおそらく日本中の大半が。世界中で最も早く味わえる幸せに乾〜杯、と時差を逆手に取ったボージョレー・ヌーヴォー〝狂騒曲〟が日本で繰り広げられるのは、ずっとあとだ。

「シャンパーニュを抜くよりは、ワインで白と赤かな、今日のお料理には」

お任せするわ、とは言わない辺りが由利らしいと思った。だからって、自己主張が強いわけじゃない。肩を張り詰めて、背伸びしがちなタイプでもない。僕が好意を寄せていた、それも理由の一つだったのだと思う。

「マディランのシャトー・モンテュス、白と赤、両方あるから合わせてみない？」

「南西部のワインでしたっけ？」

仏領バスクに隣接する、人口五百人にも満たないマディラン村*を中心に栽培・醸造されるワイン。とりわけ評価が高い赤ワインは、タナットと呼ばれる葡萄品種が主体で、ポリフェノール含有量が多い。ボルドーの後塵(こうじん)を拝していたワイン産地を復権させた中興の祖は、アラン・ブリュモンという醸造家だ。ワインリストに記されているのも、その造り手の銘柄。ってな説明を簡単に加える。

「詳しいのね、ヤスオ。そうだわ、ワインの本も出していたわよね」

『ソムリエに訊け』を上梓したのは、今から二十年も前だ。八〇年代後半、コンシェルジュ・サーヴィスを売り物とする欧州(ヨーロッパ)型の小ぶりなホテル*が銀座一丁目に誕生する。同時期に僕の名前を冠して編集・発行していた会員制季刊誌『トレンドペーパー』で、そのホテルのシェフソムリエとの対談を連載し、単行本化した。

　その後、世界最優秀ソムリエコンクールで彼は優勝し、〝ワインブーム〟が日本に到来する。思い起こせば、マンハッタンのロックフェラー・センターを日本企業が買収し、「ジャパンマネー」の海外資産買い漁りだと揶揄されたのも、八〇年代最後の年だった。時代はさらに変遷し、今や幾つものボルドーのシャトーやブルゴーニュのドメーヌが、中国資本に買収されている。

「お料理は、いかがなさいますか？」

　本日のお薦めを書き込んだ黒板を手にして、給仕の青年が横に立つ。ワインを伝え、ガスなしの水も頼むと、相談した。

「まずは前菜、今日は何にしようか？」

　一年余り前に給仕係として加わった彼は、少し途惑っているのかな。妻のメグミとは別の女性と、それも二人だけで訪れたから。

「紹介するね。僕の学生時代からの友人で、吉野さん。長い付き合いで、妻とも知り合い」

　表情が少し和らいだ。

「当店は初めてでらっしゃいますか？」

「ええ、そうなの。前々からお噂は伺っていて、一度、訪れてみたいと思っていたのよ」

微笑みながら、由利は言葉を返す。

「有り難うございます。でしたら、豚の喉肉と皮を入れ込んだパテ、あるいはカンパーニュと呼ばれる定番のパテを、前菜でお召し上がり頂きたく思います。さっぱりとしたクレソンや生マッシュルームのサラダを、お二人で最初にお分け頂くのもよろしいですし、温かい豚の頭のテリーヌ、フロマージュ・ドゥ・テットと申しますが、こちらも本日はお薦めです」

亜麻色*の前掛けをした小柄な青年は、熱を込めて語り続けた。

「主菜は、シェフが懇意にしております養豚家から直送されました豚肩ロースのソテー、もしくは豚スネ肉のコンフィはいかがでしょう。コンフィは、豚の油脂の中に肉を浸して、時間をかけて低温加熱した料理です」

「どれも魅力的。どうしましょ、悩んでしまうわ」

入社数年後から広報を担当するようになった由利は、幾度となくパリへと出張*に出掛けていたはずだ。フランス語と日本語で黒板に記された料理名を眺めただけで、その調理法も頭の中に浮かんだに違いない。

何を頼もうか迷って、いや、判らなくて緊張した三十五年前の初回のデートとは、お互い、違うのだ。けれども、説明が終わるまで、頷きながら耳を傾けていた。生半可な知識をひけらかしたりしない。それも彼女の魅力なのだと改めて知る。

「もちろん、シュークルート・ガルニもございます。正式にはガルニチュール、付け合わせを意味します。ソーセージや豚肉の塩漬けを、乳酸発酵させた繊切り（せんぎ）キャベツの上に盛り合わせた料理です」

接客は自分の天職なのだと感じます、と以前に語ってくれた彼が説明を終える。

「そうだ、ザワークラウト。これは是非とも頼まなくちゃ」

声が上擦（うわず）ってしまう。ライン川を隔ててドイツ語でザワークラウト、フランス語でシュークルート。世界各地のビヤホールでも味わえる、アルザス*発祥の郷土料理。キャベツの食感が大好きなのだった。

「ヤスオ、お気に入りなんだ。いいわよね、シュークルート」

由利も同意する。それで僕は提案した。

「じゃあ、もう一つのメイン、豚肩ロースのソテー、どうかな？　で、最初にクレソンのサラダを取り分けて、パテ・ドゥ・カンパーニュとフロマージュ・ドゥ・テットを一皿ずつ」

「だったら、カスレも食べたいわ。帰りの機内、空調が効きすぎて少し肌寒かったから、煮込み料理も惹かれちゃうなぁ」

名称の由来となったカスーレと呼ばれる土鍋で、白隠元（しろいんげん）豆とソーセージや肉を煮込んだ料理。でも、全体の品数が多すぎるかな。

「どれか一品、外された方がよろしいかと。それぞれ、かなりの分量がございますので」

「そうだよね」

彼の提言を受けて、以下の選択で決定。クレソンの後にカンパーニュとシュークルートの順に二人で取り分けて、主菜はソテーとカスレ。こちらはおそらく途中で交換。完璧だ。

「食後は後で考えるね」

「早速、ご用意致します」

厨房(ちゅうぼう)に向かってオーダーを読み上げると、ワインの準備を始める。その彼を見やりながら、由利が呟いた。

「愛してるのね、料理を」

「学生時代から給仕人を務めているんだ。最初に僕が彼と知り合ったのも、ここと同じく街場のレストラン」

年輩の女性が営んでいた料理店。豊富なチーズの取り揃えで評判だった。フランス語学科に在籍していた彼は、最初は週に数日の勤務。が、何時(いつ)しかのめり込んで、卒業後も給仕人として歩み出す。

「大事よね、愛って」

ドギマギしてしまう。久方ぶりに再会した相手、それも由利に告げられてしまうと。

「大切だと思うわ。愛せる職場、愛せる仕事かどうかって」

会話の内容からすれば、当たり前の展開。だけど、今度は肩透かしを食らった気分。応ずる言葉がすぐには見付からず、他方で、もう一人の自分が耳元で囁く。おいおい、ヤスオ、いったい、何を期待していたんだよと。

「今日は、お試しになりますか？」

少し離れたテーブルで白ワインを抜栓（ばっせん）し終えると、歩み寄りながら彼は尋ねた。

「ううん、そのまま注いで構わない」

おもむろにグラスを持ち上げ、神妙な表情でワインの色合いや香りを確かめるテイスティングは、どうも性（しょう）に合わなかった。ちょっぴり形骸化した儀式に思えて。

いや、正直に告白すれば、それが流儀なのだと信じて疑わなかった時期も、なかったわけではない。が、悟ってしまったのだ。仮にコルクの中で細菌（バクテリア）が増殖して、陰干ししていた雑巾のような悪臭（ブショネ）が生じていたら、抜栓したコルクを鼻元に近付けただけですぐに判るじゃないかと。

「改めて、お久しぶり」

「お目に掛かれて嬉しいわ」

繊細な凝縮感を秘めた味わいだった。葡萄の品種は異なるけれど、ブルゴーニュの良質な白ワインを連想させる。

「このお店、温かみを感じさせる設（しつら）いね。落ち着くわ。フランスの小さな町（コミューン*）でお祖父（じい）ちゃんの代から家族で営んでいて、なかなかどうして侮れない料理を出す雰囲気の」

「シャルキュトリーもすべて自家製なんだ。ちょっと驚くでしょ」

豚肉を原料とするハムやソーセージ、パテ、テリーヌの総称がシャルキュトリー。加工する手間暇は半端でない。フランスには専門業者が古くから存在して、名立たる料理店にも納入している。日本でも同様だ。こうした中、自家製を貫く心意気に、僕は感銘を受けていた。しかも旨い。クレソンのサラダが到着した。

「ねえ、どうしてメグミさんは勧めたのかしら？　私たち二人で会ってみたらと」

当初、江美子も含めて四人で食事をしようと話が進んでいた。この日はどうかしらと由利から具体的な日程も届く。すると、助言のような、諫言のような提案をメグミから受けたのだった。

「最初は二人で会った方が良いと思うの」

躊躇っていたのではない。むしろメグミは積極的だった。江美子と出くわした日の夜、フェイスブックで由利とのやり取りを終え、ロッタの散歩もすませ、シャワーを浴びて寝室に入ると、お目に掛かるのが楽しみだわ、そう語っていたのだから。

「四人で会うのは、楽しみよ。本当に。でも、それは、これから何時でも、何度でも、可能ですもの。二人で会うべきだと思うわ、最初は。だって、ある意味では、あなたが作品を書いて社会に出るきっかけを作ってくれた、そうした存在でしょ、由利さんは」

音声再生のマイクロチップが、自分の身体の何処かに埋め込まれていたのではないかと錯覚してしまうほど、メグミの言葉をそっくりそのまま、由利に伝えた。

　僕を黙ってしばし見つめる。そうして、「嬉しいわ」と答えた。

「私も本当は、ヤスオと二人でお目に掛かれたらと願っていたの。相談というか、あなたにいろいろと聞いてもらえたらなって。ううん、早とちりしないでね。メグミさんを裏切る心算（つもり）なんてないのよ」

　サラダに続いて、パテ・ドゥ・カンパーニュとシュークルート・ガルニが登場した。少し大きめな皿も二枚、取り分け用のナイフとフォーク、スプーンと一緒に彼が用意してくれる。

「なんで、なんで。誤解なんてしてないってば、大丈夫」

　僕はパテを切り分け、まずは彼女の皿に載せた。

「で、由利の仕事はどんな具合？　というか、独立する前に留学したんだよね？」

　ロンドンの経営大学院へ私費留学すると彼女から挨拶状が届いたのは、小学二年から高校卒業まで過ごした信州*へ僕もいったん戻る事となった年の春だった。一行目に「１９８０年６月　東京」と記された処女作*の執筆からちょうど二十年目。

　人の噂も七十五日。僕との〝接点〟を知っている上司や同僚はもはや、彼女の職場でも数少なくなっていたと思う。後輩はおそらく、毎回違う女の子とファッションショーへ現れる僕にせがまれて、口紅と化粧水を大量に無償提供しちゃった、ちょっぴりお人好しな由利さん、ってな具合の認識だったかな。

日本を離れる前に一度、食事に誘っても良かったのだ。慰労と激励を兼ねて。でも、果たせぬうちに彼女は旅立ってしまう。

その二十世紀最後の年、お盆前に幾人かの地元経営者から十月の知事選への出馬を要請されて僕自身の変化も始まり、翌年の二月二十日に発した「『脱ダム』宣言」でさらなる激動が訪れる。なあんて記すと「官vs.民*」だの「守旧派vs.改革派」だの、二項対立を好んで報ずる面々の、いささか教条主義的な言い回しと同じになってしまうかな。

当の本人は日々、愉しんでいた。県議会最大会派*の重鎮の一人が「知事はヒトラーの再来だ。民主主義を口にしながら、独善的手法で本県を破滅に導く独裁者」と断じて下さったので、「おデブ*でイタリア好きな私としては、せめてムッソリーニと呼んでほしかったなぁ。逆に本県における平成の大政翼賛会的システムが何時終焉したと言い切れるのか教えてほしい」と茶目っ気たっぷりに答えたら、やれ議会軽視だ、侮辱だ屈辱だと非難を浴びせられた。懐かしい想い出だ。

いかん。僕の話ではない。「由利、元気よ。ずいぶんと頑張ってる」と江美子が教えてくれた、目の前に座っている由利の話題に戻さねば。

「ヒューマン・イノベーション・マネージメントという大学院の講座を二年間。夢物語を追い求めるだけではなく、経営の数字のみにとらわれるのでもなく、人々に豊かさや幸せを届ける経済活動と社会貢献の融合。いくぶん、堅苦しく説明すると、そんな感じね」

　なるほどね。絶え間なき変革こそが経営を活性化させると早くも二十世紀前半にヨーゼフ・シュンペーターが打ち出していたイノベーション・マネージメントの精神を今日的に色付けした、最近の言葉を使うと「知の構造化」みたいな具合なのかな。

　グラスを持ち上げながら、由利は天井を見やる。その視線を僕も追った。

　緑の斜め十字と白の縦十字が赤地の上で交差する「独立旗」が、剝(む)き出しになった梁(はり)から垂れ下がっていた。フランスとスペインの両国にまたがるバスク地方*の歴史を象徴する。赤はバスク人の血潮を、緑はゲルニカの常緑樹を表すと読んだ記憶がある。

「二十年近く勤務して、転地療法というか、チェスの色を変えるというか、そうした気持もあったのかな。仕事には満足していたわ。だから、その幅をさらに拡げようと考えて、ロンドンへ出向いたの」

　九〇年代を迎える直前、彼女が働いていた化粧品部門の親会社は、投資銀行と組んでM&A*を仕掛けた実業家に買収される。相前後して、家族的経営が売り物だったバッグや、職人気質の厳しさで知られたデザイナーの洋服を始めとする幾つかの欧州ブランドも、その複合企業体(コングロマリット)*の傘下に組み込まれた。

「彼自身は魅力的な人物だったわ。攻撃的な経営手法だと思われて、毀誉褒貶(きよほうへん)が付きまとっていたけれど、私は尊敬していたもの。今でもそう思う」

直後に来日した彼の講話に共鳴した、と由利は教えてくれる。企業再編に伴って日本では複数の銘柄の広報部署が統合され、その一員として由利も配属されたのだった。

僕も一度、南麻布のフランス大使館で邂逅している。〝総帥〟と呼ぶに相応しい彼の二度目の来日に合わせて、駐日大使夫妻が主催のパーティが開かれた。

眼光は鋭かった。が、世上で流布されていた人物像とは異なり、物静かな語り口調が印象に残る。スピーチは苦手なものですから、と短めに切り上げた後、音楽にも造詣が深いと伝え聞いていた彼がピアノの小品を、それも即興を装って披露し、この辺りの事情をつゆ知らぬ招待客は魅了されてしまう。そうした巧みな機転も持ち合わせていた。

「この方は、トウキョウの若者を描く第一人者です。洋服も恋愛も料理も」

顔見知りの書記官が僕を〝総帥〟に紹介する。むろん、フランス語で。日本語も堪能な彼と僕とは時折、夜の巷へ遊びに出掛ける間柄だった。

「それは素晴らしいですね。私たちの商品も是非、登場させて下さい」

「すでに幾度となく彼は触れていますよ。学生時代に一大ブームを巻き起こした最初の作品から。それも好意的にね」

「おお、その小説はあなたが主人公ですか」

彼は僕を指差した。

「ヨーロッパのブランド*に憧れている若い女子大生が主人公です」

書記官が説明を加える。

二人の話に僕も割り込んだ。ただし二つの単語以外は英語で。

「お目に掛かれて光栄です。元々は小説家（エクリヴァン）としてスタートしました。現在は幾つかの雑誌で社会的な批評（クリティーク）も連載しています」

すると、微苦笑しながら彼も英語で応じた。

「どうぞ、どうぞ、鉄は熱いうちに打て、と申します。日本語でも同じ格言はありますか？」

「クリティーク」*を、批評ではなく批判の意味合いで捉えたのかな。でも、仮にそうだったとして、とっさの切り返しも、なかなかのものだった。

「確か七〇年代後半の出来事だと語っていたから、ちょうど、ヤスオと私が知り合った頃ね。父親も実業家だった彼は当時、ジュネーヴの投資銀行に勤務していて、ニューヨークに出張するの」

ジョン・F・ケネディ空港からマンハッタンへ向かうタクシーの運転手は、北アフリカ出身だった。長兄はパリで働いていると話し出す。そうかい、フランスのイメージはどんな具合だい？　尋ねると、ひとしきり、傲岸不遜だ唯我独尊だ、親族から聞きかじった悪態を受け売りした後に、でもオレは知ってるよ、優れたモードの国柄だろ、と続けたらしい。そうして、一人のファッション・デザイナーの名前を挙げる。

けれども、その人物が一世を風靡したのは一九五〇年代。急逝して二十年近くが経過していた。ブランド名こそ引き続き彼のフルネームを掲げていたが、主任デザイナーも弟子が務めていたはずだ。奇しくもその後、由利が就職する化粧品会社の本体に当たる。

「じゃあ、他には誰を知ってる？　シャンソンの歌い手は？　歴代の大統領は？」

だが、ニューヨークと同様、大統領だったシャルル・ド・ゴールの名前をパリの空港も冠しているのに、無反応だった。

国境を越えて我々が世界に誇るべき〝象徴的な財産〟は今や、共和制でもコンコルドでもなく、実はファッション＝モードの領域なのだ、と彼は閃く。

国際社会に於けるフランスの地位復権、それも市井の人々の間でのフランスに対する信頼や憧憬の拡大へと繋がる触媒が、伝統と実績を併せ持った〝メゾン〟*と呼ばれる老舗だ。それらブランドの再構築こそ、国家のみならず国民にとっても、フランスという知的財産の栄光に繋がるのだと。

「富国強兵ならぬ富国裕民だね。僕が好んで使う四文字熟語で言い表すと」

ナイフとフォークでソーセージや豚肉の塩漬けを、由利も食べやすいように、それぞれ四つに切り分ける。続いて右手でスプーンとフォークを持つと、蝶番*の要領で二人の皿に二つずつ取り分けた。繊切りキャベツも同様に。

「そうなの。彼自身はロマンを追い求める人だったのよ。世界戦略、世界志向を掲げる冷徹な経営方針の一方で」

「判るなぁ。冷徹*と冷酷は紙一重に思えて、実は異なるからね、まるっきり」

　白ワインが空いて、赤ワインを青年が注いでくれる。

「だから、わくわくしていた。周囲の上司や同僚もね。だって、私たちが愛着を感じて扱っていたブランドを、より高めていけるのよ。しかも明確な経営戦略の下、お客様にも喜んで頂いた上で。それって、ささやかだけど、ひそかな誇りでしょ」

　いっきにしゃべり終えると、由利はワイングラスを手にする。ややあって、「なあんて、ちょっと言い回しが安っぽかった？」。はにかみながら、首をすくめた。

「急速に事業規模が拡大して、新たに応募してきた中には勘違いというか、数字ばかり追い求める人もいて、それなりに軋轢（あつれき）や葛藤も生まれたけどね」

「どういうこと？」

　ある程度は察しが付く気もしたけれど、僕はあえて聞いてみた。さらに赤ワインを口にすると、由利は教えてくれる。

「国内外のビジネススクールでＭＢＡを修得した、何て言うのかな、頭でっかちなタイプ。すべてはケーススタディ通りに物事が進むと勘違いしているの。だったら、百戦百勝の結果を得られるはずでしょ。だったら、ロボットにお任せしちゃえばいいって話でしょ」

「そうした連中って、どんな経歴（キャリア）だったの？」

「まったく違う業種からの転職組。女性でもいたわよ。私なんて及びも付かない輝かしい学歴、職歴。まあ、早い話、次の職場で自分をさらに高く売り込むための踏み台として、見栄えも良いかな、聞こえも良いかな、って発想で応募してきた人たち」

「ふ〜ん、キャリア・パス*ね、有(あ)り体(てい)に言うと。なのに、由利も留学したわけだ」

ちょっぴり意地の悪い質問だったかな。微苦笑しながら彼女は、口元に右手を当てた。変わらず細くて長い指先に、ゾクッとしてしまう。いかん、そんな話じゃない。

「そうね……。でも、震災の時にヤスオへの物資提供を即決してくれた上司も、再編後にパリから赴任してきたいわゆる〝選ばれし人物〟だったのよ。今はミラノで、フランス以外のすべてのブランドの統括責任者を務めているわ」

由利とほとんど年齢が変わらぬ彼は、〝総帥〟の信任が厚い人物だったと付け加える。

「実は留学先も、同じ講座を修得していた彼の紹介だったの。さっきも少しお話ししたけど、経済や経営の領域に、情報や社会をいかにデザインするかという発想を持ち込んだ新しい講座。だから、単に数字を追い求める勉強をしてきたわけではないのよ。ヤスオなら判ってくれると思うけど」

語っているのは由利の方が多いのに、僕と同じペースでシュークルートも平らげてしまう。変わらず痩躯(そうく)。なのに昔から健啖家(けんたんか)。それも僕が気に入っていた点だった。

「おかげさまで、退社前に携わっていた部署の仕事を、すべてではないけどかなりの部分、外部スタッフとして引き継ぐ形を取らせて頂けたの。自前のオフィスを立ち上げて、現在、私を含めて三名で」

「けっこう、忙しい？」

微笑みながら、黙って頷く。

「今日の福岡も、その関係？」

厨房からシェフが自ら、料理を運んできた。香ばしい湯気が、土鍋に入ったカスレから立ち上っている。由利が頼んだ主菜だ。僕は豚肩ロースのソテー。給仕担当の青年は、我々の後に訪れた三人連れを接客していた。

「ううん、今日は医療関係のお仕事」

そう言えば、と思い出す。外資系製薬会社の広報もお手伝いしていると、フェイスブックのやり取りで彼女は語っていた。

「具体的には？」

僕は尋ねる。が、由利はすぐには答えず、顔を土鍋に近付けると口を窄めて、カスレを冷まそうとした。その仕草も表情も、ちょっぴりあどけなくて可愛らしい。端整な相貌との落差が、さらに魅力を醸し出す。なあんて、親馬鹿ならぬ阿呆〝元彼〟ですかね。

「今日は講演会だったの、アンチエイジングがテーマの」

ややあって、教えてくれた。東京の大学病院で皮膚科の主任教授を務める人物が今回の講師。昨年から四、五十代の女性向けに全国十ヵ所余りで開催しているらしい。

「製薬会社が主催するんだあ。意外だね。化粧品会社、それも国内の新興ブランドが企画しそうに思えちゃうけど」

「抗老化医学と呼ぶの、日本語では。響き（ニュアンス）が大分違うでしょ。受ける印象も。予防医学の一種ね」

英語でも本来は、ライフ・エクステンションと呼ぶらしい。

「その先生、話が断トツに面白いから、とりわけ人気なのよ」

由利だけ日帰りだった。教授は同行した製薬会社の部長とともに博多泊まり。

「男性だけで食事をされる方が愉しいんじゃなあい」

「そうかなぁ。由利も同席している方が嬉しいと思うよ。実年齢より遥かに若い、抗老化医学の実証事例だもの」

「やあね、ヤスオったら。そうやってすぐに茶化すんだから」

「本当だよ。だって僕は、思った事を黙ってられなくて、すぐに口にしちゃう人でしょ、その昔から。それは今も変わらない」

すると、ほんの少し、肩を竦（すく）めてみせた。

「そうよね。それがヤスオなのよね」

その僕とは三歳違いなだけなのに、由利は四十代前半の印象を与える。美容にも人一倍、情熱を傾けているに違いない同い年の江美子よりも、断然若い。間近で眺めても。目尻だけでなく、肌全体に張りがある。艶も感じさせる。

元々の肌質なのかな。それとも、仕事をしていて、日々の生活が充実しているから？　でも、付き合っている相手はいないんだよね、彼女の自己申告によれば。

「もっと綺麗な女性がご一緒の方が、〝博多の夜〟らしいかも知れないでしょ」

オッと、そういう言い回しが出来るようになったんだなあ。もとより石部金吉だったわけではないけれど、でも、僕はひそかに心の中で舌を巻く。

「と言うか、ヤスオに早く逢いたかった」

続いてのセリフに、今度は打ち据えられてしまった。もちろん、嬉しい意味でね。でも、押されてるなぁ、会話が。

「ねえ、お料理、交換しようか？」

攻守逆転。ソテーが載った皿をまずは手渡す。そうして僕は両手を伸ばし、彼女の目の前のカスレの皿を持ち上げた。由利はテーブルの真ん中に置かれた土鍋から半分ほど移し換えて、すでに食べ終えていた。皿の上には肉桂色*したソースが、まだらに残っているだけ。やはり、健啖家。負けじと僕は早速、白隠元豆とソーセージを土鍋から取り出し、ソースも多めに掬(すく)う。

「懐かしいわね、お皿を途中で交換するのって」

大好きな相手と一緒にいれば、歓びは二倍に、哀しみは半分に。どこかの誰かが宣(のたま)った〝警句〟を拝借して僕は、二つの料理を二人で交換し合えば、歓びは四倍だよ、なあんて嘯(うそぶ)いて、最初のデートから有言実行していた。マナーに反すると目くじらを立てる人も現れそう。でも、グラン・メゾン*と呼ばれる豪壮重厚な料理店で開催の晩餐会ではないのだから、マイペンライ*。タイ語で気にしない、気にしない。

「ところで淳一*は、どうしているの？」

ジャズを基調にロックやソウル、さらに電子音楽も融合させたフュージョンと呼ばれる領域（ジャンル）が、七〇年代後半に誕生する。僕よりも一歳年下だった淳一は大学に籍を置きながら、そうしたグループの一つでキーボードを担当していた。

僕よりも彼の方をより気に入って、神宮前のコーポラス*で由利は一緒に暮らすようになる。大学二年生の期末試験が終わった直後に。他方で僕は、その三月に停学処分を受けて留年が決定し、内定していた金融機関*への就職はおじゃんとなった。

「引き続きロスの郊外に住んでいるの。もう三十年近いわよね。あちらで結婚もして、お子さんが二人かな。毎年、クリスマスに写真入りのカードを送ってきてくれるわ。お孫さんも交えた一家勢揃（せいぞろ）いの」

由利と淳一の〝共同生活〟は、確か一年半余りで解消されてしまった。『なんとなく、クリスタル』が上梓されて、真偽のほどを周囲から詮索されたのも一因だったのかな。

スタジオ・ミュージシャンとしての新天地を求めて西海岸へ渡った彼は、アレンジャーとしても成功を収めている。

「早苗とかも元気なの？」

皿に残っていたカスレのソースをパンでぬぐいながら、僕は尋ねる。由利と英文科で同級生の早苗*は、ハマトラが好みの小柄な女子学生だった。別の大学で建築を専攻するボーイフレンドがいたんじゃないかな。

「立派にママを演じているわよ」

豚肩ロースソテーの最後の一切れを口元へと運びながら、教えてくれた。みんな、着実に年輪を重ねているんだ、と思った。髭（ひげ）を蓄えたシェフが挨拶に訪れた。

「本日はご堪能頂けましたか？」

「ええ、素晴らしかったわ。有り難うございます」

「いつもヤスオさんにはご贔屓（ひいき）いただいて。先日は雑誌の連載*でもご紹介下さいまして」

「まあ、そうだったの」

食後のデザートが記された小さな紙片を差し出され、由利は視線を落とす。

「一番上のガトー・バスクと五番目のクレマ・カタラーナはどうかしら？　ローズマリーのアイスクリームも魅力的だけど」

またしても攻守逆転だ。しかも、僕が奨めようと思っていた三品をすべて言い当てられてしまう。

「申し訳ない。アイスクリームが終わってしまいました」

「じゃあ、この二つで、お願いしま～す」

　僕が会話を引き取って、注文した。

「ヤスオ、実は頼みたかったデザート、別のものだったんじゃない？」

　シェフが立ち去ると尋ねられた。上半身を乗り出し、顔を僕に近付けて。キッスを求めてきたのかと一瞬、ドギマギしてしまう。

「ううん、由利が選んだのは、ここローブリューのいずれも定番。きっと満足するよ」

　表面をバーナーで焦（こ）がしたクレマ・カタラーナは、フランス語だとクレーム・ブリュレ。地中海側で国境を接するスペイン*はカタルーニャ地方の呼び名だ。ただしブリュレと異なりレモンの皮とシナモンで味付けし、生クリームに加えて牛乳も用いる、と以前に聞いた覚えがある。

「で、ガトー・バスクって、どんな感じだったっけ？」

　そりゃぁ読んで字のごとし、バスク地方のお菓子ですけど、ありゃま、由利はご存じなくて、字面（じづら）の雰囲気で頼んじゃったのかな。

「アーモンド風味のサクッとした味わいのパイ生地ケーキだよ」

「そうだわ、そうよね。思い出したわ」

　切り分けた一つひとつのケーキの表面に、バスク・クロスと呼ばれる変形十文字の小さな紋章が白い粉砂糖で描かれているのが特徴。日本の寺社の大太鼓に描かれた渦巻形の巴紋（ともえもん）と似ている。

その紋章がバスク語でローブリュー。長いモノに巻かれないバスク人の気概を象徴する。今日の由利との再会場所の店名でもあった。

「そうそう、ヤスオ。再来週土曜日のお昼間、空いてるかしら？　皆でお食事する予定なの。女子会。良かったら、出席しちゃう？　江美子も早苗も来るわよ」

デザート、早く来ないかなぁ、ってな浮き浮きした感じで上半身を軽く左右に動かしていた由利が、僕を誘った。なんとも唐突なお話で、どう応じたら良いものやら。

「多分、日程的には平気だよ。だけど、女子会でしょ？」

「一応はね。これまでにも誰かの自宅で開いた時には、外出先から戻ってきたご主人が途中で参加したり、臨機応変な集いなのよ」

それに、と由利は畳み掛けてきた。

「これって江美子からの提案なの。ヤスオを誘いましょうよって。だって、今日は私だけがお目に掛かる形になっちゃったでしょ。ちょっぴり悔しがってたわ」

それなりに奔放なタイプだった江美子とも実は学生時代、幾度かデートしたことがある。発覚して、もお、ヤスオったら、と由利がきりきりしちゃったのを思い出した。まっ、その彼女にも淳一がいたわけですけどね。

「それは別途、メグミも入れて四人で早めに開催しようよ」

二人でワインを二本空けて、ほど良い感じで酒精（アルコール）が身体の中を巡っていた。早く甘いものが来ないかなぁ。ゆっくりと僕も、メトロノームのように頭を左右に動かす。

「今回は江美子が幹事役を務めているの。彼女の顔も立てて上げてほしいなぁ」

僕は悩んだ。いったい、その場で何を話せば良いのだろうかと。個人的には接点が少なかった早苗や、初めて出会うかも知れない相手も集う女子会でしょ。十歳年下のメグミと三年前に結婚したとは言え、二人の間には子どもがいるわけでも、まして、淳一のように孫がいるわけでもない。いるのは、トイプードルのロッタだけ。

そりゃあ、彼女たちの伴侶（はんりょ）と比べたら、社会的な発言や行動は長年にわたってずいぶんと、僕は積極的だったかも知れない。でも、それは文章を書いたりしゃべったりするのが生業（なりわい）で、行政や政治の世界でも決断を求められる日々が続いていたからにすぎない。

それに、と思う。メグミも僕も両親は総じて健康で、家族の教育や介護、さらには職場での栄達といった共通の心の襞（ひだ）を、あまり持ち合わせていないかも知れない。

「違うわよ。みんなそれぞれ、いろんな人生を積み重ねて、年輪を重ねて、だから今、ヤスオに会ってみたいのだと思うわ。自分の話を聞いてもらいたいのだと思うわ。あなたの話も聞きたいのだと思うわ」

由利は、僕を見つめて語り掛けた。嬉しい話だ。でも、少し綺麗事すぎるセリフじゃないかな。

デザートが到着した。由利の側はクレマ・カタラーナ。僕はガトー・バスクにフォークを近付けながら、彼女に尋ねた。

「ねえねえ、由利。さっき、相談というか、僕にいろいろと聞いてもらえたらな、って言ってたよね。それって何、仕事の関係？　でも、今日の話では、順調にこなしている感じに聞こえたんだけど」

　スプーンでコンコンコン、パリパリに炙(あぶ)られたカラメルを叩いて、中からカスタードをすくおうとしていた彼女は、その手の動きを止めて、僕を見入る。

「おおむね順調かな。でも実は、これまでとは勝手が違って途惑う場面も多くて、それで助言をもらえたら、って考えてたの。乳がん検診や、近頃、話題に上ることも多い子宮頸がん予防ワクチンの啓蒙啓発もあるの、製薬会社から頂いているお仕事の中には。ほら、ヤスオもいろんな連載や対談で、触れていたでしょ……。鋭いなあと思ったの。実際に現場で携わってるから、余計にね」

　僕を再び見つめる。そうだったのか……。

「でも、ヤスオ、大変。今はそれよりも何よりも、早くデザートを食べ終えて、お暇(いとま)しないと、いけないわ」

「ええっ」と声が裏返ってしまう。暇乞(いとまご)いって、急に帰りたくなっちゃったの？　僕に愛想を尽かしちゃったの？　どうして、どうして。

「だって、十二時近いのよ。ヤスオ、知ってた？」

　本当だ。再会したのは十九時半過ぎだから、もう四時間余りも経過している。たしか、主菜が到着した前後は、まだ二十一時台だったのに。それだけ、会話が充実していたってこと？　確かにね。でも、その割にはお互い、表層を撫で撫でしているだけって感も否めないんですけど……。

　周囲を見回すと、お客は我々一組だけだ。店のスタッフも、自転車で通っている〝情熱〟青年とシェフを残して皆、上がっていた。地下鉄の終電時刻との戦いだ。そうだよね、仮眠所も浴場も用意された都市ホテルの従業員とは違うのだ。

　二人は黙って微笑んでいるけど、甘えるわけにはいかない。シェフが食後（デセール）の注文を取りに来た段階で気付くべきだったのだ。僕としたことが、恥ずかしい。

　この近くで静かに話せるバーラウンジは、何処だろう？　うーん。すぐには相応（ふさわ）しい場所が思い付かない。

「ガトー・バスクも頂戴ね、ヤスオ」

　皿の手前に置かれた、二等辺三角形の頂点の側から、僕はガトー・バスクを切り崩していた。

「交換、畏（かしこ）まりましたぁ」

　元気いっぱいに応じながら僕は、まだ手付かずで残っていたローブリューの巴紋を、フォークの腹でそっと撫でてみる。栗色（マルーン*）したパイ生地の上に、うっすらと白みが拡がった。

もう少しお話ししていたいわ、と由利が南青山からタクシーで案内してくれたのは、ライトアップを終えた東京タワーからほど近い建物の地階だった。初めて訪れる場所なのに、不思議と懐かしい感じがする。

ぶ厚い木の扉を開けると正面のテーブルに、丈の高いクリスタルガラスの花瓶が置かれ、幾種類もの鮮やかな色合いの生花(せいか)が活(い)け込まれていた。その脇に、イタリアの寺院を連想させる、照明を落とした回廊が続いている。

進むと、途中から大理石の階段となって、降りきると天井の高いバーラウンジだった。紅樺(べにかば)色*した革張りのソファーに二人、身体を沈める。日付変更線をとうに越えた店内には、我々以外には誰もお客がいなかった。

「知らなかったよ、このお店」

「私も最近、教えてもらったばかりなの」

「バー・アンド・カンパニーを思い出すね。フロム・ファーストビルの地下にあった」

蝶ネクタイを締めた若い男性が差し出したおしぼりで手を拭きながら、由利に話し掛ける。僕の頭の中で〝記憶の円盤〟が回り始める。由利と知り合うそのさらに前へと、今回は戻っていく。

表参道交差点から根津美術館へ向かって進んだ先に、朽葉(くちば)色*した煉瓦タイルで覆われたファッションビルのFrom-1st*がオープンしたのは一九七六年の春。一浪後、僕が郊外に位置する大学の法学部に合格した直後のことだ。

国内外で人気を博していた複数のブランドのブチックやセレクトショップがテナントとして入った。駅から徒歩で十分近く離れた場所に商業施設が誕生するのは当時としては珍しく、耳目を集めた。都心部の多少不便な立地にあえて出店するのが流行りだすのは、その後、八〇年代後半となってからだ。

アルコーヴ*と呼ばれる凹凸の壁面と吹き抜けが、周囲の通行者に威圧感を与えぬ効果をもたらし、その中に足を踏み入れると、巧みに組み込まれた回廊と階段が、小さなヨーロッパの街の路地に佇む感懐を与える。そう評されているのを読んで僕はますます、訪れてみたくなった。

高校時代から、洋服や料理だけでなく消費や流通といった分野全般に強い関心を抱いていた。創刊間もない『日経流通新聞』*を父親に頼んで定期購読して、昼休みに教室で眺めていたら同級生に怪訝そうな表情をされてしまったのを想い出す。

大学の授業の後に電車を乗り継いで一人で早速、南青山まで見学に行ったのかな。いや、思い出した。デートの下見も兼ねて出掛けたのだ。予備校時代に午前部文科一類*の、同じクラスでずうっと気になっていたボブカットの女の子と、念願の初デートをする前にあらかじめ。

開放感あふれる吹き抜けになった地階には、丸美花園というちょっぴり古風な屋号の花屋があった。でも、雰囲気は熱帯植物園みたい。ブチックの活け込みやコンサートの飾り付けも手掛けるらしく、珍しい花や枝でいっぱいだった。その後、常連となって、数多の女性にアレンジメントを届けるようになるとは当時、僕は思いもしなかった。

とまれ、受験勉強と同様、異性との付き合いにも予習と復習が肝要です、と僕が後年、「恋愛事始め」と題して青年向け漫画雑誌の連載で繰り返し講釈を垂れたのも、こうした実体験に基づく。だが、早とちりしないでほしい。それは〝獲物〟を落とすための単純な功利主義ではなかったのだから。

自分がしてあげること、してあげたいことは相手も喜ぶに違いない。こうした意識では、たちまち、しっぺ返しを喰らってしまう。その相手が望んでいるのは、そして喜んでくれるのはいったい、どんなこと？　甘やかしたり、〝ずのぼせ〟させたり、あるいは逆に負担を感じさせたり、退いてしまわれることなく、お互いを高め合っていく上で、自分は相手に何を、どのように尽くしてあげるべきなのだろう。

あなたの喜びは私の喜び。イッツ・マイプレジャー。恋愛もヴォランティアも、その後に携わった行政も政治も、僕にとっては奉仕やサーヴィスという尺度の中では等価値なのだ。少し陳腐な、別の言葉で言い換えたなら、相互扶助の心意気。

話を戻すと、初めてのデートは結局空振りに終わってしまった。

偏差値的には全国で最も高い国立大学に入学した彼女は、僕が思い切って自宅に電話したら、ちょっぴり驚きながらも二つ返事で応じてくれたのに……。その電話番号は、予備校の座席が僕の前だった、彼女と同じ高校を卒業した友達が教えてくれた。教養課程を終えたら、文学部で美術史を専攻したいと語っていた彼女と、僕は渋谷の井の頭線の改札口で待ち合わせする。一緒に銀座線で表参道へ移動して、根津美術館*で尾形光琳の燕子花（かきつばた）図屏風を鑑賞し、フロム・ファースト一階の全面ガラス張りのカフェ・フィガロでティータイム。

ここまでは、僕が思い描いていた計画通りだった。けれども、その後に建物の中のブチックを訪れた辺りから崩れてしまう。

「とても手が出ないわ。こんなにお値段の張る洋服には」

買い求めてプレゼントしようと思っていたのではない。家庭教師のアルバイトをまだ始めていなかった僕に、そんな余裕はない。年齢とともに脚（あし）から次第に衰えていく人間を一枚の布で包み込む思想（モチーフ）を掲げ、世界的に注目されていた日本のデザイナーのコレクションを直（じか）に、彼女と一緒に触れてみたいと思っただけ。

好みの洋服の系統ではなかったのかな。二十歳を迎えた一人の女性として、ファッションに関心が無かったわけではあるまい。

いや、と改めて思う。少し僕が彼女を買いかぶり過ぎていたのだ。光琳の特別展も含め、立案したデートが重たかったのかな。渋谷か新宿の映画館で封切られたばかりの話題作を観て、小綺麗な近くの喫茶店でお茶をして、回遊魚みたいに百貨店の売場をぐるりと巡るメニューだったら、彼女も緊張せず、それなりに愉しめたのかも知れない。

あまりに情熱を傾け過ぎてしまったのだ。僕が恋愛指南書で、相手に合わせて、ほど好い感じで肩の力を抜いて接する大切さを説くきっかけとなった、ほろ苦くも懐かしい想い出。

美術館のガラス越しの展示だけが芸術じゃないよ、なあんてブチックで力説していた僕は、その彼女に理解されず仕舞いだった。由利と知り合う二年前の出来事。

「ヤスオの受賞祝いを二人でしたのが、バー・アンド・カンパニーだったのよね」

一九七〇年代から九〇年代に掛けて、数々のブランドを二、三十代の女性向けに展開し、一時代を築くこととなるアパレルメーカー*が運営していた。飲み物だけでなくイタリア料理も用意されていた空間。

僕が文藝賞を受賞したのは、一九八〇年の十月。由利と知り合って二年半が経過していた。

「由利が予約してくれたんだよ。その存在を僕は知らなかった」

「無理もないわ。その前の月にオープンしたばかりだったの。担当の編集さんが噂しているのを聞いて、ヤスオと出掛けたのが初めてだったでしょ」

背丈が一七〇センチに満たない彼女は、顧客向けに催すフロアショーでモデルを務めることはあっても、年二回のコレクション・ショーといった場で活躍するには、少し難しかった。

　とは言うものの、勘所も性格も優れていた由利は仕事先で可愛がられ、モデルとしてちょうど三年目を迎える大学三年生の春からは、二十代後半向けの女性雑誌に専属モデル的扱いで登場することとなった。僕の受賞は、その秋だ。

「ベラヴィスタ*とジャック・セロス*、どちらにしようか？」

〝泡物〟のボトルにしましょ、あの日も最初にグラスで頼んだから、と由利に言われてリストを眺めていた僕は、スプマンテとシャンパーニュ、二つの銘柄を挙げた。いずれも高い評価を受けている。

「悩ましいー」

　ミラノとヴェローナの中間に位置するフランチャコルタの、文字通り眺めの良い丘陵で醸造されるベラヴィスタは、クリーミーな泡立ちで知られるイタリア屈指の発泡酒(スプマンテ)。一方のジャック・セロスは、年間四千ケースときわめてわずかな出荷に留まるシャンパーニュの銘柄で、白ブドウのシャルドネ種だけで醸造されるブラン・ド・ブラン。後者の方が値段は張る。

「なんとなく、今夜はセロスの気分かな。大丈夫、この場所は私に支払いさせて」

　学生時代、由利とのデート費用は基本的に僕の支払いだった。週二回の家庭教師に加え、繁華街のファッションビルの一廓(いっかく)に設けられたＤＪブース*で館内向けに、ＡＯＲ*と日本では呼ばれたアダルト・コンテンポラリーやブラック・コンテンポラリーのレコードを選曲しておしゃべりする仕事も、由利と知り合う半年ほど前から同じく週二回担当していた。

大学生にしては、それなりの収入を僕は得ていたのだ。一方で由利も、モデルとしての活躍の場を着実に広げ、時には彼女がご馳走してくれたりもした。

「でも、あのエルドールでシェフが働いていたとは、ヤスオもビックリでしょ」

由利の〝お言葉（ていあん）〟に甘えてオーダーし終えると、僕は聞かれた。まったくだ。奇遇そのもの。

早くお店を出なくては。食後のエスプレッソを飲み終えると、亜麻色の前掛けをした青年に会計を告げる。すると、もう一度、ローブリューのシェフが我々の食卓に近付いてきたのだった。

どうぞ、時間はお気になさらずに。彼は自転車ですし、私もバイクで通ってますから。そう述べた後に、少しだけよろしいですか、と話し出した。

「実はヤスオさんとは、三十年くらい前に幾度かお目に掛かっているんです。銀座のエルドール*で」

エ〜ッ、思わず叫んでしまった。これまで何度も豚料理を食べに訪れているのに、そんな話、初耳だ。

「テイク・アウトのみのケーキ屋さん。値段は少し張りますが、期待は裏切られません」と註つきで僕の処女作に登場したエルドールは、みゆき通りよりも一つ新橋寄りの通りに面していた。その存在を教えてもらったのは、代々木上原*の閑静な住宅街の家庭教師先だ。

「是非、お買い求めになってみて。お値段も立派だけど、芸術の域に達してますもの。東京で一番、美味しいと思うわ」

英語と数学の勉強を見ていた男子高校生の母親は自宅で料理サロンを開いていて、有り難いことに僕は毎回、夕食付。レパートリーも実に豊富で、味わうのが楽しみだった。お薦(すす)めの料理店も何軒か教えて頂いた。

「ヤスオが最初に豪徳寺*の、私のお部屋に来た時に、一緒に食べたのよ」

そうだった。ってことは、かなり初期のデート。おそらく銀座の洋食屋*とかおでん屋*で食事をすませて、エルドールに立ち寄ったのだ。今や伝説の洋菓子店。小ぶりだけど精巧な仕事(デコレーション)が施された華やかな雰囲気のケーキ。

あら〜っ、お菓子の宝石箱みた〜ぃ。自分の父親よりもさらに年長であろう男性と訪れた年若い女の子が、髪の毛をかき上げながら媚びた声を出す光景も、エルドールでは日常茶飯事だった。「社用族」という言葉が大手を振っていた時代。

「調理学校に通っていた頃、時給が良いのに惹かれてアルバイトで入りまして。本格的にフランス料理を志す前の、最初の職場です。いつも女性連れでお越しになって、マダムと親しげにお話しされる姿を、眩(まぶ)しく拝見していました」

夜十一時が閉店時刻。午後八時を回らないとショーケースの中のケーキも種類が増えてこないのだった。脂粉の香が漂う銀座だからこそ成り立っていたのかも知れない。でも、見映えも味わいも、他店の追随を許さぬほどにいずれのケーキも屹立していて、僕は気に入っていた。

大きなエメラルドの指輪をはめた女主人がレジスターの前に陣取って、背後のガラス張りの厨房も差配していた。その彼女が体調を崩して店仕舞いしたのは、僕の処女作が上梓された何年かあとだ。跡にはチェーン展開のお寿司屋さんが開店した。当時の銀座では珍しく、ひとしきり話題となったのも思い出す。

「ねえ、ヤスオ。彼がエルドールでお目に掛かった女性の中には、私も入っていたのかしら？」

持ち上げたグラスごしに、由利は悪戯っぽい表情で尋ねる。

「そりゃ、そうでしょ」

僕もグラスを傾けた。きめ細かさと力強さをあわせ持った奥深い泡立ち。

「だって、由利は淳一と暮らすようになった後も、留年した僕と会ってたじゃない？」

「そうね」

「受賞のお祝いもしてもらったし」

彼女は一瞬、しおらしい表情となる。が、すぐにやんわりと反撃されてしまった。

「あなたの顔と名前がシェフは一致していたのだから、それって本が出版された後よね。でも私、それからはヤスオと一緒にエルドールには行ってないと思うの。だって、あなたも忙しくなって、ほとんど逢えなくなってしまった」

確かに。今度は僕がひそかに頷く。

「I awoke one morning to find myself famous.」

年が明けた一九八一年一月に単行本が刊行されると、どこの街を歩いても人々が気付いて、振り向かれる存在となった。激変ぶりは、詩人のジョージ・バイロンが謳った一節そのもので、一介の大学生は一夜にして著名になってしまった。その変化の波に逆らうことはもちろん、避けることさえ出来なかった。

停学・留年から執筆・応募、そして受賞・出版、さらには由利と並行して交際していた相手との結婚・離婚。二年半にも満たぬ間に自分が直面したさまざまな境涯や評価には、少し不本意だったり不条理だったり、そう感じてしまう部分もなかったわけではない。だが、ちょっぴり小生意気でもあった僕は二十代半ばにして、達観というか諦観というか、そうした境地に至った。

目を開けていても閉じていても、哀しいときも苦しいときも、そして嬉しいときも愉しいときも、一分一秒、時は常に変わらず過ぎていくのだ。ならば、どんなにか辛くとも目を背けず真正面から向き合い、自分で考え、自分で動くしかないじゃないか。弁解したところで、愚痴ったところで詮方ない。

でも、その僕に振り回されてしまった周囲は、たまったものではなかったと思う。

とりわけ、主人公として作品に登場してしまった由利の場合は。

ヤスオったらひどいと、感情をストレートにぶつけてくれたら、それなりに対応のしようもあったかな。いや、覆水盆に返らず。主人公の名前だけ差し替えるわけにもいかず、*もっと頭を抱えてしまったかな。

「哀しかったわ。ヤスオにお目に掛かれず、そうこうするうちに、お友達の関係になってしまったんですもの。まあ、私も淳一と暮らしていたのだから、大きなことは言えない負い目もあったわけですけどね」

一緒に頼んだカカオニブ・クラスターを摘まみながら、由利は微苦笑する。そうして、続けた。

「だけど、ちょっと、これ、はまってしまうわね、ヤスオ」

外皮を取り除いた天日乾燥のカカオ豆を粗挽きした粒状のチョコレート。苦甘い味わい。家族的経営で知られる南米コロンビアのカサルカ社製*とスナック・メニューに記されていた。

とまれ、卒業後もお仕事を続けてね、と周りの人々から望まれていた由利は四年生の秋口でモデルの活動を休止し、淳一との生活も解消してしまう。そうして、フランス系の化粧品会社に就職したのだった。

「静かな生活に戻ろうかなと思ったの、あの時は一瞬。なのに、ヤスオの人生ほどではないにせよ、まあ、私もいろいろと経験を積みまして、こうして本日再び、深夜まで話し込む二人に至ってしまいましたとさ」

おっと、またもや攻めてきた。しかも今度は、カカオニブよりも苦甘いぞ。

「でも、久方ぶりにお目に掛かれて、なんとなく、満ち足りた気分よ。これからもヤスオとは素敵なお友達。いろいろと頼りにしているから、よろしくね。それにメグミさんともお目に掛かるの、楽しみ。だって、私ですら持て余してしまったあなたと、ちゃあんと暮らしてらっしゃるんだから」

おいおい、誉められてるんだか、呆れられてるんだか、どうして、こんなに攻守逆転が繰り返されちゃうわけ？

——こんな具合だったかなぁ、由利と交際していた三十年余り前も。

僕は心の中で呟く。艶やかで長い余韻を漂わせたシャンパーニュの透明感と、カカオの濃密さが、なんとも不思議な渦を口の中で描き始める。

隣に座っている由利を、小首を傾げて見やると、彼女も同じ姿勢を取っていて、再び目が合ってしまった。

その彼女の目の感じには覚えがある。いつの記憶だろう。僕の中で〝記憶の円盤〟が再び回り始めていく。

3

「由利ったら、どうして、連絡をくれないのかしら。メールしたのに、返事もないのよ。だから、ヤスオさんに掛けちゃった」

探りの電話が江美子から入ったのは、由利と再会した翌々日だ。

「で、お食事、どうだったの」

「うん。懐かしかったし、愉しかった」

当たり障りのない返答に、まずは留めた。すると、間髪をいれず、反撃されてしまう。

「もおー、ヤスオさんらしくもない。よそよそしいわ」

ふくれっ面をしてしゃべっている彼女の表情が、思い浮かんだ。愉しかったと答えたのが癇に障ったらしい。

「ごめんごめん。でも、江美子や由利に出会った頃の想い出話とか、食事しながらずいぶんと盛り上がって、気付いたら四時間以上も話し込んでしまったよ」

今から三十数年前、大造りな顔立ちの江美子は、レイヤーカット*の長い髪型と小麦色した肌が自慢の女子学生。心持ち肉厚な唇も逆に彼女の魅力を高めていて、いつも襟元を大きく開けた白いシャツに、鮮やかな原色のスカートを合わせるのがお気に入りなのだった。

「えーっ、そんなに長く。しかも二人だけで？　私もご一緒したかった」

今度は、ちょっぴり拗ねた感じの口調。いかにも彼女らしい。

僕は朝からノート・パソコンに向かっていた。前日に月刊誌の編集部から送られてきた連載対談*の原稿の手直し。取り掛かってみたものの、遅々として進まない。言い回しを二、三ヵ所、変える程度で他の人ならすむのかも知れない。妙に凝り性なものだから、そうは問屋がおろさない。四百字詰め原稿用紙で約二十枚。いつも半日仕事、いや、往々にして一日仕事になってしまう。

ならばなおの事、早く仕上げるために集中すれば良いのに、僕はパソコン上で〝逃避行〟を繰り返す。画面下に並んだタスクボタンをクリックしては、eメールの受信トレイ、インターネットのニュースサイト、さらにはツイッターやフェイスブック……。

その最中に、江美子からメッセージが到着したのだった。

――ヤスオさん、お電話でお話ししたいんだけれど、平気？

――は～い、ＯＫだよ！

原稿に集中すべきなのだ。なのに僕は、返事を打ち返してしまう。

「嬉しいわ。今から掛けても大丈夫かしら？」とさらなる照会がいったん届くのだろう、そう思っていたのに、返信が来ない。

「さしつかえなければ、こちらから掛けようか?」。打ち込もうとした瞬間、電話が鳴った。なんとも江美子らしい。微苦笑しながら、応答する。

当初は四人で食事をしようという話になっていた。けれども、妻のメグミの提案を受けて、由利と二人だけで再会するかたちとなった。江美子としては肩透かしを食らった感じで、面白くなかったに違いない。

そりゃ、そうだ。ちょうど十日前、参院選の投票をすませて娘と一緒に戻る途中の彼女が、ロッタと散歩中の僕に気付いて声を掛けてくれなければ、由利と食事をともにする展開も起こり得なかったのだもの。いやいや、それよりも何よりも江美子はその昔、僕と逢瀬を重ねていた間柄でもあるのだから。

「女子会にお誘い頂いて、有り難う」

話題を変えるに限ると考えて、僕から切り出した。

「江美子が幹事役を務めているんだって?」

「そうなの、そうなの。再来週の土曜のお昼間よ」

フ〜ッ。僕は心の中で一息ついた。一昨日の夜に関しての〝詰問〟から、とりあえずは免れたぞ。

「早苗も来ると聞いたけど」

「もちろんよ。あとは直美でしょ、由利でしょ。それから、ヤスオさんにこの間、お目に掛かったうちの娘の同級生のママ友が二人」

そうかぁ、直美も来るんだ。由利と同い年で、同じモデル事務所に所属していた。幾度か三人でお茶したことがある。洗いざらしの、それもぴったりと体軀に密着したジーンズがお似合いだった。短大を卒業してからも仕事を続けていた彼女は今、どうしているのだろう？

「あら、ヤスオさん、ご存じなかったの？　彼女、私たち世代の間では、今や憧れの存在なんだから。ナチュラルな生き方の女性として。この間、由利から聞いているとばかり思っていたわ」

そうなんだ。まったく、知らなかった。

五十歳前後の女性を想定読者に創刊された月刊誌でモデルとして活躍している、と教えてくれる。江美子と出くわした日の夜に由利と僕がやり取りしていた間、メグミが眺めていた雑誌だ。彼女の愛読誌。僕も幾度か手にしている。でも、誌面で直美を見掛けた記憶がないんだなあ。

「最新号では表紙も飾っているわよ」

エエ～ッ。思わず僕はうわずった声音で叫んでしまう。その表紙に登場していた女性の表情を想い起こす。でも、記憶の中の直美とは全然違うのだった。髪型や服装のせいかな、それとも年齢を重ねて顔貌が微妙に変化したとか？

「ヤスオさん、人の相貌を覚えるの、昔から苦手よね。この間も、私のこと分らなかったんですもの」

痛いところを突かれてしまった。以前に何回か会っている、しかも世間的には著名な人物にパーティの場で親しげに話し掛けられて、でも誰なのか僕はなかなか思い出せず、ばつが悪かった経験も少なくない。

「私と一緒で、彼女も結婚して離婚して再婚して、今はローマ字綴りのNaomiでお仕事しているのよ」

そうだったのか。後でもう一度、雑誌で確認しなくっちゃ。

「で、どこで開く予定なの？」

「ママ友のお一人のご自宅で」

料理店の個室を予約しているのだろう、と思っていた。場所の設定もさることながら、不思議なメンバーの組み合わせだ。

今年五十七歳の僕とは三つ違いの由利、そして早苗、直美、江美子は、いずれも同い年だ。そこに同世代の女性が加わるなら、自然な感じの女子会。仮に四人以外の参加者が僕とは初対面でも、それなりに話は弾むだろう。

でもママ友の二人とは、どんな話題になるのかな？　多分、年齢も離れている。双方の会話の〝接着役〟を務められるのは江美子だけだ。僕には荷が重い。果たして、参加するべきなのだろうか。

「その週末は子どもたちが、校外学習で奥日光へキャンプに出掛けるの。中等科の二年生なの」

と言うことは、娘を出産したのは四十歳の時分なんだ。頭の中で僕は計算した。

「栃木と群馬の県境の、電気もガスもないキャンプ場で三泊四日。薪（まき）を焚いて自炊して、女の子だけでランプ生活ですって」

江美子が卒業したミッション系の大学と同じ学校法人が白金（しろかね）の地で運営する女子校に通っていると説明を加える。「心身共に、真のセイクリッド・ハートの持ち主をお育て下さいませ」と処女作の註*に記したのを僕は想い出した。

「それでママ友も合流するんだ」

「少し世代が違うから、どうかなあと思ったの。でも、二人は直美の活躍ぶりも知っていて、すごく期待しているみたい。それに、由利からも美容に関するいろんな話が聞けたら、きっと嬉しいでしょ」

なるほどね。でも、僕はどうなの？　大昔に大ヒットしたアメリカ映画の邦題ではないけど、〝招かれざる客〟*みたいな居心地の悪さを味わってしまうのではないかな。だって、男性は一人だけなのだもの。

「ヤスオさん、コンピュータゲームの会社を経営されている北出さんって、ご存じよね。今回は、そのお嬢ちゃまのお宅で開くの」

それって、北出利通のことかな。浮き沈みが激しい業界の中で好業績を維持していると、半年ほど前にビジネス誌でロング・インタヴューされていた。幾度か会合の場で言葉を交わしたことがある。

「ヤスオさんもサプライズゲストで来て下さるかも、とお話ししたの。彼女、すごく喜んでいたわ。実はご主人もヤスオさんのファンなんですって」

そりゃあ、はなから否定的な反応は示すまい。だけど、彼が僕のファン？　ホントかな。出会った時には、そんなこと言ってなかったけどなあ。それに、サプライズゲストと呼べるほどの玉でもないでしょ、今の僕は。あれこれと頭の中で思いを巡らす。

「ヤスオさんが参加されるなら、週末の日程を調整して、顔を出して下さるみたいよ、ご主人も」

悪気はないのだろうけれど、当の本人の了解も得ないうちに女子会への出席を既成事実化していく江美子には、いやはや、参ったな。

「で、もう一人のママ友は、どんな方なの？」

「ええ、緒方さんね。彼女はご自身も初等科上がりなの」

対談原稿が映し出されたパソコンの画面を、だからって加筆・修正が進むわけもないのに気休めで上下に行ったり来たり、右手の中指でスクロールさせながら、携帯電話から聞こえてくる江美子の声に耳を傾ける。

「彼女も魅力的よ。そうそう、生まれたのが丙午(ひのえうま)なんですって」

「ありゃま、メグミと一緒だ」

「だったら、ヤスオさん、是非、是非。お越し頂けたら、きっと盛り上がるわよ。北出さんだけでなく、緒方さんとも話の接点があるってことだから」

僕と十歳違いのメグミは、〝八百屋お七〟で知られる丙午の生まれ。六十年に一回、火災が多いと言われる干支(えと)。この年に生まれた女性は気性が激しく、夫の寿命を縮めると言い伝えられてきた。昔から、出産を控える傾向が強い。直近の丙午に当たる昭和四十一年＝一九六六年も、前の年より出生率が25％も低かった。ちなみに、元号が平成へ変わって以降の日本は毎年、その丙午の時よりもさらに出生数が下回り続けている。

「緒方さんって、面白いの。自分たちは丙午だから、発想も行動も、前後の学年と違って、ぶっ飛んでたのよ、高校生の頃から、なあんてあっけらかんと言うんですもの。上品なお育ちのはずなのに」

「う〜ん。でも、判るなぁ、その感覚」

「今週の眼」と題して僕が連載していた女性向け週刊誌の巻頭言で、「丙午の女の子」に関する考察を加えたのを想い出す。

〝記憶の円盤(ディスク)〟が回転し始めた。それは、彼女たちが高校を卒業して進学や就職をした、八〇年代の折り返し地点に当たる年。僕にとっては二十代最後の年だった。

芸能界の男女関係のスクープが十八番(おはこ)だった他の女性週刊誌とは異なり、「DCブランド*」と呼ばれた日本のデザイナーの尖った作品(ファッション)を色白でショートヘアのモデルが身に纏(まと)っていた、判型もA4変形判と大きめな媒体での連載。

――石橋を叩いて歩くタイプの公務員や銀行員の新婚家庭は、双方の親族からの

「圧力」もあって、翌年以降へと計画的に〝延期〟したはずです。そんな迷信なんて関係ないよと気にもしないタイプの夫婦や、出来れば避けたかったけど妊娠しちゃったら産むしかないでしょと割り切ってしまえる男女の間に誕生した丙午の女の子は、だから、良識だの常識だの世間一般の固定観念に捕らわれない、突拍子もない行動力を秘めている可能性が超〜高いのです。

　ってな文章だったかな。あの頃は原稿が手書きだったから、〝ディスク〟から一字一句、正確に取り出して再録出来ないのが残念だけど……。そうだそうだ、その後に続けて、こんな内容も記していたんだ。

――なかには少々、計算高い優等生的な女の子も紛れ込んでいたりします。その手のタイプは、自分の子どもが一流企業や名門大学へと潜り込むのに好都合だと〝逆張りの発想〟で用意周到に出産した、より強か(したた)な公務員や銀行員の子女だったりするのですね。

　嗤(わら)えるね、最高だね、と編集者の間で大受けだったのも想い出した。トリヴィアルな逸話(わだい)として江美子に話してみようかな。〝刈り上げタイプ〟*の女の子が読者の多くを占めていた雑誌の巻頭言だから、おそらく当時、彼女は読んでないだろうし。思案していると再び畳み掛けられた。

「じゃあ、ヤスオさん、再来週の二十四日は出席ってことでよろしくね。あまり電話が長くなるのもご迷惑でしょ。この辺で切らないと」

「全然、平気だよ。僕もボケーッとしてたところだから。家内はネイルに出掛けて留守だし」

「あら、奥様が行ってらっしゃるサロンって、どこなのかしら？」

電話を終わらせようとしていた江美子が、食い付いてきた。女性は誰でも、美容に関する情報に貪欲だ。

　メグミは、イタリア語で可愛い(カリーノ)*という名前のネイルサロンへ通っていた。根津美術館の真向かいのマンションの一室で、熟練の技術者(マニキュアリスト)が営む。仕上げの巧みさだけでなく、手入れを受けている間に交わす会話の内容や、その間合いの取り方も馬が合うらしい。一九八一年に日本で最初に誕生したネイルサロン*で彼女が勤務していた頃から、メグミはかれこれ四半世紀にもわたる付き合い。

「そうなのよね。相性って大事よね」

「確かにね。恋愛でも仕事でも、人間関係はとどのつまり、相性(ケミストリー)*の問題だから」

　すると、一拍おいて江美子は僕に、〝大胆な提案〟を持ち出した。

「ねえ、女子会が終わったら、由利だけでなく、私とも二人だけで会ってね。奥様も交えて四人でお目に掛かるよりも先に。絶対よ。だって、ヤスオさんと私、相性がいいんですもの。でしょ？」

　ドギマギしてしまう。画面をスクロールする指の動きも、停まってしまった。探りを入れてきたはずの電話が、こんな展開になるとは……。しかも江美子はあっけなく、その直後に会話を終了させてしまう。

「北出さんのお宅の場所は、改めてご連絡するわ。そうそう、言い忘れるところだった。二人で会う時には、由利との食事の後の様子も、ちゃあんと伺わないと……。じゃあね、ヤスオさん。実は原稿中だったりした？　お邪魔してごめんなさい」

狐に抓まれた感じ。いや違うな。豆鉄砲を食った鳩のよう。これも違うね。どう表現したら相応しいのだろう？　しばしライティングデスクの前で腕組みしながら考えてみたけれど、思い浮かばない。こんなところでも、自分の表現力の乏しさを改めて痛感する。

首を左右に捻りながら僕は、コーヒーを注ぎ足そうとマグカップを手にして、リビングルームを通り抜ける。

二日前の晩も確か、メトロノームのように頭を動かしていた。でもそれは、早くデザートが来ないかなぁと酒精の助けも借りて、由利の前で陽気にリズムを取っていたのだ。ずいぶんと違う旋律が今日は流れている。

床までガラス張りのリビングルームの、レースのカーテンが掛かった窓際には、白くて厚い円型クッションが置かれている。ふわふわっとした素材の、ロッタ専用クッションだ。その上に座って窓の外を眺めていた彼女は、気配を感じて僕をチラ見する。おませな表情。

夏場でも僕は、熱いコーヒーを飲みながらパソコンに向かうのが常だった。キッチンで注ぎ終えたカップに、冷蔵庫から取り出した無脂肪牛乳を加える。再びリビングルームを通って自分の部屋へ戻ろうとした。

すると、シャカシャッシャカシャッシャッシャ。駆け寄ってきて、僕の足元で尻尾を振りながら訴える。

――パパっ。あたし退屈だから、少しかまってほしいの。

そうなんだ。じゃあ再びパソコンに向かう前に、〝二人〟でしばしの休憩を取ろうか。うん、それがいい。

ソファの前の丈の低いテーブルにカップを置き、ラグの上に座ると僕は、伏せの姿勢を取ったロッタの頭部を、そして胴体を両手で撫で撫でした。クゥーン。気持ち良さそうな声を出す。

「よしよし、ロッちゃん、君はホントに可愛いねぇ」

日々、彼女に語り掛けている親馬鹿なセリフを今日も口にしてしまった。微苦笑しながら今一度、江美子との会話の内容を僕は反芻する。

〝大胆な提案〟の、その深意はいったいなんだろう？ 僕への不満と挑発？ それとも由利への嫉妬と牽制（けんせい）？ あるいは、僕が困惑するだろうと踏んで、その反応を楽しもうとしているだけ？

すると、再び〝記憶の円盤〟が戻ってくる。文藝賞を受賞した翌年の一月に単行本が上梓され、それまでとはまるで異なる大きさの歯車が新たに幾つも組み合わさり、しかも恐ろしく速い回転数で僕の人生が動き出したあの頃へと。

幾つかの週刊誌が、もしや「吉野由利」が主人公なのではと、周囲の友人に取材攻勢を繰り広げる。日本文学の新風と呼ぶにはいささか軽佻浮華(けいちょうふか)に過ぎると思われていた作品の、「私小説」としての〝噂の眞相〟をえぐり出したかったのだね。とばっちりを受けたのは由利だ。〝共棲〟していた淳一との間には隙間風が漂い始め、記事の掲載には至らなかったものの、僕も大っぴらには会えなくなってしまった。他方、原宿の女子学生会館住まいだった江美子は、詮索(せんさく)の対象外*だった。彼女だけは通っている学校の所在地を変えていたので、作品に登場する一人だとは同定(アイデンティファイ)できなかったのだろう。

卒業後に一年半だけ腰掛け的に東京で働いた彼女が神戸の実家へ戻り、父親の知人のお膳立てで巡り合った相手と結婚するまで、僕たちは幾度かベッドをともにしている。

その江美子は、一年も経たぬうちに離婚することとなった。結婚相手の男性は実母との間に、〝乳離れ〟出来ない*〝お肉の関係(ペログリ)*〟が続いていたのだ。

「もおう、信じられないわ」と江美子は泣きべそをかいて電話してきた。そのディテールを聞いた時に僕は感じ入った。「事実は小説より奇なり」な展開って、本当に起こり得るのだなと。

「ねえ、ロッタ。君は江美子の〝大胆な提案〟をどう思う?」

見ると彼女はラグの上で仰向けになって、お腹丸出しの〝大胆な体勢〟を取っていた。油断しまくりだ。さらに尋ねたところで、「私、わかんなぁい」と言われてしまうのが精々かな。

それにしても今度の女子会、大丈夫だろうか。僕は思い悩む。良くも悪くも無造作というか、無意識というか、そうした江美子の僕に対するほんのちょっとした仕草や言葉づかいに由利が敏感に反応して、今日の電話のやり取りを察知してしまったら、どうしよう。直美や早苗だけでなく、その辺りの事情はつゆ知らぬママ友も参加するというのに。

——平気だよ。ああ見えて江美子は繊細に物事を感じ取る女性。ほら、思い出せるかい。電話を切る直前に言ったセリフを。「実は原稿中だったりした？　お邪魔してごめんなさい」。こう言ったんだよ。

もう一人のヤスオが耳元で囁く。驚いた。そうだった。「全然、平気だよ。ボケーッとしてたところ」と僕は言い繕っていたのに……。

当てずっぽうではなさそうだ、その指摘は。パソコンの画面を上下に行ったり来たり、スクロールしている僕の姿が、江美子の眼球の水晶体に映し出されていたわけもない。でも、ときたま上の空だったり、間が空いてしまったり、僕の会話の具合から、鋭く感じ取っていたのだ。〝原稿モード〟なのだわと。

「ねえ、ロッちゃん。弱ったねぇ」

変わらず〝大胆な体勢〟を続ける彼女のお腹を、指先で撫でてあげる。ビブラートやピチカートを効かせてシューッ、シュッ。するとムクッと起き上がり、一目散に走り去ってしまう。多感な少女の乙女心を傷付けてしまったらしい。いかん、父親としたことが……。

僕も立ち上がり、窓際へと歩み寄る。ロッタが座り直した白クッションの手前側に、レースのカーテンが覆（おお）いかぶさっている。彼女の後ろ姿は、御簾（みす）にお隠れ遊ばされたお姫様のよう。*なあんて、またしても親馬鹿な感想を抱いてしまった。

「ねえ、何が見えるの？」

江美子と出くわした坂道の向こう側に、こんもりとした神社の緑が拡がっている。

——私もいつか、そんな風にお散歩中に出会って、惑わしてみたり、逆に惑わされたりする日が来るのかしら？

彼女の呟きが聞こえてきた。そうかぁ、ロッちゃん、それでお外をずっと見ているんだね。よしよし、原稿の手直しが終わったら、お散歩に連れて行ってあげるから。

僕も呟き返す。だが、ロッタは振り返りもしない。

と、その瞬間、ワァワワワァン、彼女は御簾をめくり上げて飛び出し、僕の脇を通り過ぎ、玄関へと向かう。カシャッとドアが開くよりも前にいち早く、メグミが戻ってきた気配を感じ取ったのだ。

僕も追い掛けると、すでに彼女は靴を脱ぐメグミに向かって尻尾をふりふり、なんとも抜け目ない。

「まあ、ロッちゃん、寂しかったの？　パパと一緒だったのに？　ママが帰ってきて嬉しい？」

メグミはまんざらでもない表情でロッタを撫で撫でする。するといっそう、尻尾の動きが激しくなった。

——ママーッ、お待ちしてたわぁ。

う〜ん、この知能犯ぶりは、メグミ、ヤスオ、いったい、どちらに似たのだろう？「お帰りなさい」と言葉を掛けながら僕は、ため息とも苦笑いともつかぬ具合の声を洩らしてしまう。

4

「素敵なのよね、北出さんのお宅。伺うたびに、羨ましくなっちゃう」

江美子は、玄関先で僕に紹介してくれた。

「こちらが奥様の沙緒里さん。お美しいでしょ」

「お邪魔します」

頭を下げると、彼女も軽く会釈を返す。鼻梁（びりょう）と呼ぶのかな、定規をあてて描いたようにまっすぐな鼻筋*だった。

その相貌（そうぼう）は、コンピュータグラフィックスで描かれたバーチャルアイドル*をどこか連想させる。察するに、江美子や由利よりも一回りほど年下。

「お嬢ちゃまが中等科で、私の娘と同級生なの。二年生。間もなく来ると思うけど、もう一人のママ友の緒方さんは、ご本人も初等科からよ」

この間の電話ですでに聞いた内容だ。そうして江美子自身は、娘たちが通う学校の大学を卒業している。すべて知っているのであろう北出沙緒里の前であえて復唱するとは、女心は時として冷淡だ。そう思う。

三宅坂から半蔵門を過ぎ、英国大使館を左手に見ながら内堀通りを進むとほどなく、なだらかな上り坂となる。訪れたのは、イタリア文化会館よりも手前に位置する十数階建てのマンションだ。

外観は控え目。だが、インターフォンで来訪を告げ、二重になった正面玄関から中に入ると、最上階まで吹き抜けとなった斬新な造りで、その開放感に溢れたロビーの中ほどに、エレベーターが設けられていた。再び部屋番号の1201を押し、入室の許可を得る。

扉が開いて乗り込むと、行き先階ボタンの「PENTHOUSE」がすでに点灯していた。四方すべてガラス張りのエレベーター。上昇するにつれ、往来もまばらな週末の内堀通りを見下ろす形となる。そのマンションはヨーロッパと同じく、ロビーの次の階を一階と表示していた。最上階のペントハウス、日本流に表記すると十三階に到着する。

「ご主人とヤスオさんがお知り合いだったなんて、世の中、ほんと狭いわ。驚いちゃった。でも、北出さんのお宅が会場なのと私がお伝えして、それでお越し頂けることになったんですものね」

それもまた、電話で話した内容だ。ヤスオと自分は〝懇意〟で、最初は躊躇(ためら)っていた女子会への参加を説得したのも私なのよと、印象付けたいらしい。

僕が〝原稿モード〟だったのを鋭く察知して、長電話はご迷惑でしょ、と自ら会話を切り上げたこの間の心づかいとはまた違う、今日の江美子の対応だ。先日来の、由利への微妙な対抗意識が、今日も影響しているのかな。あるいは年齢的に、*感情の起伏が生まれやすい時期なのだろうか。

だとすると由利が、僕と再会した夜の出来事を、すぐには江美子に報告しなかったのも、腑に落ちる。いやいや、それっていささか繊細さに欠けた、失礼な思い込みかも知れない。性別が異なる僕は、あれこれと頭の中で考える。

すると、江美子が言葉を継いで、僕は現実に戻された。

「でもね、ヤスオさん、ご主人があいにくと今日はお留守らしいの。昨日からシンガポールへご出張ですって」

そうなんだ、と僕は心の中で呟く。事前に教えてくれても良かったのにね。だからって、参加を見合わせたりはしないのだから。

「突然に出張が決まったんですって。お忙しいのね。実は私もついさきほど、沙緒里さんから伺ったばかりなの」

そうかぁ、幹事役の江美子にも伝わっていなかったんだ。

「主人も恐縮していました」

どうやら沙緒里は、あまり口数を利くタイプではなさそうだ。江美子とは対照的。

「ヤスオさんと一緒に政治とか経済とか、判りやすくお話し頂けたら、いつもとひと味違う女子会になったのにね」

「まあ、それは別の機会にということで」

やんわりと躱すと僕は、玄関先で靴を脱ぐ前に、手にしていた薄紅色＊の紙袋を沙緒里に差し出した。

「あら、開新堂の手提(てさ)げだわ。クッキーかしら。ねっ、沙緒里さんもご存じでしょ？」

沙緒里は知らなかったらしく、小首を傾げる。

「英国大使館の裏手に昔からある料理店のクッキーをお持ちしました」

明治維新後に宮内省大膳職(だいぜんしき)*から横浜の外国人居留地へ派遣され、洋菓子の技術を学んだ料理番が創業した村上開新堂*は、プティフールという単語が人口に膾炙(かいしゃ)する遥か前から、一口サイズの端麗な生菓子と薄紅色の缶に詰められたクッキーの美味しさで知られる。鹿鳴館で供された洋菓子も担当していたと、四代目*にあたる女主人が存命だった頃に聞いたのを僕は想い出す。

「いいなぁ、ヤスオさん、顔なじみなんだ。今度、私にもお裾分(すそわ)けしてね*。これって、なかなか手に入らないのよ、沙緒里さん」

レストランとしての営業も行う村上開新堂は料理も菓子も、古くからの顧客に紹介されて初めて味わうことができるのだった。

「さあ、どうぞどうぞ、ヤスオさん、中へお入りになって。早苗も来てるわよ」

僕を促す。自分の家でもないのに、こうした仕切り方も実に江美子らしい。世話好きでちょっぴりお調子者。これが彼女の本来の魅力なのだった。

玄関部分と段差のない、乳白色*のタイルが敷かれた廊下を進んで*歩み入ると、眺めの良い部屋だった。

視界を遮るものは何もない。目の前に北の丸公園と皇居*の緑が拡がる。その先に大手町と丸の内のビジネス街、遠く月島や豊洲の高層住宅も見渡せる。

さらに歩み進んで、全面ガラス張りの窓際に立って見下ろすと、千鳥ヶ淵戦没者墓苑*の樹木が生い茂っていた。

真夏の土曜の昼下がり。八月二十四日の今日は、暑さの収まりを意味する〝処暑(しょしょ)*〟の翌日にあたる。なのに、相変わらずの猛暑。ガラスの向こうは35度近い気温だろう。

桜の時期には花見客でいっぱいとなる濠(ほり)沿いの遊歩道にも、人の気配は窺(うかが)えない。

その緑道と墓苑との間の一方通行路には何台か、タクシーが駐車していた。木陰を選んで停めた車の中でドライバーはシートを倒し、つかの間の休息を取っているのだろう。

「ヤスオさん、ごぶさたしております。早苗です」

声を掛けられて振り向くと、英文科で由利と同級生だった早苗が立っていた。小柄な彼女は当時、ハマトラ少女。カッターシューズ*と呼ばれる底が真っ平らな〝ペチャぐつ〟に、丸いボンボンの付いたハイ・ソックス*を履いていた光景が甦る。

「二十歳(はたち)とは思えない、少しばかりあどけない雰囲気を残しているのに、女としてのあるべきところは人並み以上についている。そのアンバランスなところが、不思議と男の子にはコケティッシュな感じを与えるらしい」

〝物語〟の中で三十三年前に由利が語っていた早苗は、歳相応の年輪を感じさせる顔容となっていた。灰味がかったローズピンク*のワンピースを着て、軽くパーマを掛けていた。

「最後にお目に掛かったのは、横浜のガソリンスタンドで僕が研修中の時だよね。早苗です、ってあなたが助手席から名乗ってくれた車に給油したんだ」

「まあ、ヤスオさん、覚えていて下さったんだ。嬉しいわ」

「社会現象」を巻き起こした単行本の発売*から三ヵ月後、僕は一介の新入社員として米国系の石油会社で研修中だった。

「ホントにそうなの？　本人なの？」。同世代の青年がまじまじと、僕の顔を見つめたのを想い出す。「だって、どうしてスタンドで働いてるわけよ？」。訝るのも無理はない。早苗が説明を加えても、得心しないようだった。

　話は少し遡る。前年の十月初め、在京のテレビ局と石油会社から僕は内々定の連絡を受ける。その直後の十月半ば、今度は「文藝賞」の選考会*で、応募していた作品が評価を受ける。「内定」と「受賞」が、ほぼ同時期に訪れたのだ。

「社会現象」という〝青天の霹靂〟を、仮に大学二、三年生の時点で僕が経験していたなら、就職のための会社訪問*には出掛けていなかっただろう。だが受賞作は文字通り生まれて初めての小説で*、文章を生業として暮らしていくだけの心構えはまだ、出来ていなかった。

どちらの企業を選ぶべきか、僕は悩む。電波と活字の違いはあるにせよ、表現という同じ分野で〝二足のわらじ〟*を、それも新入社員が履きこなすのは、周囲のやっかみもあろうし難しかろうと考えた。勤務と執筆の切り替えを、同僚も上司も合理的(ドライ)に受けいれてくれるのは後者ではなかろうか。そう考えた僕は、十一月一日の石油会社の内定式に臨む。

作品が掲載された『文藝』の発売は十一月七日。すべてはそこから、僕の人生が大きく動き出す。年が明けて単行本が上梓されると、想像を超えたさらなる変化の大波が押し寄せ、その中で入社式を迎える。

座学研修に続いて、ガソリンスタンドでの実地研修が待っていた。東京、川崎、横浜の三ヵ所、いずれのサービスステーションで勤務するか、阿弥陀籤(あみだくじ)を引くと僕が当たったのは横浜。しかもヨコハマ・トラッド、略してハマトラの聖地として一世を風靡(ふうび)していた元町商店街に隣接するSSだった。

東急東横線の当時の終点は桜木町駅*。そこから市営バスに乗り込んで出勤し、菜っ葉服に着替え、帽子をかぶり、勤務が始まる。自分の作品の中に登場していた*ブチックのワゴン車や、その経営者の黒塗りもやって来る。

いらっしゃいませ！　ありがとうございます！　声を張り上げ、駆け回る。給油、洗車にワックスがけ、そしてオイル交換。唯一の愉しみは、中華街の外れで営む弁当屋が配達してくれる昼食を、いつも単車で職場に乗り付けていたリーゼントヘアの年下の従業員と一緒に控室で味わう時だった。

一日の研修が終わると今度は、その半年前から*総武快速線と直通運転を開始していた旧国鉄の*横須賀線で都心に戻る。僕の父親よりも年嵩(としかさ)の、待ち受けていた編集者に「センセイ」と呼ばれ、なんともこそばゆい。と同時に、〝ジキルとハイド〟な自分に途惑いを覚えていく。横浜での研修期間を終え、天馬(ペガサス*)を意匠(マーク)に掲げる石油会社を退社するのは入社から五十二日目だ。

由利とは渋谷の大学のテニス同好会で一緒だった早苗が当時付き合っていたのは、自由が丘からほど近い国立大学の建築学科に在籍している男の子だった。少なくとも僕は、由利からそう聞いていた。

運転席の男性は、別の私立大学のアメリカンフットボール部の名前がローマ字で記されたトレーナーを着ていた。その彼に釣り銭とレシートを手渡しながら後部座席を見やると、彼女がお気に入りのバッグを扱う、元町では老舗と目されているブチックの紙袋が置いてあったのも想い出す。

「ママを立派に務めている、って由利が感心していたよ」

僕は声を掛けた。より正確には、「立派にママを演じているわよ」と由利は教えてくれたのだが。

「そんな、恥ずかしいわ。今や横浜の郊外に暮らす、ごくごく普通の主婦ですから」

口元に手を当てながら、一瞬、はにかんだ表情を見せる。

「私なんて由利とは大違い。彼女の活躍が眩しいわ。今日も久しぶりに都心へ出て来たの」

そう語ると、彼女は遠くを見やる。

「あら、主人が勤務する大手町の本社が見える。ほら、あそこのビルよ」

指差した銀鼠色の窓枠の建物は、誰もが名前を知っている総合商社の一つだった。ビルの前に設けられている人工池でゴールデンウィーク明けにカルガモの子どもが十羽、五年ぶりに誕生したと今年は話題になった。その約一ヵ月後、母ガモは幾度かに分けて子ガモを先導し、道路を渡って皇居の濠へと〝引っ越し〟する。その動画がインターネット上で評判となって、ご多分にもれず僕もライティングデスクの前で〝現実逃避〟中に視聴していた。

「ヤスオさんもご覧になったのね。私も懐かしかったわ。だって、最初にカルガモさんがやって来たのは、私が入社して二年目の時よ。お引っ越しが始まったら、近くの会社の人も見物に大勢押し寄せて、私たちが交代でご案内したの」

大卒女子の採用に関して、早苗の夫が勤務する商社が当時どういう方針だったか、僕は詳らかには知らない。男女雇用機会均等法という四角四面な名称の法律が施行されるのは、彼女たちが卒業して四年後の春だ。話の具合からすると早苗は採用後、ロビーの受付業務を担当する部署に配属されたのだろう。

「でも、生まれつき病弱だったのかな、お濠へ渡る前に亡くなってしまった赤ちゃんも三羽いて、とても哀しかった」

問わず語りに教えてくれる。

「そのカルガモ池も、再来年にはビルを取り壊すから、*消えてしまうんですって」

江戸時代には大名屋敷が建ち並んでいた大手町は明治維新で官有地となり、敗戦後は民間企業に払い下げられ、オフィス街として変貌を遂げる。僕が大学に入学する一九七〇年代半ばには、皇居を取り巻く内堀通り沿いにも高さ百メートルを超える高層ビルが出現し始めた。この商社の社屋もその一つだ。それから三十数年が経過して、あたり一帯は建て替えラッシュとなっている。

そう言えば、と思い出す。周囲の建物も同時に解体し、商業施設を含む複合用途ビルへと五、六年がかりで再開発する計画だと、二週間ばかり前に報じられていたのを。だが、池が閉鎖されてしまうとは初耳だ。あるいは竣工時には復活するのだろうか？仮にそうだとして、その間、カルガモはどこで営巣して、濠へと移動するのだろう？

再び視線を窓の外に向けながら、早苗は呟いた。

「祟りがあると怖いから、将門塚*はそのまま残すというのに」

敷地の一廓に、平将門の首を祀る塚がある。日本に進駐したGHQから造成を命ぜられて整地していたブルドーザーが横転事故を起こしたのを始め、怨霊話は数限りない。おそらくは未来永劫、首塚は維持されるのだ*。工事期間中だけ一時的に移転するはずもない。が、ならば引き続き、カルガモ池を維持しておくのも、さほど難儀な話ではなかろうに。

　少し話題を変えようと思い、僕は質問した。

「で、商社マンのご主人は、どんなセクションでお仕事されているの？」

「食品事業本部で缶詰の流通を担当しています。主人は私より三つ年下なんです」

　尋ねていなかった夫との年齢差まで僕に伝えてくれる。南青山での食事の際に由利から聞いていたのと、いずれも違わない。

「あら、やだぁ、ヤスオさんと早苗、しっぽりしちゃってどうしたの？」

　江美子が割り込んできた。少し長く二人で話をしすぎたかな。振り返ると、面長な顔立ちの女性が立っていた。

「ご紹介するわ。緒方あずささんよ」

　肩よりも少し下の辺りで髪を切り揃えた彼女は、引き締まった二の腕が映える黒いノースリーブのワンピースに大ぶりのバングル*をしていた。

「緒方さんは、初等科から三光町*ですって？」

　挨拶代わりに僕が尋ねると、「ええ」と短く答え、続いて尋ね返された。

「私は、なんとお呼びしたらいいのかしら？」

「ヤスオでもヤスピンでも、お好みでどうぞご自由に」

「じゃあ、ヤスピンでも構いません？」

　悪戯っぽい表情で、僕を見つめる。えっ、ヤスピン？　もしや、と思うと同時に、彼女が名乗り出た。

「お久しぶりです。私、村田あずさです。サトピンと同学年だった」

おぉ～っ。またしても僕は、声にもならぬ声を喉の奥で洩らしてしまう。なんたる偶然。いやいや、なんたる失態！　一学年三クラスの小中高一貫の女子校で、あずさという名前の生徒が同じ学年に複数名、在籍していた確率は低い。しかもメグミと同じ丙午生まれ、と江美子から聞いていたママ友だ。

下の名前を聞いた瞬間、ぴんと来て当然なはずなのに、頭の中で連動しなかった。なんともばつが悪い。この間も江美子に「人の相貌を覚えるの、昔から苦手よね」と皮肉られたばかり。なのに、二の舞を自ら演じてしまった。いやはや。

「なあに、なあに。緒方さんとも昔、お付き合いしてたの、ヤスオさん」

早くも江美子は尋問態勢に入る。その脇で早苗が笑っている。少し離れた場所の沙緒里も、耳をそばだてている感じだ。

「違うよ違うよ。ねっ、村田さん、ううん、緒方さん」

助けを求めると、応じてくれた。

「私のお友だちと〝仲良し〟だったので」

「ふーん、そうだったの。さすがは恋多きヤスオさん」

江美子が僕を〝いじって〟くれる。

「お友だちはサトピンと呼ばれていて、だからヤスオさんはヤスピンだったの」

肩を軽くすくめながら、あずさは片眼を瞑(つむ)って、僕にウインクしてみせた。

「本当は私もヤスオさんと二人でデートしてみたかったんですけど、残念ながらお誘いがなくて……。でも、時々ご相伴にあずかって、いろんなお店に連れて行って頂いたわ」

「まあ、その辺りは後ほど、じっくりお聞きするとして、でも、羨ましい。私なんて、全然だったのよ」

少し白々(すこお)しい、僕にだけわかる発言を江美子はした。

「ねえねえ、当時は僕も学生だったけど、お茶くらいはご馳走したよ。由利と一緒に三人で会った時に」

ドナルドダックみたいに唇を尖らせ、僕は反論した。もちろん、真剣に怒ったわけじゃない。「社会的変化」が僕に訪れた後も、江美子とは幾度か、お茶だけではない逢瀬(おうせ)を重ねていたのだから。

「ちょうどお食事の話題も出たことだし、沙緒里さん、そろそろ、始めましょうか。由利も今日は少し遅くなるみたいだし」

会話がこれ以上深くなりすぎるのも考えものだと、江美子は素早く計算したのかも知れない。

「あら、由利が遅れるの？　珍しいわ」

事情を知らない早苗が尋ねると、江美子は理由を簡単に説明する。一昨夜、僕にも連絡があった。

「製薬会社のお仕事が入ってしまったんですって。患者さんの集団とお目に掛かる会合に立ち会わないといけないらしいわ」

「ファッション関係のPRだけじゃないのね」

「そうみたい。あまり詳しくは私も知らないのよ……」

少し間を置き、江美子は続けた。

「さあ、皆さん、席にお着きになって。沙緒里さんがナプキンの上にネームカードを置いて下さったから確認してね」

リビングダイニングルームは、四十畳近い広さだろうか。天井もずいぶんと高い。その手前のキッチンから、山丈(やまたけ)のあるコック帽をかぶった男性が料理を運んでくる。ケータリングを頼んでいるらしい。

片側三人掛けの大きな食卓は、ずいぶんと幅もあった。まだ到着していない由利と直美も含めて本日は計七名。窓に向かって手前から左側に沙緒里・早苗・由利。右奥から江美子・あずさ・直美。そうして、僕に用意されていたのは、窓を背にして座る場所だった。

「ねえ、直美も遅れるのかなぁ？」

僕が尋ねると江美子が今度は即答した。

「でしょうね。彼女は時間に関して相変わらずみたいだから」

その昔、遅刻の常習犯*だった。ロケバスの集合時刻に遅れて、大目玉を食らったことが幾度もあるらしい。「でもね、カメラの前に立ったとたんにシャンとして、存在感(オーラ)を放つのよ。横で見ているこちらが引き込まれてしまうくらいに。天賦(てんぷ)の才だと思うわ」。由利が学生時代に語っていたのを想い出す。と、プルルルと音が鳴った。

「あら、噂をすれば何とやらってことね」

江美子はキッチンの入口へ駆け寄るとモニター画面付のインターフォンで応答し、「いま、開けるわね」と解錠のボタンを押す。直接の面識を沙緒里が持ち合わせていないとはいうものの、幹事役の江美子はほとんど千鳥ヶ淵のマダムと化している。

ママ友のあずさが、さきほど下から連絡してきた時はどうだったのだろう？　僕は早苗と話し込んでいて気付かなかったけれど、同様だったのかな。都合三回、江美子は応答すると、廊下を移動する。ほどなく今度は、玄関のチャイムが押された。

「お待たせーっ」

聞き覚えのある声が響く。続けて、どたどたどたと江美子を半ば押し退(の)ける感じで走ってくる音がした。姿を現すや直美は両手を真横に広げ、両膝を屈めながら「セーフ」と自ら宣言する。茶目っ気たっぷり。あずさも沙緒里も思わず笑い出してしまう。雑誌の誌面を通じて彼女たちが思い描いていたNaomiとはまた違う魅力に富んだ直美が、そこにいた。

なんとも大仰(おおぎょう)な身振りなのに、奇を衒(てら)った動作とは映らない。なぜか嫌味にも思われない。不思議なものだ。そうして周囲を自分の世界（ベース）へと招き入れてしまう。それもまた彼女の持って生まれた才能なのだと、僕は感じた。

三十年余り前と同じく、細く長く伸びた両脚を印象付ける細身なジーンズ姿。バストアップの写真だった雑誌の表紙では確認出来なかったが、二十代の頃と同じ体型をほぼ維持している。変わったのは、往時はレイヤーカットだった髪型と、目尻の辺りに皺が微妙に覗（うかが）える点かな。

外科的施療*を受ければ、いとも簡単に隠せるだろうに、あくまでも自然体。が、そうしたNaomiだからこそ、同世代の読者は共感だけでなく、ある種の安心も抱けるのだろう。「ナチュラルな生き方の女性として、私たち世代の間では今や憧れの存在よ」。電話で江美子が述べていたセリフを想い出した。

「もおう、セーフだなんて。充分、遅れてるんですけど」

後から追い付いた江美子が、苦笑いしながら伝える。

「あら、ホントだわ。でも、ほんの五、六分でしょ。この程度は私（あたし）的には許容範囲」

手元の携帯電話を見ながら直美は答え、ネームカードを確認し、着席する。そうしてジャブを軽く返した。

「まあ、素敵。一番手前の末席をご用意いただいて嬉しいわ」

「違うわよ。今日は私のママ友が、直美と由利からいろいろとファッションや美容の秘訣をお聞きして、ヤスオさんからも世の中の動きを教えて頂こうと、そういう企画なんだから。由利とあなたが対角線上に座る形で、席順も決めたのよ」

少し早口で江美子は説明を加えると、参加者を紹介した。

「こちらにお住まいの北出沙緒里さん、そして緒方あずささん」

「Naomiです、初めまして。早苗もお久しぶりね。で、江美子、由利は私よりもさらに遅れてくるんでしょ、今日は。あなたから連絡をもらったけど」

「そうなの。でも、あの後に電話で話したら、必ず来ると言ってたから大・丈・夫」

う〜ん、そうかぁ。直美には伝えたのに、早苗には由利からのメールを転送しなかったんだ。またしても女心は奥が深い……。感じ入りながらテーブルを見渡すと、その江美子と目線が合ってしまった。

「じゃあ、乾杯はヤスオさん、お願いね。今日は〝お誕生日席〟に座っているし」

丈の長いフルートタイプのグラスに、シャンパーニュが注がれる。

十七世紀後半、フランス北部シャンパーニュ地方の修道院で酒倉庫係に任命された修道士が、木樽ではなく耐圧瓶の中で葡萄酒の熟成を重ね、発泡ワインの醸造に成功する。それがシャンパーニュの始まり。

注がれていたのは、家長を意味するラテン語「ドミヌス」から派生した、聖職者を指す接頭辞*が、彼の名前*に冠せられた銘柄(めいがら)だった。それは、泡沫(バブル)経済華やかなりし八〇年代後半から九〇年代初頭にかけて、ディスコやクラブの〝定番商品〟だった。懐かしい。夜会の場に集う「紳士淑女」が今でも崇め奉る酒精(あわ)を編み出したのが、清貧を重んずるベネディクト会*の修道士とは、何とも皮肉な歴史でもある。

白いハンチングタイプの帽子をかぶったスタッフが全員に注ぎ終えるのを待って、僕は挨拶する。

「今日はお招き頂き有り難うございます。〝招かれざる客〟になったらどうしようとドキドキものでしたが、こうして温かく迎え入れて下さり、ホッとしています。つい三週間ほど前に江美子さんと道でバッタリお目に掛かり、由利さんからも今日の女子会のお話をお聞きし、都心とは思えぬ絶景の会場を沙緒里さんにはご提供頂き、早苗さんや直美さんとも久方ぶりに再会し、そしてなんと、高等科の時分から存じ上げていたあずささんもお越しになられて。う〜ん、なんだかしゃべっているうちに収拾がつかなくなってきました。何はともあれ早速、始めましょう。今日は大いに食べて飲んでおしゃべりを。乾〜杯！」

隣同士でグラスを合わせる音がした。

「この〝お誕生日席〟が〝お白洲〟とならぬよう、ひそかに願っておりますが」。そう付け加えようかとも考えていた。だが、話している途中で僕は気付く。それって、火に油を注ぐ藪蛇（やぶへび）だよね。いささか冗漫で、中途はんぱな具合になってしまったけれど、挨拶を切り上げた。

「沙緒里さんのご主人、今日はお越しになれないので、シャンパンを、なんと半ダースもご提供下さったの。皆さん、心置きなくお飲み遊ばせ」

一人ひとりの目の前の皿にはタコのマリネ、モッツァレッラチーズとトマトのスライスにスイートバジルを添えたインサラータ・カプレーゼ、軽く焼いたパンに生ハムを載せたブルスケッタの前菜が盛られていた。江美子の解説が続く。

「そして、お料理は、代官山のイタリアンからケータリングですって」

その名前は僕も知っていた。代官山の他にも都内や関西で幾つかの店舗を展開する。メディアにも頻繁に登場している。だが、訪れたことはない。もう一つ食指が動かないのだった。その営み手にして作り手の心智(いしき)は、レストラトゥール*であってキュイジニエ*ではない、と僕の勘性が囁(ささや)いていたから。直訳すれば、前者は料理店の商売上手な経営者、後者は料理店の謹厳実直な料理人。

「三日前に突如、主人がシンガポールへ出掛けることが決まって、この場に顔を出せなくなったものですから、とても申し訳ないと気にしていて。それで行き付けのイタリアンにケータリングを頼みなさいとアレンジしてくれたんです。本当は私が作るつもりでいろいろとお料理を考えていたんですけど、こんな形になって、ごめんなさい」

沙緒里がすまなそうに言い訳した。融通がきかなそうに見えた彼女にも「体温」はあるのだ。言葉数が少ないだけで、本当は生真面目(きまじめ)なタイプなのかも知れない。

「大丈夫よ、沙緒里さん。いつも私たちの女子会、外のお店で開いてるんですもの。逆にご散財を掛ける形になって、心苦しいわ。ご主人にもお礼を申し上げないと」

江美子が〝助け船〟を出した。本来の彼女の優しさが戻ってきたのかな。

「ほら、メニューも皆さんのお手元に用意して下さったのよ。ご覧になって」

小さな紙片に記されていたのは、続いてのパスタが二種類。その後に肉料理。そして食後のドルチェ。それぞれがどの程度の分量（ポーション）*なのか、まだ判らないけれど、午餐（ランチ）の設定としては十分だろう。

「ではでは、Naomiさんへのご質問をまずはお受けしましょうか。沙緒里さん、いかが？」

前菜の皿が下げられてほどなく、江美子が切り出した。

ふ〜っ、有り難い。その昔の僕の行状（ぎょうじょう）を詮索（せんさく）される〝お白洲〟を、とりあえずは免れたぞ。〝お誕生日席〟で僕は、頭を左右に動かす。もちろん、由利との食事の際と同じ、陽気な旋律（メロディ）のメトロノーム。早くも二杯目のシャンパーニュを飲み干す。

「モデルのお仕事、学生時代からずうっと続けられているんですか？」

「そうねぇ、いい問い掛けね」

きわめて初歩的というか、その昔から聞かれ続けているであろう質問。直美の場合は少なからず私生活（プライバシー）に関わってくる質問でもある。

江美子との電話から二週間あまり。この間に由利とも二回、僕は話していた。直美も参加するのかなぁと尋ねたら、江美子から得た情報とはつゆ知らぬ彼女は、そうなのよと一頻（ひとしき）り、直美の三十数年間をかいつまんで教えてくれたのだった。ほぼ同じ内容を、今日は直美自身から聞くこととなった。

「小学校から短大まで、ずうっと〝館(やかた)〟*育ちなわけ、私は。高二の時に渋谷の駅前で学バス*を降りたら、勧誘(スカウト)されたの」

その女子校は、日赤医療センターを間に挟んで、江美子が卒業した女子大と同じ住居表示(ひろお)だ。四季を通じてスノーホワイト*のセーラー服に瑠璃紺(るりこん)*色のスカート。胸元を飾るコバルトブルー*のシルク素材のリボンが魅力を高める。その制服に憧れる男子生徒の間では、校名の最後の一文字を符丁にして〝館(やかた)〟と呼ばれていた。

「でも、なにかと生徒指導がうるさい校風で、正式にモデル事務所に所属するのは短大生になってからね。そうそう、思い出した。私が卒業して大分経って、ヤスオさんが秋の記念祭*に来ただけで職員室が大騒ぎになって、いったい、どこのクラスの生徒がチケットをお渡ししたのって犯人捜しが始まっちゃった、そういう高校なのよ」

「えっ、なになに、それって」

案(あん)の定(じょう)、江美子が反応する。

「うーん、あとでご本人に説明して頂きましょ」

直美の隣のあずさが、クスクスッとした。こりゃマズいぞ。今の話が〝触媒〟となって、あずさと同級生だったサトピンこと稲村聡子の話題まで持ち出されてしまうかな。直美、早く話を元に戻して、先に進めておくれ。心の中でお祈りする。

「ヤスオさんとお付き合いしていた由利とは、事務所が一緒でね。ご存じでしたっけ？」

「大丈夫、直美。ママ友二人にはその辺りの〝基礎知識〟、ちゃあんとメールでお伝えしてるから。もちろんヤスオさんの小説に登場していることもね。そうなのよ、私だけ通ってる大学を勝手に変えられちゃってた*ことも……さあ、話を進めて」

江美子は理解しているのだ。僕同様に直美はしゃべり出したら止まらなくて、しかも話があっちへ行ったりこっちへ来たり、脱線しがちだってことも。それで軌道修正を図ろうとしてくれたんだね。有り難い。

でも、一段落したら今度はやはり僕が〝お白洲〟かな。う〜ん、自分で言うのも何だけど、僕はずうっと言行一致。包み隠しごとは、からきし苦手な人生を歩んでいるから、何も恐れるものはないんだけれど……。

短大時代から付き合っていた二歳年上の相手と二十八歳で結婚した直美は、その三、四年後に一児の母となったのを契機にモデルの仕事を小休止する。仕事を本格的に再開するのは十五年近く前。相前後して、病院勤務の医師だった夫と離婚する。

江美子の最初の結婚相手は、実母と〝懇(ねんご)ろ〟だったのが離婚の原因だ。とても判りやすい理由。直美の場合はいま少し複雑だったの*、と由利は語っていた。「性格の不一致」で表向きは片付けているのだろうが、果たして実際はどんな具合だったのだろう？

今日の直美も、そこまでは具体的に触れなかった。仕事の再開と離婚の決断がほぼ同時並行(パラレル)だったことにやんわりと触れた後は、一人娘の話に移る。

「私は九年前に再婚するわけ。娘の鈴菜は、高校の途中で西海岸(ロス)に渡ってダンスの勉強を始めたの。ダンスといってもストリート・ダンス*ね。そうそう、先月、ニューヨークの大きなコンテストで準優勝したのよ、彼女が参加しているユニットが」

するとと江美子が反応した。

「それってすごいじゃない。頼もしいわ」

私たちが築いている家庭とはずいぶんと違うわねと心の中で呟きながら、もっと“温度”の低い反応を示しても不思議ではない。なのに、素直に感心している。江美子らしいと思った。

「有り難う。嬉しいわ。YouTube*にアップされてるのよ。よろしかったら、お食事の後にでも一緒に観ましょ」

口元を心持ち緩ませながら応じた直美は、「でね、今の夫は写真家。ファッションが主体なの」と続けた。僕は再び、由利との電話のやり取りを想い出す。

当初はCMのスチル写真で活躍していたカメラマン。でも、大きなギャラが見込めるそうした仕事は過当競争だ。しかも、以前とは違って広告業界も、予算は引き締め傾向にある。早めに見切りを付けて方針転換した彼は現在、通販業界の仕事がメインなのだという。

ダイレクトメールで届く女性向けのぶ厚い通販雑誌は根強い人気を誇る。B to C*のネット販売が主流となった今でも、紙媒体を眺めた後に画面上で注文する比率は高い。メグミも利用しているその通販会社の季刊誌はもはや、昔の「通販」のイメージではない。レイアウトもデザインも垢抜けている。直美の夫は、その巻頭のファッション頁の撮影を一手に引き受けているのだと僕は知る。

「でも、ちょっぴり不本意なのかなぁ、内心では」。「そうでもないと思うわ」。由利は携帯電話の向こう側で答えた。

「いわゆる広告宣伝の世界に長年生きてきた人たちからすると、こう言ったら何だけど、格落ちよね、確かに。でも、ヤスオ、想像してみて。どんなにか世間で注目を集めた広告だって、撮影したカメラマンが誰なのか、ほとんどの人は知らないし、調べようともしないでしょ。知らずに駅貼りポスターや街頭の壁面広告をチラッと眺めて、大半の人々は通り過ぎていくんだから」

なるほどと思った。物質的な商品だけでなく、すべての存在は社会という歯車が回転する中で、消費されていく運命にあるのだ。

「そう考えれば、いまだ出会ったことのない、というよりも多分、永遠に巡り合わずに終わってしまう、でも、この日本のどこかで確実に着実に暮らしている一人の女性が、自分の撮影した洋服に魅力を感じて、宅配便で届くのを心待ちにしている。その確かさの方がむしろ、クリエーターとしての実感を抱けるかも知れないわ。仮に、それとて自己満足に過ぎないとしても……」

　黙って聞きながら、僕は幾度も頷(うなず)いた。でも、〝クリエーター〟としての自分を自負する人たちは往々にして、「業界」という小さなムラ社会の中での評価から抜け出せずにいるのだ。それは、広告の世界に限らず、学問の世界を始めとして、ありとあらゆる分野でおそらく。

　大学の卒業を契機にモデルとしての自分に〝見切り〟を付け、フランスの化粧品会社の日本法人へ入社した由利が歩んできた軌跡を、もう一度、僕は振り返った。

　その化粧品会社はほどなく、本国でのM&A＝合併・買収を経てファッション＝モードの複合企業体(コングロマリット)に組み込まれる。傘下に加わった幾つかの欧州ブランドの日本に於ける広報活動を統括する部署に、彼女も配属される。

　そうして二十世紀最後の年の夏、由利にも僕にも転機が訪れた。

　彼女は「ヒューマン・イノベーション・マネージメント」を学ぶために、ロンドンの経営大学院へ私費留学する。僕は告示まで一ヵ月あまりに迫っていた知事選への出馬を要請される。対抗馬は、自治省*から副知事を経て都合二十年にわたって県政を牛耳ってきた当時の現職が後継指名した、同じく副知事経験者だった。

　聞き慣れない講座名だねと先日も食事の際に尋ねると由利は、「夢物語を追い求めるだけではなく、経営の数字のみにとらわれるのでもなく、人々に豊かさや幸せを届ける経済活動と社会貢献の融合」を図る新領域の学問なのよ、と教えてくれた。その言葉がもう一度、僕の頭の中を過(よ)ぎる。

「あら、ガスパッチョ仕立てだわ。今日みたいに暑い日にはぴったりね。早速、頂いちゃいましょ」

　運ばれてきた最初のパスタが冷製なのを見て取って、湘南での夫との暮らしぶりを語り始めていた直美は話をいったん中断した。

　日本の素麺とよく似たカペリーニ*と呼ばれる極細麺を使っている。いずれもみじん切りのキュウリや黄色パプリカ、玉葱やアボカドと、トマトのざく切りを加えた冷製(ガス)スープ(パッチョ*)に、麺を絡(から)めて盛り付ける。ガーリックを効かせて、胃腸を刺激することで知られる一皿。

　早速、口にした彼女はウンウンと顔を大きく上下に動かしながらフォークを置くと、「でもさぁ、惜しいねぇ、この味付け。もう少し香辛料が鋭角的って言うのかなぁ、そういう感じだと、食欲が湧くんだけどなぁ」、端的に指摘した。

　確かに言えている。見た目には綺麗に整っているのに、味わいが平面的(ダル*)なのだった。残念だね。

　僕の左隣に座っている江美子の様子を、そっと窺う。すると、両手の人差し指の指先で、唇の端をキュッと押さえている。「もおう、直美ったら、ストレートすぎるんだから」。そんな感じかな。

　その向かい側の沙緒里はどうだろう？　目線を右に動かすと、玄関先で挨拶した時と同じく無表情だった。直美の発言を、あまり理解していないのかな。そうして、直美と江美子の間のあずさは、どう反応していいものやら、困惑気味な表情をしていた。

「いや、これはこれでシンプルな味わいで、アリじゃないのかな」

〝お誕生日席〟からは、キッチンの様子が垣間見える。扉の陰で料理人がこちらを窺っていた。僕は取り繕いにもならぬセリフを口にする。すると、思わぬ所から援軍がやってきた。早苗だ。

「私、いつも楽しみにしているんです。『Naomi フィロソフィー』*、今月はどんなものが登場しているかなって」

江美子から電話が掛かってきた日の夕方、メグミが料理を作っている合間に僕が改めて眺めた月刊誌で連載中の企画だ。Naomi が日記形式で、自分の日々の生活やお気に入りグッズを紹介する見開き頁。

「まあ、嬉しいわ。一応、文章も自分で書いてるの。いつも編集部の年下の担当さんにいっぱい手を入れられちゃうけど」

微苦笑しながら、グラスを口元に近付ける。僕同様に彼女もピッチがはやい。

「先々月号のオリーヴオイル*のお話、読んでるうちに私も欲しくなって何軒か探したんですけど、なかなか見付からなくて。商社で食品部門の主人に聞いても判らなかったわ」

その号の連載は、僕は目にしていなかった。

「それはそれは、ごめんなさいね。あそこにも書いたけど昨年、プーリア州*を中心にイタリアの南部を夫と一緒に車で回った時、リストランテで譲って頂いたの。手書きのラベルが貼られた、近くの農家に頼んで作ってもらったレア物みたい」
「いいなぁ、そういう渋い旅行してるんだ。でも、プーリア州って、どの辺り？」
江美子が尋ねた。直美は簡単に説明を加える。僕の頭の中でも、メグミと一緒に五年ほど前、出掛けた時の記憶が蘇った。

　プーリア地方は、長靴型したイタリア半島の、かかとの部分に当たる。旅行好きで世界各地に足を運ぶ好奇心旺盛な日本の元気な高齢者の間では、トゥルッリ*と呼ばれる砂糖菓子みたいなとんがり屋根の建物が並ぶ街・アルベロベッロ*が知られている。他方、オリーヴだけでなくトマトや赤玉葱（あかたまねぎ）、アーティチョークと季節野菜の宝庫だ。さらにはアドリア海の豊富な魚介類*。そうして最近では、侮り難いワインの生産地としても耳目（じもく）を集めている。

　優れているのは食材だけではなかった。好事家（ディレッタント）の間では、「食はプーリアに在り」とひそかに言われている。イタリアを代表するニュース週刊誌『レスプレッソ』*の発行元が編纂するぶ厚い料理店ガイドでも毎年、プーリア州のリストランテ*は注目されている。

　赤い表紙の指南本として日本では聖典（バイブル）のごとく扱われているフランスのタイヤ会社*が出版するレストラン・ホテルガイドのイタリア版で高い評価を与えている食事の場所は、保養地のカプリ島とアマルフィ半島周辺の何軒かを除けば、北部・中部一辺倒だ。なんとも対照的なのだった。

直美の今の夫は、ある意味、僕と似た感覚の持ち主なのかな。同世代、もしくは少し年上だろうか。一度、会ってみたい気もする。でも、今、ここでそんな話を持ち出したら、直美の脱線に輪を掛けてしまう。しばし黙っていることにした。

「Naomiさん、八ヶ岳に別荘をお持ちなんですよね」

今度は、あずさが尋ねた。メグミと同い年で丙午(ひのえうま)生まれの彼女も、連載を愛読しているのだろう。

「いやぁ、別荘と呼べるほど立派なものではないんだけどさ」

少し照れ臭そうに左手で、セミロングの髪を後ろへ梳(す)いた。その昔のレイヤーカットの時代なら、少し物憂げにかき上げる、ってな表現になるのかな。

「いいえ、素敵なお家だなって思いました」

あずさだけでなく、早苗も頷いている。

と直美はすかさず左手を突き出し、親指を底辺に、残り四本の指をパクパクパクと親指に付かず離れず動かしてみせる。肩も幾度か上げ下げしながら首をすくめてみせた。顔の表情も、あえて目を細める。

こんなにちっちゃ(ちんけ)な建物ですよという意味かな、それとも掲載されていた写真のサイズが小さかったから幸か不幸か立派に思えてしまったのよという意味かな。

いやぁ、直美って面白い。由利と一緒に幾度か会った三十数年前は、もう少しモデルモデルした意識の〝お澄ましさん〟だった。さまざまな人生の軌跡（けいけん）を経て、吹っ切れた女性になったのかな。そこも同世代から支持される理由なのだろう。

「普段は湘南にお住まいなのも、写真家のご主人がマリンスポーツ好きだからですよね」

さきほど、途中で終わっていた話題に、あずさは戻した。

「そうなの。で、最近は彼、ウェイクサーフィン*にのめり込んでいてね。それって、ウェイクボード*よりは温和（おとな）しいスポーツなんだけど、もう還暦を過ぎてるんですからねぇ、昨年に」

スノーボードの水上版に擬せられるウェイクボードは、持ち手（バー）の付いたロープを握り、ボートに曳かれて滑走する。今や水上スキーよりも愛好者が多いらしい。

よく似た名前のウェイクサーフィンも、同じくロープを握って曳航（えいこう）されて、沖合に出るところまでは一緒。でも、その後が違う。

持ち手を握ったまま、ジャンプをしたりターンをしたり、トリックと呼ばれる数々の技を派手に競い合うウェイクボードがキャンバスに描く油絵の世界だとすれば、ウェイクサーフィンは屏風に描く水墨画の世界。沖合で乗り手は曳き綱を離し、先行するボートが水面（みなも）に描く引き波の上を、あくまでも自力で体勢を微妙に保ちながら、サーフしていくのだから。逆にそれも理由の一つなのか、競技人口はウェイクボードよりも遥かに少ない。

「わぉ、ヤスオさんが解説してくれるとはビックリ。判ってるじゃない。その通り」

　ありゃま、誉められちゃった。黙って聞き続けているのもどうかな、そう思って、知ったかぶりしてしゃべってみただけ。実は、小さなウェイクサーフィンの大会を観に行ったことがある。人情味と正義感に溢れる関西の下町（ダウンタウン）*を選挙区としていた頃、僕を支援してくれていた三、四十代の面々がはまっていたのだ。

　先代の後を継いで、町工場や商店街で日々、孤軍奮闘している彼らは、せいぜい月に一、二度しか取れぬ休日に琵琶湖まで出掛けていた。妙に落ち着くんですよねぇ、とその中の一人が述べた言葉が印象に残る。

　すると突如、直美が立ち上がり、玄関の方へ戻ろうとした。

「そうだわ、私、皆さんにお土産があるのよ、忘れるところだった」

　おいおい、唐突にどうしたの？　皆もあっけに取られていると思いきや、あずさも早苗も、そして、感情の発露が乏しいはずの沙緒里まで、喜色を浮かべていた。まあ、何を下さるのかしら、楽しみだわ、って感じなんだね。そうかぁ、人間、誰しも頂き物は嬉しいんだ。ましてや憧れのNaomiからだもの。

　江美子は、と視線を移すと、ほんの少し唇を開けて、思い出している風だった。そう言えば、玄関口に荷物を置き忘れていたわよね、という表情だ。

　どんどんどん。さきほどより多少はモデルらしい〝軽やかさ〟で戻って来た彼女は、大きなビニール袋を抱えていた。

「これよこれ、お裾分けよ。ウチの近所の農家さんの朝採りレタス」

そう言いながら、自分の座っていた椅子の上にいったん袋を置く。中から取り出したレタスは新聞紙に包まれていた。今朝方、八ヶ岳の麓から出て来たらしい。

「夫も東京で夕方から撮影なので、乗せてきてもらったのよ」

なるほどね。でも、わざわざ食事の途中で手渡さなくてもいいんじゃない。お節介ながらも、そう伝えようと思っていたら、そのまま直美はリビング側の片隅へと歩いて、陽の当たらない場所にビニール袋を降ろした。

「ああ良かった、これでよしと。お一人二個ずつ。忘れないでお持ち帰り下さいね」

道理で半端ない大きさの袋だったんだ。いやはや、なんともマイペース。テーブルのちょうど真ん中に置かれていた丈の長い透明な瓶からスティック状の乾燥パン、グリッシーニを一本抜くと、彼女は席へ戻る。そうして無造作に二つに割ると、口元へ運びながら言葉を続けた。

「お隣さん、といっても大分、離れてるんだけど、篤農家って言うのかな、熱心に園芸作物に取り組んでる村の方が、我が家を留守中に見て下さってるの。ほら、夏場だって毎週、湘南から出掛けてるわけじゃないし、冬場とかは水道管の破裂も心配でしょ」

直美から園芸作物なんて言葉を聞くとは思ってもみなかった。野菜や果樹、花卉類を意味する行政用語。農業従事者なら誰でも知っている。でも、恥ずかしながら僕は知事になるまで知らなかった。セロリとアネモネ*の生産量が全国で一番多いその山裾の村*に彼女と夫は存外、なじんでいるのだろう。

「そうそう、このレタスはヤスオさんにも差し上げるのと伝えたら、とても懐かしがってた。ってか、寂しがってた、奥さんが。あの頃は、県政が身近だったのに、最近はさっぱりだよ、またお役所仕事に後戻りして、遠くなっちゃったよって」

　ホントにそんなこと言ったのかなぁ。

「清水さんとおっしゃる方なの。ヤスオさんを応援していて、車座集会にも二回出席したんだって。そうそう、村長さんの親戚筋みたいよ」

　ありゃま。お世辞(おべんちゃら)が上手な県民性ではないから、本心ではあるのだろう。でも、なんだか、こそばゆい。

　北海道、岩手県、福島県に続いて全国で四番目に広い県土には、二百二十万人の県民が暮らしていた。南北の距離も二百二十キロと北海道に次ぐ。最南端の天龍村*ではお茶も蜜柑も栽培されている。

　国鉄民営化の際、鉄道路線が本州で唯一、旅客鉄道三社に分轄された県*だ。伊那谷と木曾谷はＪＲ東海。経済も中京圏との結びつきが強い。そうして白馬村の先、小谷村の南小谷駅よりも日本海側はＪＲ西日本。残りの部分がＪＲ東日本だった。

　東京は向島生まれの父親が信州の大学で教鞭(きょうべん)を執るようになり、僕は両親、大阪の道修町(どしょうまち)で生まれ育った祖母、そして妹とともに、小学校の二年生から高等学校を卒業するまで、上田市と松本市で過ごした。いずれも県内に於いては「都会」にあたる。

知事に就任した二〇〇〇年の十月、基礎自治体と呼ばれる市町村の数は合わせて百二十。人口数千人台の町村が全体の65%を占め、千人に満たない小さな村も複数存在した。僕が足を踏み入れたことのない場所が多かった。

就任後の二週間、本庁舎以外の現地機関で勤務したこともない、前知事に忠誠を誓っていた幹部職員が、県政概要を僕に説明(レク)する時間が続く。その合間に、業界団体の役員が入れ替わり立ち替わり、次年度の補助金確保を求めて挨拶に訪れる。県の元幹部職員が天下った外郭団体や協会、組合からも同様に。朝から晩までその繰り返しだった。

いかん、これでは旧体制(アンシャンレジーム)*の囚われ人として思想洗脳されてしまう!

たった一人で巨大組織に降り立った僕は、思わず身震いする。

過去数十年、県庁舎三階のぶ厚い扉の奥に位置していた知事室で、どちらが頭をペコペコ下げて、どちらがふんぞり返っていたか、密室での所業を県民は知る由もない。その結果が、利息の返済分だけで一日に一億四千二百万円にも上る、財政再建団体転落寸前の財政状況だった。

県政を可視化しなくては、と二つの試みを実行に移す。たまたま使われていなかった一階ロビー脇の荷物室を改修し、ガラス張り知事室*とした。地政学的にもずいぶんと県北に偏っていた県庁所在地から飛び出して直接対話の車座集会を開催する。

町や村の公民館や体育館を借りて、週末の午後や平日の夜に開催した。事前予約なしで誰でも参加可能。発言も自由。懸案の公共事業や福祉・医療・教育・環境……、喫緊な課題を抱える地域で行った時には近隣自治体からも住民が押し掛けて、パイプ椅子が足りなくなることもしばしばだった。

予定では一応二時間。だが、議論好きな県民と話し好きな僕が〝相乗効果〟を発揮して、気付くと三時間以上経過していることも少なくなかった。

「お年寄りのデイサービスとお子さんの託児所が一緒になった施設が村に出来たのは、ヤスオさんのおかげだって感謝してたよ。ねえ、そうなんだ？」

直美はグリッシーニを囓りながら、尋ねた。しばし追憶に僕が耽っている間に、二本目を抜き取ったみたい。パスタは残したまま。

「いやいや、僕だけで実現できた訳じゃないよ」

もう十年あまり前の話。ちょっぴり僕は照れ臭い。とは言え、画期的な福祉の試みだと今でも思う。国からの補助金頼みでなく、県独自の予算措置で実現した。今日の女子会で理解してもらうには、どこから説明を始めたら良いかな？　〝記憶の円盤〟を手繰り寄せる。

「知事、お願いがあります。僕たちの施設を見に来て下さい」

集会の終了時に〝直訴〟したのは、当時四十四歳だった僕よりもさらに若い、長い髪の毛を後ろで結わえた男性。参加者が帰り支度を始める中で、彼は叫んだ。

手を上げて招き寄せた僕は、街中の古い民家を改修して彼らが立ち上げた福祉施設の概要を聞き、興味を抱く。百聞は一見に如（し）かず。その足で帰路に立ち寄る。*それが「宅幼老所」との出会いだった。

　高齢者と乳幼児が一つ屋根の下で一緒にお昼ご飯を食べて、お昼寝をする空間。お互いの元気の素を分かち合える、地域分散型で世代分断型ではない新しい福祉のあり方。

　二、三十代の時分から僕は、地方と呼ばれる場所へ出掛けるたびに疑問を抱いた。わざわざ集落から離れた場所にデイサービス、それも真新しくて立派な施設が、どうして建っているのだろうと。

　疑問は知事就任後に氷解する。国の制度では、補助の対象は事業費四千万円以上で建物を新設の場合のみ。借地は不可。保有している〝遊休地〟を転用して、地元の農業団体や建設会社の関連組織が運営主体となりがちな、それが理由でもある。

　きめ細かいサービスを提供したいと考え、社会福祉法人に勤務していた彼らは独立する。だが、自前の土地も新築の費用もない。既存の建物を改修する場合でも、緑色の非常口ランプや厨房の防炎防火設備（ダンパー）等、*消防法を根拠に設置を求められる。諸々の費用がかさむ。

「僕たち、借金して始めたんです。改修だと、公的補助がないから」

　他方で新築の場合、一施設当たりの補助額は最大三千万円。日本では福祉もまた、予算の肥大化を招くハコモノ公共事業なのだ。

発想の転換で「造るから治すへ」。七五〇万円を上限に、借家改修費用を県が独自に負担する制度を設ける。

最初はデイサービスの宅老所。すると、保育士の資格を持ったスタッフを配置すれば宅幼老所になりますよ、と一人の女性職員が僕に提言してくれた。女性就業率が全国一位の県に相応しい、待機児童の解消にも寄与する〝老保一元化*〟の宅幼老所の誕生だ。

自宅から歩いて行ける集落の空き家や商店街の仕舞た屋を改修して県下に三五〇ヵ所以上、温もりの空間が開設された。

「いいですね、そのサービス」

嬉しいことに、沙緒里が賛同してくれた。

「どうして国は行わないのかしら？」

今度は江美子に尋ねられて、僕は返答する。

「ずいぶんと働き掛けて、ようやっと国も一昨年、小規模多機能型って呼ぶんだけど、障害児も対象に加えた補助事業として認めたんだ。でも、高齢者、乳幼児、障害者と厚労省の担当部局が複数にまたがっているので、課題は多いみたい*」

「オレキエッテ*　タコのラグー*ソース仕立て」と小さな紙片に記されていたパスタがちょうど、登場する。細かく刻んだタコと野菜が入ったラグーソースの味付けは、さきほどに続いてトマトがベース。でも、直美は嬉しそうに浮かれた声を出した。

「あらぁ、プーリア料理じゃないの。これ、いけるわよ」

メニューも主人がお気に入りの料理をリクエストしたんですと、沙緒里は言っていた。少し面目を施したかな。良かった良かった。小さな耳の形をしたオレキエッテは、プーリアの伝統的なパスタとして知られる。

「だけど、介護とか他人事じゃないわよね。五年前に私の父は亡くなったけど、幸いに母は変わらず元気だし、広島で写真館を営んでた夫の両親も今のところ、足腰も頭もしっかりしてるけど……。さっきも車の中で夫と話してたの。日本は、これからどうなっていくんだろうって。だって、四人に一人が高齢者でしょ、ヤスオさん。この間、スマホでラジオを聴いてたら、言ってた。生まれてくる赤ちゃんは少ないし、大変だよ」

その日本の人口は、平成二十二年＝二〇一〇年をピークに減少し始めている。今度は〝情報の円盤〟が頭の片隅で回り出した。

高齢化率とは六十五歳以上の老年人口比率を指す。七〇歳を過ぎても多くの人々が元気に仕事を続ける日本だけでなく、平均寿命が極めて短い国々を含めた地球規模での設定基準だ。7％で高齢化社会。14％を超えると高齢社会。21％で超高齢社会。これらの定義は昭和三十一年＝一九五六年、ＷＨＯ＝世界保健機関が国際連合に提出した報告書の中で示された。

僕の生まれた年でもある同年七月、日本の「経済白書」は「もはや戦後ではない」と謳(うた)い、国連への加盟も十二月に認められる。この時点での高齢化率は5・3%だった。昭和四十五年＝一九七〇年には7・1%。早くも高齢化社会へ突入する。日本で最初の万国博覧会*が大阪で開催され、アポロ計画で持ち帰った月の石が展示された年。

その一九七〇年の合計特殊出生率(しゅっしょうりつ)は2・13だった。合計特殊出生率とは、一人の女性が一生に産む子どもの平均数を示す人口統計上の指標。現在の日本の公衆衛生を勘案すると、2・07で推移し続けた場合に、ほぼ横ばい状態を保つ。国立社会保障・人口問題研究所（社人研）の推計だ。

ちなみに、僕が最初の作品を執筆した一九八〇年は1・75。十年間で0・38ポイント減少している。その後もさらに減少し、昨年は1・41だった。

出産育児&職場復帰しやすい社会環境を、どんなにか早急に整えようとも、2・07への回復は〝夢想の世界〟。こうした認識を共有した上で、目指すべき今後の日本のあり方を提起すべきではないか。事実婚≒PACS*の法的整備と手厚い児童手当が功を奏してEUトップに躍り出たフランスですら、2・01なのだから。

なのに、百年後も人口一億人台を維持してこそ日本の国際的地位(プレゼンス)は保たれる、と述べる人たちがいる*。そのためにも、二〇一五年から毎年二〇万人の移民を受け入れ、二〇三〇年には2・07へと回復すべしと。しかも「国策」として掲げられそうな勢いだ。国民的議論もないままに……。なんだかなぁ、と僕は憂慮する。

日露戦争当時の日本の人口は、四七〇〇万人程度だった。奇しくも社人研は、日本が今後も特段の対策を取らなかった場合、約百年後の二一一〇年には四三〇〇万人弱まで減少すると中位推計*している。

手を拱き続けて良いわけもない。でも、どうだろう。人口六千万人前後のフランスやイタリアの規模でも持続可能な日本を目指してみては。両国ともに自国内での農業生産を維持しつつ、モードに象徴される高付加価値のブランドで地歩を固めているではないか。

量の拡大や規模の維持への拘りを捨て去り、質の充実へと発想を変え、人間の体温が感じられる地域社会の中で、食生活を始めとした心豊かな日々を送る。そうした冷静で冷徹な矜持と諦観を併せ持った日本であってこそ、世界から一目置かれる「誇らしき日本」の「国柄」*だと思うんだけどね。

いかん、いつの間にか〝想念の円盤〟に切り替わってしまっていた。女子会の現場へと戻らねば。

「ヤスオさん、私ね、最近、買い物へ出掛けるたびに不安を感じるの。もしかしたら東京の中心部も、限界集落になりかけているんじゃないかしらって*」

江美子は、南青山三丁目の交差点脇にあるスーパーマーケットの名前を挙げた。

「今回は幹事役だから、早めに北出さんのお宅へ伺わないといけないけど、帰りはちゃあんと私を送ってよね」。この間の電話で僕におねだりした彼女が住んでいる場所は、ロッタとメグミと僕が〝三人暮らし〟のマンションから徒歩圏内だ。

そのスーパーへは、僕たちが住む地区からは少し遠い。引っ越してきて間もないの、とロッタの散歩中に偶然会ったとき、江美子は語っていた。以前から行き付けで、それで今でも自分で運転して出掛けているのだろう。車ならば十分と掛からない。建物の裏側に駐車場も完備していた。

「夕方よりも少し前の時間帯に訪れると、とりわけ、感じるの。腰を屈めてカートを押しているお年寄りが、すごく多いのよ。お爺ちゃんも、お婆ちゃんも。独り暮らしなんだろうね。カゴの中に幾つか、お総菜パックの、それも小さいサイズが入ってるのを見ると、なんか切なくなっちゃう」

そうなんだよね、と僕も心の中で頷いた。

マーケットは独立行政法人都市再生機構＝UR*が現在は保有する旧公団住宅の一階にある。東京オリンピックが前回開催された昭和三十九年＝一九六四年*の開業。ちょうど、僕が東京から信州へと移り住んだ年だ。

十階建ての四階から上は洋式水洗トイレも完備の、日本住宅公団が供給した住居。当時は「モダン」そのもので、青山通り沿いの住人となるのは誇らしきステータスだったに違いない。だが、その東京も、二〇二〇年に二度目のオリンピックが開催される前後には人口減少都市へと転ずる。

「私もそう思うよ。もうちょっと表参道の交差点寄りに進んだ中華丼屋さん、知ってる? この間ね」

　フォークを手にしたまま、直美が会話を継いだ。

「表紙の撮影をスタジオで終えた帰りだから夜の八時過ぎだね。生ビールと餃子に空心菜の炒めなんぞで、連載担当の編集さんと始めたんだけど、ホント、高齢な、ご近所さん的な出で立ちのお年寄りが一人で食べてるのよ。それも何人も。天津丼とか豚肉高菜そばとか。で、食べ終わるとお財布を取り出して、会計をするわけだ」

　メグミと同い年のあずさも、聞き入っている。

「ちょっと私（あたし）的に衝撃だったのは、きっと通い慣れてるから覚えてるんだね、何百何十円とか、釣り銭が要らないようにちょうどの金額を握り締めて入口のレジへと向かうんだ。豆腐とか野菜とか入った買い物袋を下げてたから、家でも作るんだよ。でも、その日は遅いし、疲れちゃって、面倒になって、なじみの中華丼屋に立ち寄っちゃった、そんな感じかな」

　目の前にはミラノ風カツレツが登場した。パルミジャーノチーズを混ぜた卵を衣として、筋を切り落として叩いて伸ばした仔牛肉を揚げた料理。レモンを絞って食べる。付け合わせは大盛りのルッコラ*だった。

　コトレッタ・アッラ・ミラネーゼは、僕も大好きな一品だ。でも、真夏の昼間に催される女子会の主菜（メイン）という雰囲気ではないよね。そうかぁ、北出利通はこういう感じの料理を選ぶんだ。

確か日本の証券会社から外資系の投資銀行を経て、コンピュータゲーム会社の経営を立て直すために引き抜かれた経歴の持ち主。運も強かったのかな、続けざまにヒットソフトに恵まれて、若き〝中興の祖〟として評判になる。鼻っぱしが強そうな、顎がしゃくり出た相貌の彼を思い浮かべた。

でも、IT関係のニュースを扱うネット上のサイトには数日前、今年に入って売上げが落ち込み、大幅に下方修正した四半期決算となりそうだ、と記されていた。そうした慌ただしさの中でシンガポールへ急遽、出張したのかも知れない。

「テレビで見たけど、坂道が多い東京の郊外のニュータウンでは、お買い物が大変なお年寄りのために近くのスーパーが、大きなトラックで移動販売を始めたんでしょ。逆立ちしたって日本の人口が増えないのは私にも想像が付くけど、これから先、どうなっていくんだろう？」

早苗の言葉に他の女性陣も頷く。すると、再び直美が反応した。しかもいっきにしゃべり倒す勢いで。

「最近は、介護のスタッフを目指す若者をアジアから招こうとしてるんでしょ。看護師はすでに受け入れたんだっけ？　でも一生懸命に勉強して現場に立っても、同僚や患者さんと言葉や感覚の溝が埋まらなくて、夢破れて祖国に戻る女性の話、新聞に載ってたよ。せつないね。私、思うの。介護こそ、お年寄りの微妙な気持をくみ取れなくちゃ難しい。なんで、日本の若い子をパシッと養成しないんだろ。こう言ったら何だけど、親の臑（すね）をかじってる若者とか……。最初は辛いかも知れない。だけど、君に相応（ふさわ）しい居場所は、ほら、ちゃあんと、ここにあるよって」

　ミラネーゼを食べる手を、僕は止めた。さらに直美は発言を続ける。

「それはないでしょ、今ではないでしょ、ってことばかり進めてってる気がする。とりわけ『3・11』以降の日本は。で、決断すべきことに限って、問題先送りしちゃってる。ほら、『放射能に占領された領土』*だとヤスオさんがどこかで書いてた『フクイチ』*周辺の問題もそうだし……。実はウチの夫、官邸前*でヤスオさんから白い風船*もらってるんだよ。しばらく家の中に浮かんでたんだ」

　そこで彼女はいったん、フ〜ッと大きく息をした。高齢化の問題だけでなく、震災の課題にも触れたいのかな。

　どう受け答えしようか、この女子会の場で。すると、再び人口減少の話題に戻した。

「今朝まで八ヶ岳の麓で過ごしていたから、よけいに思うんだけど、町や村が合併しないと住民へのサーヴィスを維持できないとか、山あいの集落を閉じて街の中心部へ移そうとか、ヤスオさん、なんか変だと思わない？　だって、プーリアの話、さっきしたけど、向こうって小さな自治体（コムーネ）*が沢山あるものね」

　そうなのだ。しかもそれはイタリアに限ったことではない。フランスには自治体（コミューン）*が三万六千余りも存在する。パリに次いで人口第二位、世田谷区と同規模の八十五万人都市マルセイユも、チーズで名高い人口わずか二百人の小さなカマンベール村も、同格の扱い。人口七百人未満の自治体が全体の七割近くを占める。アメリカとて住民の手で設立され、州憲法に定める手続きを経て承認された自治体が八万以上も存在する。

市町村合併で自治体数を減らすのが「行政改革」だと信じて疑わないのは、日本だけ。〝平成の大合併〟*で、市町村数は半減した。でも、それで財政状況や住民サーヴィスが向上したという話は聞こえてこない。

「そうそう、お隣の清水さんが伝えてほしいって。むやみやたらと市町村合併なんてするもんじゃないと、体を張ってくれたの、今でも村長さんが感謝してるって」

「いやいや、そんなたいそうな話じゃないけどね」

右手を振って照れ笑いしながらも、ついつい僕は昔話に花を咲かせてしまう。

その村で最初に車座集会を開いた時、僕より二回り近く年上の彼は同席を拒み、会場となった小学校の体育館の外で、タバコを吸っていた。ちゃらちゃらした都会育ちの知事とは話が合わねぇ、と周囲に愚痴っていたらしい。だが、次第に理解を示してくれる。

「お前さんはいろんなアイディアをぽんぽん出してきて、付いていくのが精一杯だし、そのやり方はずいぶんと乱暴だけど、小さな集落や町村に暮らす人間にとっては、けっこう、頷ける施策が多いと思えてきたよ」。

そう言われて勢い付いた僕が全国知事会議*でも発言を求め、数合わせありきの市町村合併は、足腰の弱い骨粗鬆症の状態へと日本を追い込んでしまうと力説したのも思い出す。

左隣の江美子と目が合った。右肩を上げながら、首をすくめる。そろそろ切り上げて、別の話題にしましょ、という表情で。

う〜ん、やっぱりそうだよね。直美だけでなく早苗も、それなりに関心を抱いてるみたいだけど、土曜の午後の女子会で、延々と語る内容ではないのかな。

すると、意外にも沙緒里が沈黙を破った。

「あのぅ、いいですか。私、この間、高校の時の友だちと話してたんです。地下鉄の駅とかの、すべての階段とか出口に、バギー*がようやっと入る程度の狭い幅でもいいから、上り下り、両方のエスカレーター付けてほしいよねって」

彼女は堰(せき)を切ったように話し続ける。

「だって、バギー畳んで、赤ちゃん抱いて階段降りるって、けっこう、怖くないですか。足元見えないから、危ないでしょ。足の不自由なお年寄りだって、そうですよね。でも、一つしか付いてない場所って大抵、上りのエスカレーターだから……」

他の面々は、思わず虚を衝かれた表情。僕も心の中で唸る。

「私の出身、実は栃木なんですけど、向こうだと移動はみんな、自分で運転してるんですよ。どこ行くにも。でも、従姉妹とか、ちっちゃな子ども連れて東京へ遊びに来ると、ホント、駅の下りの階段、大変だって。お年寄りも、赤ちゃん抱いた人も、時間掛ければ一段一段、上りは何とかなるけど、降りるってのは……」

ちょっぴり北関東特有の抑揚(イントネーション)を感じさせる。口数が少なかったのは、それも理由だろうか。いかん！　なんて僕は意地が悪いんだ。

「それで、主人に話したんです。楽ちんエスカレーターとお助けエスカレーター、どちらをあなたは望みますかって聞かれたら、私はお助けだと思うよ。ホントは両方欲しいけどって。判ってくれると思ったのに、そんなの無理だよ、スペースないし、税金掛かるし……。却下されちゃいました」

しゃべり終えると、はにかんだ。引き継いだのは、直美だ。

「いいこと言うね、沙緒里さん。私、嬉しいよ。あなた、ちゃんとしてる」

すでに搾り終えていたレモンを左手で摑むと、まだ二、三切れ残っていたカツレツの上にもう一度、直美は搾り掛けた。

「なのに、ヤスオさん、日本はちっとも変わらない。もぉっ、どうにかしてよ」

ホントにね、そうだよね。僕は下唇を軽く嚙みながら自分に呟く。

――どうにかしたいと思ってるよ。どうにかしなくちゃいけないもの、この日本は。ずうっとそう感じていて、だから、これまで書いたり・しゃべったり・動いたりしてきたんだと思う。多少は変えられた部分(こと)もあるかも知れない。でも、それは全体の中では、ほんの小さな事柄(こと)でしかないのかも知れない。そうして、変えなくても変わらなくてもいっこうに構わない、ううん、変えられちゃうと都合が悪いと考えてる人たちも、きっと世の中には少なくないんだよね。

だからこそ、と僕は思い出す。

たった一本の口紅や化粧水を手渡すだけでも、避難所やテント村で暮らす被災者の女性たちに勇気と希望を与えられるんだ。そう信じて震災後の阪神間を50ccバイクにまたがって活動していた十八年前。それらの物資を提供しましょうよと由利はフランス人の上司に掛け合ってくれたのだ。

「出来る時に出来る事を一人ひとりが出来る限り」。その時思わず湧き上がった言葉が、今度は自分に返ってくる。そうなのだ。世の中、捨てたもんじゃないと思える瞬間を求めて、一人ひとりが踏ん張り続けるしかないんだよ。心の中で自分に言い聞かせる。

「あら、由利からメールかな」

チリンと音が鳴った。江美子は携帯電話の画面を確認する。

「残念。由利、来られそうもないんですって。ちょっと読み上げるわよ。『江美子、ごめんなさい。まだ杉並での会合、終わりそうにない。大切な仕事だから、私だけ抜けるわけにいかない。みなさんにおわびを伝えて』」

読み終えると彼女は続けた。

「うーん、今日は無理っぽいわね」

普段から僕は、電話以外の着信音はすべて無音状態に設定している。だから気付かなかった。当然、こちらにも届いているはずだ。

ロックを解除し、四桁の数字を入力する。でも、なぜか届いていない。携帯メールだけでなく、フェイスブックのメッセンジャーにもラインのトークにも。

するると、僕の指の動きを目敏く見付けて、読み終えた彼女が尋ねてきた。

「あらっ、ヤスオさんには別のメールが届いているのかしら？」

さざめきのような反応が一瞬、ダイニングテーブルを取り囲む。

「ううん。僕には来てないよ。ほら」

暗転しかけていた画面に今一度触れて、メール、メッセンジャー、そしてラインの順番で、斜め左隣の江美子に画面を見せる。まだいずれにも届いていなかった。

「本当だわ。ヤスオさん、由利にお見限りされちゃったのかも」

どうやら江美子の〝疑念〟も解けたみたい。テーブルの周囲の空気も和らいだ。

「残念ですぅ。由利さんにはメイクの裏技とか、お聞きしたいと思っていたのに」

心持ち、口をへの字に結んで、あずさが悔しがる。その昔、〝サトピン〟こと稲村聡子と三人で食事に出掛けた時にも、同じような表情を作った覚えがある。彼女もまた、自分の感情に誠実なタイプなのだった。

「だからって私に聞いてもムダよ。いつもメイクさんにお任せしちゃってるから」

確かに直美は、入念とはほど遠い化粧具合だった。

たわいのない会話、といったら失礼だけど、今日の女子会の出席者は皆、やさしい心根の持ち主なんだね。当初は言葉少なだった沙緒里も、隣に座った初対面の早苗と打ち解けて話している。

江美子と再び目が合った。参加して良かったと思うよ、有り難う。微笑みながら、感謝の気持ちをアイコンタクトで伝える。

「ワオッ、皆さま、ドルチェ*の登場ですわよ」

キッチンから一番遠い席に座っていたその江美子が、両手を叩いて告知係を務めた。華やいだ空気がさらに醸(かも)し出されてくる。

「本日は二種類です。まずは最初にマチェドニア。伝統的なフルーツポンチですね。続いてアイスクリームのような冷たさとケーキのような食感が合わさったセミフレッド。イタリア語で半分冷たいという意味のドルチェをお出しします」

それまでグリッシーニが挿(さ)してあった瓶をハンチング帽のスタッフが横に動かす。説明を終えたコック帽の男性はマチェドニアの大きなボウルを置くと、早苗と沙緒里の後ろ側に立って取り分けを始めた。その手さばきを僕も眺めながら、携帯電話をもう一度、確認する。

すると画面一番下のメールではなく、真ん中あたりのメッセンジャーのアイコンに今度は着信表示が点っていた。「ヤスオさんにも、届いた?」、と再び江美子に尋ねられる。「あっ、これかな。ようやっと届いた」と僕は答え、人差し指でスクロールする。

由利からだった。でも、江美子が読み上げた文面とは違う内容だった。

「まだまだかかりそう。重篤な副反応の少女や家族と、私がこちら側に座って対面しているのは正直辛い。ヤスオ、夜に連絡させて。江美子には患者さんとの会合とボカして伝えているの。お願い、相談にのって」

双方の発言をパソコンで記録し続けながら、その合間にメッセージを僕に送ってきたのだろうか。

そう言えば、と記憶を辿る。江美子へも同送していた一昨日の晩のメールとは別に、由利は改めて僕にだけ昨日、連絡をくれたのだった。それは荻窪駅前のビルの中の会議室で開かれる、子宮頸がんワクチンの接種被害に苦しむ方々との会合で、予定よりもおそらく時間がかかるかも知れないと。

ロッタと散歩中の僕に、中学二年生の娘はアトピーで動物アレルギーなのと語った江美子には、少しナーバスな話題(イシュー)だ。それは、同学年の娘を抱えるあずさと沙緒里にとっても。

僕は、由利と二人でバスク料理を食べた時の会話を思い出す。ファッション関係の仕事とは勝手が違って途惑う場面も多く、それで助言をもらえたら有り難いな、と語っていたことを。

グラスに残っていたシャンパーニュを口にしながら周囲を見回す。今、この瞬間の由利の葛藤など知る由(よし)もない女性陣は、甘いドルチェに夢中だ。

由利と一緒に味わった、艶(つや)やかな透明感を漂わせるこの間のシャンパーニュとは微妙に異なり、少し押し出しの強い気泡が、口腔(こうくう)に刺激を与えてくる。

フ〜ッ。飲み干すと僕は、そっと息を吐いた。

5

昨日までの猛暑続きとは打って変わって朝方は雨もよいで、降り止んだ後も曇り空だった。日曜の夕方、暮れなずむ時間帯。だが、八月だ。戸外の湿度は半端でない。ほどよく空調が効いた窓際の席に座って、手入れの行き届いた回遊式庭園を眺めていた僕は、背後に人の気配を感じる。振り返ると、由利だった。

「ヤスオ、ごめんなさい。私のわがままにお付き合いさせて」

心持ち控え目な言い回しで彼女は切り出す。予期していたよりも落ち着いた表情で、僕は安堵した。

一時間近くに及んだ前夜の電話の最後、由利は僕に求めた。改めて明日、お目に掛かれないかしらと。

子宮頸がんワクチンの〝啓蒙啓発〟事業に携わる、その微妙な立場の中で直面している悩みを彼女はさらに打ち明けたいのだろう。そう思って応じた僕は、国際文化会館のカフェテラスを待ち合わせ場所に指定した。

六本木交差点から東京タワー方向へ向かい、二つ目の信号を右手に折れると、佇（たたず）まいは繁華街から一転する。いずれも明治初期に創立されたプロテスタントの教会と女学校*が続く。その先の、急な勾配の鳥居坂へ差し掛かる直前の右側、こんもりと樹木の生い茂った一廓が国際文化会館だった。約一万平方メートルの、六本木では貴重なゆったりとした敷地。財閥解体でいったんは国有地となった、旧岩崎小彌太邸の跡地だ。

敗戦後、ロックフェラー財団を始めとする内外の諸団体や篤志家が資金提供し、文化交流や知的協力を通じて日本と世界の人々の相互理解を深めようと誕生した施設。僕が生まれる前年の昭和三十年＝一九五五年に竣工した建物は、戦後モダニズム建築の代表作として評価が高い。*

「ここの雰囲気、落ち着くわね。訪れるたびに、そう感じる。打ち合わせの合間とかに時々、図書室も使わせて頂いてるわ」

インターナショナル・ハウス・オブ・ジャパン、略してIハウスへ僕が足を運ぶようになったのは、二十代半ばに会員となってから。こぢんまりとした図書室は僕も気に入っていて、以前は頻繁に原稿の執筆で利用した。

由利は、化粧品やファッション関係のPRオフィスを立ち上げて十年目。一昨年からは外資系製薬会社の広報も担当している。仕事柄、会議や会食で訪れているのだろう。

その彼女はレモングラスの冷たいハーブティーを、僕は温かいコーヒーを頼む。

我々の他には、初老の白人男性が一人、新聞を読んでいるだけ。

「昨日は、盛り上がった？」

　昨晩の電話では、女子会の話題にほとんど触れず仕舞いだった。

「江美子の仕切りで、かなりね」

　苦笑いしながら答えると、由利も同様に口元を緩めながら僕に応じた。

「向いているのよ、彼女には幹事役が」

「そう思う。昔と変わらないね、世話好きでお人好しで、なぜか憎めない」

　語りながら僕は、奔放だった江美子とも〝ペログリ〟したのが学生時代に発覚して、ヤスオったら、もぉ〜っ、キーッ、と由利がお冠（かんむり）だったのを想い出した。もしや、彼女にも記憶が過（よ）ぎっているかな。

「早苗や直美ともお目に掛かれて、懐かしかったよ」

「直美、いい感じに年齢（とし）を重ねていたでしょ」

「今の夫と再婚して正解だったんだね」

　いつの間にか周囲の人間をナオミ・ワールドに引き込んじゃう。それが以前からの彼女の魅力。Naomi とローマ字綴りのモデルとして活躍中の昨日会った彼女には、肩肘（かたひじ）張らない正義感というか社会観というか、いやいや、そういう硬直した言葉なんて遥かに超越した、しなやかさとたくましさが新たな魅力として加わっていた。

「朝採りレタス、運んできた？」

「大きな袋から取り出して、皆に二個ずつね。由利ももらったことあるんだ？」

「八ヶ岳の麓から出て来た夏場に会うと、決まって」

作り手のご夫妻は、知事時代の車座集会にも参加していたらしいよ。付け加えようかと一瞬考えて、でも、心の中で留め置いた。懐古趣味に思われたら、ちょっと癪(しゃく)だもの。まあ、相手は由利だから、そんな心配は無用だろうけど……。

「江美子のママ友は、どうだった?」

「なんと一人は、僕が付き合ってた相手と仲の良かった同級生。丙午(ひのえうま)生まれで、ぶっ飛んだ女の子が多かった学年」

村田から緒方に名字が変わっていたあずさは、「ヤスピン」と当時の符丁(ニックネーム)で僕を呼ぶと、にやりとした。

「私のオフィスにも一人、丙午のスタッフがいるわ。その確率は高いかも……。それに彼女たちって、大学生から社会人にかけて、いわゆるバブルの恩恵を味わえた最後あたりの年齢(ジェネレーション)でしょ」

ストローが入った紙袋の端を切りながら、由利は言葉を継いだ。

「で、北出さんって方は、もう少し年下だったの?」

「四十歳くらいかな。顔立ちはヴァーチャル・アイドル系の雰囲気。最初は口数が少なくて、どう接したらいいんだろうと、こっちが途惑った。ところが、東京も青山みたいな都心部ほど高齢社会で、限界集落化が深刻だと江美子や直美が触れたら、いっきに話し出してね。しかも、それがけっこう鋭い指摘で僕、感銘を受けちゃったよ」

乳児を抱いてる母親も、脚(あし)の不自由な高齢者も、駅の階段は降りる方がより難儀なのに、いまだに一つしかエスカレーターが付いてない場所では、決まって上り運転なのはどうして？　働き盛りの健常者には〝楽ちん〟だろうけど、むしろ下りの〝お助け〟エスカレーターにすべきじゃないの。北出沙緒里の発言を、僕はかいつまんで伝えた。

　そうなのよね、と小さく頷きながら、ガラス窓の外を見やる。由利に引き摺られるかたちで、再び僕も視線を移した。

「植治」*の屋号で知られる庭師を京都から呼び寄せ、昭和初期に手掛けられた、近代日本庭園を代表する空間として知られる。若緑色*した開放的な芝生の先に、鳥居坂の地形を巧みに活かして作庭された築山が広がっている。

「ほんと、日本は、どうなっちゃうのかしらね？」

　由利は呟く。

「ヤスオさん、日本はちっとも変わらない。もぉっ、どうにかしてよ」と直美に〝直訴〟されてしまった、その言葉も脳裡に浮かぶ。だが、今の僕の境遇ではいかんともし難い。歯痒いけれど、語り、そして書くしかない。

「早苗とも二人で話したよ」

　あえて由利に振ってみた。女子会に参加していた中で、彼女のみが会話の中にまだ登場していなかったから。すると、予期せぬ言葉が返ってくる。

「早苗とは昨日の夜、ヤスオとの電話の後にお話ししたわ。とっても嬉しかったみたい。カルガモさんの〝お引っ越し〟の映像を、ヤスオさんも観て下さっていたのよって。そうそう、しっぽりしちゃってどうしたの、と江美子に冷やかされた話も聞いたわ」

真下に千鳥ヶ淵戦没者墓苑(ぼえん)を、眼前に北の丸公園と皇居の緑を、その先に大手町と丸の内のビジネス街を捉える全面ガラス張りの窓際で早苗と会話した内容を、由利は把握している。それも詳細に。驚いた。

でも、と僕は訝(いぶか)しがる。早苗だけが知らなかったのだ。由利が遅れて参加することを。連絡を受けた江美子は、直美にだけメールを転送していたのだもの。

「立派にママを演じているわよ」と三週間前にバスク料理を食べながら由利が教えてくれたのも思い起こす。僕は少々困惑気味。

大幅に遅れるかもと事前に由利から連絡を受けていながら、早苗はそ知らぬ振りをしていたのだろうか。だけど、どうして？　そんな取り繕いは意味がないじゃないか。

「恋も生きるためのビジネスだ、*くらいに考えなくちゃ、めいってきちゃうわ」。三十三年前に渋谷の街でお茶しながら、早苗が由利に語ったセリフを思い出す。ハマトラ少女だった彼女は存外、したたかなのだろうか？

いや、まさか。久方ぶりに邂逅(かいこう)した彼女は、心持ち愁いを帯びた顔容だった。灰味がかったワンピースを着ていたせいだけではあるまい。

すると、由利が僕に持ち掛ける。

「ヤスオ、今度、早苗と三人で会いましょ。もちろん、メグミさんを交えて四人でも構わないわよ」

そうして、付け加えた。

「私ね、連絡を一番取り合っているのが早苗なの、とりわけ最近」

いったい、どういうこと？　いささか混乱してしまう。この瞬間に鏡を目の前に置かれたら、なんとも締まりのない状態な僕の唇が映し出されているに違いない。語るべき言葉を早く見付けねば。

「ねえ、由利。昨晩の話の続き、相談に乗るよ」

告げると僕はコーヒーを口にして、気持を落ち着かせようとする。なのに、彼女が述べたのは、その僕をさらに動揺させる内容だった。

「実は私、南アへ出張するの。今週、水曜日から。あちらでもお仕事をしようと思って」

南アフリカへ？　旅行ではなくて、出張で？　しかも、向こうで仕事を始める？

「そうだわ、ヤスオ。たしか行ったことあるのよね」

聞きたい疑問が沢山あるのに、逆に僕が尋ねられてしまった。

「まだアパルトヘイトの体制が続いていた時代だよ」

「そうよね。で、それって、いつ頃のこと？」

もう何年前だろう。〝記憶の円盤〟に頼ろうとしたのに、なかなか今回は動き出してくれない。仕方なく、自ら脳髄に刺激を与え、探し出そうとする。

それにしても、先に僕が答える羽目に陥るなんて……。由利が悩みや迷いを吐き出して、僕が助言したり元気付けたり、今日はそうした役回りだと思って、やって来たというのに。

妙な展開だ。いやはや、またもや彼女のペースだぞ。心の中であれこれ呟きながら、ようやっと、一九八六年の引き出しに入っているのを見つけ出した。四月生まれの僕が三十歳になる直前の三月。

南ア最大都市のヨハネスブルグ。隣接する黒人居住区のソウェト。首都のプレトリア。*さらに最南端の喜望峰で知られるケープタウンから商業都市のダーバンまで海岸線沿いに千六百キロ、僕の運転で北上した。

著名な写真家と一緒に二十日間近く。「激動の南アフリカに潜入」と題して長尺のルポルタージュを、帰国後、三回に分けて雑誌に寄稿したのだった。

「さあ、今度は由利が僕に教えてくれる番だよ」

攻守逆転だ。彼女はストローでレモングラスティーを吸い込む。コーヒーを喉に流し込んで落ち着こうとしたさきほどの僕と同じく、ちょっぴり緊張しているのかな。

「眼鏡を届けるの。アフリカの人たちに」

一拍おいて、続けた。

「ささやかだけど、大切な社会貢献」

「社会貢献？」

それは誰もが否定しにくい四字熟語だけど、なんだか由利っぽくないよ、その言い回し。僕はどう応じたらよいのかな。

「震災の時には、由利にお世話になったからね」

今から十八年余り前、寒風吹き荒ぶ被災地を50ccバイクにまたがり、テント村や避難所を駆け回っていた僕に、由利が勤務していた欧州ブランドの複合企業体（コングロマリット）は口紅や化粧水を大量に提供してくれる。その仲立ちをしてくれたのだった。

芦屋や夙川（しゅくがわ）、御影を始めとして阪神間の幾つもの場所を短篇小説の舞台に登場させていた僕は、傍観者で過ごすわけにはいかなかった。もう少し正直に〝告解（こっかい）〟すれば、由利や江美子も含めて少なからぬ人数の交接相手（ペログリ）は関西の出身で、その過去への〝恩返し（つみほろぼし）〟だと一人でひそかに粋（いき）がっていた。社会貢献の風上にも置けない困った存在。

「でも、仕事で訪れるんでしょ？」

改めて由利に質問を投げ掛けた。

「それに、眼鏡で社会貢献って、いまひとつぴんと来ないよ、その意味が」

「眼鏡を必要としているのに、眼鏡が手元になくて、不自由している人たちに、届けるのよ」

もう一度、水滴のついたグラスから冷たいお茶（レモングラス）を口に含むと彼女は説明してくれる。さきほどよりも幾分、落ち着いた口調で。

「世界中で七億人とも十億人とも言われているわ」

今から半年前の三月上旬へと話は遡る。由利はミラノで毎年開催される国際眼鏡展へ出掛ける。MIDO*と呼ばれる世界的な展示会（コンベンション）。福井県の鯖江（さばえ）市で眼鏡フレームを生産する会社が初めて出展したブースを手伝うためだった。

鯖江の眼鏡フレーム製造業は百年以上の歴史を誇る。人口七万人に満たない街が、日本国内では九割、世界市場でも二割を担（にな）っているのだという。それほどまでに高い比率とは、不覚にも僕は知らなかった。

「従業員だけでなく経営者も、みんな職人さん気質（かたぎ）。お手伝いした会社は老眼鏡に取り組んでいるの。ほら、これよ」

由利はカバンの中から取り出す。

「私も愛用しているわ。薄くて軽いフレームで、デザインも美しいでしょ」

本当だ。まるで折り紙のように繊細、そして精巧な老眼鏡。

由利が通訳兼PRを担当した会社は、老眼鏡に特化することで、従来の下請け製造から脱却し、新たな広がりを図っている。評判を聞き付けて、インターネット上で直接注文してくる人々も多い。さらなる飛躍を期してMIDOに出展したのだという。

これまで日本経済を牽引（けんいん）してきた重厚長大な産業が、もがき苦しんでいる。多国籍企業*と伍すべく海外移転を加速させ、けれども国内的には空洞化が深刻な問題だ。

手渡された老眼鏡は、その対極に位置する小さな町工場の商品。隙間（ニッチ）産業だと括（くく）ってしまえばそれまでだけど、泡沫経済期に喧伝された軽薄短小とは明らかに異なる。実質を伴った軽さと薄さで勝負しているのだから。イタリアのファッション業界を支える、家族的な家内制手工業の温かみと確かさに通ずる気がした。

「で、この会社の仕事で出掛けるの？」

由利に返しながら、僕は尋ねた。

「違うわ。留学時代の知り合いに、向こうでバッタリ会ったのよ」

僕が知事に就任したのと同じ二十世紀最後の年、彼女はロンドンの経営大学院へ私費留学する。二年間にわたって受講したのは、ヒューマン・イノベーション・マネージメントという授業だと語っていたのを思い出す。

「デンマーク出身のニールスは卒業後、ニューヨークで働いていてね。アメリカで人気を集めているサングラスの展示ブースにいたの」

三十代後半の彼は、「社会で役立つ会社を増やそう」という財団のさまざまなプロジェクトに携わっているらしい。

財団の正式名称は「Foundation for Community Empowerment through Business Development」。ちょっぴりキャッチーな「Create Business Create Change」という呼び方もあって、略してCBCC。その四文字だけ眺めたら、金融機関かミサイルの略称と間違えてしまいそう。

「名称を聞くと、いかにも裏表がありそうなイメージでしょ。私も最初は少し警戒したわ。しかも設立したのはお金持ちの投資家だと言うし」

直接の接点は僕にはないけれど、こうした「社会貢献」を掲げる組織が欧米には数多い。税制上の優遇措置が確立しているという理由からだけではあるまい。いや、アジアにおいても、経済学者のムハマド・ユヌス氏*がバングラデシュで創設したグラミン銀行*は、それに当たるのだろう。

多元的な存在として生きる人間は、利益の最大化のみを目指す資本主義とは異なるビジネスモデルを構築すべきだ。その信念を抱いて彼は、社会的利益を追求する「ソーシャル・ビジネス」のあり方を提唱し、具体的に実行へと移す。貧しい地域の女性たちに少額の資金を無担保で貸し出し、起業支援を通じて自律を促すマイクロクレジット*。

「お互いに懐かしくて、でも、会場ではゆっくり話も出来ないから、翌日、二人で食事に出掛けたの。彼が予約してくれたリゾットの専門店」

むむっ、もしやカーザ・フォンターナ？　閑静な住宅街に佇む料理店。足繁く通うのはシックな出で立ちの地元民だ。Trattoria Casa Fontana-23 Risotti（トラットリア・カーザ・フォンターナ＝ヴェンティトレ・リゾッティ）が正式な店名。文字通り23種類のリゾットが常時、品書きに並んでいる。

日本人とは親和性の高いイタリア料理といえども日々続くと、より胃腸に優しい食事を味わいたくなる。さりとて満足が得られる日本料理店に巡り会うのは難しい。ミラノにはここ数年訪れてないけど、前菜も充実していて、メグミも僕も大好きな逸軒。

「リゾットが23種類もある店でしょ。定番だけでなく、季節の食材を取り入れた月替わりも含めて」

「あら、ヤスオも知ってるんだ。とっても美味しかったわ」

いかん、数年前に食べたポルチーニ茸の濃厚なリゾットを想い出したら、唾液が口腔に溢れてきてしまった。

由利の相談に乗るために僕は会っているはずなのに、予想外の展開で気押されている。これ以上、彼女のペースに巻き込まれて、どうしようというんだ。

「それで南アの話」

態勢を立て直すべく、やや事務的な口調で話題を切り替える。

由利は、ゆっくりと呟いた。

「Buy a Pair. Give a Pair. Do Good.」

つまりは、こういうことだ。一対の眼鏡を購入し、もう一対の眼鏡を提供する。自分自身にではなく、見知らぬ他者に、価格の中から5ドル分を用いて。

なるほどね、と僕は心の中で呟き返す。

マンハッタンを始めとしたアメリカ各地でハイエンド*な意匠の眼鏡を販売する幾つかのブチックと、その製造メーカーが協賛しているのだという。

「Vision Spring」と名付けられたアクション。直訳すれば視覚の源泉。無限の可能性をもたらす〝未来への泉〟とでも訳せば、より相応しいだろうか。

「差し上げるだけなら、単なる施しでしょ。この取り組みは違うの。そこに私は共鳴したのよ」

複数の国際機関が、眼鏡の無料配布活動を発展途上国で実施している。だが、各国政府を通じて行われるので非効率的。とりあえず渡せば事足れり、と供給側の理屈が幅を利かせてしまう。利権を求めて政治家が介入するのも日常茶飯事。

「ヴィジョン・スプリング」は十数年前にラテンアメリカで始まった、と由利は説明を続ける。休暇を利用してボストンから訪れた眼科医の卵と技師が、都会から離れた集落を回り、一人ひとりに相応しい度数の眼鏡を手渡す。最初はおずおずと眼鏡を掛け、すると、それまでとはまるで違った視野の広がりを実感し、年齢や性別に関係なく、まさに歓天喜地の表情になる。

と同時に人々は、フレームの形状や色合いにも関心を抱くのだという。毎日、用いるのだから、それはごく自然な人間の望みだ。大きな布の上に何十種類も並べ、自ら選んでもらい、レンズをはめ込むようになった。

ほどなく主宰者は、ほんのわずかだけど眼鏡の代金を支払ってもらう方針へと転換する。そうして、それぞれの地域で手を挙げた人間に、仕事として成り立つようにと、検眼から販売に至る一連の研修を導入する。

「まあ、最後のドゥ・グッドって、いかにも白人社会的な言い回しで、日本では顔をしかめる人もいるかもね。でも、私、素敵なビジネスモデルだと思うの。とりわけ、それまでほとんど収入を得る手段もなかった女性にとって。だって、眼鏡を、それも誰もが手の届く値段で扱うことで、彼女たちはコミュニティーの中で輝かしい存在になれるのよ」

時間を取ってほしいと昨晩、言っていたのは、この話を僕にするためでもあったんだ。思いも掛けなかった。

「尊厳と言ったらおおげさかな。でも、自分で自分の眼鏡を選ぶ喜びを得られるって、とても大切なことだと思うの。自分に合った眼鏡があれば、仕事も勉強も、そして家事や育児にも、意欲が湧いてくるでしょ。売ったらそれで終わりではないのも、私はいいなぁと思った。壊れた眼鏡を修理したり、度数の変化に応じてレンズを取り替えたり、売り手と買い手がずうっと繋がっていられるのよ」

一気呵成（いっきかせい）にしゃべり終えると、由利はもう一度、レモングラスティーを口にした。受け手の側に依存心ばかりが増してしまうお仕着せ型の国際貢献ではなく、自律心を育てていく社会貢献。それが心を動かされた理由なのだろう。中南米に続いてアフリカでもヨハネスブルグを拠点に、取り組みが始まっているという。

「日本での仕事はどうするの？」

僕は素朴な疑問をぶつけた。

「続けるわよ、もちろん。小さなオフィスだけど、スタッフも育ってきているし」

でも、ヨハネスブルグは遥か彼方だ。香港かシンガポールを経由して、うまく便を乗り継いだとしても二十時間以上は掛かる。僕が出掛けた二十七年前はアンカレッジ経由の北回りに搭乗してロンドンで乗り換え、出発から二日半後に到着したのだった。

「そのプロジェクト自体は素晴らしいと思うよ。だけど、ちょっぴり無謀じゃないのかな。具体的にどの程度、由利が係わるのか、まだよく判らないけど……」

ここは忌憚のない意見を述べるべきだ。僕はそう思った。思慮深い由利だから、思い付きで言い出したわけではないにせよ。

「チェスの色を変えるとでも言うのかな。そんな気持なの、今」

彼女は僕を見つめる。

「一、二度、出掛けるだけで終わっちゃったら、それこそ、自己満足な社会貢献。でも、ヤスオも前の震災の時、私に言ってたでしょ。『出来る時に出来る事を一人ひとりが出来る限り』って。だから、まずは行ってみるの」

両手の指を交互に絡ませ、口元へと由利は近付ける。どこか礼拝の仕草に似ていた。

「早苗のご主人は南アに駐在していたの。家族でね。だから、このことも彼女にはいろいろと話しているわ」

現在は食品事業本部で缶詰の流通を担当していると昨日、語っていた。

ケープタウンは、日本の遠洋マグロ延縄漁船が立ち寄る港として名高い。ロープウエイでテーブルマウンテンに上り、インド洋の暖流と大西洋の寒流が激しくぶつかり合う沖合のロベン島を眺めたのを思い出す。監獄島と呼ばれ、ネルソン・マンデラ氏*が収監されていた孤島。広島の原爆ドームやアウシュヴィッツの強制収容所と並んで現在は、〝負の世界遺産〟として登録されている。

追憶に浸りかけていると、またしても由利に振り回される羽目に陥った。

「どうも有り難う。ヤスオに聞いてもらえてよかったわ。昨晩はこのお話が出来なくて、心の中がもやもやしていたの」

ええっ、今日こうして僕がお目に掛かったのは、南ア行きの報告を受けるためだけだったってこと？　しかも彼女はさらに〝追い打ち〟を掛けてくる。

「じゃあ、そろそろ、私はおいとましないと」

ねえねえ、ちょっと信じられない。これはさすがに僕も言っておかないと。

「もう行っちゃうの？　ここではきっと話が終わらないだろうから、その続きは夕食でも一緒に摂りながら……。そう思って最近行き付けの、休日も営業している割烹に予約も入れてあるんだよ」

僕の〝誠意〟も少しは判ってほしいなあ。なのに、あろうことか、彼女に反駁されてしまう。

「ヤスオ、それってルール違反よ。私が知らないうちに、勝手に決めちゃうなんて」

僕は、愚にもつかぬ言い訳をこぼしたい気分だ。たとえば、こんな具合に。

――勝手にって言われても、僕的には当たり前の心づかいをしただけなんだけど……。それに、改めて明日、と電話で言われたら、その相談の続きだと思うでしょ、誰だって。あんなに切迫した文面を女子会の場に送ってきたのは由利だよ。だから昨晩も一所懸命、相談に乗って上げたのに。

なのに彼女は立ち上がり、僕を見つめながら告げたのだ。

「また、連絡するわ、ヤスオ。大切な相手との約束があるの。じゃあね」

右手を広げて小さく振ると、行ってしまった。その彼女を目で追いながら、僕の唇は再び、しまりのない状態になってしまう。


　このまま、一人でカフェテラスに居続けても仕方ない。飲み物の会計をすませ、僕は図書室へ移動した。入口付近は、国内外の雑誌や新聞、そして辞書を取り揃えたコーナーとなっている。

一人掛けのソファに座ると、ため息とも深呼吸ともつかぬ所作を幾度か繰り返す。

さきほどのやり取りを振り返り、あれこれ思い巡らす。だが、なんとも腑に落ちない。

　重苦しい話ばかりでは僕に申し訳ないと、逆に気を利かせたのかな？　昨日の午後、あんなに由利は動揺していたのに。

「私がこちら側に座って対面しているのは正直辛い。ヤスオ、夜に連絡させて。……お願い、相談に乗って」

子宮頸がんワクチンの接種被害に苦しむ少女や家族との、荻窪での会合の最中に彼女が送ってきたメッセージを、もう一度、携帯電話の画面に映し出す。

南ア行きを僕に伝えたかったのだとして、でも、普通はその後で話を戻すはずだ。しかも、大切な相手との約束があるってどういうこと？　それって誰？　というか、僕はその程度の存在ってこと？　なんだかなぁ。

由利と前回会った翌々日、探りの電話を掛けてきた江美子にも振り回されてしまったのを思い出す。饒舌に彼女はしゃべり続け、「ねえ、女子会が終わったら、由利だけでなく私とも二人だけで会ってね」と〝大胆な提案〟まで僕に持ち掛けながら、その直後にあっけなく、電話を切ってしまったのだ。

あの日は僕が〝原稿モード〟で、会話の反応が遅れがちだったのを鋭く察知して切り上げたのかなとも思った。だが、女子会の場で、北出沙緒里に対する微妙な接し方を眺め、僕は訝（いぶか）ってしまう。年齢的に、感情の起伏が生まれやすい時期なのだろうかと。そうして、僕と再会した夜の出来事をすぐには江美子に報告しなかった由利も、同様の事情だったのだろうかと。

いかんいかん。各方面から糾弾されかねない不適切な妄想の世界へと、またしても入り込んでしまった。現実に戻らねば。左の頰っぺたを僕は軽く叩く。

今晩（こんや）はこれからどうしよう。メグミはロッタを連れて、バロンのおウチへお出掛け中だった。

同じくトイプードルのバロンは、ロッタより七つ年上。年齢換算表では人間の五十六歳にあたる。間もなく三つになる我が家の娘は二十八歳。恥の上塗りで親馬鹿をさらせば、明眸皓歯で容姿端麗だ。なあんてね。

で、ロッタはバロンのことが大好き。散歩中に他の犬がクンクンクン、粉を掛けてきても歯牙*にも掛けないのに、彼には首ったけ。もしやファザコン体質なのかな。客室乗務員時代に同期だった、若菜というメグミの親友が飼い主。〝四人〟で今頃、盛り上がっているに違いない。

僕だけは独り。他には誰も居ない。カァ〜ッと鳴き声が聞こえて窓の外を見ると、築山の上をカラスが掠めていく。

フ〜ッと息を再び吐きながら今度は、室内を見やる。奥の開架式書庫と閲覧室は、日曜祭日はお休みだった。頑丈な鋼鉄製の格子戸で区切られている。開館の頃から使い続けている年代物だろうか。

そっと眼瞼を閉じる。すると、東京の西郊に位置する木深いキャンパスを歩く、学生時代の僕が目の前に現れた。

図書館へと向かっている。煉瓦造りの時計台棟の二階が大閲覧室だ。ドーム型の天井には祭壇の天蓋を連想させる装飾が施され、それを支えるコリント式の柱頭とあいまって、重厚な雰囲気を醸し出している。

在学していた社会科学系の大学は、四学部合わせても一学年の定員が九百人足らず。

当時、女子学生は一割にも満たなかった。
その前身にあたる商科大学は当初、皇居からほど近い都心に存在した。今から九十年前の関東大震災で壊滅的被害を受け、雑木林の武蔵野台地に造成された校地へ移転する。

両隣の国分寺と立川の駅名を一文字ずつ拝借して国立（くにたち）と名付けられた駅の南口に降り立つと、ロータリーの花壇*を基点に扇を描く形で三本の道路が放射状に伸びている。キャンパスは、歩道と車道の間の緑地帯に桜の大木が続く、真ん中の大通りを進んだ先だった。

何年生の時の僕だろう？　判然としない。唇を結んだまま、そっと鼻腔（びくう）で息を継ぐ。すると、由利と会っていた時にはいっこうに動き出そうとしなかった〝記憶の円盤〟が、静かに回転し始めた。

構内に点在する建物の背後に鬱蒼（うっそう）とした木立が広がる大学の上空へ、舞い戻る。今度は夜の帷（とばり）に包まれていた。昭和五十五年＝一九八〇年五月、時計台の針は九時近くを指している。

さらに高度を下げ、ステンドグラスの二階の窓からするりと室内へ入り込み、天井近くで浮留状態（ホヴァリング）を保つ。

どうやら間もなく閉館時刻だ。三百席近い大閲覧室に残っているのは、ほんのわずかな人数。その中の一人が僕だった。

青緑色したボディーカラーのペンを握って、原稿用紙に向かっている。そうだ、ボールぺんてる*を愛用していたのだ。ペン先に樹脂を用いた水性ボールペンの草分け。サインペンよりも鮮やかで、ボールペンよりも滑らかな書き味。

今では細字の一種類になってしまったけれど、あの頃、黒色だけは中字も販売されていて、その微妙な太さの按配(あんばい)を僕は気に入っていた。原稿用紙は大学生協で取り扱っていたB5判サイズの四百字詰め五十枚綴り。

目を凝(こ)らして見てみると、原稿用紙の欄外に幾つもの〝吹き出し〟が記されている。少し書いては読み返し、気にかかった言い回しに手を加え、さらに書き進む。そうした繰り返しだったのを思い出した。

その二ヵ月前の三月、僕は停学処分を受け、留年という予期せぬ状況に陥る。内定していた金融機関への就職はおじゃんとなった。

必要な単位数は取得ずみ。だが、卒業は一年後。僕以外にはほとんど前例がないパターンの留年を経験する。皮肉にも〝処罰の代償〟として、有り余るほど〝自由な時間〟が与えられたのだった。

大学の寮を出て駅の北口に借りた部屋で終日(ひねもす)、引き籠もっていたところで詮方(せんかた)ない。週二回の家庭教師も、ファッションビルの一廓でAORのレコードを選曲しておしゃべりするDJの仕事も、ともに二月末で終えていた。

国際関係論のゼミナールの指導教授が担当する日本外交史。三、四年次に履修した科目の中で最も興味を抱いた商学部のマーケティング。*この二つの授業にもう一度、自主的に出席し、残りの時間は日々、図書館で過ごそう。満開の桜並木を歩きながら、さしもの僕も殊勝（しゅしょう）な誓いを立てる。

「心機一転、勉強し直そうと考えたんだよ、あの時は。六法全書を持って毎日、出掛けたんだから」

もう一人の自分が、耳元で囁く。そうだそうだ、そうだった。

とは言うものの、由利と江美子に六本木のディスコで最初に出会った時も、「方角を間違えて阿呆学部に在学中」と自らおちゃらかして、呆（あき）れられてしまった僕だ。形式知を重んじる実定法の世界は何とも無味乾燥で、生理的になじめず、一週間も経たぬうちに音（ね）を上げる。

「だからって、図書館通い自体も〝三日坊主〟で終わらせるのは、ちょっぴり癪じゃないか。ヤスオ、そう思ったんだろ?」

指導教授だけでなく、憲法が専門の法学部長も、親身になって僕を気づかって下さった。その一方で、顔を知ってる程度の、本来は一学年下だった〝後輩〟から、「いやぁ、大変ですねぇ」と通りすがりに声を掛けられたりした。信州で暮らしていた両親は、なんとも情けない息子だと繰り返し嘆いていた。

しおらしく僕は午前中、『危機の二十年』*を再読する。「歴史は現在と過去との対話である」と説いた国際政治学者E・H・カー*の代表的著作。午後は一転、流通*や広告の専門雑誌を借り出し、大閲覧室でページを繰(く)る時間が次第に多くなった。

そうしてゴールデンウィーク明け、僕は生まれて初めての小説を書き始める。桜吹雪の時期はとうに過ぎ、萌黄(もえぎ)色*した瑞々(みずみず)しい葉桜が樹木を覆い始めていた。

「ぼくたちの時代」を描いた物語が、どうして現れないのかな。ずうっと、そう思っていた。なのに、誰もいっこうに書いてくれない。

僕はというと、アルバイトをしたりデートをしたり、〝優先順位〟の高い選択肢が目の前には多かった。そもそも、僕に書けるとは思っていなかった。だが次第に、取り組んでみたい気持ちが高まる。

図書館での〝自由な時間〟を持て余し始めていたのかも知れない。誰も書かないなら、僕がやってやろうじゃないか。そんな気負いも多少はあったのかな。

いや、それよりも何よりも、八〇年代を迎えた東京という街に生きる、大学生が主人公の小説がほしいよね。純粋に、そう感じただけ。それが執筆の動機(モチーフ)。それ以上でも、それ以下でもなかった。

すると人音(ひとおと)がして、それに反応したのか、僕が目を開けるよりも先に〝円盤〟からの映像は途切れてしまう。

格子戸の手前の机に、若い男女が向かい合わせに座るところだった。小声で言葉を交わしている。日本語での会話。肌の色合いから察するに南アジアの出身かな。いや、それとて定かではないけれど、少なくとも東アジアではなさそうだ。

留学生だろう。どんな夢を抱いているのかな。学者、それとも故国に戻って官僚、政治家、あるいは何だろう……。立身出世という功名心*？　いや、あの二人はもっと純粋な夢を抱いているように思える。僕は心の中で呟いた。

すると、さきほど立ち去る前に僕を見つめた由利の表情が、浮かび上がってくる。それは、三週間前の深夜にバーラウンジで見せた、あの目の感じと重なり合うことに気付く。さらには三十三年前の十月、「文藝賞」の受賞が決まった僕をいち早くお祝いしてくれた時の彼女の面持ちとも。

「そうか。そうだったのか」

思わず左手を握り締め、大きく声を立ててしまう。二人がハッとして、僕を窺った。

――ゴメン、申し訳ない。君たちよりも遥かに年上の僕なのに……。

もう一度、目を瞑る(つぶ)と、久方ぶりに邂逅(かいこう)したかつての恋人同士が、天井の高いバーラウンジで寛い(くつろ)でいる映像が映し出される。ライトアップを終えた東京タワーからほど近い建物の地階。由利は問わず語りに切り出す。

「あと十年たったら、私はどうなっているんだろう」

そうして、カカオニブ・クラスターと呼ばれる南米コロンビア産のチョコレートを口元に運ぶ。

「そりゃ、元気に仕事してるに決まってるでしょ」

十年後、三歳年下の由利は六十四歳。まだまだ現役じゃないか。繊細ながらも艶やかな余韻を漂わせるシャンパーニュを味わいながら、僕は応じる。その酒精の透明感と、天日乾燥のカカオ豆を粗挽きした粒状チョコレートの濃密さが、なんとも不思議な渦を口の中で描く。

「もお、ヤスオったら」

えっ、どうしたの？　気に障るようなこと、何も言ってないよね。ドギマギしちゃう。すると、やんわりと僕を責めてくる。

「忘れてたの？　ヤスオの小説のエンディングに出てくるのよ」

鳶色*した粒粒が入った、小ぶりな銘木椀へと由利は手を伸ばす。言い終えると、僕を向いて微苦笑した。

〝記憶の円盤〟が、今度は小説の中へと入り込んでいく。

「1980年6月　東京」。本文よりも一つ前のページに縦書きで記されていた。そうして、梅雨の中休みの、晴れ渡った午後のそよ風に舞うようにページがめくられて、ラスト・シーンが現れる。

本当だ。テニス同好会のメンバーと一緒に表参道を走りながら、由利が独白しているではないか。

あと十年たったら、私はどうなっているんだろう

「実は私、原稿のコピーをヤスオから渡されて、あのセリフを読んで、とても不思議な、妙な気分になったの。三十三年前に……。そうよ、このカカオニブ・チョコと同じような苦甘い感覚とでも言うのかな……。だって、そんな十年も先のこと、あの頃の大学生、あまり考えなかったと思うの。きっと、私も含めて……。なのに、作品の中で、私自身が語ってるんだよ。モノローグで」

バーラウンジでの由利との会話が、僕の耳元で再生される。もしかして「十年後」という表現は、なんとなく薄ぼんやりとした不安というか懸念というか、そうした僕の無意識な気持の顕れだったのかも知れない。

ほんのりとした明るさで、〝円盤〟は別の箇所も照らし出す。本文の終わり近くの二行を。

私は、まだモデルを続けているだろうか。
三十代になっても、仕事のできるモデルになっていたい。

この記述は僕も覚えている。それも鮮明に。だって応募の直前に、その二行を急いで書き足したのだもの。

当時、「文藝賞」の締切は五月末日。〝吹き出し〟だらけの原稿をマス目の中に清書し終えた僕は、そのまま徹夜で三十一日の朝、膨大な数に及んだ註も書き上げる。しばし仮眠を取って、コピーして、原稿用紙の右肩に穴を通して、たこ糸で綴じた。郵便局へ持ち込む前にもう一度、読み直す。

そうして、感じたのだ。由利の心象風景を伝える上で、何かもう一つ表現が足りないのではないかなと。ちょっぴり俗っぽい言い方をすれば、〝決めの言葉（フレーズ）〟。

すると、かくも主体性のない生き方はけしからんと『文藝』での発表直後に〝大向こう〟からお叱りを受けてしまった箇所も、首尾よく〝円盤〟が照らし出してくれた。

なんとなく気分のよいものを、買ったり、着たり、食べたりする。そして、なんとなく気分のよい音楽を聴いて、なんとなく気分のよいところへ散歩しに行ったり、遊びに行ったりする。

そうだ。この〝なんとなくの気分〟を記した後ろに何かもう一つ、付け加えられたらと考えたのだ。

だが、時間がない。この日は土曜日。大学通り沿いの国立駅前郵便局から、午前中に書留速達で送らねば。ちなみに三公社五現業*と呼ばれていた当時、民営化後の今とは違って非集配局でも土曜日は〝半ドン*〟営業で窓口が開いていて、近隣住民から重宝がられていたのだった。

応募規定に記されていた「当日消印有効」の六文字が、僕にプレッシャーを与える。

どうしよう、どうするよ。処女作の結末を巡って考えあぐねる。

そこで運良く、僕は思い出したのだった。ずうっとモデルを続けていられるかな、続けていたいな。こうしたセリフを由利が幾度か呟いていたのを。

これだ、と僕は膝を打つ。「私は、まだモデルを続けているだろうか。三十代になっても、仕事のできるモデルになっていたい」。新たな二行が加わった原稿用紙と差し替えた。

「そんなこと、言ってたんだ」

「うん。だから、使わせてもらった」

彼女は口元に手を当て、はにかんでしまう。そうして臀部（でんぶ）*を少し前にずらし、樺色（かば）*した革張りソファの背もたれに寄りかかると、バーラウンジの天井を見上げる。

「なのに、どうして辞めちゃったの？　僕が留年した春には、専属モデルで雑誌に登場するほど、由利は注目されていたのに」

二十代後半から三十代前半の女性が想定読者の月刊誌。奇しくも僕は短篇小説の連載を、その雑誌で何年か後に担当する。「昔みたい」と題して。

だが、その連載時にはすでに由利は、フランス系化粧品会社の広報部門に勤務していた。大学生を終えると同時にモデルも〝卒業〟*していたのだった。

「そうだ、思い出してきた」

やおら上半身を起こすと、彼女は僕を見つめる。

「続けられたらいいな、とは思っていたわ、確かに。それに、ヤスオから渡された原稿も、うんうんと頷きながら、最初は読み進んだもの」

由利は丈の長いフルートグラスを手にする。グラスの中を覗き込むようにいっきに飲み干し、続ける。

「登場人物たちのセリフも、リアルだった。ホントに私たちが、目の前でしゃべってる感じがして。デートの前にはシャワーを浴びてから出かける方がいいとか、髪型が思うようにいかない日はムシャクシャしちゃうとか。しかも、そうした〝気分〟が行動のメジャーになっているって、すごく判ると思った。タイトルも、透き通ったガラスのイメージだったし……」

「そうかぁ、無色透明ね」

桃花心木(マホガニー)*のテーブルの上に置かれたワインクーラーからジャック・セロスのボトルを取り出し、僕はグラスに注いであげる。白ブドウのシャルドネ種だけで醸造された、きめ細やかな気泡が特徴なブラン・ド・ブランの銘柄。

「でもね、読み終えたら自分の将来が、なんとなく見えなくなってしまった、そんな気がしたの。なんだか黄昏時(たそがれどき)に一人で佇んでいるみたいに。どうしてかなぁ……。だから、私、ヤスオに伝えたと思う。受賞のお祝いを二人でした時に。もしかしたら、卒業するのをきっかけに、モデルを終えるかもって……」

そこで僕はゆっくりと目を開けた。さきほどの若い二人は、タブレットPCをそれそれに眺めている。

——そうだったっけ？　記憶が朧気だ。あの時は受賞が決定したばかり。そのことで僕は頭の中がいっぱいだったのかな。

ソファの布地を指の腹で触りながら自問自答し、再び眼瞼を閉じる。

すると、同じく天井が高くて落ち着いた、別の場所へと今度は舞い降りた。南青山のフロム・ファーストの地下。イタリア料理も味わえる、Bar&Co.*という名前の広々とした空間。

三十三年前の十月下旬。いち早く彼女は僕をお祝いしてくれた。掲載号の『文藝』は翌十一月の発売だ。四名の選考委員*、編集長と担当編集者、そして由利以外、まだ世間の目に作品は触れていなかった。

「私のアイデンティティーは、どこにあるのかしら？」

鏡の中でも覗き込むようにじっと僕の瞳を由利は見つめる。

三十三年後の僕がさらに聞き耳を立ててると、英文科に在籍する三年生でもあった彼女は「アイデンティティー」*という単語を用いて、語っている。今では普通に使われているけれど、まだ当時はそれほど一般にはなじみがなかった。

「考えちゃうの。モデルというお仕事って、なんだろうと。そりゃ、競争は厳しいけど、基本的には楽しいわよ。周囲から羨ましがられもするし。でもね、カメラの前に立って、シャッターを押された瞬間。ライトを浴びて、ステージの上でターンをした瞬間。自分が自分だと実感できるのは、その一瞬でしかないの。しかも私が着る洋服は事前に用意されていて、自分で選べるわけじゃない。そうして私は、指図通りに表情を変えていく……」

ここまで語っていたのか、由利は。葛藤と言ったら少し仰々しいけど、こうした気持の中で彼女は僕の作品の最後の場面を読んで、はたしてモデルという仕事を続けていくべきか、より深く考えるようになったんだ。僕はひそかに舌を巻く。

カチッと映像が切り替わり、この間のバーラウンジが再び映し出された。行ったり来たり、〝記憶の円盤〟も大忙しだ。

「でもね、今にして思えば、モデルという職業に限ったことではなかったのよ。実は会社にいた時も、そうだった。同じような気持を抱いたわ。独立してからも、そんなには変わらない……。大きな歯車というか、社会の中で、これが私よ、と言い切れるのは、ほんのわずかな瞬間だけ」

最初は寛いだ雰囲気だった由利が、次第に熱っぽく語り出した三週間前のやりとりを、僕は改めて思い起こす。

「だからって、流されているわけではないわ。言葉にしちゃうと陳腐だけど、もろもろの目の前の雑事に追われながらも、それなりに考えている。私だけでなく、誰もが」

実はあの晩、南アでの新たな活動も僕に伝えようと思ったのかな。でも、二人が会うのは本当に久しぶりだった。それに、慎重な性格の由利だ。渡航中の日本での仕事の調整をすませ、具体的な日程が決まってから、知らせたかったのかも知れない。

〝記憶の円盤〟の助けを借りて、長い回想の旅へと出掛けていた僕は、ようやく帰還する。

が、戻った先の図書室には再び僕だけ。他にはもう誰も居ない。外は暗くなりかけていた。

――さて、どうしよう。

予約していた割烹に一人で座っている自分を想像する。別段、所在なくはなかろう。顔見知りの料理人とカウンターごしにやりとりし、見繕(みつくろ)った料理を何品か味わい、自宅へ戻ればよいのだ。

けれども、そうした気持に今日はなれそうにない。さりとて、ここに居続けたところで、由利が戻って来るわけもない。他の誰かが訪れて来ることもない。

メグミに電話しようと立ち上がる。僕だけとはいえ、ここは図書室だ。廊下へ出た。

「あら、どうしたの？」

背後で鳴き声がする。その声音から察するに、バロンかな。

「いや、取り立てて用件はないいんだけど……」

狼狽(ろうばい)してしまう。最初の言葉も考えず、勢いで掛けてしまったのを後悔する。まずはメールを送って、探りを入れるべきだった。今日に限って、僕はどうしたのだ。

記者と会う予定が入っているとメグミには伝えていた。食事もしてくると思うと。その彼とは、知事選に出馬表明した時から十数年来の付き合い。当時は支局勤務。その後、政治部に異動し、現在は「デスク」を担当している。メグミも名前を知っていた。

「お食事中じゃないの？」

「うぅん。彼、急遽(きゅうきょ)、戻ったんだ。途中で連絡が入って。部下が上げてきた原稿に、少し問題があったらしい」

僕なりに、もっともらしい理由付けをした。とっさにしては上出来。

「大変なのね、彼も」

「まあ、それが仕事だから」

するとメグミは、僕の心の内を見通していたかのように、言葉を継いだ。

「ごめんなさい。私は行けそうもないわ。ロッタとバロンが大はしゃぎだから」

「大丈夫。気にしないで」

そんな淡い期待を抱いていたわけでもないのに、ちょっぴり肩透(かたす)かしを食らったような複雑な心境。すると〝決め打ち〟されてしまう。

「由利さんでも誘ってみたら？」

「そんな、突然に連絡しても……」

再び僕は動揺してしまった。電話を切って〝退散〟すべきなのだろう。

「一人で何か食べて、先に戻ってるよ。ロッちゃんとバロン、それに若菜にもよろしく伝えてね」

予約していた割烹にも連絡し、取り消しを頼んだ。幸いに二つ返事で受けてくれる。

――昔ならば〝ウェイティング・リスト〟をめぐって、難なく食事相手を見付けていたというのに……。

ソファに戻ると、格子戸の向こう側を見やりながら、息を吐く。元々が電気の点いていなかった書庫と閲覧室は、真っ暗だ。

すると思い出す。「ヤスピン」と昨日の女子会で僕を呼んだ緒方あずさと同級生だったサトピン。その彼女とも、この図書室で幾度となく待ち合わせしたことを。

十歳年下の稲村聡子は、〝聞き分け〟の良い娘（こ）だった。僕の原稿が終わるまで、いつも静かに待っていた。

決して内気なタイプだったわけではない。今風な相貌（かおだち）で、お茶目でお転婆でもあった。送り届けた世田谷の自宅でお目に掛かった母親も、聡子と同じ女子校の出身。目力の強さが印象的な女性（マ）で（マ）、他にも複数の相手と〝並行恋愛〟していた僕の行状（ぎょうじょう）を知った上で、交際を認めていた。

「周囲の反対を押し切ってパパと結婚した人なのよ」。聡子から聞いたのを思い出す。

ちなみに母方の祖父は、「財界」という言葉が機能していた時代に活躍した経営者。父方の祖父は、耕作者の立場に立って現状変革を目指した農本主義の実践家だった。

あらかじめ伝えていた、原稿が終わりそうな時刻に彼女は図書室へやって来る。だが、昔から僕の遅筆は変わらない。十中八九の確率で脱稿していなかった。

今ならば、待ち合わせ時刻の変更をメールで容易に伝えられる。四半世紀前は、自宅や職場等の固定電話で連絡がつく場所に相手がいないと不可能だった。

日本の総人口よりも現在では契約台数の多い携帯電話が一般的になるのは九〇年代半ば。阪神・淡路大震災以降だ。商用化翌年の昭和六十三年＝一九八八年、加入数は全国で二十五万台にも満たない。その年に大学四年生だった聡子も含めて学生はおろか、社会人でも持っている人は少なかった。

自動車電話に加えて僕が、ハンディタイプとは名ばかりな、無線機のように大きくて重たい携帯電話もサーヴィス開始と同時に契約すると、周囲からは贅沢だ*と白い目で見られてしまった、そうした時代。

とまれ、学校帰りの彼女は僕に負担を与えぬようにと少し離れた場所に座って、バインダーを開く。その日の授業の内容を読み返しているのだ。

ボールぺんてるを握りしめ、相変わらず呻吟(しんぎん)中の僕は気になって仕方ない。いたいけであればこそ余計に。すると、その気配も彼女は敏感に察し、お気に入りだったピンクパンサーのシールを貼ったバインダーを胸元に抱えて僕に近付くと、二つ折りのメモ用紙を手渡す。

そうして、「じゃあ、失敬！」ともう片方の手で軽く敬礼の仕草をすると、「抜き足・差し足・忍び足」なあんて小声を出して、僕がいま一人で座っている入口のコーナーへと移動していくのだった。

今日はどんな内容かな？　開いてみるとたとえば、耳の長〜い犬がペンをくわえてしゃがんでいるイラスト。その横に、「これでバッチリ すらすらペンをお持ちしました！」。丸文字で書き加えてあるのだった。

ようやっと書き終え、司書室の有料ＦＡＸから編集部へ送稿し、僕は声を掛ける。「サトピン、お待たせ。お食事に行こう」。優に一時間、時には二時間近くが経過している。『ナショナル・ジオグラフィック』を始めとする洋雑誌*を棚から取り出し、眺めていた彼女は、顔を上げると嬉しそうに微笑んだ。

聡子以外にもこの図書室で、僕の原稿が終わるのを待っていた昔の交際相手は今、どうしているのだろう？　その彼女たち以外にも、これまで付き合った多くの、さらには一度だけのデートで終わってしまった数多（あまた）の……。

けれども、色あせた僕の「舞踏会の手帖*」は、閉じられたままだ。かつてのフランス映画の作品とは異なり、相手の許（もと）を訪ね歩くことは叶（かな）わない。江美子や由利のように、フェイスブックやメールで連絡を取り合える相手も限られている。

「さあ、行こう」

さまざまな思いを振り切るかのように、自分に向けて声を出し、立ち上がった。

正面玄関の前には、車を停められる場所（スペース）が二十台ほど用意されている。往時、原稿を書きあぐねると僕は図書室を出て、気分転換を兼ねて自分の車へと向かい、その日の夕食の相手を探したものだ。

ドアを閉め、運転席に座って自動車電話で彼女たちの部屋や職場に連絡を取る。公衆電話から掛けるのと異なり、自然な口調で自分のペースでしゃべれるのだった。それで、携帯電話を用いるようになってからも、館内のロビーではなく、車の中から通話する方が多かった。夕方からのデートの時間を死守するために、原稿の締切を翌日まで延ばしてもらおうと担当編集者に〝懇願(こんがん)〟する場合も。

いやはや、今では自慢にもならぬそんな想い出ばかりが浮かんできてしまう。「舞踏会の手帖」は相変わらず閉じたままで、いっこうに覗けもしないというのに。

外の通りへと緩やかにカーブを描く下り坂に差し掛かる。その途中で僕は、歩みを止めるとル・コルビュジエ*らの薫陶(くんとう)を受けた三人の日本の建築家が設計を担当した国際文化会館をいま一度、振り返った。

日本の伝統とモダニズムの融合を目指した建物と庭園で構成されるIハウス。戦後建築のマイルストーンとして知られるその空間も今世紀初頭、老朽化を理由に全面建て替え計画が進行していた。

だが、保存活用を求めて数多くの利用者が声を上げ、理事会に翻意を促す。竣工からちょうど半世紀に当たる平成十七年=二〇〇五年、一年近くの時間をかけて大規模な再生保存工事が行われることとなった。

耐震補強という味気ない行政用語も、横文字ではレトロフィット*と表現する。耐震性能に留まらず、既存の建築物の外観や基本的な枠組を残しながら修復を行い、現在に相応しき施設へと蘇生させる改修を指す。

国際文化会館でもそれを可能としたのは、ディベロッパーとカタカナ表記される不動産会社への空中権の売却益だった。誰もが知る、東京駅の赤煉瓦駅舎を保存復元する事業と同じ選択。つるつるで、ぴかぴかな高層ビルの出現を認める代わりに、歴史的建造物の存続を実現する。

この周囲も早晩、再開発され、高層ビルが林立していくのだ。なんとも皮肉な話ではある。数字やお金には換算出来ない喜びや確かさを慈しみ育むために、空中権という市場が作り出した権利を換金して、その原資にするのだから。

でも、と僕は思い直す。その一種の割り切りは、南アフリカでの由利の挑戦にも通ずる、新しい「贈与（ギフト）*」のあり方なのかも知れない。

フレームの形や色も自分で選んでもらい、一人ひとりに相応しい度数の眼鏡を、それも少額ながらも代金を受け取った上で提供する。供給側の都合に基づく「配給」という一方通行の冷たさではなく、消費側の希望に根ざした「流通」としての相互通行の温かみや潤いを感じさせる。

それは、ずうっと僕自身も希求し続けてきたことだったのだ。

樹木に包まれたIハウスの建物の、その先には、どことなく甲冑を連想させる無機質で威圧的な雰囲気の高層ビルがそびえ立っている。見上げると、カレンダーに関係なく週末も出勤している企業も多いのだろう、窓からこぼれる室内の灯りがきらきらと、銀鼠（ぎんねず）＊色の外壁に反射するかたちで光っている。

外はまだまだ蒸し暑い。

「透き通ったガラスのイメージ」。僕は額ににじんだ汗を左手の指で軽く押さえながら、思わず口ずさんだ。

それはさきほど〝記憶の円盤〟が映し出した由利が、苦甘い味わいのカカオニブ・クラスターを口元に運びながら語っていた、その一節（フレーズ）だった。

6

夕刻には香港経由で南アフリカのヨハネスブルグへと由利が向かう日、僕は江美子と二人で会っていた。ホテルのダイニングルームの奥まった場所。年代物のエクスリブリス*と呼ばれる蔵書票が幾枚か、座席脇の壁に装飾としてはめ込まれている。細やかな手彩色(しゅさいしき)*の木版画だ。

「ヤスオさん、今度の水曜、お昼間よ」。江美子に囁(ささや)かれたのは四日前、北出沙緒里の一家が暮らす千鳥ヶ淵のマンションで開かれた女子会の帰りしな。僕より先に彼女がタクシーを降りる際にも、「お目に掛かる場所、決めておいてね」と念押しされた。

その場で安請(やすう)け合いしたわけではない。僕は曖昧な返事に留めた。昔から男性に積極的だったのが江美子だ。二人だけで食事するのは、どうなのだろう。途惑った。

会ってみようかな、と思い始めたのは翌日の日曜、由利の相談に乗るべく国際文化会館のカフェテラスへ出掛けたのに〝空回り〟で終わってしまった夕刻以降だ。

南アフリカへの渡航について、何か具体的に江美子は聞いているだろうか。外部スタッフとして広報を担当している外資系製薬会社との仕事上の悩みも、打ち明けられているだろうか。

半ば一方的に話し終えると、「大切な相手との約束があるの。じゃあね」と立ち去ってしまった由利の、その相手はいったいどんな男性なのだろう。僕が四半世紀余り前に付き合っていた稲村聡子の近況も、同級生だった緒方あずさからあるいは聞いていて、教えてくれるかも知れない。

月曜の午後に江美子から問い合わせのメールが届くと、西新宿のパークハイアット東京*を指定した。ロビー階に当たる四十一階のジランドール。

角筈（つのはず）という地名だった現在の西新宿一帯はかつて、都民の水甕（みずがめ）の役割を担う巨大な淀橋浄水場*だった。小学一年生の時、見学に訪れたのを覚えている。その翌年に開催された東京オリンピックの直後に廃止となり、七〇年代には高層ビルが建ち並ぶ新宿副都心へと生まれ変わる。

が、著しく変貌を遂げる中、円筒形した西南端のガスタンク*だけは二基、九〇年代初頭まで稼働していた。球形ではなく、貯蔵量に応じて高くなったり低くなったり、タンクが伸縮する珍しいタイプ。その動きを見るたび、ゾクッとした感覚が四肢（しし）の付け根あたりに走ったものだ。

その場所にも、阪神・淡路大震災の前年に高層ビルが誕生する。微妙に高さの異なる三棟が、稜線を描くように連なる構造。それぞれの天辺（てっぺん）にはガラス張りになった逆三角形の屋根が設けられている。一番上の五十二階までの高層部分に、ホテルは位置していた。

「南アフリカの話は、私も聞いているわ」

僕が切り出すと、江美子は答えた。

「由利らしいと思った」

白ワインのグラスを、彼女はテーブルの上に戻す。

「だって、自分で決めると、ずんずんと行っちゃう人だから」

モデルの仕事をやめた時も、ロンドンへ留学した時も、さらには今回も。高校時代から長い付き合いの江美子は、思い切りのよさが由利の身上だと感じているのかな。

「ヤスオさんも、そう思わない？」

言われてみれば、と僕は頷く。一方で、こうも考え、口にした。

「由利は由利なりに、決断した後もずうっと思案し続けるタイプなんだよね」

すると江美子も反応する。

「確かに、そうかも。時々、うじうじしたり、めそめそしたり、いまだにお嬢ちゃまな面も残っているものね」

言い終えると再びグラスを持ち上げ、その仕草の途中で僕を見やると言葉を継いだ。

「というか、由利に限った話じゃないわね。これで良かったのかしら、ああすれば良かったのかも。自分の中で問い掛けを繰り返すんだわ。きっと、誰しも」

あまり江美子らしからぬ言い回し。でもそれは、数々の恋愛遍歴、結婚と離婚、再婚と出産、さらには僕も与り知らぬさまざまな自身の歩みを振り返っての、率直な気持でもあるのだろう。

早くも一杯目のワインを、彼女は飲み干す。僕は鉛白色したワインクーラーからボトルを取り出すと白いリネンで底部を包み、グラスに注ぎながら「南アの件だけど、由利からはいつ頃、聞いていたの？」と尋ねる。

「うん、一昨日、みんなにラインでメッセージが届いたの。昔からの仲間でグループを作ってるのよ」

なるほど。だとすると、それ以上、詳しい情報は持ち合わせていないのかな。

今度は、僕の背後から声がした。アミューズとして頼んで、すでに江美子と一緒に摘まんでいたチョリソーとオリーヴの盛り合わせに続いて、前菜のシーザーサラダを運んできた年若い男性だった。

「申し訳ございません。すぐにお注ぎいたします」

サラダをテーブルの真ん中に、取り皿を二人の前に置きながら、恐縮しきった声を彼は出す。

「大丈夫、大丈夫。気にしないで」

自分のグラスにも注ぎ足しながら僕が答えると、彼女も話し掛けた。

「そうよ、平気。だってヤスオさん、好きなの、自分でするのが」

少しホッとした表情を彼は見せる。江美子は言葉を繋いだ。

「この後、サラダも取り分けてくれるわ。あなたより上手だったりするかも」

今度は、困った風な面持ちとなった。どう応ずるべきか、とっさには思い浮かばないのだろう。代わって僕が会話を引き取る。

「有り難う。何かあれば、また呼ぶから。この客席、隠れていて見えにくいものね、フロアからは」

再び彼の表情は和らぎ、頭を下げて立ち去った。

「気を利かせて、私、言ったつもりなんだけどなぁ。リラックスさせてあげようと思って。なのに彼、傷ついちゃったわけ？」

唇を尖らせた。元々がアヒル顔*の江美子だから、余計に印象が強まる。

「判（わか）るよ、その違和感、というか徒労感。でも、マニュアルには書いてないだろうからね、今のような会話の対処までは。それで、即座には応答できない」

「だけど、接客を志したのだもの。自分で鍛えるものだと思うなぁ。〝スポット・カンヴァセーション*〟の技とか勘を」

三度（みたび）ワインを含むと、問わず語りに江美子は呟いた。

「ああ、やだやだ、ホントに。だって、しれっとされちゃうのよ、こうしたアドヴァイス、今の若い人たちには。きっと、同僚と後で愚痴り合ったりするんだわ。嫌味を吐かれちゃったよとか何とか。こっちは善意で叱咤激励してあげたのに」

「それなりに意欲は持ってるんだろうけど。まぁ、教わってないから判りません、とか言いそうかな」

良い意味で彼女は〝体温〟が高い。単なるお節介とは違う。だから、女子会の幹事役には打って付けなのだ。

でも、そうした心配りが、だんだんと理解されにくい世の中になっているのかも知れない。精神論を振りかざして頭ごなしに怒鳴りつけるのとは違う、見込んだ弟子に厳しく細かく指導する職人気質の親方の情熱が、最近では逆に煙たがられてしまうように。

江美子の嘆きはよく判る。慰めるというか、ケアするというか、そうした言葉を掛けてあげた方がよいかな。だが彼女は、まるっきり別の話題を僕に投げ掛けてきた。

「ヤスオさん。このホテル、お気に入りなんでしょ？」

「以前はずいぶんとね」

「知っているわ。だって、ヤスオさんの日記の中にいつも登場してたもの。いろんな女性とのお泊まりデートで」

「え～っ、読んでいたわけ、江美子」

かりかりに焼いたベーコンとパルメザンチーズ、賽の目に切ったパンを揚げたクルトンが上に掛かったシーザーサラダを取り分けていた僕は、思わず声が裏返ってしまう。

我が家のロッタと散歩中に、投票所帰りの彼女とばったり出くわした先月下旬、僕のホームページやフェイスブックを覗いていると語っていた。でも、大分以前に雑誌で連載していた僕の日記まで知っていたとは。ウ～ム、侮れないというか何というか。

「今の主人が結婚前からいつも買ってたから。それで、私もね」

「借りて読んでたんだ?」

「そうなの、そうなの。あの雑誌、面白かった。というか、刺激的だったわ。一行情報*とか、ワクワクしちゃったもの」

いわゆる、業界関係者が愛読していた月刊誌*。新聞やテレビの〝大文字報道〟*を眺めるだけでは捉えにくい、社会の隠微な深層を容赦なく露見させる編集方針。狐色*したざら紙を使用していて、その触感も読者の期待を高めるのだった。

Ａ５判の四頁にわたって、他の頁よりも小さな級数の活字で、多方面にわたる社会的な物言いと僕の私生活を詰め込んだ連載が「東京ペログリ日記」。食事やベッドをともにする交際相手も名前や学校、会社、住所等の頭文字を拝借して、Ｅ嬢、Ｋ嬢、Ｚ嬢といった具合にイニシャル表記で登場していた。ちなみに妻のメグミは、Ｍを逆さまにしてＷ嬢。

「江美子のご主人ってどんな方?」

フォークとスプーンを右手に持ってサラダを取り分けながら、先手必勝で質問した。だって、会話の主導権を彼女に握られたままだと、歴代の〝交接相手（ペログリ）〟を根掘り葉掘り詮索されて、僕が一つひとつ答える「千夜一夜物語」となりかねないもの。

「知り合った時は彼、大阪勤務だったのよ」

二歳年上の夫は、江美子と違って初婚。現在は家業を継いでいる。当時は広告代理店の関西支社で、飲料メーカーを担当していたらしい。

「で、付き合い始めて間もなく震災。だから私、バイクで被災地に入ったヤスオさんのこともけっこう詳しいのよ、日記を通じて」

連載第一回*は、一九九四年一月十六日の記述から始まった。奇しくも一年後の翌朝、阪神・淡路大震災が発生する。日付を鮮明に覚えているのは、そのためだ。

二〇〇四年の春に雑誌が休刊となった後も、掲載媒体を若者向けの週刊誌に移し、足掛け十七年続いた。連載最終回は、震災翌年の秋に知り合ったメグミと僕が、十四年間に及ぶ長い付き合いを経て結婚に至る二〇一〇年秋、双方の両親を交えて食事会を開いた十月四日の記述で幕を閉じる。

「そうだわ、ヤスオさん。たしか震災の朝は、この上の客室に居たのよね。阪神間出身の相手と一緒に。でしょ?」

ロメインレタスを一口サイズに切りながら、江美子が尋ねる。驚いた。かなり事細かに読んでいたんだ。僕は、十八年前のその日を思い起こした。

明け方に原稿を書き終えてベッドへと潜り込み、目覚めたのは午前十時過ぎ。自宅の留守番電話*を聞くと、連載担当の編集者からメッセージが入っていた。「関西方面に行ってらっしゃるのではと心配になって掛けてしまいました」。意味するところがいま一つ僕には理解出来ず、小首を傾げて二つ目に進むと、昂奮気味に捲し立てる友人の声だった。「大変だ、ヤスオ。神戸が地震で壊滅状態だ」

関西で大地震？　訝りながらも僕は、隣で眠っていた西宮出身の相方を起こし、テレビをつける。ヘリコプターで上空から捉えた、阪神高速神戸線の倒壊区間*が映し出されていた。部屋からも携帯からも彼女の実家には電話が繋がらない。ようやっとロビー階の公衆電話で家族の無事を確認すると、生まれ育った地域の惨状を呆然と眺め続けていた。そうして僕もまた、発生当日はテレビの前の一人の傍観者でしかなかった。

自問自答するようになったのは翌日だ。このまま東京にいて、遅々として進まぬ原稿に呻吟し、夕方になると一転、日替わりメニューのようにデートを繰り返す。そんな生活を続けている場合だろうかと。

阪神間は、作品の舞台として幾度となく登場した場所だった。付き合った相手も、関西出身・在住の女性が多い。昔取った杵柄で、主要幹線だけでなく、たいがいの裏道も地図なしで運転できる。

恩返しをせねば。ちょっぴりエエ格好しいな科白が許されるなら、こうした思いだった。だが、道路は大渋滞。各所で寸断されている。物資を自分の車で運べるわけもない。そうしてクレーンで瓦礫を取り除くことも、傷ついた被災者に治療を施すことも、僕には不可能なのだ。もどかしい。常日頃、世の中は斯くあるべしと歯に衣着せぬ言葉を吐き続けてきたというのに。

六甲山の麓に位置していたカトリック大阪大司教区の大司教館*に連絡を取った。ヴォランティアを募集しているのではと考えたのだ。すると電話口に出た神父に尋ねられる。「あなたはバイクに乗れますか？」。これぞ〝啓示〟だと閃く。「どんな場所にも、バイクなら物資を運べます」

　地震発生から四日後、僕は関空*に降り立つ。大阪の知り合いを通じて調達した原チャリ*。その荷台に括(くく)りつけたプラスチック箱と背中のリュックサックに水、そして野菜ジュースのペットボトルを計三ダース*詰め込んだ。バイクに乗るのは、その日が生まれて初めて。半年余り、活動を続けた。

「そうよね、ヤスオさん。ご両親がクリスチャンだから、電話したんでしょ」

　僕自身は違う。両親が洗礼を受けたフランシスコ会の教会で、ご子息もそろそろいかがですかと聞かれたのは三十年近く前だ。

「偉業を遂げた聖人には及ぶべくもありませんが、その足跡をいまだ辿っている最中(さなか)なのです。清貧と禁欲を説いたアッシジの聖フランシスコ*も、若かりし時分は放蕩の日々でしたもの」。冗談めかして答えると、「甘い生活(ドルチェ・ヴィータ)」*を描いたフェデリコ・フェリーニも生まれ育った、ルビコン川の少し南に位置するリミニが出身地のマリオ・カンドウィッチ神父*は、両手を大きく広げ、おどけた仕草をした。

　とまれ、50ccバイクという僕の選択はたまたまだ。なのに、その活動が新聞で報じられると、妙な評価を得てしまう。毎回違う相手とお愉(たの)しみだなんて……。それまで冷たい視線を僕に向けていたホテルのコンシェルジュの女性スタッフから、すごいですね、見直しちゃいました、と声を掛けられた。

こそばゆい。だって、被災地に通いつめていたその時も、東京に戻ると僕は相変わらず複数の相手と会っていたのだもの。

仮に当時、いかつくて車高が高いサファリラリーに使用するような四輪駆動車で被災地を駆け回っていたら、どんな印象を持たれただろう。あるいは僕が巨万の富の持ち主で、ヘリコプターをチャーターして医薬品を運んだら、どう言われたのだろう。けっ、クリスタル野郎*の売名行為かよ、と冷笑されたに違いない。

「大切なのは、ただありのままに物事を見つめるのではなく、それがいかにしてそうなったかを見抜く力だ」

シーザーサラダを口元に運びながら、エドワード・サイード*の至言を僕は想い出す。するとその瞬間、麝香（じゃこう）系の動物的な薫りが鼻腔をより強く刺激した。江美子が付けている香水。上半身を屈め、顔を僕に近づけて彼女は囁く。

「ねえ、ヤスオさん。ウチの主人ったら、いまだに女遊びを続けてるのよ。それって、どう思う？」

どう思うって、突然に聞かれても、僕は会ったことないから答えようがない。和菓子屋の〝ぼんぼん社長〟。知っているのはその程度だもの。だからさっき、どんなご主人なのと尋ねたんだよ。

元々は、街の小さな菓子舗。父親の代に打って出て、百貨店や駅ビルに売場を確保する。何百年もの歴史を有するわけではないけど、人気を集める銘柄。

「何人か相手がいるのよ。中でもご執心なのが二十代の娘（こ）。もおう、いい加減にしてって感じ」

　問わず語りに江美子が教えてくれるには、経営指針を新たに策定しようと二年前、彼が動いた。が、すべては会長の私が決めることだと父親に一蹴（いっしゅう）*され、計画は頓挫する。その際に依頼しようと接触していたコンサルティング会社の女性アナリスト。

「私、そういうのからっきし判らないんだけど、数理統計学ってのをアメリカで学んだんだって。もうそれだけで、鼻っぱしが強そうな、自信満々のタイプと思うじゃない。ところが、裕一のスマホに入ってた写真を覗き見たら、いかにもおとなしそうで健気（けなげ）な雰囲気でさ。その落差に参っちゃったのかな？　裏では意外と計算高い相手なんだろうけど」

　まともに取り合っていたら、延々と愚痴をこぼされそう。今日は由利に関する情報を聞き出せたらと考えて、待ち合わせしたのだ。僕はあえてジャブを繰り出した。

「それって危ない。油断大敵だよ。江美子の座を奪おうと虎視眈眈かも」

　すると彼女は、したり顔で言い放つ。

「大丈夫よ。だって、私、息子もいるから。この間、ヤスオさんとお目に掛かった娘の三つ下。小学五年生なの」

　思わず僕は舌を巻く。江美子は確たる立ち位置（ポジション）を島崎家の中で確保しているのだ。

自分は跡継ぎを産んだ嫁ですもの。そうした余裕と自信に満ち溢れた表情。
「最初は肩身が狭かったわ。私はバツイチ。で、主人はとっても溺愛されてるの、両親から。お姉さんの夫も会社に入って役員をしてるんだけど、正直、仕事ぶりがいまーつ。だから余計にね」

　交際三年目、彼は東京の本社へいったん戻り、ほどなく父親の下で働くこととなる。相前後して江美子は妊娠し、ご多分に漏れず結婚に至った。

　神戸での初婚の相手は、〝乳離れ〟出来ない〝お肉の関係(ペログリ)〟*が実母との間に続いていた。ある週末の午後、夫に伝えていた予定時刻よりも早く低層階建ての豪壮なマンションに戻ると、その上階に暮らしていた義母と出くわす。

　ピンク色のネグリジェ姿で、リビングルームに座っていた。それが離婚の原因。
「もおう、信じられない」と泣きべそをかいて江美子が電話してきたのを覚えている。

　むろん、そうした親子の間柄ではなかったにせよ、現在の結婚相手も精神的な結び付きは堅固だったに違いない。とりわけ、母親の側からの思い入れは。

　男児を第二子で授かるまで、江美子なりに堪え忍んだのだろう。「艱難汝を玉にす(かんなんなんじをたまにす)」という古めかしい表現が脳裏に浮かんだ。
「まあ、家の中までトラブルを持ち込まない分には、見て見ぬ振りが一番とは思うんだ、私(わたし)的にはね。でも、癪(しゃく)にさわるじゃない、その相手。もしも私が子どもを二十代で産んでたら、娘みたいなものよ」

なるほどね。紐（ひも）を付けた回遊魚*みたいに夫を巧みに操縦していても、こうした点で嫉妬心を抱くんだ。

「だけど、江美子にも内緒の相手はいるんでしょ？」

「私？ 実はいないのよ、もう何年も。それなりに昔は華やかだったのになあ」

再び口先を尖らせながら、ハイピッチで彼女はグラスを空けていく。もう一本、そろそろ頼まないといけないかな。

カンパーニャ州*のフィアーノ・ディ・アヴェリーノ。僕が大好きなイタリアの白ワインだ。真夏の昼下がり、降り注ぐ太陽の光を浴びながら魚介のマリネやフリットと一緒に味わったら、至福の境地に浸れる。メグミと一緒に幾度か訪れたイル・サンピエトロ・ディ・ポジターノ*のテラス席で、その都度、決まって味わったワインでもある。

ナポリよりも南、眺望絶景なアマルフィ半島の九十九折り（つづらおり）沿いには、サラセン文化の影響を受けた建物が点在する。その断崖突端に位置する小さなホテル。ローレンス・オリヴィエ、カトリーヌ・ドヌーヴ、ゴア・ヴィダルを始めとする数多くの表現者がかつて長逗留したことで知られる。まさしく〝天空の楽園〟。午餐をすませて部屋へ戻ると、二人で微睡（まどろ）んだ。

「そうよ、ヤスオさんこそ、どうなの？ きっと、相変わらずなんでしょ」

一瞬にして、現実へと引き戻されてしまう。しかも、こちらが標的になってしまうとは。江美子にも自分の秘密を語らせて、その流れの中で由利の〝大切な相手〟のことも聞き出せたらと僕は企んでいたのに。

「ううん、メグミ一筋だよ。可愛いロッタと三人暮らし」

優等生的発言に聞こえるかな。数多の女性が登場していた僕の日記の読者からすると。でも、ウソじゃない。本当だ。今も昔も終始一貫、包み隠し事とは無縁なガラス張りの人生だもの。生来の不器用さが邪魔をして、表と裏の相貌を上手く使い分けられずに生きてきてしまったとも言えるけど。

「ヤスオさんも私も、恋愛相手には事欠かなかったのにね」

いやはや、同病相憐れむ具合となってきた。早めに態勢を立て直さなくちゃ。そう思って僕は尋ねた。

「ワイン、同じのでいい？」

「もちろんよ。ヤスオさんと二人きりの今日は、シュワシュワの気分かなぁと思ってたけど、この白、いいわぁ。爽やかだけど、なんだか艶っぽい」

シャンパーニュをシュワシュワと呼び変えてしまうのも江美子らしい。カリフォルニアを主体に集めた通常のワインリストに加えて、イタリア産のフェアを開催中だった。

その中から僕が選んだのは、一瞬にして火砕流で埋まった古代都市ポンペイの反対側に当たる、ヴェスヴィオ火山*の裾野のアヴェリーノで醸造されたフィアーノ種の白ワイン。そうして主菜（メイン）は、ワインヴィネガーで煮込んだ鶏腿肉（とりももにく）を彼女が、僕は小鯛と野菜の香草蒸しを頼んでいた。

給仕担当の女性が運よく通りかかる。「同じのをもう一本ね」と告げた後で、ふと気付いた。僕たちの食事の進み具合を確認しに、さり気なく訪れたのかも知れない。さきほどの一件が情報として共有されているのかな。

蔵書票（エクスリブリス）の一廓（いっかく）は、二人で向かい合って座る、こぢんまりとしたボックス席だ。左右に三つずつ、通路を挟んで並んでいる。ふんだんに自然光が差し込むメインフロアと違って、天井の高さも照明の明るさも、ともに控え目。海外の長距離列車でお目に掛かる個室（コンパートメント）のような佇（たたず）まい。午後二時を回って、他には誰もいなかった。

「そうよ、ヤスオさん。早苗とか、ああ見えてすごいんだから」

思いも寄らぬ方向へと、またもや話題が飛んでいってしまう。

「早苗が？　この間の女子会でも一番地味目な雰囲気だったのに」

訝（いぶか）しげに僕が首を傾げると、江美子は微苦笑しながら言葉を返す。

「こう言ったら何だけど、ウチの裕一の浮気相手と似ているのかも。見掛けと違って」

本当だろうか？　確かに学生時代も、「結婚ってのはやっぱり恋愛と別なんじゃないの？」と語っていた早苗ではあったけど……。灰味がかったローズピンク*のワンピースを着て、歳相応の顔容となっていた先日の彼女を思い起こす。

「付き合ってるのは、どんな相手なの？」

「さあ、そこまで詳しくは知らないわ。いることは確か。由利には具体的に話しているんじゃないかな。まあ、早苗も大病したり、お子さんの問題で悩んでいたり。それに三歳年下のご主人はあまり融通のきかない真面目な人みたいだし……。ついつい別の男性に救いを求めたくなっちゃうのかも」

主菜(メイン)と一緒に二本目のボトルも木製のトレイに載せて、今度は僕も顔見知りの、以前から勤務している年長の男性がやって来た。お久しぶりと声を掛け、肉料理は彼女に、と告げる。すでに空いていたボトルを持って彼が立ち去ると、僕は再び江美子に尋ねた。

「ねえ、大病って？」

「七年くらい前に婦人科系の。けっこう、大変だったと思うわ。あとは、息子さんも学校を中退して、ニート*なんですって」

江美子と同じく早苗にも二人の子どもがいるのだという。上の娘は建築学科を出て設計事務所に勤務。下の息子はあまり周囲に適合できず、自宅に引き籠もりがちらしい。早苗が学生時代にしばしば自分の部屋で夕ご飯を作って待っていた本命は、建築を専攻していた記憶もふと過(よ)ぎった。偶然の一致かな、どうなのだろう？

「帰国子女って難しいわね。日本に戻ってくる時期(タイミング)で、得をしたり損をしたり」

頷(うなず)きながらも僕は、先日の女子会で直美が、親の臑(すね)をかじっている若者こそ研修を受けて介護の現場で働くべき、と述べたのを思い出す。むろん、そうした若い世代を切り捨てる発言ではなく、むしろ優しさを込めた言い回しだった。でも、内心、早苗は複雑な想いだったかな。

「で、由利は？　今、付き合ってる相手、いるのかな。それも真剣に」

主菜も来たことだし、そろそろ本題に入っていかないと。

「さあ、どうかしら」

「ねえ、どんな人なの？」

「けっこう、気にしてるのね。大丈夫よ。特定の相手はいないみたい」

僕は、少し安んずる気持になった。でも、それなりの関係の相手は存在するって意味かも知れないぞ。果たして江美子は思わせぶりな仕草で髪の毛に手を当て、言葉を継いだ。

「震災の時に協力してくれた上司とは、まだ燻（くすぶ）ってるのかもね」

えっ、震災、協力、上司？　もしやもしや。瞬くうちに〝記憶の回路〟がつなぎ合わさってしまう。そうだ、避難所やテント村の人々に化粧水や口紅を手渡したい、と由利に申し出た僕への物資提供を即決してくれたフランス人の上司だ。

「あらっ、ヤスオさん、二人の関係、知らなかったんだ。当然、ご存じだと思ってた」

ロンドンでの留学先も、同じ講座を修得していた彼の紹介だった。月初めに南青山でバスク料理を食べた時の会話も思い出す。由利は、こう語っていたのだ。今はミラノで、フランス以外のすべてのブランドの統括責任者を務めているわ、と。

ってことは、春先のミラノ滞在時にも逢っているに違いない。美味しかったと語っていた、僕とメグミが大好きなリゾット専門店へも、ひょっとすると彼と出掛けたのかな。

ドギマギしてしまう。由利と再び付き合おうと思っているわけでもないのに……。

「このお肉、最高よ。付け合わせのお野菜の煮込みも素敵なお味」

僕の心の内を知ってか知らずでか、なんとものんきな感想を口にする。その江美子が提案してきた。僕の側に上半身を、またしても傾き寄せながら。

「そうだわ、ヤスオさん。そろそろデザートも頼まないとね」

ガスなしのミネラルウォーター*を飲んでいた僕の鼻腔に、香水の匂いが再び衝く。

「新宿ってあまり来ないし、パークハイアットも久方ぶりだけど、いいわよねぇ、この奥まったコーナー。私、初めて座ったわ。なんだか秘密の隠れ家って感じ」

「うん、ゆっくり出来るよね」

最初は躊躇していた僕が江美子の誘いに応じたのは、由利に関する話を聞けるかな、という思いからだった。だから、周囲の目を気にせず、食事も会話も出来る、この場所を選んだ。

なのに、当初の目的は、まだほとんど果たせていない。判明したのは、上司との

〝燻(くすぶ)り具合〟だけ。う〜ん、と僕は悩む。察するに、それほどには由利の仕事関係の情報は持ち合わせていなさそうだ。南ア行きの件も含め、これ以上の内容を江美子から得るのは難しいのかも知れない。

「そうだわ。デザートはシャンパンと一緒に、上のお部屋で頂くのはどうかしら？」

おいおい、江美子ったら……。あまりの不意打ちに、僕はぽかんと唇を開けてしまいそうになる。

「ほら、書いてたじゃない、以前に女性誌の連載で。最初の乾杯はシャンパンで、食事に合わせて白か赤のワインを取ったら、最後にもう一度、デザートと一緒に、冷やしておいたシャンパンで締めくくるのがオシャレだって。忘れちゃった？」

そうした提案をしたのは覚えている。シュワシュワと甘い物は、意外とマッチするのだ。ほどよき洗浄と刺激を口腔にもたらす。でもね。今日は違うでしょ。しかもベッドルームで、ってのは。

なのに、江美子は押してくる。

「私のことは心配しなくても大丈夫。裕一は今日から札幌に出掛けているの。百貨店の売り場が改装されるんですって。いつも二言目には忙しい忙しい……。最近はそればっかり。ちっとも構ってくれないの。みんなは私を羨んでるみたいだけど所詮、実体はこんなものよ、ヤスオさん」

じっと見つめられてしまった。

「納得いかないと思わない？　早苗には心も躰も通わす相手がいるのに、どうして私は違うわけ？　今日は子どもたちも、帰ってくるのが夕方過ぎだし。ねっ、そうしましょ」

　正直、僕は引き気味だ。この場を、どのように、やんわりと躱(かわ)せば、彼女を傷つけずにすむのかな。が、その方策を考える間もなく、江美子は畳みかけてくる。

「ちょっとお化粧室に行ってくるわ。だから、その間にお願いね、お部屋とシャンパンの手配。戻ったら、運んで頂くデザートも決めましょ。このホテルは知り合いに出くわすこともまずないし、私、安心だわ」

　留め金の形状に特徴のある鮮やかなオレンジ色*のバッグを持って、立ち上がる。そうして、僕を見下ろしながら付け加えた。

「だって、そういうことでしょ、この場所を選んだのって。ネットで調べたら*、お部屋に今日は余裕があるみたい。そうよ、ヤスオさん、顔が利くから簡単に取れるでしょ」

　そういうこと、ではないんだけどなぁ、と呟きながら、一人になった僕は、あれこれ言い訳を考える。それに対する江美子の反応も想定してみる。戻ってくるまでに、そのやりとりを組み立てないと。

　――実はこの後、編集者と打ち合わせが入ってるんだ。

　――そんなの今から電話して、日時を変更しちゃいましょ。

——ラジオ番組の収録だから、動かせないんだ。

——ウソウソ。だったら、こんなにワインを呑むはずないわ。いくら顔が映らないからって。

——表参道の美容院へメグミを迎えに行って、買い物に付き合う約束なんだ。

——怪しい。作り話っぽい。仮に本当だとして、だったら余計に、メグミさんにも私にも失礼よ。ルール違反だわ。

う〜ん、どれもこれも不合格。最後の想定問答には、この間、由利に言われたのと同じ駄目出しの言葉まで登場しちゃった。僕が社会に出た後も幾度かデートを繰り返した江美子は難なく、手の内を見透かしそうだ。

が、だとしても、どうして僕はこんなに、方便をこさえるのが下手なんだ。まったく、こんな時までウソがつけない不器用なガラス張りのヤスオでどうするんだよ。

すると、もう一人の自分が耳元で囁く。

——いいんじゃないの、ヤスオ。流れに任せてしまうのも。

——おいおい、今日一度限りなら誰も傷つかないし、江美子と僕の、二人の周りのいずれの関係も壊れやしないと、キミは言いたいんだろ。でも、なんとなく、違うんだよね。上手く言えないけど、違うんだよ。

だって、と僕は続けて自問自答する。国際文化会館を立ち去る際に由利が口にした〝大切な相手〟っていったい、誰なんだ。それすら判ってないのに、そりゃ、違うだろ。

「爽やかだけど、なんだか艶っぽい」と江美子も気に入ってくれたフィアーノ・ディ・アヴェリーノがグラスに残っていた。でも、ブーゲンビリア*が咲き乱れるアマルフィ半島の〝天空の楽園〟で、メグミと一緒に味わった時のような気分には到底、なれそうもない。

タンブラーを持ち上げて、ミネラルウォーターを口にした。たったそれだけで酔いがすぐに醒めるわけもないのに、もう一度、口元に近づけながら、柿渋色(かきしぶ)*した生地で覆われた座席へと視線を落とす。

すると、江美子が戻ってきた。少し動揺した表情。どうしたのだろう？　ハイピッチで飲み過ぎて、気分が優れないのかな？

ううん、まったく違った。返ってきたのは、予期もせぬ「報告」だった。

「ヤスオさん、ゴメン。私、すぐに戻らないと。マンションのコンシェルジュから連絡があって、息子ったら定期入れを落としちゃったみたい。部屋のカードキーもその中だから、入れないの。ドジよねぇ」

周囲には誰もいないのに、声を潜めて、が、いっきに早口にしゃべる。

「コンシェルジュでは開けられなくて、警備会社のスタッフが来るらしいんだけど、小学生の息子だと本人確認のしようがないと言われてしまって……。日を改めましょ。私、このまま今日は失礼するわ」

彼女は立ち去ってしまった。「もおぅ、拓也ったら、帰りは夕方過ぎだって言ってたのに」と独り言のように呟きながら。

国際文化会館のカフェテラスで由利と会った時と同じ、何ともあっけない終わり方。再び一人、僕は取り残されてしまう。

唇を結んだまま、ため息ともつかぬ息を吐く。するとついさきほど、人の気配を感じて顔を上げた際、この蔵書票の一廓とメインフロアの境目辺りで、江美子は僕の様子を窺う具合に立ち止まっていたのだと〝記憶の回路〟が教えてくれる。

とその瞬間、今度は〝想像の回路〟に刺激が走った。きっとそうだ。当惑している僕の表情を見て取って、彼女はとっさに編み出したのだ。息子、カードキー、帰宅という、僕を傷つけずにこの場を終える方策を。

――いやはや、いったい、なんてことだ。ここでも江美子は名幹事役をこなしてしまったのだ。

虚脱とも徒労とも、そして安堵とも異なる、一件落着からはほど遠い、何とも言いようのない境地に僕は陥ってしまった。

7

「そろそろ私は戻らないと。息子の夕食の支度もあるので」

早苗が部屋を出て、由利と僕の二人だけになったのは、十分ほど前だ。

黒みを帯びた深緑色の座布団脇に置いていた携帯電話に触れると、時刻が液晶画面に浮かび上がる。15:42。料理を味わい、会話を交わしているうちにずいぶんと時間が経っていた。

「ところで、大切な相手との約束っていったい、誰だったの？」

思い切って、僕は尋ねる。話題転換の意味合いも含めて。なのに、はぐらかすような、焦らすような、他人行儀な言葉を彼女は返してくる。

「そうね。誰だったのかしら」

「ひどいなぁ。由利ったら、水臭いんじゃないの。教えてよ」

母親に向かって駄々をこねる、僕は甘えん坊な子どもみたい。すると、思いもしなかった科白が返ってきた。

「だって、その昔、書いていたわ。『ヤスオちゃんの恋愛自由自在』に」

それは僕が二十代だった頃、少女向け雑誌で伝授していた恋愛指南のタイトルだ。

「恋も人生もトライアル・アンド・エラー」、「学校のお勉強同様に、恋愛にも予習や復習が必要です」。恋愛チャートと銘打って、受験参考書の体裁を取った見開き連載。編集部に応募してきた女子高校生が毎回、おどけたポーズの僕と一緒に写真入りで登場する「ヤスオちゃんのおウチ訪問」のコーナーも話題だった。

「ありゃ、由利の会社でも取ってたの？」

「ヤスオったら、よくやるわよね。そう思いながら、職場で眺めていたわ」

「だって、彼女たちも将来のお客様予備軍でしょ。広報としては一応、押さえておかないと」

ちょっぴり背伸びしたい女子中学生も読者層に巻き込んで、〝ギャル〟という流行り言葉を定着させた雑誌。全盛期には国会の場で、未成年には過激すぎる「有害図書」だ、と硬直した思考回路の議員たちに糾弾されるオマケも付いた。その中には案外、二回り以上も年齢の離れた女子大生やオフィスレディと逢瀬を重ねる香ばしい「選良」*もいたのかも知れないけれど……。

「あの連載と、今回の由利の発言と、どう結び付くわけ？」

早めに話を元に戻さないと、逸れていってしまう。それでは彼女の思う壺だ。

「ほら、ヤスオ、書いてたじゃない。女の子はチラッ、チラッと思わせぶりに時折振り向いて、相手が手を伸ばせば届きそうなのに、でも、なかなか捕まえられない、ほんの少し前を早足で進んで行くのが一番だって」

僕は〝記憶の回路〟を手繰り寄せた。おそらく、こんな文面だ。

――とっても大好きなのと、しなだれかかってこられたら、男の子は支えきれなくなってしまいます。あなたの体重のせいでなく、精神的に負担を感じて。といって、あなたが一目散に百メーターも先を駆けていったら、こりゃ無理だと大半の男の子は諦めちゃいます。だから、気があるように見えるけど、でも、いま一つ確信が持てないよぉ、と相手をドギマギさせる、そうした微妙な間合いを保つように心掛けましょうね。

今にして思えば、たわいないともいえる恋愛指南。

「だから、まっ、そういうことよ」

またしても、はぐらかされてしまった。

特定の相手はいないみたいだけど、フランス人の元上司とは燻ってるのかも、と江美子は踏んでいた。ってことは、と僕は閃く。大切な相手との約束があるの、と国際文化会館のカフェテラスから立ち去ってしまったこの間も、実は彼が出張で東京に滞在中だったのかも知れない。

引き続き尋ねてみるべきだろうか？　だが、そんな簡単には教えてくれない気がする。より具体的に知ってしまうのを躊躇(ためら)っている自分も、今ここにいる。すると、襖(ふすま)の開く音がして、女将さんが入ってきた。

「おひと方、お帰りになられましたのね。でも、ごゆっくりなさって下さいませ」

「すみません、遅くなって。間もなく失礼しますので」

すかさず由利は返答する。しかも僕に対するのとはずいぶんと違う言い回しで。

「大丈夫ですわよ。このお部屋、今夜は遅めのご予約ですから」

座卓の上の、花器のような形をした透明なガラス製のワインクーラーを見やると、彼女は言葉を継いだ。

「まだ二本目のボトル、大分残ってますわね。よろしかったら、香の物でもお持ちしましょうか」

「嬉しい。なめこ雑炊に付いていた山ごぼうと梅肉もお願い出来ますか」

まったく由利ったら、現金なものだ。が、これでもう少し、二人で一緒にいられる時間が増えたぞ。

「もちろんですわ。本当はチーズとかお出しできたらよろしいんでしょうけど、あいにくと手前どもではご法度(はっと)なものですから」

菊の節句にあたる九月九日、由利と早苗、そして僕の三人が集ったのは精進料理で知られる愛宕下の醍醐(だいご)だった。

大正末期、日本で最初にラジオ放送のスタジオが設けられた愛宕山は、樹木が鬱蒼(うっそう)と生い茂る静寂に満ちた空間だ。その麓にある青松寺(せいしょうじ)の一廓(いっかく)を借り受けて暖簾(のれん)を掲げたのは、敗戦から五年後だという。「もはや『戦後』ではない」*と政府の『経済白書』*が記すのは、さらにそれから六年後。ちょうど僕が生まれた年にあたる。

以前の醍醐は木造二階建て。愛宕下通りに面した山門をくぐり、玉砂利が敷かれた境内を進んだ先に玄関があった。今世紀に入る前後に一帯は再開発され、禅寺を間に挟んで二棟の高層ビルが出現する。いずれも四十数階建て。その一方の建物の二階部分で、営まれることとなった。

趣を失ってしまうのでは、と心配する向きも多かった。だが、幸いに杞憂で終わる。十数年の歳月を経て、巧みに土盛りされた庭には苔が生え、楓や松も根付き、掘り炬燵形式の個室で会話や酒杯をやりとりしながら料理を味わうのに相応しい、落ち着いた雰囲気を醸し出している。

「お着物の色合い、素敵ですね。秋の訪れを感じさせますもの」

由利ったら如才ない。でも、確かに言えている。染め出された紫色*と赤みがかった藍*色の合わせ具合が、野に咲き誇る萩の花を思い起こさせる。

「お気に召されましたか。有り難うございます」

そこで一拍置くと、女将さんは僕へと視線を向けた。

「手前ども醍醐とは、もう長いお付き合い。最初にお出でになったのは、先代の女将が元気だった頃ですものね」

卒業間際に最初の本が出て、いったんは就職したものの二ヵ月ほどで退社した僕がその時、一緒だったのは、実は由利。

「東京タワーの近くに精進料理のお店があるらしいの、お寺の敷地の中に。行ってみたい」と彼女に言われて僕はガイドブックで探し出し*、電話で予約した。

「まだ学生だった私がおねだりして、連れてきてもらったんです。参道から玄関へと続く辺りに紫陽花が、とても綺麗に咲いていたのを覚えています」

無意識の計算だろうか、由利は女将さんの琴線に触れるであろう科白を、それも懐かしそうに語る。

「まあ、そうでしたの。なんだか嬉しゅうございますわ」

僕も記憶を辿った。たしか彼女の誕生日の数日前に来たのだった。その秋に、フランス系の化粧品会社から内定を受け、モデルの仕事を休止し、淳一との生活も彼女は解消する。当時、由利は大学四年生。それが僕との最後のデートとなった。

他方で僕は三十数年間、自慢にもならないけれど、数多くの交接相手と醍醐を訪れている。そのことも十分承知した上で、女将さんは付け加える。

「ねえ、それにしても今日のお連れ様は一際魅力的ですわね。ウチの若旦那もさきほど、お帳場で申しておりました。羨ましいって」

由利を見やると、まんざらでもない面持ち。やはり誉められると女性は嬉しいのだ。

まあ、性別や年齢の違いを超えて、誰しもそうかも知れないけど。

人当たりの柔らかい若旦那は四代目に当たる。ワインにも造詣が深く、掘り出し物を手頃な価格で取り揃えている。その彼と相談して今日はヴィーノ・デッラ・パーチェを抜栓していた。

読んで字の如し「パーチェ＝平和」を祈念するイタリアの白ワイン。オーストリア、スロベニアと国境を接するフリウリ＝ヴェネチア・ジュリア州のコルモンス醸造組合が毎年、ローマ教皇にも献上する。驚くなかれ、世界各地から寄贈を受けた八百種を優に超える葡萄品種の苗木を栽培し、巧みに混醸(セバージュ)させた黄金の液体。

元々はオーストリア＝ハンガリー帝国の領土。熾烈な戦闘の末に第一次世界大戦後、イタリアに編入され、第二次世界大戦ではユーゴスラビアのパルチザンが占領。その後、国際連合の管轄下に置かれ、領土問題が最終的に解決したのは一九七五年。国家の論理に翻弄された数奇な地域が産んだ〝逸本(いっぽん)〟。いかん、ついつい、饒舌な説明となってしまった。

「軽井沢のご両親も、お元気ですか？　幾度かお越し頂いて」

今度は僕が尋ねられた。話題を素早く切り替えるのも、手慣れたものだ。

「はい、おかげさまで二人とも。とりわけ父は今でも脚立(きゃたつ)に乗って、庭木の手入れをしています。変わらず、お酒も強いですし」

「それは、何よりですわ。以前にお出でになった時には、手作りのアンズ・ジャムを頂戴(ちょうだい)して、とても美味しゅうございました」

毎年七月初め、両親はジャム作りに精を出す。実を二つに切って種を取った杏子(あんず)と砂糖を2対1の割合で一晩寝かし、焦(こ)げつかぬように時間をかけて、ゆっくりと煮込む。そうして最後、きつく蓋を締めるとガラス瓶を逆さまに、熱湯がたぎる鍋に入れ、中に詰めた無添加ジャムを〝曝気(ばっき)〟する。息子の自分が言うのも何だけど、そんじょそこらで人気を集める銘柄よりも数段美味しい。幸いに八十代半ばを迎えても矍鑠と過ごす両親の共同作品。差し上げた方々の間でも好評だった。

「レンジの前でお父様が、とろ火の加減を見守る〝鍋奉行〟を担当されるのでしたね」

　すると由利は、微妙な形で同調した。

「まあ、そうだったんですか。仲睦まじくて素敵なご夫婦。だけど、不思議。そんなお二人から、彼みたいな息子が誕生しちゃうなんて」

「また、言いたい放題だよ。最近の僕はメグミ一筋だって何度も言ってるのに。由利さまにはいっこうに相手にされなかったわけだから、まっ、仕方ないけどさ」

決してすねてるわけじゃない。あえてかき乱してるわけでもない。彼女と二人だけの会話の時間に戻さねば。そう思って荒療治に出てみたのだった。

「あらあら、存じ上げませんでしたわ。お美しい奥様とのご結婚も、それが理由でしたの？　三年ほど前ですか、一面を丸々使ってカラー写真入りで、スポーツ紙*が報じてましたわね」

　今度は女将さんも、やんわりとジャブを繰り出す。もっとも最後は、そつなく会話を締め括った。

「でも、お二方だって、睦まじいじゃありませんか。さきほど来のやりとりも、仲がよろしいからでしょうよ。では、香の物をお持ちしましょう」

部屋から彼女が退出すると、しばし沈黙が訪れた。お互い、少しテンションが高ぶってしまったので、小休止って感じかな。

僕はワインボトルを取り出し、朽葉色（くちばいろ）*の布巾（ふきん）で底を押さえ、注いであげる。続いて自分のグラスにも。

すると由利はグラスを持ち上げ、宙を見つめる具合に小首を傾げ、呟いた。

「あれから七年半も経つんだ。私、お見舞いに行ったのよね。二度ほど早苗の病室に」

道路を隔てて醍醐の向かい側は、医科大学だった。早苗は、その附属病院で子宮と卵巣を全摘出する手術を受けている。

婦人科系の大病を患ったという言い回しで約二週間前、江美子から僕は聞いていた。子宮がんという病名を知ったのは今日、早苗自身の口からだった。

「以前から一度、こちらに伺ってみたいと思っていたんです」

食事が始まって間もなく彼女が語り掛けてきた内容を、僕は頭の中で反芻（はんすう）する。

栗梅色*した折敷（おしき）の上には、金針菜（きんしんさい）*と呼ばれるユリ科の花の蕾（つぼみ）を浮かべた蕪菁（かぶら）のお椀に続いて、お凌（しの）ぎの手打ち蕎麦が登場していた。

「私、入院中に廊下の窓から毎日、愛宕山の方角を眺めていたのよ」

二十数階建ての病棟は、南北に延びる愛宕下通りと垂直に交わる形で建っている。

術後の歩行訓練で一日三回、廊下の西端まで歩くと、外を眺めながら一呼吸置いて、病室へ戻るのが日課だったらしい。

「ねえヤスオさん。私たちが今いるこのビルの外観って、蓮の花びらを意味しているんですって？」

アルゼンチンで生まれ育ち、現在はアメリカを拠点に世界各地の超高層ビルを手掛ける建築家の作品。*二棟とも丸みを帯びた形状が特徴で、最上部近くの外壁に蓮華（ロータス）を模した金属素材がはめ込まれていた。

詳しいんだね、と僕が応じると彼女は答えた。少しため息交じりに。

「実は主人が教えてくれたんです。夕暮れ時に私の歩行訓練に付き合って、二人で西の方角を眺めていた時に。お隣が曹洞宗のお寺だから、極楽浄土を意味してるんだよ*って」

返す言葉がすぐには見つからず、黙って早苗を見つめてしまった。

「デリカシーがないと思いません？　だって私は手術の直後で、精神的にもナーヴァスな状態だったのに……。まあ、いいんですけどね。きっと彼的には、苦しみのない理想郷という前向きなニュアンスのつもりだったのでしょうから」

語り終えると微苦笑したので、ほんの少し僕も気持が楽になった。

早苗の娘は設計事務所で修業中だ。その彼女から得た情報を妻に語ったのかな。君が入院している間も、子どもとのコミュニケーションはちゃんと取れているよ、そう伝えたかったのかも知れない。「三歳年下のご主人はあまり融通のきかない真面目な人みたい」との江美子評も思い出した。きっと、いい人なのだ。でも、その場の空気を瞬時に敏感には読み取れないタイプの……。

子宮がんには、子宮体がんと子宮頸がんの二種類が存在する。前者は子宮体部と呼ばれる子宮の内膜で覆われた箇所に生起し、後者は子宮頸部と呼ばれる子宮の出口よりに生起する。

早苗の子宮がん、具体的には子宮体がん、もしくは子宮内膜がんと呼ばれるがんは、定期的に彼女が受けていた婦人科検診で判明したのだった。

少なからぬ女性がそうであるように、三十代の頃から彼女の子宮には良性の筋腫が幾つかあった。生理痛は重い方だったが、幸いに不正出血は生じておらず、即座に摘出せねばならぬ状況ではなかった。

こうした事情を早苗は僕に、それも淡々とした口調で説明してくれる。

「医師にも恵まれたと思うわ。最初に私を問診して、その後ずっと担当して下さることとなった先生は、手術ありきを一方的に押しつける考えの持ち主ではなかったたから」

がんと筋腫は、まったく別物です。筋腫がさらに一段と大きくなって周囲の臓器を圧迫し、子宮全体の摘出を検討すべき段階に至るまでは経過観察するのが一番です。その主治医は繰り返し、早苗に語っていた。

が、七年半前、定期検診の数値に変化が現れ、ＭＲＩ*で撮影すると初期段階の子宮体がんが発見される。

「筋腫でなく、今回はがんです。早めに手術しましょう。画像を指差しながら先生に促されて、私も納得したわ。そうして、卵管と卵巣も一緒に取ることにしたの。転移を防ぐために」

手術後に受けた放射線治療で髪の毛が抜けてしまい、一時期はウイッグをかぶっていたことも、顔の火照りや発汗といった女性ホルモンの欠落症状にずいぶんと悩んだことも、さらには月経がなくなっても何故か以前と同じ周期でつい最近まで腹痛や眠気が訪れたことも、さらりと早苗は付け加える。

「半年に一度だった検診も、三年前からは一年に一度。今のところ異常は見当たらないわ。有り難いことよね」

お互いに大学生だった三人が原宿のアンナミラーズ*で、今日と同じように話し込んでいる光景が僕の脳裏に浮かび上がった。ダッチアップルやバナナチョコレート、ダークチェリーの大ぶりなアメリカンパイが人気を集める、竹下通り*と明治通りが交わる信号脇の建物にあった若者向けのレストラン。接客を担当する女性の可愛らしいユニフォームも評判だった。

落ち着いた空間が原宿には少ないわ、とこぼしていた由利とは対照的に早苗は、渋谷と並んでこんなに素敵なお店の多い街はないわ、と事あるごとに力説していた。

「レアチーズケーキも最高よ。ついつい、いつも頼んじゃうの」。誇らしげに語った表情が目に浮かぶ。

その小柄なハマトラ少女だった彼女が、かくも強靭(きょうじん)でしなやかな精神力の持ち主になっていたとは。病気だけでなく、自宅に引き籠(こ)もりがちな息子とも日々向き合う中で培(つちか)われた気丈さだろうか。江美子が幹事役を務めた女子会で再会した時には窺(うかが)えなかった早苗の一面だった。

同世代の女性が憧れる現役モデルとして活躍を続ける直美。周囲が多分に羨む暮し向きを手にした江美子。その彼女たちともまた違った人生の年輪を積み重ねているのだ。そう思った。

「ねえ、早苗はどう思うの？　子宮頸がんのワクチンのこと、由利からも相談を受けてるよね？」

子宮体がんを経験した彼女は、どのように捉えているのだろう。僕は聞いてみようと思った。由利がいる場だからこそあえて。

外資系製薬会社の広報の仕事も担当する由利は、ワクチン接種後の重篤な副反応*に苦しむ少女や家族らとの会合が長引いて、先日の女子会に顔を出すことが出来なかった。その翌日に国際文化会館で会うと、「連絡を一番取り合っているのが早苗なの。とりわけ最近」と僕に語っていた。

「ええ、幾度かお話ししたわ」

早苗は答えながら、指先を口元に近付ける。続いての言葉を探し出そうとしている。ややあって、述べた。

「ほら、乳がんも、マンモグラフィーでの検診だけでなく、日頃の〝触診〟が大切でしょ。お風呂上がりに自分で胸を触って、あるいはパートナーがベッドの上で微妙なしこりの具合を感じて、それで検査を受けて見付かる場合も多いのだから。子宮頸がんの場合も、ワクチンだけに頼り切るのはどうなのかな。ワクチンさえ打てば子宮頸がんにはならないと思い込んでる人が多いけど、そういうわけではないでしょ」

続いて、隣の由利に話し掛ける。二人は僕と向き合うかたちで、床の間を背にして並んで座っていた。

「由利、私ね、今でも、もう一つ腑に落ちないの。え〜っと、ほら、何という名前のウイルスだっけ？　ワクチンの効き目があるのは……」

「ヒトパピローマウイルスよ。ヒト乳頭腫ウイルスとも呼ばれているわ。略してHPV」

由利は即答した。きっと仕事の時は、こういう話し方なのだろう。

「子宮頸がんワクチン」の呼び方が世間では定着している。だが、それは子宮頸がんを誘発する可能性が高いと言われるHPVというウイルスへの感染を予防するワクチンなのだ、より正確に解説すれば。だから厚生労働省の文書では「子宮頸がん予防ワクチン」。

全部で百種類以上もＨＰＶウイルスは存在する。けれども、販売承認を受けた二つの製薬会社のワクチンが効用を発揮するのは、最大でもその中の四種類に限定される。そうして日本人に多く見られるＨＰＶ52型、58型の二種類への有効性は、残念ながら両社の効能書きには記されていない。

「そのウイルスというのは、空気感染とかではなく、性行為で感染するのよね」

「そうよ、いわゆる性感染症」

「じゃあ、どうして初潮(メンス)も性交(セックス)も体験してない児童や生徒が接種の対象なの？」

由利はさらに答えた。端的に、やや事務的な口調で。

「それは、予防医学だから」

「うん、それも判ってるわ。でも、そんなにワクチンの効果があるなら、配偶者や恋人のいる成人(おとな)の女性にも、今後の感染を防ぐために勧めるべきじゃないの？」

「他の先進国でも接種対象は十代なの。発展途上国を含めた全世界でＨＰＶワクチンの導入を推進しているＷＨＯ(世界保健機関)の指針も、そうなっているのよ」

まっすぐ早苗を見て、由利は答える。すると早苗はしばし間を置いて、言葉を継いだ。

「責めているんじゃないのよ、由利。あなたも悩んでいるのは知ってる……。ただね、この前もお話ししたけど、風邪だって何だって、どんな病気でも早期発見・早期治療って大原則。なのに、どうして子宮頸がんだけは、そのことがあまり語られないのかな。私、ちょっぴり不思議に思っているの。イギリスでもアメリカでも子宮頸がん検診を八割もの女性が受けているんでしょ。でも、日本は二割台。そう言ってたじゃない」

英国では政府が、四十九歳までの女性を対象に無料検診を三年ごとに実施している。未受診者には電話や郵便で受診を促す。検診を担当してくれるのも同性の看護師だ。日本では、女性医師も増えたとはいえ婦人科医の大半は男性で、検診費用も自己負担が求められる。

実は僕も、国会議員だった頃に問題提起した。年少扶養控除の廃止で「財源」を捻出し、児童・生徒一人当たり四万八千円、毎年一千億円近い公費を投じ、副反応の「リスク」を負わせてまで、ワクチン接種を積極的に呼び掛けるべきなのだろうかと。むしろ他の先進国並みに検診を充実させた方が、地に足の着いた安心・安全に繋がるではないかと。

が、有形無形の反発と圧力が各方面から、それも想像を遥かに超えて押し寄せた。ワクチンこそ救世主なのに、お前は純真無垢な子どもたちを見捨てるつもりかと。

それは、ダムさえ造れば洪水は防げるとの「学説」を信じて疑わない人々が、「『脱ダム』宣言」に激昂したのと、どこか似ている気がした。

知事就任直後、九つもの県営ダム計画の説明を受け、素朴な疑問を抱く。ダムがなければ洪水は防げない、「生命と財産を護る」ためにもダム建設を、と力説する割には、ずいぶんと悠長な取り組みだなと。

何の知識も経験も持ち合わせぬまま、行政という伏魔殿に足を踏み入れてしまった僕は、であればこそ、訝(いぶか)ったのだ。治水という本来の目的から、巨額の事業費が動く利益・利権の装置としてのダム建設へと、いつの間にか変容してしまったのではないかと。

計画の公表から着工、そして完成まで、全国各地のダム建設は最短でも二十年近く、往々にして半世紀もの歳月*を要する。計画発表から六十年以上が経過する今も、八ツ場(やんば)ダムは本体工事すら始まっていない。

堆砂(たいさ)の浚渫(しゅんせつ)、護岸の補修、森林の整備。これらはいわば予防医学。大外科手術を行う集中治療室へ駆け込む前に、まずはこうした取り組みを常日頃から怠らぬことこそ、治水の原点であるはずだ。

ダム建設が、二百歩譲って必要だとして、工事が始まるまでの間、河川に溜まった土砂を取り除く浚渫は、どのくらいの頻度で行っているのだろう？　覚えたばかりの行政用語を使って、当該河川の河床掘削(かしょうくっさく)、河床整理の記録を見せてほしいと求めると、中央省庁からの出向者だった土木部長は口籠(くちご)もってしまう。誰かが公文書を破棄したわけでもないのに、記録が存在しなかった。

洪水という「今、そこにある危機」を制御できるのはダム以外にありえないと声高に語る一方で、「今、そこにある危機」を着実に迅速に低減させる堆砂の浚渫を、いずれの河川も長期間にわたって実施していなかったのだ。護岸の補修も同様に滞っていた。

　手渡されたダム建設計画の資料には、豪雨時に堤防の決壊*が予想される下流域の箇所も記されていた。その周囲に建ち並ぶ家屋の移転計画を立案する方が先決では、と指摘すると、同じく口籠もる。現地を視察すると、都市計画法や建築基準法*に基づき許可された新しい住宅が建ち並んでいた。

「なんだか本末転倒ですね、ハコモノ行政って」

　僕がいったん説明し終えると、早苗は溜め息を吐いた。

「だけど、どうして、そんなことがまかり通っちゃうわけ？　許せないわよ」

　いささか由利もあきれ気味だ。医療行政から公共事業へと、そのあり方を巡ってさらに語ることとなった。

　どこどこの浚渫を行う費用が幾ら幾ら。こうした金額を具体的に積算して年度当初の予算に計上する仕組みになっていなかった。国も地方自治体も、公共事業全体の維持管理という大きな括りの中に、大雑把な概算で組み込んでいるだけ。しかも、そうした維持管理予算の大半は、現場の建設事務所の人件費を始めとする固定費で割かれてしまう。隧道や橋梁の強度測定も含め、公共事業に於ける「保守点検」は滞りがち*だったのだ。

　言わずもがな、ダム建設に象徴される巨大な公共事業は中央のゼネコンが請け負う。

同じ公共事業でも浚渫という補修は、地域の土木建設業者が受注し、地元に確実な雇用をもたらす。僕が知事を退任するまで、台風一過の秋口には土木職員が総出で県管理河川の堆砂状況を点検し、その報告に基づき県独自の補正予算を組み、必要箇所の浚渫を毎年行った。

「一〇〇年、二〇〇年先の我々の子孫に残す社会的共通資本としての河川・湖沼の価値を重視したい」との思いのもと、「日本列島の背骨に位置し、数多(あまた)の水源を擁する」自治体の首長として、「出来得る限り、コンクリートのダムを造るべきではない」と宣言したのは、そうした取り組みに先駆けてのことだ。就任から四ヵ月後の二〇〇一年二月二十日だった。

緊急会見で読み上げた「『脱ダム』宣言」*が報じられるや、FAX、電話、メール、手紙が全国からガラス張り知事室に殺到する。画期的との称賛。独善的との反発。

あげく、その一年五ヵ月後には「促ダム」派が大半だった県議会で、「県民の生命や財産を守ることよりも自己の理念の実現を優先させ……独善的で稚拙ともいえる政治手法により県政の停滞と混乱を招き、多くの県民の期待を裏切る結果となった」との文面の不信任決議が可決し、出直し知事選*となった。

だが、今にして思えば、それら相対する両者とも〝公共事業撲滅宣言〟だと早とちりして、歓声を上げたり、怒声を発したりしていたのだ。県議会で連日にわたって糾弾されても宣言を撤回せず、まずは治水の基本に戻ろうと唱えた僕を、ドン・キホーテだとはなから腐したメディアも、ガリレオ・ガリレイだと過分に評したメディアも、その意味では同じ穴の狢だったのかも知れない。

少なくとも僕の頭の中では、ダムを造る・造らないという、二項対立を生み出す○×式の二元論ではなかった。即ち「造るから治す・護る・創るへ」*。成長から成熟の二十一世紀に日本が目指すべき公共事業のあり方を問う宣言。だが、なかなか理解されなかった。

古くから醍醐で働いている年輩の女性が、香の物を運んできてくれた。話を聞きながら僕は菜箸で手塩皿*に取り分け、由利の前の折敷に置く。

「そうなのよね……。ワクチンのこと、眼鏡のこと。私が直面していることも、きっとそうなんだわ」

再び由利はグラスを持ち上げ、今度は僕を見つめながら呟く。

「私ね、検診を充実させるべきという早苗やヤスオの指摘はもっともだと感じてるの。予防ワクチンの効果、*まったくゼロとは思わない。でも、想像を絶する副反応に苦しむ子たちが現実にいるのも事実。なのに国の検討部会で専門家が、そうした彼女たちの疼痛は『心身の反応』に過ぎないと結論づけるのを聞くと、やるせなくなっちゃう」

重篤な事例が相次いで報告されている、こうした事態を受けて国が開催した審議会の資料は、僕も知っている。そこには以下のような内容が記されていた。

　通常の医学的見地では、疼痛は二週間以内に軽快される。それを超えて疼痛または運動障害の症状が持続している場合は、身体の不調として痛みや緊張、恐怖、不安等が表出された「心身の反応」の慢性化と捉えるべき。

　それは〝科学を用いて技術を超える〟暗黙知*とは百八十度異なる、いわば〝科学を信じて技術を疑わぬ〟形式知*そのもの。少なからず呆れてしまったのを僕は思い出す。

「私、判らなくなっちゃう。医学的見地っていったい、何なのかしら?」

　由利は問わず語りに呟いた。

「科学的知見*という言葉が、揺らいでいるのかも知れない……。とりわけ3・11以降」

「こう見えても内心、ワクチンのことで思い悩んでいたでしょ。だから、眼鏡を届けるヴィジョン・スプリングの取り組みを知った時、これだわ、私が出来ることは、取り組むべきことは、そう思ったの。南アフリカでお手伝いする日程も決まって、この間はちょっぴり、はしゃいでいたでしょ」

　国際文化会館のカフェテラスで、「これから、大切な相手との約束があるの」と僕に述べた由利は、明らかに高揚していた。

　僕の与(あずか)り知らぬ相手とのデートを直後に控えていたから?　それもあっただろう。が、それ以上に彼女は、ヨハネスブルグへ出掛けることで、自分自身に新しい展望が開けるに違いないと意気込んでいたのだ。「チェスの色を変えるとでも言うのかな。そんな気持なの、今」。そう語っていたのを思い出す。

「行きの機内でも雑誌をめくっていたら、南アのデザイナーやモデルが幾人も紹介されていて、早く着かないかなぁ、十三時間もの飛行時間が焦（じ）れったかった」

それは、乗り継ぎ（トランジット）の香港の空港で彼女が買った、フランスのファッション誌の特集。毎年開催されるヨハネスブルグ・ファッションウィークは新進気鋭のデザイナーがコレクションを発表する場として定着し、由利が勤務していた欧州ブランドの複合企業体（コングロマリット）でも、その動向を注視しているらしい。

ニューヨークやパリのコレクションにも参加して高い評価を得ているデザイナーの存在は、僕も以前に読んだことがある。彗星の如く登場して各国各誌の表紙を飾り、今や世界的な人気を集める二十代のモデル*が、インド洋に面したダーバン近郊で牧場を経営する富裕な一家の娘であることも同様に。

その彼女は、アフリカーナーと呼ばれるオランダ系移民のDNA（ちすじ）をひく白人。だが、近年は南アで生まれ育ったブラックアフリカン*のモデルも数多く国内外で活躍していると由利は教えてくれる。それは、僕が南アを訪れた時分には想像もつかなかった展開だ。

振り返れば、二十日間近く僕が滞在したのは一九八六年。異人種間の結婚や性交を禁止する背徳法、移動と職業の自由を奪うパス法は廃止されたものの、人種隔離政策のアパルトヘイトは依然、堅持されていた。
不屈の闘士と称賛されたネルソン・マンデラ氏*が二十八年ぶりに獄中から釈放されるのは、四年後の一九九〇年。アパルトヘイトの完全撤廃は翌九一年。人種や民族に関係なく十八歳以上の誰もに参政権が付与された初の普通選挙を経て、彼が大統領に就任するのは九四年だ。

それから二十年近くを経て南アフリカは、ブラジル・ロシア・インド・中国とともにBRICSと呼ばれ、目覚ましき経済発展を遂げる五ヵ国の一つとなった。が、対外債務が大きい点が不安視され、ブラジル・インド・インドネシア・トルコとともに〝脆弱な五通貨〟を意味するフラジャイル5の一国でもある。

「で、向こうでの活動は、具体的にどうだったの？　さっきも少し話してくれたけど」

銀杏（ぎんなん）が添えられた焼松茸の前菜。胡麻酢で和（あ）えた白芋茎（ずいき）の小附（こづけ）。帰国して間もない由利と、その南アが最も変貌を遂げた一九九〇年から四年あまり、夫の赴任に伴い一家でヨハネスブルグに暮らしていた早苗の二人は、料理が目の前に置かれるたびに感嘆の声を上げて箸をつけ、その合間に、向こうでの話題を持ち出していた。

標高一七〇〇メートルを超える高地に拡がる南ア最大の都市ヨハネスブルグ。十九世紀末に金鉱を発見した測量士の名前に因（ちな）む。おおむね一年を通じて温暖で乾燥した、過ごしやすい気候。わけても南半球に春が訪れる十月、街は藤紫色*に彩られる。一世紀あまり前に街路樹として植えられたジャカランダの花が咲き誇るのだ。

由利が今回参加したヴィジョン・スプリングの取り組みは、ソウェトで実施していた。ヨハネスブルグ都市圏の西南部に位置する旧黒人居住区(タウンシップ)。アパルトヘイト政策に抗議する黒人学生と警官隊が衝突し、数千名が死傷した七六年の「ソウェト蜂起」で知られる。

「出掛けて、良かったと思うわ。充実した日々だった。でもね、さまざまな現実の落差に直面して、少し堪(こた)えてしまったとも言えるけど……」

由利は少し陽の翳(かげ)ってきた窓の方を見やる。

今から二十八年前、生活水準改善運動を進める団体の黒人職員とソウェトを訪れた僕が、曰(いわ)く言い難い思いに陥ったのと同じだろうか。いや、由利は〝ポスト・アパルトヘイト〟の今の南アフリカで、あの時の僕よりも何倍も痛切に感じてしまったに違いない。

山手線の内側より広い面積のソウェトには、電気も下水道も整備されぬ〝シャック〟*と呼ばれる掘っ立て小屋がひしめく一方、日本の郊外の分譲住宅地より遥かに瀟洒(しょうしゃ)な一戸建てが続く場所も、すでに当時存在した。他方、ウイスキーの瓶を片手に千鳥足でヨハネスブルグの中心街を昼間から彷徨(さまよ)う、目が据わった無精髭(ぶしょうひげ)の白人男性も散見した。

その後、白人居住区、黒人居住区の区域制限が南ア全土でなくなると、こうした様相はより複雑化する。国家としての南ア経済は発展を遂げるものの、白人、黒人を問わず失業率は大幅に増加し、犯罪率も高まる。とりわけヨハネスブルグの治安は悪化し、サントンシティと呼ばれる北部の新都心へと企業のオフィスは軒並み移転する。かつての中心部はゴーストタウン*と化してしまった。

「でも、みんな、喜んでくれたわよ。列を乱して、引ったくるように無言で眼鏡を掛けてしまう、そんな人はいなかった」

　ソウェトの中心地クリップタウンでの活動を由利は報告してくれる。その一廓（いっかく）には、反アパルトヘイトの闘士だった人物の名前を冠したウォルター・シスル・スクウェアという広場がある。

「南アフリカは、黒人、白人の肌の色の違いを問わず、そこに住むすべての人々のものであり、そのすべての人々の意志に基づくものでなければ、いかなる政府も正当にその権威を主張することは出来ない」。一九五五年に採択された「自由憲章（フリーダム・チャーター）」を刻んだ記念碑が立つ。

「ううん。私たちが出掛けたのは、同じクリップタウンでも線路を隔てて、記念碑とは反対側。舗装されてない赤土の道。ブリキ屋根のバラック。おそらくヤスオが訪れた頃から何も変わってない。もしかしたら、もっと悪化しているのかも……」

　そこは〝スクウォッター・キャンプ*〟と呼ばれる不法居住区だった。以前から生活する親戚や友人を頼って、南ア各地から移り住んでくる新たな住民も増えているという。

他方でスクウェア側には、鉱山会社や金融機関、欧米系の多国籍企業に就職し、サントンシティへ通勤する人々が暮らしている。巨大与党のアフリカ民族会議＝ANCや南アフリカ労働組合会議＝COSATUの幹部が邸宅を構え、地元ではビバリーヒルズと呼ばれる一帯も存在する。こうしたソウェトの消費者をターゲットに、大規模なショッピングモールが幾つも出現していたと由利は語った。

皮膚の色合いで人間を区別するアパルトヘイトは、忌まわしき制度だ。改めて述べるまでもない。

が、その不条理な制度さえ撤廃すればたちまち、すべてがバラ色に変わってしまうほど、甘くはなかった。結婚したら・離婚したら、合併したら・分社したら、そのいずれかの選択をするだけで万事順調に回り始めるほど、世の中、単純ではないように。

アパルトヘイトという単語は元来、隔離・分離を意味する。人種という〝階級間の隔離〟は曲がりなりにも消滅したものの、今度は貧富という〝階層間の分離〟が、より顕在化してきている。しかも、それは南アフリカだけに留まる話ではない。

恋愛や経済だけでなく政治も社会も、その「かたち」ではなく、その「あり方」こそが、常に問われている。戦争の終結に象徴される大多数の人々が待ち望んでいた「大文字」の変化が実現した後、それぞれ多種多様に異なる「小文字」の改善を人々が求め始める局面においては、とりわけ。

「実は私、かなわない、と思ったの。クリップタウンで年下の、日本の女性に出会って」

「えっ、誰に？」

僕は聞き返した。最近は南アを訪れる日本からの観光客が増えていて、ソウェトをバスで回るオプショナルツアーも用意されているらしい。その中の一人だろうか？

「違うわ。ソウェトの子どもたちを支援するＮＧＯのスタッフ」

国民の四人に一人がＨＩＶ陽性者*の南アでは、両親をＡＩＤＳで亡くし、自身も母子感染している子どもが少なくない。さらには十代での妊娠、薬物の蔓延（まんえん）。

〝スクウォッター・キャンプ〟に隣接する、人員も資金も不足気味なユースセンターで奮闘する彼女は三十代のスタッフ。わずかな空地を活用して、居住者と有機菜園も始めている。在住四年目。由利は説明を加えると呟いた。

「チェスの色を変えるんだと粋（いき）がってた私って、甘ちゃんだったのかな。お邪魔なお客様だったのかな」

「そんなことないってば。ささやかだけど、確かなこと、とでも言うのかな。思うだけでなく、言うだけでなく、由利は実際に動いてるんだから」

「そうかなぁ。そう思いたいけど……」

ため息ともつかぬ息を吐く。

「ねえ由利。その女性だって、さまざまな思いを抱いて、葛藤してると思う。キャンプの人々との触れ合いには、もちろん達成感もあるだろうけど、どこまでいっても終わりが見えない徒労感だって、きっと。でも、それは彼女に限ったことじゃない。そうでしょ」

すると彼女は、座布団から体軀（からだ）を浮かしながら呟いた。

「有り難う、ヤスオ。私も向こうで幾度も自分に語り掛けた。入り込めば入り込むほど、考えれば考えるほど、現実の壁にぶち当たってしまう中で。『出来る時に出来る事を一人ひとりが出来る限り』。ほら、ヤスオが震災の時に繰り返し言ってたセリフよ」

そうして、窓際へと歩を進めた。振り返ると左手で招き寄せる。

「ヤスオ、覚えてる？　最初に醍醐に伺った夜、二人で一緒にお庭を眺めたのよ」

僕は大きく頷き、ワインを少し口に含むと、ガラス戸の前に立った。

「あの時は肝心なこと、あまりしゃべらなかったかな。モデルのこと、就職のこと、淳一のこと。その後、いろいろと決断していったのにね。今日はずいぶんと心を許して、ヤスオにお話ししちゃった気がする」

外はすでに暮れなずむ頃合い。仏殿の屋根越し斜め右手には、ライトアップ前の東京タワーがそそり立つ。真正面には、もう一棟のオフィスビル。西日を受けた蓮華（ロータス）が、その光を乱反射していた。庭の灯籠にも明かりが点る。周囲の苔がしっとりと、艶っぽい輝きを見せていた。

由利は僕を見つめる。そうして囁いた。

「ねえキッスさせて、ヤスオ。あの日と同じように」

唇を、合わせる。すると、然しもの〝記憶の円盤〟もすべては捉えきれぬほどに数多くの、三十数年間のさまざまな場面が眼瞼に映し出される。次第に由利の花唇も開いていく。

あたかも抽送を繰り返すかのように、二人の舌が絡まり始める。樽熟成の効いた芳醇な体軀のヴィーノ・デッラ・パーチェとお互いの唾液が、混ざり合った。

8

姿見脇(ドレッサー)の窓越しに、信号が変わるのを待ちながら汗をぬぐう歩行者が目に留まる。中秋の名月も過ぎたというのに、外は相変わらずの蒸し暑さだ。コバルトブルー*の空が一面に拡がっている。

金曜の午後、僕は髪の毛を整えるために、表参道のスティルウォータース*を訪れていた。言わずもがな、店名は静かな流れ、静かなる水面(みなも)を意味する。

「カットの具合、いつもの感じでよろしいですか？」

「はい、お願いします」

僕と同い年の五十嵐さんとは長い付き合い。大学三年生の時、由利に教えられて出掛けた同潤会アパート近くの美容室*で担当してくれたのが彼だった。以来、ずうっと。その後、青山通り沿いにサロンを構える。表参道交差点脇のブチックが入った建物の三階。明治神宮へと続くケヤキ並木を見渡せる好立地。白髪が増えた十年ほど前からは、ヘアカラーも一緒に頼んでいる。

「今日はずいぶんと懐かしい音楽ばかりだね」

一九七〇年代半ばから八〇年代の終わりに掛けて隆盛だった、ＡＯＲ＝アダルト・オリエンテッド・ロックが流れていた。控えめ(ディーセント)*な音量。

　鏡の中の五十嵐さんに僕が話し掛けると、カットしながら彼は頷(うなず)く。いつもの有線放送*とは別の、インターネットラジオ*だという。日本のサイトだろうか？　それともアメリカ？

「ウチの嵯峨君が選んでくれて。イギリスのネットラジオ局らしいです」

「そうかぁ、この手のジャンルを聞くんだ。彼、若いのに」

　フワッとした前髪がお似合いの、甘い顔立ち。二十代半ば。

「多分、お客様に教えて頂いて、気に入ったのだと思いますよ」

　スティルウォータースの顧客は男女とも、四十代以降が大半を占める。僕と同じく、独立する前から五十嵐さんに髪の毛を切ってもらっているのだ。

「レコードが入った袋を抱えて、お越しになりましたよね、昔は」

　そうだった。

　青山通りから骨董通りへ入ってすぐの右手にあったパイド・パイパー・ハウス*。輸入盤のレコードを扱う店。メッセージ性の強いロックのアルバムが並ぶ一方で、アダルト・コンテンポラリー＝AC、ブラック・コンテンポラリー＝BCと呼ばれ始めていたAORのジャンルも意欲的に取り揃えていた。

　僕が予備校生だった七五年暮れの開店。コーヒーを味わう空間(スペース)も設けられ、そこは音楽業界に棲息(せいそく)する人々が集う一種の梁山泊(りょうざんぱく)。当時の僕には刺激的だった。髪の毛を五十嵐さんに任せるようになってからは、その前後に必ず立ち寄ったものだ。

シャキシャキシャキッ。巧みなハサミづかいの音にかぶさる形で、ロバート・パーマー*、エイドリアン・ガーヴィッツ*、イギリス系の男性アーチストが続く。いずれもタイトで小気味よい一九八〇年前後の楽曲だ。

一転して三曲目は緩やかな旋律。マーク＝アーモンド*の「Other Peoples Rooms」だった。ジョン・マークとジョニー・アーモンドの二人がアメリカに渡り、トミー・リピューマ*のプロデュースでリリースした曲。都会の片隅で暮らす人々が抱える〝心の(サース)渇き(ティ)〟を詠(うた)っていた。

僕はそっと目を閉じる。由利と直美と一緒にお茶をしている光景が眼瞼(まぶた)に浮かび上がった。服装から察するに晩秋だ。ともに入学後の六月からモデルの仕事を始めた彼女たちは撮影帰り。大きなカバンを床に置いていた。

薬剤師のような白衣をまとった年輩の女主人が、一口サイズのシンプルなパイを卓上に置く。彼女だけでなくスタッフも皆、無表情で無口。そうだ、僕はパイド・パイパー・ハウスから歩いて五、六分、同じ南青山の一廓(いっかく)にあったルポゼ*で会っていたのだ。

壁も全面、灰白色(かいはくしょく)*。あらゆる形態(フォルム)や色彩を極限まで突きつめた時空だった。今も存在したなら〝ミニマル・スウィーツ〟とでも呼ばれて、持てはやされたかな。少し時代の先を歩みすぎていた、お菓子の実験室。

高樹町交差点に向かって、少し手前を右手に折れた、低層階建て集合住宅(マンション)の一階だった。今から二ヵ月近く前、由利と再会したバスク料理のローブリューとは目と鼻の先。ただし、その当時に存在したのはルポゼのみだけど。

学年では彼女たちの二つ上にあたる三年生だった僕は、ハーメルンの笛吹き男(パイド・パイパー)*が幻想的に描かれた木賊色(とくさいろ)*の紙袋から、薄い透明なビニールで覆われた輸入盤を取り出し、ジャケット写真を指差しながら、何やら説明している。

誰もが買い求めるスマッシュヒットと異なり、AORの、それも〝好事家(こうずか)*〟受けするアーチストは、ほんの二、三枚ずつの入荷。封を切って試聴させてもらうのは難しかった。

「新着AOR」と表示されたラックから、気になるアルバムを抜き出すと瞬く間に十数枚にも達してしまう。その全部を〝大人買い〟する余裕はなかった。毎回、大幅に絞り込む難行(なんぎょう)が待ち受けていた。

〝粗選び〟した中には、以前からお気に入りのアーチストの新作だけでなく、ジャケットの雰囲気に惹かれて手に取った、初めて接する名前も少なくない。マーク゠アーモンドも、そうした出会い方だった。さらに僕の記憶が蘇る。

粒子の粗い、媚茶(こびちゃ)*色のジャケット写真。都会の夜の、集合住宅(コンドミニアム)の一室を映し出す。ガラス窓の中には、ベッドの横に立つ、黒いキャミソール姿の女性。シーツが乱れている。ブラインドが途中まで降りていて、顔貌(かおかたち)は窺(うかが)えない。裏返すと、今度はベッドの上に座って、枕を抱えて外を見やる彼女。艶(つや)っぽい。だが、物憂げな表情だ。

すると、怪訝そうに直美が質問した。

「ヤスオさんって、音も聴かずに、イメージで買っちゃうの？」

翌年に彼女は音楽好きの、それもレゲエやニュー・ウェーヴのジャンルに詳しい医学部生と付き合い始める。最初の夫となる人物。でもこの頃は日本のニューミュージック系統、一本槍だった気がする。

「ううん、それだけで選んだ訳じゃないよ。参加しているミュージシャンも、なかなかの粒ぞろい」

ギターもドラムスもシンセサイザーも、ジャズ・フュージョン系のスタジオ・ミュージシャンとしてニューヨークで活躍中の人物が、ジャケットの裏面に記されていた。

「しかもプロデュースしたのがトミー・リピューマ。彼はマイケル・フランクスのアルバムも手掛けているんだよ」

「エーッ、その人の曲なら、私、知ってる。ウチのお兄ちゃん、*ＬＰ持ってるよ」

直美は一転、はしゃいだ声を出す。ブラジリアン・フレイヴァー漂う仕上がりの「アントニオの唄」が世界的に大ヒットしたのは前年の七七年。日本盤も発売されていた。

今度は由利が呟く。

「ねえ、ヤスオ。ニック・デカロ*の『イタリアン・グラフィティ』*も、同じプロデューサーだったんじゃないかしら」

AOR系の音楽を、由利も好んで聴いていた。知り合って間もない夏休み前、豪徳寺で暮らしていた彼女の部屋にお邪魔すると、バリー・マニロウやメリサ・マンチェスターのアルバムがターンテーブル脇に並んでいた。「〝大人の音楽〟を聴くんだね」と直截に感想を述べると、「神戸での高校時代に仲の良かった大学生の影響なのよ」。さり気なく応じた。

その夏休み、一人っ子の彼女は、シドニーに駐在していた商社マンの父親と母親の元を訪れる。「向こうでレコードをいっぱい買っちゃったわ」と帰国後に教えてくれた。

不朽の名作「イタリアン・グラフィティ」は七四年の作品。AORの金字塔として輝く。が、当時、日本のレコード会社からは発売されていなかった。アメリカでも廃盤となって久しく、ジャケットの右上に錐で小さな穴を開けた「カット盤」、喩えたなら自動車業界の「新古車」に似た形で流通していた。まさに知る人ぞ知る存在。

だから僕は一瞬、たじろいでしまったのだ。もしかしたら、僕と並行して付き合い始めていた淳一から借りて、聴いていたのかも知れない。ちなみに彼との交際を由利が僕に打ち明けるのは、その年末だ。

「お手製のベストカセットを僕にもプレゼントして下さいましたよね。お店の行き帰り、ウォークマンで聴いてました」

耳殻の周りの髪の毛にハサミを入れながら、五十嵐さんが語り掛ける。目を開けて、僕は鏡ごしに応じる。

「オ〜ッ、そうだそうだ。ダブルカセットデッキでダビングしたんだ。想い出すなぁ」

ディスコで使用しているレコードプレイヤーと同じ機種*を、大学生協でローンを組んで*買い求めた僕は、気に入った曲を集めたテープを幾種類も作った。卒業後、自分で車を運転するようになると、その頻度はさらに高まる。付き合っていた女性だけでなく、知り合いの男性にも差し上げた。バラード物ばかりを録音したヴァージョンはとりわけ、好評だった。

白人系ACのピーター・アレン*やキャロル・ベイヤー・セイガー*。黒人系BCのアシュフォード&シンプソン*やピーボ・ブライソン*。大好きだった複数のアーチストが、僕の耳孔の奥で楽曲を奏で始める。

「あの頃は、車でデートするのが一般的でしたね。今の若い人たちと違って」

「うんうん。どんな感じの音楽が、どんな場面で掛かっているか。それが会話の弾み具合にも影響していたもの」

同い年の五十嵐さんと言葉を交わしているうちに、つい先日、ツイッターで見掛けた〝連投〟を思い出した。八〇年代半ばに僕が上梓した二冊の本、『東京ステディ・デート案内』*と『たまらなく、アーベイン』*の題名を挙げて、以下の感じで呟いていた。

「彼の車に乗って♪」みたいなノリのポップソングが流れてきたら今の若い連中はどう感じるんだろう。当時は車で移動するのがデートの鉄則で音楽が車内にマストだった。最近は「渋滞ひどいし電車の方が楽チンで早くね？」とか言いそうだ。デートの時もイヤフォンでそれぞれ別の音楽を聴いたりして。

あの頃ＡＯＲって、上の世代からは軟弱とか中味がないってバカにされたもんだけど、案外そうでもないでしょ。ちゃんと愛が感じられたし。俺はこう生きるみたいなメッセージを叫ぶ音楽の方が、よっぽど同じ鋳型に人を閉じ込めてしまう気がするよ。

ＡＯＲには多義性とか多様性があったんだ。ヤッシーの言葉を借りれば、しなやかな感受性をもった人たちの音楽。それに無意識の心意気で聴いてた音楽だと思うよ。皮膚感覚。だから魅力的だったんだ。今でもぜんぜん古くない。むしろ今こそ光り輝いてる。

文面から察するに、四、五十代の男性が連続ツイートしたのだろう。ワン・ツイート一四〇文字が上限のツイッターを眺めていると時々、「寸鉄人を刺す」指摘にハッとさせられる。それにしても〝無意識の心意気〟だなんて、巧いことを言う。

「では、この後、染めさせて頂きます」

「どうも有り難う。このネットラジオ、ほんとに選曲が渋いね。嵯峨君にＵＲＬを教えてもらわなくちゃ」

「少し遅めの昼休みに出たばかりなので、戻りましたらすぐに」

五十嵐さんは続けた。

「もう一度、ＡＯＲが注目されてるみたいですね。日本でも大分、再発売されているんでしょ、ＣＤで」

「うん、そうなんだ。当時はレコード派だった僕も、何枚か買ったよ。さっきのマーク゠アーモンドとか」

カットを終えて彼は、他の顧客の元へと移動する。代わって女性スタッフがヘアカラーの準備を始めた。

次に流れてきたのはルパート・ホルムズ*の「Speechless」。これも僕の大好きな名バラードだ。バーブラ・ストライサンド*のプロデュースを手掛けたシンガー゠ソングライター。「Pursuit of Happiness」という彼のアルバムに収録されていた。

日本語だと幸福の追求。あまりに身も蓋(ふた)もなくて思わず笑っちゃいそうになるけれど、英語で発音すると響きが綺麗。韻を踏んでいる印象を受ける。彼女のことが大好きなのに、でも、実際に会うと何も言えなくなっちゃう青年の、切ない気持を歌っていた。

隣席の女性から、話し掛けられる。

「いいですよねぇ、こうした音楽って。主人もよく聴いていましたわ」

名前は存じ上げないが、店内で目が合うと、互いに会釈する間柄。言葉を実際に交わすのは初めてだった。五十嵐さんとのやりとりを耳にしていたのだろう。一足先にヘアカラーがすんで、彼女は染め上がりを待っている途中だった。

手入れの行き届いた肌。五十代前半に見える。でも、意外と実年齢は僕と同じか、あるいは二、三歳年上なのかも知れない。

「あの頃は世の中も、みんな輝いていましたものね。実は私、ディスコで何度かお見掛けしてますのよ」

ありゃま、と僕は心の中で呟く。学生時代は六本木、赤坂、新宿、渋谷。その後に青山、麻布、銀座、芝浦、……。都内各地のいろんなディスコへ、ずいぶんと出掛けたものだ。栄枯盛衰。そのいずれの空間も、今はない。呼び方も、クラブへと変わってしまった。

「いつもお綺麗な年下の女性たちとご一緒でしたわ」

なんとも〝こそばゆい外交辞令〟も頂戴する。彼女の友だちの中にも存外、僕と知り合いだった女性が居たりして？　「お久しぶりです、ヤスピン」と千鳥ヶ淵での女子会*で、僕が付き合っていた〝サトピン〟の同級生だった旧姓・村田あずさに挨拶された光景が、ふと浮かび上がった。

でも、この手の話題への深入りは藪蛇（やぶへび）となりかねないぞ。会話を音楽に戻した方が無難かな。そう思っていると彼女から、八〇年代の終わりに首都圏限定で創刊された雑誌に触れてきた。「キャリアとケッコンだけじゃ、いや。」*をキャッチフレーズに掲げ、一時代を築いた二、三十代の女性向け週刊誌*。

「それまでのカタログ的な情報誌とも違って、私たちの感覚というか目線を感じさせる独特のマガジンでしたよね」

手にする機会が最近は僕も少なくなったけど、隔週で現在も発行されている。

「そうそう、読み切りの小説を毎週、連載されていませんでした？　私、けっこう、気に入ってましたのよ」

創刊から丸二年、「サースティ」*というタイトルで寄稿した。恋愛、交接（セックス）、仕事、食事、服飾（ファッション）、旅行、友人、家族、……。読者世代の主人公が、彼女の身の回りの出来事を独白する〝一人称〟の掌篇。四百字詰め原稿用紙で毎回六枚半。

ハングリーではないし、喉もからからに渇いているわけではないけれど、チェルノブイリ*には汚染されていないと記されたミネラル・ウォーターのボトルが置いてあったら、そっと唇を浸して味わいを確かめてみたい。そうした「豊かな世代」のサースティな心の襞（ひだ）を描けたら、と考えた。

「そうよね、サースティ。充ち足りているはずなのに、どこか哀しい。そうした渇きだったのかしら。お書きになっていた文章も、私たちが聴いていた音楽も。主人が生きていたら、きっと同じことを述べたと思いますわ」
亡くなられたのは、いつ頃なのだろう。ご主人も、スティルウォータースで髪の毛を切っていたのかな。果たして尋ねて良いものか、途惑っているうちに、「入江様、シャンプーさせて頂きます」と声を掛けられ、彼女は立ち上がってしまう。

　青山通りを行き交う車をガラスごしに眺めながら、連載を始めるに当たって自分に課した一つの〝制約〟を僕は想い出した。「私」という主語を用いずに書いてみよう。さして大きな不満や不安はないけれど、出来ることならもう少し今よりも、と望んでいる彼女たちの心奥を。そう考えたのだった。

　ある時、講演をしていて気付く。私は、僕は、自分は、……。ほとんど主語を用いずに語り掛けることが、日本語では可能なのだと。他の言語はどうなのだろう?

　アイ・シンク、アイ・ライク、アイ・ヘイト、アイ・アグリー、……。英語だけでなくフランス語もドイツ語も中国語も、それぞれ、ジュ、イッヒ、ウォ。「私」から始まる。逆に一番最後に「ドゥ・アイ」と述べたなら、それは強調だ。日本語の言い回し「〜と私は思います」が、婉曲的な塩梅なのとは対照的。

　とはいえ百篇近くの、しかも〝一人称〟の語りで展開していく作品の中で、「私」という主語を一度も用いずに主人公の気持を描き出すのは、なかなか難しかった。況して僕の文章の力量では。

　でも、その〝縛り〟は、日本語の奥深さを実感させてくれた。美しさや儚さ、そして哀しさの微妙なニュアンスを伝える形容が、こんなにも豊富に存在する言語は、おそらく他には見当たらない。

当時は手書きだった。傍らに置いた類語辞典をめくり、彼女たちの心情を言い表すのに相応しい表現を探し求め、呻吟するうちに僕は想い至る。主語なしで語ろうとも、そこに「主体」が存在しないわけではなく、むしろ〝控え目な主体性〟とでも呼ぶべき「私」が隠喩されているのが日本語の文型なのだと。

連載が終了して半年後、湾岸戦争*が勃発する。幾人かの三、四十代の書き手から、「文学者の討論集会」を開催しようと声を掛けられる。表現者の端くれとして僕も事務局に加わり、庶務・広報を担当した。六本木の国際文化会館の講堂を予約*し、有楽町の日本外国特派員協会*での会見を設営する。

——第二次世界大戦を「最終戦争」として闘った日本人の反省に基づき、直接的であれ間接的であれ、日本は戦争に荷担すべきでなく、最も普遍的でラディカルな「戦争の放棄」という理念を抱いて、あらゆる国際的貢献を日本は行うべきと我々は考える。——

集会で最後に読み上げる「声明（案）」が、前日の打ち合わせの場で配られる。その内容自体には僕も異存はなかった。でも議論する前にあらかじめ作成してしまうのはどうなのだろう。それまで「運動体」というものに加わったことがなかった僕は、素朴な疑問を抱く。

参加者は優に百名を超えるだろうし、皆それぞれに一家言を有するのだから、とりあえずは事前に叩き台を作っておかないと収拾が付かなくなっちゃうだろ。穏やかな性格で知られる年上の批評家に、三十四歳だった僕は諭(さと)される。なるほど、そういうものなのか、と〝世間の流儀〟を知った。

読み進むと「声明（案）」の最後には、一行空けて以下の一文が記されていた。「我々は、日本が湾岸戦争および今後あり得べき一切の戦争に荷担することに反対する。」

ありがたき忠言を受けた直後なのに、またしても僕は口を挟んでしまう。「我々」でなく「私」を主語にしましょうよ。皆それぞれに一家言を有するのでしたらなおの事、と。

夫婦・恋人、さらにはDNAを受け継ぐ親子とて100%の意見の一致などありえない。仮にありえたら恐ろしい話だ。いささか硬直した表現を拝借すれば、それって「統制国家」の出現だもの。況(いわ)んや、自分の名前を掲げて執筆する〝一匹狼〟の世界に於いてをや。

だが、孤高を保つ物書き同士も、ある一点に於いては意見の一致を見ることもある。それが今回の湾岸戦争に対する意思表示なのだと僕は当時思った。

ならば、「主体」の所在が曖昧な「我々」でなく、「私」を主語とすべきではないか。文筆業を営む参会者が、自らの意思と責任で賛同の署名をするのだから。ともすれば紋切り型のシュプレヒコールを連想させる「反対」だけでなく、ひそやかながらも一人ひとりが永続的言動を行う誓いとしての「抵抗」も併(あわ)せて宣言する文章が望ましいのではないか。そう考えた。「我々は〜」と拳を振り上げ、「正義」のスローガンを唱和する人々に、どこかなじめないものを十代の頃から、僕は感じていたのだった。

　提案は、残念ながら事務局会議では受け入れられなかった。その思いは判(わか)るんだけどね。でも今回は唐突でしょ。やはり声明の主語は「我々」の方がしっくりくるよ。それに一応これは（案）だから。

　集会の日を迎える。休憩を間に挟んで数時間、百家争鳴、議論百出の後、「声明（案）」の討議に移った。幸い、趣旨には賛同を得る。で、僕は発言を求めた。最後の一文を、「私は、いかなる戦争にも日本国家が荷担することに反対し、抵抗し続ける。」と加筆修正してはどうでしょうと。

　幾人かが拍手をしてくれた。でも、大勢(たいせい)は、「異議無〜し」と原案通り可決を了承。集会の後かたづけをしていると、ちょっぴりお洒落な眼鏡を掛けた、僕よりも四、五歳年下の書き手から声を掛けられる。

「〝ユナイテッド・インディヴィジュアルズ〟*ですよね、さきほどの提案って」

　なるほど、〝連携する個々人〟か。鋭い指摘をするものだ。思わず作業の手を僕は休める。すると彼は、自分にも言い聞かせるかのように付け加えた。

「学生運動の人たちは『連帯を求めて　孤立を恐れず』が合い言葉だったけど、これからは『自律を求めて 連携を恐れず』ですね。そう思いますよ」

交差点の信号が変わるたび、動き出す車と人の向きも入れ替わる。表参道の大きな石灯籠の脇で立ち止まっていた人々は、それぞれの歩調で横断歩道を渡り始める。歩行者用信号が点滅すると、急ぎ足、そして駆け足。一瞬の間を置いて、今度は青山通りから表参道へ右折する車両が走り出す。さきほどまでは浮かんでいなかった入道雲が西の方から拡がり始めていた。

スティルウォータースでは、昆布茶がお客に出される。湯呑みを口元へと僕は近付ける。塩昆布から滲み出た味わいが、口腔（こうくう）の粘膜をほどよく刺激してくれる。

テディ・ペンダーグラス*の「Turn off the Lights」が流れ始めた。ディスコのチークタイムでも定番だったスローバラード。フィリー・ソウル*と呼ばれた、フィラデルフィアで誕生した流麗なソウルミュージックだ。彼はその立役者として活躍した人物。

「遅くなってすみません。こちらです」

ネットラジオ局のURLを記したメモを嵯峨君が届けてくれた。受け取りながら、ふと考える。いつ頃から僕は、こうした音楽をあまり耳にしなくなってしまったのだろうと。

九〇年代に入るとアダルト・コンテンポラリー系のシンガー・ソングライターが〝沈黙〟し始め、これぞと思えるアルバムになかなか出会えなくなる。パイド・パイパー・ハウスが店仕舞いした後、ディスコやクラブのDJ御用達だった六本木のウィナーズ*で僕が輸入盤を買い求めていたブラック・コンテンポラリー系も、二十一世紀を迎える前に下火となってしまう。

そのAORが再評価されているのは、ある種の懐かしさからだろうか。いや、それだけではない気もする。

あの頃、AORというジャンルの音楽は、自分や彼女の部屋で、あるいはドライヴしている車の中で、二人の会話の雰囲気を高める触媒としての役割を担ってくれた。

由利と知り合った翌年の七九年にウォークマンが発売され、電車やバスでの移動途中に音楽を独りで楽しめるようになる。が、変わらずAORは、たとえ、話の中味は他愛なくとも、〝マチュアド・ソサエティ〟*とでも言うのかな、成熟した大人の社会に相応(ふさわ)しい豊かな〝おしゃべり〟を引き出してくれる存在として輝いていたのだ。

けれども音楽への接し方(アクセス)は、まるで異なってしまった。レコード店改めCDショップに足を運ばずとも今やネット上で、アルバムに収録されている全曲の冒頭部分が試聴可能。その中から気に入った曲だけ携帯電話(スマホ)にダウンロードして、イヤフォンで聴いているのだもの。

ジャケットを眺め、思案の末に買い求めた輸入盤の封を開けて針を下ろし、気に入った曲を選んでベストカセットを作っては、恋人や友人に手渡していた時代が懐かしい。

人と人とのコミュニケーションの触媒としての音楽は、逆にコミュニケーションを遮断するような装置へと、いつの間にか変容してしまったのかも知れない。

――充ち足りているはずなのに、どこか哀しい。そうした渇きだったのかしら。

先ほど隣席の入江さんが述べた言葉が脳裡を過(よ)ぎる。

「サースティ」と僕が呼んだあの頃は、それでも、どこかしらまだ余裕を感じさせる、ちょっぴり贅沢な渇きだった。

そうして当時は、全国津々浦々で真っ当に働き・学び・暮らす老いも若きも、それぞれに夢や希望を抱いていたのだ。パステルカラーに彩られた〝一億総中流社会ニッポン〟の一員として……。でも、なんだかずいぶんと〝昔みたい*〟に思える。

飢餓や疫病に苦しむ、凄惨な状況ではない。けれども、日々の暮らし向きの中で人々は、少なからず〝喉の渇き〟を感じているのだ。〝思想や良心〟といった一人ひとりの立ち位置を超えて誰もが、日本の現在に、そして未来に。

「アロガント*（傲慢）でグリーディ*（欲深い）、イントレラント*（不寛容）な時代のトレンド（潮流）ですね」。マスメディアに登場する「アナリスト」は、そうした渇望をさらに挑発するかのように外来語を使って、したり顔で解説する。

話しても、人間は完璧には判り合えない存在だ。が、であればこそ、会話する価値が、その必要が生まれるのだ。恋愛でも、家庭でも、職場でも。政治や外交の折衝(せっしょう)に於いては言うに及ばず。

なのに、会話として成立していない、〝一方通行の言いっ放し〟が最近は目立つ。

成熟した大人の社会（マチュアド・ソサエティ）に相応（ふさわ）しい豊かな〝おしゃべり〟など、はなから拒むかのように。

世代を超えて再びAORに耳を傾ける人々が増えてきた背景には、こうした世の中の「空気」への〝無意識の危機感〟もあるんじゃないかな。おそらく大多数は、言いたいこともグッと飲み込んで、ジッと気持を押し殺し、日々、過ごしているのだ。

一番中央寄りの車線で待っていた乗用車や商用車が、表参道から青山通りへと右折していく。根津美術館の側から出てきたちぃばす*が、外苑前方向へと右折するのも見えた。歩行者はそれぞれ交差点の四隅に立って、目の前の信号が青に変わるのを待っている。

スティルウォータースのスタッフは、カラーリング剤が僕の地肌に直接付かぬようにと櫛を使って丹念に、髪の毛に塗り込んでいく。ぬるりとした独特の感覚。不思議な心地良さ。再び僕は目を閉じた。

――由利は最近、どんな音楽を聴いているのだろう？

愛宕下の醍醐では、そうした話題には至らなかった。今度会ったら聞いてみよう。でも、それはいつ頃になるのかな。「来月上旬にも訪れるんだけど、ジャカランダ、満開かしら」と早苗に尋ねていたのを僕は思い出す。ヴィジョン・スプリングの活動を、今後も続けていくのだ。

何十年ぶりかに唇を重ね合わせ、次第に舌が絡み合った光景が眼瞼（まぶた）に浮かび上がる。二人の唾液と白ワインのヴィーノ・デッラ・パーチェが混ざり合った、華やかな触感（グラマラス）

も甦る。

暫し後、舌の先をうなじに這わせた。由利はかすかに声を洩らし、が、ほどなく、上半身を反らす具合に僕の愛撫から逃れる。

もう一度、ほんの一瞬だけ、今度は唇を軽く合わせ、周囲を見やった僕は気付く。暮れなずむ戸外よりも室内の方が一足先に、明度も彩度も低くなっていたことに。

高校時代、古文の授業で習ったのを思い出した。貴方は誰ですかを意味する「誰そ彼」が、いつしか黄昏と表記されるようになったことを。

今度は由利が僕の頰を、左右の掌で包み込む。目の前に立っている僕の存在を、改めて確かめるかのように。

どんなにか美味しい料理も、喉を通り過ぎるや、その感動は失せていく。お気に入りの洋服も、最初に袖を通した時の悦びには敵わない。では、その対象が人間の場合はどうなのだろう？

なかなか思い通りにはいかない、厄介で面倒な存在かも知れない。でも、お互いが触れ合っている間は、その確かさや温もりがずうっと持続していくような期待を抱かせる。たとえそれが脆く儚く、移ろいやすいものだったとしても。

「ヤスオ、私ね、あなたが言ってた国民益って言葉、南アで幾度か思い出したわ」

ガラス戸の前から離れ、心なしか気恥ずかしそうに座布団の上に座り直すと、由利はゆっくりと顔を上げ話し出す。

声高に語られる「国益」という二文字の間には、往々にして既得権益に結び付く、国会議員後援会益や国家公務員益といった余分な文字が知らない間に忍び込んでしまう。

組織の都合でなく、個人の希望に根差した社会のあり方を目指そうよ。富国強兵が国家益だとしたら、国民益とは富国裕民。*「公職」と呼ばれる立場につく前から繰返し原稿や出演の場で、僕は国民益という単語を用いて語り掛けていたのだ。さらには愛国心ならぬ愛民心という単語も。

でも、由利、どうしたの？　あまりに唐突だよ。キッスの後の照れ隠しで話題を変えたかったにせよ。すると、彼女は続けた。

「日本での仕事の悩みも、南アで感じた途惑いも、きっとそうなんだと思う。目の前の相手が気に掛かって、何とかしなくちゃと思うんだけど、なかなか上手くいかなくて、それで私、余計にもがいてしまう……」

手招きされて立ち上がる前に僕が口に含んだように、グラスに残っていたワインを由利も飲み干し、さらに語る。

「それは私だけじゃない。誰しも、そうなのよね。ほら、ヤスオも知ってるでしょ。『微力だけど無力じゃない』って言葉。私、そう信じたい。たとえ先が見えなくたって、ゆっくりと手探りで、前に進めると思うの。ほんの小さなお手伝いで終わってしまおうとも……。ねぇ、これって、ちょっぴり思い上がってるかな？」

僕は頭を左右に振った。

自己満足にすぎぬと冷笑するのは簡単だ。ありがた迷惑なお節介だと嘲笑するのも簡単。でも、きっと人間の営為とは、多かれ少なかれ、みな、そういうものなんだよ。そう思うよ。

僕を見つめながら由利が語った言葉も、よみがえる。「ねえヤスオ。私、黄昏って、そんなに苦手じゃないかも知れない。というか、黄昏時って案外、好きよ。最近、そんな気もしてきたの」。

するとスタッフが僕に声を掛ける。

「ヘアカラーが終わりましたので、ラップさせて頂きます」

眼瞼に映っていた由利の表情も、ふっと消え去った。

元来は食品包装用の、透明なラップフィルムで頭髪が包まれていく。カラー剤が滲透する触媒の役目を果たすのだ。ガラス窓に映る僕自身と目があった。なんだか透明なターバンを巻いているみたい。

交差点の往来を見るともなく眺める。さきほどと同じく人も車も、信号に従って進んだり停まったり。その繰り返し。

空模様だけが薄墨色に変わっていた。夕立にしては少し早い時間帯だけど……。そう感じていたら、雨が降り始める。しかも、あっという間に激しい雨脚。南方の保養地に出掛けた時のスコールのようだ。雷鳴も轟く。

交差点を挟んでスティルウォータースとは対角線上に位置する銀行の入口は、雨宿りに駆け込んだ人々でいっぱいになってしまう。地下鉄からの階段でも、出るに出られず様子見している。石灯籠の真下で『ビッグイシュー日本版』*を販売していた男性も、雑誌をリュックに詰め込み、退散ずみ。

　首尾良く傘を持ち合わせていた幾人かだけが、横断歩道を渡っている。ちょっぴり誇らしげに。いやいや、三階の〝安全地帯〟から見下ろしているのでそのように感じるだけで、実際に歩いている本人的には靴も洋服も濡れそぼって、やるせない思いかな。

　しばらく外を僕は眺めていた。雨脚はいっこうに衰えない。さきほどのちぃばすとは逆に明治通りの方から表参道を上がってきたハチ公バス*が、外苑前方向へと左折していく。気のせいだろうか、歩行者だけでなく、通行する車両もいくらか減ったように思える。

　だが信号の色だけは、同じ間隔で変わっていくのだ。すると、交差点で停まっていた赤い小さなライトバンが、渋谷方向へ向けて走り出した。

「オ〜ッ、アジアンランチ*の車ですね。仕事を終えて、戻る途中かな」

ちょうど、僕の後ろを通り掛かった嵯峨君が目ざとく見付け、声を出した。

　千代田区や港区を中心に二十箇所近く、オフィスビルの玄関脇や駐車場の片隅にキッチンカーを停めて、昼食時にエスニック弁当を販売している。日替わりでアジア各地の惣菜が四種類、カレーが二種類。バットと呼ばれる白銀色（シルバーグレイ）*のトレイに盛られた中から三種類を選び、ご飯と一緒に詰めてもらうスタイルが人気を集めていた。

「嵯峨君、お気に入りなんだ」

「だって、出来合いのお弁当と違って、その日の気分でチョイスして味わえるから。パクチー*を多めにトッピングしてもらうのが、僕のひそかな楽しみかな」

スティルウォータースから歩いて二、三分、裏通りに面した駐車場を正午過ぎに通り掛かると、決まって長蛇の列。僕はたまたま別の場所で買い求め、はまってしまった。雑誌の連載で絶賛すると、編集部に連絡が入る。それが、世界各地を旅した後にエスニックランチの移動販売を始めた山口さんと知り合ったきっかけ。

ガラス窓に映る自分と再び目があう。降りしきる雨を眺めながら、「3・11」の被災者の元へ幾度か、彼と炊き出しに出掛けたのを思い出す。

地震と津波の直撃からちょうど十日後、旧相馬女子高等学校の廃校舎が最初の訪問先。南相馬市民が二千名近く避難していた。温かい白いご飯を全員にふるまいたい。が、一度にそれだけの分量の米を、震災直後の現地で炊くのは至難の業（わざ）だ。

事前の電話打ち合わせで彼が提案した。ヴェトナムのフォー*＝米粉麺を湯切りして、丼で出しましょうと。なるほど。じゃあ、麺の上にカレーを掛けるのかな。そこで僕は質問する。ルーはどんな味付けですか。子どもや老人にも喜んでもらえるように、香辛料は控え目がいいよね。すると彼は即答した。

「いや、いつもと同じように六種類並べましょう。その中から今回は二種類、麺の上に載せてお出しします。避難所の生活だからこそ、好きな料理を自分で選んで、皆と一緒に味わってほしいじゃないですか」

　当時は国会議員だった僕の幾人かの秘書、山口さんとともに働くスタッフ、そして今でも僕が指導を受ける加圧トレーニングのトレーナー*も加わった。ドライシャンプーを始め、さまざまな物資を詰め込んだ４ｔトラックのレンタカーを含めて計三台。都内の警察署で申請した通行許可証を途中の検問所で提示し、東北自動車道を走る。

　寒風が吹き荒ぶ校庭に並んで頂くのは申し訳ない。山口さんの判断で、校舎の昇降口にランチカーを横付けし、日没前には提供しようと準備を急いだ。世帯毎に段ボールで区切られ、布団が敷かれた各教室を回って伝えると、廊下には長蛇の行列ができる。

　甘みダレ味付け豚肉香煮台湾風ルーローファン。ヒヨコ豆と野菜のチリオイル炒めインド風チャナチリ。野菜の辛味チキン炒めタイ風パットキーマオ。カリフラワーと牛筋煮込みトルコ風カルヌバハルムサッカ。ホーリーバジル鶏挽肉と揚げウズラ玉子のインド風カレー。シナモンとグローブが効いた豚肉炒め。

　こうして列挙すると、エスニック通の食べ手が集うディープな料理店の品書きみたい。味の加減は大丈夫かな。案じていると、彼が大きな声で挨拶した。

「お待たせしました。いつもは東京の大手町や赤坂で、「サラリーマンやＯＬの皆さんにお弁当を売ってるアジアンランチです。今日は全部で六種類のおかずやカレーを調理しました。その中から二つ、お一人おひとり、食べたいものを選んで下さい。きしめんによく似たフォーという麺の上にお掛けします。普段はどれも辛いんですが、今日は優しい味に仕上げた料理が多いです。辛さの度合いは無印、そして一から三まで、唐辛子マークが料理を盛った容器の前に付いています」

山口さんは、杖を突いて横に立っていた僕を見ながら挨拶を締めくくった。

「ほら、皆さんご存じの〝カモシカ・やっしー〟*も手伝いに来てくれました。順番待ちの間に何でも聞いて下さい。ウチの料理、詳しいですから。では、始めます」

——舌を噛みそうな名前ばかりだなあ。こんな気どったもの、食えるかよ。ラーメンの方がよかったよ。

こうした反応が返ってきたらどうしよう。アジアンランチの料理を気に入っていればこそ、僕は心配だった。が、杞憂(きゆう)に終わる。

——冷たい弁当やお握りが続いてたからな。お仕着せじゃないんだよ。そうだ、自分で選べんだもん。ホント嬉しいさ。

〝浜通り〟と地元では呼ぶ、太平洋に面した相馬地方の言い回し(イントネーション)は上手く再現できないけれど、サトウキビ繊維の紙製丼に盛られた夕食を山口さんから受け取る際、誰もがありがたそうに語るのを聞いて、こちらが逆に恐縮する。

どうして、こんなに謙虚なのだ。自宅を失っただけでなく、家族をも亡くし、その亡骸さえ見付からぬまま、避難している人々も少なくないだろうに……。六甲颪(おろし)が吹き下ろす阪神間で感じたのと同じ、なんとも不条理な思いを抱く。

すると、質問を受けてしまう。

――アンタ、杖まで突いて、痛そうだね。どうして足を引きずってるの?

「3・11」当日、僕は入院中だった。次年度当初予算案が衆議院を通過後の三月初旬、選挙区だった阪神間の県立病院で執刀を受ける。金属で出来た人工関節を左足の付け根に埋め込む手術。人工股関節全置換術*。

あの日、関西でもずいぶんと長い時間、建物が揺れる。病室のTVを点けると、津波が名取川を〝逆流〟し、田畑や家屋、車両を呑み込む上空からの映像が映し出された。

入院は三週間の予定だった。即座に退院が叶わぬ自分の体躯(からだ)が恨めしい。与党会派を組んでいた老練な政治家に連絡を試みる。幾度目かに電話が繋がり、提案した。ごく当たり前の内容を。

災害対策基本法*に基づき、指定公共機関のNHKラジオ第二をライフライン情報に特化させ、各県別に24時間態勢で放送すべき。自衛隊のヘリコプターを低空飛行させ、集落毎に飲食料、毛布、簡易ラジオ、充電ずみ携帯電話等を詰めた物資袋を投下すべき。万が一、周囲に人影を目視出来なくとも、税金の無駄づかいには断じてあらず。

「自分はハトを護るタカだ」と語り、エルネスト・チェ・ゲバラ*の写真を事務所に掲げることでも知られる元警察官僚の彼は即座に理解し、官邸側に掛け合ってくれる。だが、なんとも虚しい返答だった。曰(いわ)く、すでに各メディアで時々刻々、きめ細かく報じている。他方で被災地にも語学講座の放送を待ち望む国民がいる。空中のヘリコプターからの物資投下は法律上、認められていない。着陸の場合は事前の安全確認が必要。

　ベッドの上で僕は切歯扼腕(せっしやくわん)した。「的確な認識・迅速な決断と行動・明確な責任」こそ政治の要諦ではないか。前例がないからこそ敢行すべきなのに。

　その五日後の三月十六日、南相馬市長からメールが届く。

　僕の出直し知事選に手弁当で、駆け付けてくれて以来の知己。当時は酪農を営む一市民だった。「『脱ダム』宣言」に続いて打ち出した「森林ニューディール」*政策に共鳴しています、と選挙事務所で熱っぽく話し掛けてきたのを覚えている。

──官邸のホットライン、教えて下さい。震災発生後、国からも県からも東電からも誰一人として南相馬には訪れず、市役所に電話一本掛かってきません。

　その文面に僕は目を疑う。再び老練な政治家と連絡を取り、市長の携帯電話に留守電を入れる。すぐに彼は掛け直してきた。

「フクイチ」と呼ばれる福島第一原子力発電所周辺*への対応を、政府は20㎞圏内、20～30㎞圏内、30㎞圏外に三区分する。南相馬市は、そのいずれにも該当する唯一の自治体だった。津波襲来の翌日、半径20㎞圏内の住民に避難指示が出される。

市の中心部が含まれる20〜30㎞圏内に政府が「屋内退避指示」*を発令したのは、市長からのメールが僕に届く前日、三月十五日の午前十一時だ。が、その発令を南相馬市役所は、TVで流れた官房長官会見を通じて知ることとなる。

「ただちに人体に影響を及ぼす数値ではない」と圏外退避の必要性を認めぬ一方、建物からは出るな、食料・物資は自己調達せよ、と矛盾に充ちた〝愛の鞭〟で被災者を叩いたのだ。その発令をきっかけに、運送会社は南相馬市内への搬入を拒絶する。震災直後から停止状態だった20〜30㎞圏内への物流は、微動だにしなくなる。

先の大戦時、遥か彼方の戦地で亡くなった旧日本軍兵士の七割近くは戦闘行為による死者でなく、栄養失調による餓死だった。そのことも思い出し、僕は戦慄を覚える。平時に於ける兵站（へいたん）＝ロジスティック*こそは、〝サーヴァント・リーダー〟たる為政者が第一に抱くべき国民への心配り。これではまるで「平成の棄民」扱いではないか。

担当医に掛け合い、予定よりも数日早く退院許可をもらい、伊丹から羽田に飛び、その深夜には山口さんらと被災地へ向かう。

だが、僕が訪れた二十日の段階*でも、地元紙の記者以外、南相馬市へは誰も取材に訪れていなかった。市職員が教えてくれる。市役所近くの、公共放送の報道室にも全国紙の通信局にも、誰も居ませんと。安全確保のために福島市へ引き揚（あ）げよ、と常駐していた記者は業務命令を受けていたのだった。

「間もなくシャンプーとなります。お声掛けに伺います」

ラップを外し、ヘアカラーの滲透の具合を確認したスタッフが、僕に伝える。頷きながら、再び外を眺めた。

信号が変わり、今度は表参道を下っていく車が見える。

頭の上に載せたカバンを両手で押さえ、地下鉄の出口から銀行の入口へと小走りに、スーツ姿の男性が移動する。ビニール傘を広げ、歩き出す人も増えた。コンコース*の売店で買い求めたのだろう。

入れ直してくれた昆布茶の香りがする。僕は湯呑みを持ち上げ、それを口にする。仰ぎ見ると西の空が、ほんの少し青みがかってきた。次第に小降りとなっていく気配。ほどなく雨は上がり、夏の終わりの陽射しが濡れた路面を乾かし、あと何時間か後には日没を迎えるのだ。

天候だけでなく、私たちの体躯（からだ）や情感も、睡眠と覚醒に象徴される周期（バイオリズム）*を繰り返す。永遠の右肩上がりが世の中には存在しないように、さまざまな現象も永遠に右肩下がりを続けたりはしない。回転木馬（メリーゴーラウンド）*のように上がったり下がったり、あるいは行きつ戻りつしながら、ほんの少しずつにせよ、前へと進んでいく。

だが、と僕は思う。愛する家族や親しい友人を震災で亡くした喪失感が、一人ひとりの心の中から消え去ってしまうはずもないように、私たちは日々、いろんな思いを抱えながら生きている。取り立てて複雑だったり難解だったりするわけではないにせよ、それは図表や数式といった形式知では言い尽くせぬ、微妙で繊細な情感なのだ。

なのに最近は、物事の「価値」をすべて、コンピュータの液晶画面に表示された数値で判断しようとする。いとも簡単に国境を超え、世界中で跳梁跋扈している〝金融資本主義の妖怪〟が、そうした風潮をより強めているのだろうか。それは、社会や家族の人間関係や文化・伝統といった〝市場では数値に換算しにくい類い〟など価値ゼロだと切り捨ててしまう「空気」。

自分の感覚を信じて、物事を取捨選択する喜びを味わっているうちに、実は限られた選択肢のみをあてがわれ、その中からしか選べない鋳型社会に迷い込んでしまっていた。前へ向かっているとばかり思っていたら、後ろだったり横だったり、別の方向へ進んでいたのに気付いてしまった。そうした居心地の悪さかな。

時代とともに移り変わる「良い品」を、だれでも、いつでも、どこでも、ほしい分量だけ買える仕組みが本来の流通、本来の市場だった。直美が朝採りレタスを持ってきてくれた千鳥ヶ淵の女子会で、「いちば」と「しじょう」の違い*が話題となったのを思い出す。

それぞれの地域に暮らす一人ひとりに富国裕民の国民益をもたらす、公益資本主義*と呼ばれる理念こそ、豊かで成熟した大人の社会を創り出す可能性を秘めているのにね。

そうだ、由利は個人の力を信じているんだ。それもわがままな個人主義ではなく、しなやかな個人主義を。こうした由利だったから、気に入り、付き合い、再び会ったのだ。僕はガラス窓の向こうを眺めながら、〃ケミストリー〃*という単語をそっと呟いた。

「では、シャンプー台へお願いします」

促されて、美容室(サロン)の一番奥へと移動した。最近導入されたフルフラットタイプのレザーシートは、ソファのような沈み込み感。ゆったりと体躯(からだ)全体を横たえることが出来る。髪の毛を洗い流した後には、ヘッドスパ*と呼ばれる頭皮マッサージも頼んでいた。

シャンプーをする女性スタッフの指先が、頭皮を刺激する。その心地良さの中で目を瞑る。すると眼瞼に〃記憶の円盤〃が映し出され、ゆっくりと静かに回り始めた。

由利の、あの〃目の感じ〃が浮かび上がる。

ヨハネスブルグ行きを僕に告げ、国際文化会館のカフェテラスから立ち去る際に見せた表情が最初に。

続いては、久方ぶりに二人が出会い、長いモノに巻かれぬ精神的風土で知られるバスク地方の料理を味わった後に訪れた、深夜のバーラウンジでの彼女の面持ち。

四日前、キッスを終えると僕の頰を掌(てのひら)で包み込んだ、あの時の眼差(まなざ)しも。

さらには三十三年前の秋、モデルという仕事っていったい何だろうと自問自答し始めた、当時二十一歳の由利。そうだ、「文藝賞」の受賞を真っ先にお祝いしてくれたあの晩も同じ〃目の感じ〃をしていた。

「透き通ったガラスのイメージ」と由利が感想を述べた処女作にも、その作者の僕にも、さまざまな毀誉褒貶（きよほうへん）と向き合い続ける〝宿命〟が与えられた。そうして、学生でモデルだった彼女の人生も大きく変動し続ける。淳一との共生、一年半後の解消、化粧品会社への就職、ロンドンへの留学、PRオフィスの設立。二人で落ち着いて話をする機会も得られぬまま、歳月だけが流れていった。

が、その間、彼女はずうっと、「吉野由利」という一人の人間（アイデンティティー）*のありようを探し求め続けてきたのだ。

先々週の日曜、その由利に国際文化会館で置いてきぼりにされてしまい、館内の図書室へ移動した僕の下に〝記憶の円盤〟が届けてくれた映像の音声が、もう一度、聞こえてくる。

「カメラの前に立って、シャッターを押された瞬間。ライトを浴びて、ステージの上でターンをした瞬間。自分が自分だと実感できるのは、その一瞬でしかないの。しかも私が着る洋服は事前に用意されていて、自分で選べるわけじゃない。そうして私は、指図通りに表情を変えていく……」

それは三十三年前、受賞祝いの食事を由利がご馳走してくれた時の呟きだ。先月初めに再会した際、ちょっぴり熱っぽく吐露した内容も聞こえてきた。

「今にして思えば、モデルという職業に限ったことではなかったのよ。実は会社にいた時も、そうだった。同じような気持を抱いたわ。独立してからも、そんなには変わらない……。大きな歯車というか、社会の中で、これが私よ、と言い切れるのは、ほんのわずかな瞬間だけ」

一呼吸置くと、続けた。

「だからって、流されているわけではないわ。言葉にしちゃうと陳腐だけど、もろもろの目の前の雑事に追われながらも、それなりに考えている。私だけでなく、誰もが」

シャンプーが終わったのかな。滑り気を感じさせる液体が垂らされた。ヘッドスパへと移る前に、頭皮を柔らかくするオイルの一種。

目を瞑ったまま、そっと息をする。〝記憶の円盤〟はいったん停止したけれど、僕の頭の中では引き続き、知り合ってから今日に至る由利の辿った軌跡が、媚茶色(セピア)*したスチル写真*のように流れていく。

いろんな服飾をモデルとして身に纏(まと)っていた由利。女性の相貌(ひようじよう)を引き立てる化粧品の仕事に携わった由利。豊かさや幸せを人々に届ける経済活動と社会貢献の融合を目指してロンドンの経営大学院で学んだ由利。帰国後、ファッションに留まらずさまざまな広報業務を手伝う由利。その傍ら、旧来型の「配給」とは異なるヴィジョン・スプリングの活動を通じて、「流通」の新しいあり方を追い求めている由利。

「そうなんだよね」と僕は心の中で呟く。相手に喜んでもらってなんぼというのかな、いやいや、お金などにはとても換算出来ない、人間として生きて行くことの確かさを実感し合える営みなのだと思う。恋愛もヴォランティアも。そして、僕が足を踏み入れていた行政や政治も本来は。まあ、恬として恥じず、その対極としか思えぬ日々を過ごしている面々も少なくないみたいだけど……。

とまれ、南アフリカでの活動は、消費社会と密接に絡み合う仕事を日々、日本でこなしている由利にとって、自分の中での平衡感覚を保つ三半規管のような役割を果たしていくのだろう。そう思った。

「ねえ、ビックリしたわね。ものすごい雨で」

隣のシャンプー台から話し声がした。声音から察するに年輩の女性客。顔の上に薄い布が掛かっているので、直には確認出来ない。僕同様、五十嵐さんが独立する前からの長い付き合いの顧客だろう。

「濡れませんでした?」

「平気、平気。運良く、こちらに向かって運転している途中で降り出したから。でもね、コインパーキングに入れて、止むまでしばらく待っちゃったわ。降りるに降りられないじゃない。それで、ちょっと遅れちゃったの。ゴメンなさいね」

陽気で饒舌な女性だった。

「いいえ、お気になさらずに。でも、良かったです。もう雨、完璧に上がったんだ」

微妙に不思議な言葉づかいの組み合わせ。入店して間もないスタッフの一人。

「あら、ご存じなかったの。そうよね、ずっとお店の中にいるからね。追っ付け、虹も掛かるんじゃない。そのくらい素敵な雨上がりよ。じゃあ、シャンプー、お願いね」

　そこで会話は一段落し、隣から聞こえてくるのはお湯の音に代わった。

　再びコバルトブルーの空が拡がっているのだろうか。いや、髪の毛をカットし始めてから二時間近い。「誰そ彼」とまではいかないにせよ、夕暮れ時へといくぶん、近付いているだろう。

「『微力だけど無力じゃない』って言葉を信じたいの」。醍醐での由利の科白が頭を過ぎる。

「黄昏時って案外、好きよ。だって、夕焼けの名残りの赤みって、どことなく夜明けの感じと似ているでしょ。たまたま西の空に拡がるから、もの哀しく感じちゃうけど、時間も方角も判らないまま、ずうっと目隠しされていたのをパッと外されたら、わぁっ、東の空が明るくなってきたと思うかも知れないでしょ」

　由利は悪戯っぽく微笑んだ。

　少女だったり老婆だったり、自分の気の持ちようで同じ画像が正反対に見えてくる〝隠し絵〟やロールシャッハ・テスト*を僕は連想する。

　日出前を指す「彼は誰時」も元々は、彼が誰なのか訊かなければ判らない、ほの暗い時間帯の朝方と夕方、その両方を意味していたと古文の授業で習ったことも思い起こした。

すると突如、僕の作品の最後の部分に登場する由利の独白が眼瞼に浮かび上がる。

〈あと十年たったら、私はどうなっているんだろう〉

その後には確か、「下り坂の表参道を走りながら考えた。」と記していたはず。でも、〝記憶の円盤〟は、どうして再び動き出したのだ？　しかも、この間、やるせない思いだった国際文化会館の図書室でも同じ箇所を映し出したじゃないか。

すると今度は、最後から三行目が浮かび上がってくる。

「私は、明治通りとの交差点を通り過ぎて、上り坂となった表参道を走り続ける。」

そうだ、そうだった。思わず僕は膝を叩きそうになる。その後の二行も思い出す。

下り坂から上り坂へと転じた表参道をテニス同好会のメンバーと一緒に走りながら、額の汗を手の甲で由利がぬぐうと、クラブ・ハウスでつけてきた鈴蘭のような香りのコロンと自分の汗の匂いが、混ざり合うのだ。

「黄昏時って案外、好きよ」と教えてくれた彼女の、その心の奥深くを感じ取れたような気がした。ヨハネスブルグでの活動も、坂道を上っていく、そうした実感を今度は由利も味わえるのかも知れない。

もう一度、髪の毛を洗い流し始める。マッサージを終え、交差点を見渡す窓際の席へと戻り、五十嵐さんにヘアブローしてもらえば完了だ。

その後はロッタを迎えに行って、〝二人〟で一緒にメグミのもとへと〝御帰館〟の段取り。実は彼女もこの時間帯、ペットショップでトリミングとシャンプーの真っ最中だった。

今月末でロッタは三回目の誕生日。人間の年齢に換算すると二十八歳。年頃だ。トイプードル特有の巻き毛を小まめに手入れしないと、魅力が半減してしまう。千駄谷小学校*の真向かい、明治通り沿いのモントゥトゥ*が行き付けだ。トゥトゥは、フランスの幼児語でワンワン。「私のワンワン」。〃犬可愛がり〃な飼い主の琴線（きんせん）を捉える心憎い店名。

すると、三度（みたび）〃記憶の円盤〃が回転し始めた。エレベーターに由利と僕が乗っている。二人とも若い。学生時代だ。お互い、アレッという表情を浮かべている。

そうだ、別の大学のヨット部が企画したディスコ・パーティで彼女と江美子に出会った二、三週間後。今から三十五年前、五月の連休明けに邂逅した時の映像だ。

僕はデザイン事務所に立ち寄り、由利はモデル事務所からの帰りがけ。千駄ヶ谷の鳩森八幡（はとのもりはちまん）*の近く。「デザイン・ルームやプロダクションが、ごちゃごちゃと入っているマンションがあって、その一室が私の所属するモデル・クラブの事務所」と由利が処女作の中で紹介していた建物。

いずれの事務所も、そこには今や存在しないだろう。でも、建物は変わらず残っているかな。住所は同じ千駄ヶ谷でも、あの一廓には久しく足を踏み入れていない。はたしてどうだろう。その近くの珈琲店でお茶をしている二人も、続いて映し出される。自家焙煎と入口の看板に記されていたその空間は、とうの昔に店仕舞いしてしまっている。

「では、移動をお願いいたします」

髪の毛をタオルで叩(はた)き終えたスタッフに声を掛けられ、僕は上半身を起こす。するとその瞬間、由利が醍醐の窓際へ歩を進めながら呟いた科白もリフレイン*された。

「きっと、いろんな壁が待ち受けているんだろうな。でも、それは私だけに限ったことじゃない。だから、これからも私、歩んでいくんだわ。他の人からは、同じ場所に立ち止まっているようにしか見えなくとも……。うん、そうよ。身の丈に合った自分の生き方で、歩んでいくのよ」

僕は、立ち上がる。

これから戻る席の方を見やると、鳶茶(とびちゃ)色*した床の木目に沿って、雨が止み終えた窓の外から光の筋が射し込んでいた。

たそがれどき。かわたれどき。姿見の前に座り、窓ごしに交差点を、そして表参道のケヤキ並木を眺めた時、そのどちらにより近い光の加減に思えるだろう。

僕もまた、その光に向かって歩み出す。

＊文庫本化に際しての、ひとつの新たな長い註。

「いまクリ」と「もとクリ」、
その記憶の円盤が舞い続ける時空。

田中康夫

「二〇一三年　七月　東京」と冒頭に記した『33年後のなんとなく、クリスタル』は、2013年11月1日発行の季刊『文藝』冬季号から計5回にわたって連載した作品です。

翌2014年11月30日の単行本の上梓に際し、ロバート キャンベルさんが「いまクリ」と名付けて下さいます。これに伴い、「なんクリ」の符牒で知られていた『なんとなく、クリスタル』は、「もとクリ」とも呼ばれるようになりました。

和数字でなく英数字で「1980年6月　東京」と冒頭に記した「もとクリ」を書き上げたのは、第17回「文藝賞」応募締切日だった1980年5月31日の明け方です。

同年10月16日の選考会で、今は鬼籍に入られた江藤淳、小島信夫、島尾敏雄、野間宏の4氏が、別けても、世の中では対極の「立ち位置」だと思われていた江藤、野間の両氏が強く推して下さり、入選します。

1980年11月7日発売の月刊『文藝』12月号に掲載され、単行本は1981年1月20日に配本されました。

「著者ノート「なんとなく、クリスタル」を書いた頃」を加えて1983年4月4日に発売した「もとクリ」文庫本。「マルクスが生き延びていたら、彼が『資本論』の次に書いたのは、『なんとなく、クリスタル』のような小説ではなかったろうか」という高橋源一郎さんの解説付きで2013年11月20日に発行した新装版の文庫本。その何れも、本文を右ページに、註を左ページに配置しています。本文と連動する註が存在しないページには、単行本の表紙を担当した平塚重雄さんが描いたイラスト

を載せています。

単行本では『文藝』掲載時と同じく、「NOTES」と題する註が本文の後に並んでいました。その総数は442。

本文と註を“往き来”するであろう読み手の利便性を考え、製本用語でスピンと呼ばれる水色と白色の2本の栞紐（しおりひも）を、僕の我が儘で付けて貰ったのを想い出します。が、自分で言うのもなんですが、こうした僕の“心配り”は、あまり理解されませんでした。

「田中君は、東京の都市空間が崩壊し、単なる記号の集積と化したということを見て取り、その記号の一つ一つに丹念に注をつけるというかたちで、辛くもあの小説を社会化することに成功している」と江藤淳さんは過分な評価を与えて下さったものの、「意識高い系」という今日的単語がお似合いな面々からは、「カタログ小説」だと処女作は冷笑され、そうして僕自身も、「社会的な物語を貴方は書きなさい」と野間宏さんから直筆で毎年、年賀状を頂戴していたにもかかわらず、“なんとなく、クリスタル”な日々を相変わらず過ごしていました。

実は『文藝』に掲載された「もとクリ」の註の数は274でした。応募直前に短時間で書き上げた註の項目と中身を充実させようと、単行本化に際して練り直す中で僕は、“由利の心象風景”にも註を付けてみたらどうかな、と考えます。

〈あと十年たったら、私はどうなっているんだろう〉と由利が、「下り坂の表参道を走りながら考えた。」最後のシーン。それは、物質的意匠でなく精神的意匠に注釈を加えるという厄介な作業です。

なかにし礼さんが「現代の黙示録」と題する書評の中で引用している436番目の註「NHK放送センター」のように、「寸鉄人を刺す」文章が、なかなか思い浮かびません。思案の末、442個の註に加えて、次の2つの報告書から採録した内容を列挙することにしました。

旧厚生省に設置されていた「人口問題審議会」が1980年8月に発表した「出生力動向に関する特別委員会報告」の中から合計特殊出生率の推移に関する記述。同じく旧厚生省が同年11月に発表した「昭和54年度厚生行政年次報告書＝厚生白書」の「1980年代の社会保障の方向」の中から65歳以上の老年人口比率と厚生年金の保険料の現状と予想。

「何故、最後の註だけは長いのですか？」。

現在は「インターナショナル・ニューヨーク・タイムズ」と名称変更し、世界11都市で印刷・164ヵ国で販売されている「インターナショナル・ヘラルド・トリビューン」1981年3月27日付にインタヴュー記事を寄稿することとなる、僕よりも一廻りほど年上の書き手クリスティーン・チャップマンさんは尋ねました。同行の日本人スタッフが彼女に手渡した単行本を眺めながら。新聞・雑誌・TVを問わず、海外の媒体のインタヴューでは随分と同様の質問を受けたものです。他方、記憶する限り、それ以前もそれ以降も日本の媒体では皆無でした。

「なにも悩みなんてなく暮らしてい」て、「これから十年たった時にも、私は淳一と一緒でありたかった」由利が、「同じ英文科で、同じテニス同好会に入っている早苗」たちとランニングする最中に自問自答する最後の場面を指し示し、僕は拙い英語で答えました。

「由利の気持にも最後に註を付けようと考えて、でも、その他の註と違って、簡潔に解説するのが難しく、それで、この形態となったのです。まさに“なんとなくの気分”で」と。

「その時、淳一は、どんなミュージシャンになっているだろうか」、「私は、まだモデルを続けているだろうか」、「三十代になっても、仕事のできるモデルになっていたい」。

「明治通りとの交差点を通り過ぎて、上り坂となった表参道を走り続け」ながら、「手の甲で額の汗をぬぐうと、クラブ・ハウスでつけてきた、ディオリッシモのさわやかなかおりが、汗のにおいとまざりあった」と読者に伝えて、幕を閉じていた「もとクリ」。

その由利は「いまクリ」の中で、「ライトアップ前の東京タワーがそそり立つ」「暮れなずむ頃合い」の窓の外を眺めながら、呟きます。「黄昏時って案外、好きよ。だって、夕焼けの名残りの赤みって、どことなく夜明けの感じと似ているでしょ」と。

そうして「もとクリ」には登場していなかったヤスオが、「たそがれどき。かわたれどき。姿見の前に座り、窓ごしに交差点を、そして表参道のケヤキ並木を眺めた時、そのどちらにより近い光の加減に思えるだろう」と考えながら、「その光に向かって歩み出す」“地の文”で「いまクリ」は幕を閉じています。

大澤真幸さんは「静かな感動」と題する書評の中で、「メビウスの帯」

「ポジとネガ」「図と地が反転している」という表現を用い、「大きな理念を放棄して、美的・感性的な快楽への自由に逃走していた者たちが」「「もとクリ」の時点ですでに死んでいた」「理念が去ったあとに残っていた大きな空所に、いくつもの小さな善を見出し、現実へと回帰してきている」と記して下さいました。
「もとクリ」は、新潮文庫でも出版されていた時期があります。「一九八五年十一月　旅行先のイタリア北部、ベルガモにて　田中康夫」と“恰好を付けた”あとがきの中で、何れも同年に上梓された加藤典洋さんの評論『アメリカの影』、江藤淳さんと蓮實重彦さんの対談『オールド・ファッション』の「もとクリ」に関する言及箇所を引用し、「韓国では四社から海賊版の『なんとなく、クリスタル』が出たこと」も紹介しながら、「「今までの日本の小説に描かれている青春像とは違う、皮膚感覚を頼りに行動する、今の若者たちが登場する小説を書きたい」というのが、モチーフであった」と「文藝賞」応募時の“僕の心象風景”を振り返っています。

シカゴ大学で教鞭を執っていたノーマ・フィールドさんは1987年、「スエンセンズで大きなアイスクリームを食べてから、おなかをこわさないかなと心配しながら帰るのもいい」という箇所を例示して、「単に気持ちのよいこと、美的なことを、モラルの次元にまで引き上げている」と新しい光源を与えて下さいました。「『なんとなく、クリスタル』とポストモダニズムの兆候」と題する『現代思想』に寄稿された長文の最後で、その6年半前にチャップマンさんも僕に尋ねた「リストや統計事項の形をとった非常に無機質な感じをあたえる」「最後の記載事項」にも言及しています。「ここにはおそらく、クリスタルな生活への嗜好とアイデンティティの希求という双生児を、二一世紀に待ち受けている運命が暗示されている」。「私達は、このポストモダニズム版マルサス主義の投げかける暗い影の下で、芸術と批評の可能性について考え続けなければならない」と。

それは、奇しくもヤスオと同じく山国の県知事を務めていた2002年、浅田彰さんや磯崎新さんらと「この時代に想う——共感と相克」と題するスーザン・ソンタグさんを囲むシンポジウムに出席した際に僕が「孤立を求めて、連帯を恐れず」即ち「ソリテュード（孤立、孤独）とソリ

ダリティ（連帯）との語呂合わせをして語ってい」ると、「孤独は連帯を制限する。連帯は孤独を堕落させる」と彼女が呼応し、ドイツ連邦共和国の大統領だったリヒャルト・フォン・ヴァイツゼッカーとの会話を紹介しながら、「孤独と連帯という二通りの理想的な状態は相克している、という事実を受け入れるべきなのでは」と語ったのも想起します。（『良心の領界』所収）

高度消費社会の幕開けを描いた「もとクリ」。少子高齢社会の顕在化を感じさせる「いまクリ」。羨ましくもヤスオは、33年という時空をいとも簡単に往き来可能な“記憶の円盤”に乗船して、「いまクリ」の本文の中で狂言回しを演じています。

悔しい哉、哀しい哉、この文庫本を手に取って下さった読者のあなたも、著者の僕も、その“記憶の円盤”の搭乗券を入手することは叶いません。

思い悩んだ末、「文庫本化に際しての、ひとつの新たな長い註。」と題するこの文章を設けることにしました。

考えてみれば既に、「いまクリ」の単行本を上梓した際にも、69頁に亘って438項目の註を横組みで記した次の見開きの右頁には、「この長い註は？」と海外媒体のインタヴューアーから幾度となく尋ねられた箇所を再録していたのです。しかも、その頁だけはご丁寧にも33年前に上梓した「もとクリ」のNOTESと同じ縦組みという凝り具合で。

とまれ、自由自在に行き来可能な搭乗券には及びも付かぬものの、“合せ鏡”として存在している二つの物語の本文を、そして「もとクリ」の「NOTES」と「いまクリ」の註を、より多面的に重層的に味わって頂ければと考えての「特典（プリヴィリッジ）」。

それが『「いまクリ」と「もとクリ」、その記憶の円盤が舞い続ける時空。』と題する「文庫本化に際しての、ひとつの新たな長い註。」です。などと又しても、箸休めにもならぬ手前味噌な口上を延々と述べてしまいました。

妄言多謝。HP　http://tanakayasuo.me　に設けた「註の更なる註」も併せてお愉しみ下さい。

2018年4月12日　62回目の誕生日に

*註

「いまクリ」「もとクリ」を巡る「註の更なる註」は、
HP http://tanakayasuo.me でご覧頂けます。

●P10

＊アストリッド・リンドグレーン：Astrid Lindgren（1907年〜2002年）

＊ロッタ：Lotta

＊枇杷茶色：C0・M29・Y55・K32　CMYKはシアン・マゼンタ・イエロー・ブラック4成分の割合で色を表す表現法。

＊黄褐色：黄がかった茶色≒アヴァーヌ色。C0・M31・Y91・K59

●P11

＊トイプードル：フランス原産。ルイ16世の時代に「作出」。体高25cm前後、体重3kg以下が「理想」。美脚・痩軀なロッタの具体的数値は個犬情報保護法に基づき内緒。

＊バルク・カーゴ：客室と同じ空調設備の貨物室。bulk cargo

●P12

＊ジェット族：jet-set

＊昨年末の総選挙：2012年12月4日公示。同月16日施行。

＊江美子：読み進む前のこの段階で、安直に註で江美子像をgraspしちゃおうだなんて、貴方も横着ですなぁ。

＊由利：「あとは自分で考えなさい。」

＊前々回の総選挙：2009年8月18日公示。同月30日施行。

●P13

＊代表質問：ヤスオは衆議院時代に5回、参議院時代に1回登壇。大政党と異なり質問時間が1回5分〜10分だったヤスオは、中身を詰め込むべく体言止めをやむなく多用。

＊消費税：古今東西、増税で景気浮揚した国家はどこにも存在せず。「『弱きを挫（くじ）き・強きを助ける』倒錯した社会。個性を認めぬ金

太郎飴な悪平等社会。その何れでもない、社会的公正と経済的自由を同時に達成し、人間の体温を感じさせる『一億総中流社会』復権を目指すべき日本は、『公正な税制・公正な通商・公正な資源』の確立に向け、『新しい方程式』に基づく抜本的変革が不可欠。」
「国税の法人税、地方税の法人事業税。株式会社の7割がビタ一文、払っていません。連結納税導入の、日本経団連加盟、超大企業も、その66%が1円も納めていません。昨年11月、貴方も本会議で認めた事実です。企業の僅か3割しか法人税を納めていない。その僅か3割の実直な企業に、加重（かじゅう）な負担を強いる。『一票の格差』どころでない『不条理』は、利益に対して課税する仕組みが原因。」（2012年1月27日衆議院本会議代表質問）
「こうした度しがたい状況が生まれるのは、利益に課税する税制だから。例えば、債務超過に陥った会社を好業績な大手企業が戦略的に買収。連結決算上、赤字転落すると、翌年黒字回復しても、自動的に最大七年間、国税の法人税に加え、地方税の法人事業税も納付を全額免除され、払うのは企業の住民税に当たる年間わずか80万円の法人都道府県民税のみ。増殖し続ける大企業。衰弱する中小企業。行き過ぎた市場原理主義経済の天国と地獄が放置されていませんか。3割の企業が加重な負担にあえぎ、残り7割が左うちわ。この不条理を解決するには，企業の利益でなく、企業の支出に対し広く薄く課税する公正、フェアな外形標準課税を全面導入すべき。やみくもな消費増税の前に決断すべき覚悟と器量を伺います。」
「昨年から、本会議、予算委員会の場で繰り返し提言の、タンス預金を市中で活性化させる無利子非課税国債発行、年間1千億円もの金融機関の『不労所得』と化している休眠預貯金口座の公的活用も、覚悟と器量をお示し下さい。」（2011年11月1日衆議院本会議代表質問）
「生産に掛かった国内消費税額を、海外への商品輸出に際し還付する輸出戻し税制度の『不公正』を正すべく、取引明細書＝インヴォイスの導入こそ急務。製造・流通の中間段階で、それぞれの業者がどれだけ消費税を納付したか、証明する上で不可欠な取引明細書＝インヴォイスを、先進国で日本だけ未導入。年間3兆円に上る輸出戻し税は、最終販売業者の自動車、家電、電子機器等の超大企業にのみ還付され、日本のモノ

作り産業を支える材料や部品の中小納入業者には戻ってきません。仮に消費税率10％になれば、大手企業へ還付される輸出戻し税は毎年、2倍の6兆円にも膨らみます。これぞ『不条理』。」

「取引明細書＝インヴォイス方式の導入こそ、中小事業者への福音。23年前の消費税法施行時と異なり、今や小さなパパママストアでもパソコンで税務処理しています。何故、後ろ向きなのですか？　何故、超大企業の『益税』を年間3兆円も放置し続けるのですか？　それは公正な税制ですか？　国民が納得出来る明確な答弁を求めます。」（2012年1月27日衆議院本会議代表質問）
＊**放射能**：無色・透明・無臭。人間の五官が察知しえぬ極めて厄介な存在。P136「放射能に占領された領土」註も参照。
＊**TPP**：Total Poison Program＝完全毒殺構想。世界に誇る国民皆保険制度を崩壊し、日本人の仕事と生活を奪う“平成の壊国”。
「日本から社会的公正と経済的自由を同時に失わせ、一億総中流社会の夢をついえさせる、羊の皮をかぶったオオカミ、TPP。アメリカよりもEUよりも平均関税率が低い日本は、とうの昔に開国済み。至らぬ点を改める国、改国ならばいざ知らず、小村壽太郎翁の努力の末、関税自主権回復からちょうど100年の今年、国家の根幹たるその関税自主権を放棄し、壊す国、壊国への猪突猛進など、後世の日本人に顔向けできません。」（2011年11月1日衆議院本会議代表質問）
「『大好きな日本を守りたい。この美しいふるさとを未来に引き継いでいきたい』と演説されたあなたは、アメリカが非関税障壁だと主張する軽自動車を、日本国内の雇用を奪っても廃止するのですか？　美しい農村の畦道も、美しい京都の路地も、その田園を潰し、その町屋を壊し、アメ車が通れる為、財政悪化も何のその、公共事業を大展開ですか？」（2012年1月27日衆議院本会議代表質問）
＊**予算委員会**：ヤスオは衆議院時代に19回、参議院時代に3回質疑。
＊**生中継**：本会議の代表質問はNHKが生中継。予算委員会は中継する場合としない場合が。その他の委員会は中継されず。唯一の例外が、NHK関連予算案を審議する際の総務委員会。深夜帯に録画放映。
＊**投票所**：投票所入場券を忘れた・無くしたと「自己」申告すれば、運転免許証等の身分証明書での本人確認手続きもなく即時・即座に「当

人」が投票可能な奇っ怪ニッポン。

●P15

＊アトピー：ヤスオも20年来、手のひらに。奇しくも手書きからパソコンへと原稿執筆を転換後にほどなく生起。知事時代は指先もざらざらに。人知れず、ストレスか。ネクタイを締めると布地が毛羽立つほどに深刻。その後、指先は治癒するも手首部分は変わらず、今日に至る。

●P17

＊銀鼠色：C0・M0・Y0・K43

＊在日米軍のヘリポート：国立新美術館、政策研究大学院大学に隣接。二・二六事件の主力部隊・旧大日本帝国陸軍第一師団歩兵第三聯隊駐屯地跡。日本に於ける「星条旗新聞」編集・印刷を行う「赤坂プレスセンター」が存在。「ハーディー・バラックス」なる呼称も。

＊真珠色：C0・M0・Y5・K0

＊"浮留"：ホヴァリング hovering

＊スタビリティ：stability

＊ステイブル：stable

＊スティル：still

●P18

＊千代：ドイツから顔料を輸入する問屋の娘として大阪の道修町（どしょうまち）で育った彼女は、阪急電鉄に乗って神戸の元町商店街へ女学生時代、スカートを買いに行ったと語る明治期の"元祖クリスタル族"。道頓堀川に係留された広島からの牡蠣船に歌舞伎役者を招いて父親が催した宴で幼児の千代は、華を添えた大和屋の芸妓から漂う脂粉の香にむせてしまい、堪えなさいと母親から注意された想い出もヤスオに語る。

●P19

＊ツイッター：Twitter。2006年にアメリカでサーヴィス開始。2008年日本語版公開。

＊DM：ダイレクトメッセージの略号。江美子とヤスオはツイッターで相互フォローのため、他者には非公開のツイートが両者間のみで利用可能。

＊フェイスブック：Facebook＝FB。2004年にアメリカでサーヴィス開始。2008年日本語版公開。

＊メッセージ：FBではつながりの如何にかかわらず、いずれの利用者にも個別にメッセージ送信可能。
＊ライン：LINE。2011年に韓国NAVER社の日本法人がサーヴィス開始。
●P21
＊衒学派：往々にして袋小路の形式知に陥る面々。
＊紅緋色：C0・M90・Y85・K0
＊銘柄：「これはメーカー品ですよ」と押し売りが玄関先で母親に口上張っているのを聞き、「オジさん、モノを作るところはみんなメーカーと呼ぶんだよ」と伝えるや、先方は二の句が継げなくなってしまった逸話を、小学校入学直後のヤスオは有するらしい。
＊靴の裏地を赤で統一：クリスチャン・ルブタンと思われる。
「男女共同参画社会」を謳う一方、ストッキングとハイヒールは女性の"専売特許"。だが、ブルボン王朝の往時は貴族の成年男子に不可欠な代物。ルイ14世の肖像で確認可能な、赤く塗られたヒール靴（talon rouge）は高い身分を示す記号でもあった。他方で当時、女性の靴は踵の部分の覆いがないミュール＝muleと呼ばれるサンダルが一般的。

即ち、江美子やメグミが愛用する赤い底、赤い踵の靴は、男女平等⇒女性優越の社会を隠喩すると同時に、外形的には身分制度が撤廃されるも階層社会化が進行する今日に於けるいささか複雑なスノビズムとしての貴族性の顕示とも言える。
●P22
＊「Yuri Yoshino」：江美子は「島崎江美子」で、吉野由利は「Yuri Yoshino」でFBに登録していると思われる。
＊三年前：2010年10月28日と思われる。
＊停学処分：1980年3月。「青春の蹉跌」。
●P23
＊「文藝賞」：2013年に50回目を迎えた河出書房新社の文学新人賞。
＊阪神間：大阪・神戸間の地域。浜っ側から山っ側に向けて、国道43号線・阪神電車・国道2号線・JR神戸線・山手幹線・阪急電鉄の道路や鉄路を越えるにつれ街並みが変化する良くも悪くも階層社会。無論、例外も存在し、谷崎潤一郎が愛した芦屋川沿いの平田町は今もなお、屋敷

町の面影を留める。
西宮市夙川から芦屋市を経て神戸市東灘区御影の間は「標準語」に極めて近い口調。
＊郊外に位置する大学の法学部：今は亡きフランキー堺氏は、「方角を間違えて阿呆学部を卒業」と語っていた。それを拝借すれば「一橋ならぬ芋ッ橋大学の方角を間違えて阿呆学部」。
＊六本木のディスコ：明治屋の六本木ストアーに隣接するユニ六本木ビルに70年代半ばから80年代初頭に存在したグリーングラス。店名は近時の「危険ドラッグ」とは無関係。とある政治家の"豚児"が経営と往時は囁かれる。
＊壁の花：サンフランシスコ対岸、バークレーに隣接するオークランドのミルズカレッジに留学していた祖母からダンスパーティの想い出を聞かされる中で、この単語をヤスオは早くも幼少期に覚えたらしい。
●P24
＊確か八階建ての女子学生会館：「もとクリ」註104では以下の記述。「江美子の住む学生会館の門限は十時ですが、連絡をした場合は十一時までに帰館すればよくなります。外泊する場合には、外泊先の証明書が必要となります。地方に住む両親は、これで安心しているのですが、"法の抜け穴"というのは、考えればいくつかあるものなのです」。東郷女子学生会館を指す。
●P25
＊マーキュリー：Mercury
＊『一橋マーキュリー』：本文で説明ずみ。
＊総務部：人事部とは異なり、「総会屋」と思しき面々とも遭遇する部署。
●P26
＊「いま、クリスタルに翔ぶ雑誌！」：『一橋マーキュリー』第十二号。
●P29
＊コンポジット：composite
＊スターバックスの類い：喫茶室ルノアール1964年〜。談話室滝沢1966年〜2005年。ドトールコーヒーショップ1980年〜。スターバックスコーヒー 1996年〜。日本法人は2014年末、株式公開買付＝TOBで

米国法人の完全子会社化へ。

●P30

＊僕より一歳年下の淳一：ヤスオは1浪を経て大学5年生。淳一は内部進学で5年生。

●P31

＊「あたり前すぎる子って好きになれない。個性の強い子の方が、好きになれる」:「もとクリ」文庫本では、珍しく註が1つも記載されていないP74の最終行で、ワンナイトスタンドの相手・正隆に由利が語ったセリフ。

＊一九五〇年代に一世を風靡したデザイナー：さて、どなたでしょう？ココ・シャネル1883年〜1971年。クリスチャン・ディオール1905年〜1957年。ピエール・カルダン1922年〜。イヴ・サンローラン1936年〜2008年。

●P32

＊全国紙の社会面：築地市場の向かい側に位置する新聞社の1995年2月1日付東京本社版朝刊第二社会面と思われる。幾度か連載を寄稿の青年向け漫画週刊誌の担当編集者に、殺伐たる雰囲気も時として漂う避難所の若者に読んで貰いたいと当該雑誌の提供を求めると快諾。併せて、少年少女向けの漫画本も避難所の廊下に並べて“情操教育”用に、と求めるとこちらも賛同。が、彼が稟議書を作成すると担当役員から呼び出され、叱責を受ける。曰く、不眠不休で復旧・復興を目指す被災地の書店の足を引っ張るが如き行為。況（ま）して「ヤスオ」なる一個人に託すのは組織的にも大問題と。

意気消沈の彼が、朝刊に記事掲載の夕刻、徹夜明けで出社するや担当役員からまたしても呼び出しを食らい、恐る恐る赴くと、全国紙がお墨付きを与えたから最早何ら問題なし、早く出庫伝票を書けと督促される。ルイ・ヴィトンのバッグを買い求めて嬉しい女の子の気持と、岩波書店の新刊を一冊読了して誇らしげなオジさんの気持、即ち物質的ブランドと精神的ブランドは等価である、と価値紊乱な物言いを続けてきたヤスオにとっては、「だから、言わんこっちゃない！」と思わず微苦笑の瞬間。

＊大阪のホテル：ヴォランティア風情がホテルへ泊まるとは何事ぞ、と

お怒りの御仁は当時も存在。着た切り雀でシュラフで避難所で、の旧来型精神三原則を忠実に実践すると、被災者の「居住空間」を幾許か奪うことになるんですけどね。

●P33

＊ゲーテ：「才能の枯渇というセリフは、もとより世間で才能が認められていた者だけに許される呟きである　byニーチェ　うそ」もメグミが時折、ヤスオに語る「至言」。

●P34

＊無冠の素浪人：ヤスオは弁護士・医師・公認会計士・ペテン師・詐欺師等の「士族」に非ず。

＊ビブラート：とりわけトイプードルは尻尾を小刻みに振って愛想を振りまく。

＊万歳三唱：「頑張る」という言葉を好まず、「踏ん張る」を用いるヤスオにとっては、苦手な行為。

●P36

＊携帯電話：1987年4月サーヴィス開始。重量900g。

＊自動車電話：1979年12月サーヴィス開始。

●P37

＊骨董通り：青山通り・南青山5丁目交差点－六本木通り・高樹町交差点。

●P38

＊すでに横浜新道は首都高速とも第三京浜とも直結していたはず：横浜新道と第三京浜道路との接続は1968年7月。首都高速神奈川2号三ツ沢線と第三京浜道路との接続は1978年3月。由利とヤスオが千駄ヶ谷で邂逅し交際し始めるのは1978年5月。

ただし首都高速と横浜新道を連絡する三ツ沢ジャンクションの供用開始は8年後の1985年4月。由利が乗車のロケバスが首都高経由で都心に戻る場合は酒屋に寄らずとも一般道路に降りていたはず。第三京浜との直結が印象に強かったヤスオの、記憶違いと思われる。

ちなみに「もとクリ」に於ける「横浜新道」の註422は「フロイン・ドリーブのパンを食べながら走ると、最高です」。（正式にはフロインドリーブ）

横浜新道の旧称戸塚道路は往時、大磯に私邸を構えていた首相の吉田茂が突貫工事を命じたのが理由で「ワンマン道路」と呼ばれており、その吉田は神戸のフロインドリーブから取り寄せる独逸パンを好んだ。以上、少なからぬ読者が難解だと首を傾げた「もとクリ」に於ける註の由来を詳説。

＊二十一世紀に入ってから：酒税法に於ける酒類販売の「自由化」。2001年に距離基準を、2003年に人口基準を廃止。

＊伝統的日常食：テロワール terroir＝土地。

＊イル・ド・フランス：街場のフランス料理店の草分け。その後、北青山に移り、2012年夏に閉店。Île-de-France

●P39

＊パチンコ店：一般的な駅前パチンコ店でも年間売上げは30億円を超える。その日の売上げが強奪と報じられる際、総じて1000万円前後なのも宜（むべ）なる哉。とまれ、「誇り高き日本を取り戻せ」と声高に語る面々が、禁酒法ならぬパチンコ禁止法制定を画策する動きは寡聞にして存じ上げず。

●P40

＊人口五百人にも満たないマディラン村：人口は日本の半分であるフランスには、日本の21倍強の3万6500余も基礎自治体＝コミューンが存在。パリに続く人口第二位のマルセイユ市は世田谷区と同規模の人口85万人。チーズで名高いカマンベール村は人口200人。即ち一自治体当たり平均人口は約1800人。市内人口220万人、都市圏人口1200万人のパリ広域を除けば人口5万人以上の自治体は112に留まり、人口700人未満の自治体が全体の7割近くを占める。

＊欧州型の小ぶりなホテル：ホテル西洋銀座。1987年3月開業。2013年5月閉館。

●P41

＊『トレンドペーパー』：1987年6月創刊と思われる。

＊ロックフェラー・センター：1930年代に建設の計19棟。

＊ボルドーのシャトーやブルゴーニュのドメーヌ：但馬牛、淡路牛の呼称ならば納得なれど、肉牛肥育業者は六甲山裏側にわずか数軒にもかかわらず全国の百貨店地階で「神戸牛」なる看板の下に販売されているの

は何故、と以前から疑念を抱いていたヤスオは知事就任直後、件（くだん）のソムリエ氏に相談を仰ぎ、「長野県原産地呼称管理制度」を2002年10月に創設。

葡萄品種に加えて最低糖度、補糖限度等の数値基準を設け、栽培・採取・破砕・圧縮・発酵・熟成・濾過・瓶詰・出荷の工程全てが県内完結の客観条件、さらには官能審査で毎年、認定の可否が決定する切磋琢磨の制度。ワインに続いて日本酒、米、焼酎、シードルにも導入。牛肉は前後左右・上下斜めからの“圧力と抵抗”で果たせず。

ちなみに、日本国内で収穫の葡萄で醸造された「日本ワイン」に加え、海外から輸入のワイン、葡萄果汁等を用いて国内で生産された代物は「国産ワイン」なる羊頭狗肉な呼称で現在も販売が許される奇っ怪ニッポン。故に国税庁の統計では日本最大のワイン「産地」は神奈川県。理由は、横浜港に荷揚げされた「原料」を至近の工場で加工・瓶詰・出荷するから。日本ワインの輸出増大で“クールジャパン”な「国際競争力」強化、と大言壮語する前に“羊頭狗肉”な呼称の禁止が先決では。

奇っ怪ニッポンは「伊勢海老」に関しても存在。2014年6月成立の地理的表示法で「伊勢海老」「伊勢エビ」は「普通名称」として“目こぼし”。故に、年間漁獲量（2011年）213トンの三重県に続く、和歌山・千葉・静岡・長崎・徳島5県の沖合で収穫の3倍近い587トンを「伊勢海老」として販売しても原産地偽呼称には非ず。消費側の希望ならぬ供給側の都合だと糾（ただ）されたら、エビ目イセエビ科が学術名だと言い逃れる算段か。が、その論法を敷衍すれば、「伊勢海老」の表示は許されず、豪州産と明記せよ、と景品表示法に基づき行政指導を受け、記者クラブ“主宰”の会見で経営者・責任者が糾弾されたオーストラリア・イセエビも実は同じエビ目イセエビ科。

現場の実体・実態に基づく理に適ったロジカルな制度が食品に限らず一向に設けられぬ奇っ怪ニッポンは、ノーメンクラトゥーラ＝Nomenklaturaが牛耳り、遥か昔に破綻した社会主義国の計画経済そのものなのか？
●P42
＊亜麻色：C0・M5・Y20・K10
＊幾度となくパリへと出張：由利が一番お気に入りの伝統的食堂はパリ9区、メトロのグラン・ブールバール駅至近のシャルティエBuillon

Chartierとヤスオは聞き、大学卒業前に堀内誠一氏に連れて行ってもらったのを想起。清水達夫氏が岩堀喜之助氏と創業の平凡出版・現マガジンハウスの雑誌ロゴを手掛けた氏は絵本作家。『たろうのおでかけ』はヤスオが大好きな絵本。

●P43

***アルザス**：アルフォンス・ドーデ「最後の授業」の舞台。アルザス地域圏の州都ストラスブールは人口27万人。欧州議会の本会議場が存在。アルザスはパリの料理店を担う多数の料理人、給仕人を輩出。

●P45

***フランスの小さな町**："遅れてきたバブル発想"な調査員の下、三つ星乱発で失笑を買う日本版と異なりフランス版の「ギド・ミシュラン」は、無星も含めた2014年版に掲載4384軒中、三つ星はわずか27軒。而してパリには9軒。残り3分の2の18軒の多くは人口数千人の町村に存在。その一軒のラルンスブルグも、ストラスブールから60km余、人口740人のバーレンタール村の外れ、森の中の牧草地の一廓で営まれる。

●P47

***信州**：廃藩置県後の変遷を経て、長野県と筑摩県の大半部分が「合県」し明治9年に現在の「長野県」が発足。故に中南信と呼ばれる松本平、諏訪盆地、伊那谷、木曾谷の県民は自らの出身地を語る際に「長野」でなく「信州」と名乗る比率が若年層も含めて現在でも極めて高い。ヤスオの父親が心理学の教鞭を執った松本に本部を置く大学名も信州。

***処女作**：今回の註では「もとクリ」とも表記。本作は「いまクリ」。「もとクリ」という略称は、ロバート キャンベル氏が創出。

●P48

***「官vs.民」**：2000年の「新語・流行語大賞」に「官対民」が入賞し、受賞式に来い、と言われたヤスオは、斯くも不毛な二項対立の言葉は選挙中も含め、自分は一度も使っておらず、偶（たま）さか官に所属する人間も住宅ローンを抱え、子どもの教育に悩む一人の民だ、と返答。途方に暮れた事務局は急遽、同年に当選した別の知事を受賞者で登壇させ、お茶を濁す。

***県議会**：2000年10月15日当選、10月26日就任後、最初の長野県議会は真珠湾攻撃と同じ12月8日開会。「知事議案説明要旨」と呼ばれる

開会日に行う演説の最後にヤスオは以下の発言。

「奇しくも59年前の本日未明、太平洋戦争が始まりました。星霜を経て」「正に『なんとなくの空気』で意志決定が行われ勝ちな、日本という社会に於いて、私たち一人ひとりは『しなやかな』気概を抱いて、歴史を心に刻み続けながら、未来を過たぬ様にと制御し続けねばならないのです。それは、何をするべきか、の前に、どうあるべきか、を常に私たちが自問自答する営為であり、出来る範囲で出来る事柄を一人ひとりが述べ、行う勇気であり、更には法律やマニュアルの存在如何に拘らず、御天道様の下では悪い事はしちゃいけないよ、との昔から語り継がれてきた唯一のルールを、一人ひとりの体内でサーモスタット=温度調節装置として機能させる、矜恃と諦観であります。」

「長野県の公僕=パブリック・サーヴァント、そして“サーヴァント・リーダー”として、全身全霊を220万県民の幸せの為に投じる覚悟を、ここで改めて表明いたします。日本の背骨に位置し、数々の水源をも擁する、この長野県から、新しい民主主義のスタンダードとしての『長野モデル』を、向上心に溢れる県民の皆様と共に構築して参ります。この12月県議会定例会の場でも、創造的議論=クリエイティヴ・コンフリクトが活発に交わされんことを。どうも、有り難う御座います。そして、どうぞ、宜しくお願いいたします。」

と締め括ったら、カタカナ使うな、抽象的だ、意味が判らないぞ、と愛情の籠もった「不規則発言」の大合唱を頂戴する。

マニュアルとルールの二つの横文字以外は、ちゃあんと最初に縦文字で説明を加えた上で述べていたんですけどね。

余談ながら、レスパイトケアの充実をさらに図れ、と数年後の県議会で質問を受け、ヤッシーがきょとんとすると、不勉強だと叱責される。respiteとは小休止や息抜きを意味する。転じて、家族の介護負担を軽減すべく、高齢者や障害者を施設まで連れてきた場合に一時預かりするサーヴィスを厚生労働省ではレスパイトケアと定義付けている。中央省庁が用いる難解なカタカナ「行政用語」は疑問も抱かず反発も起こらず受け入れちゃうのが「日本」。

在任中、向こうを張って「タイムケア」と判り易いカタカナで年間300時間、無料で介護士が1時間単位で自宅に訪問する県独自の制度を創設。

家族が美容院へ、会食へ出掛ける際に活用頂く。
＊おデブ：在任中は今よりも20kg近く体重が多く、「脱ダム」の前に「脱デブ」が先だろ、と多くの方々から「ご心配」頂く。
●P49
＊バスク地方：ナチス政権下のコンドル軍団に空爆されたゲルニカ、近現代美術のグッゲンハイム美術館を擁するビルバオ、食の街としても名高き保養地のサン・セバスティアンはいずれもスペイン・バスク自治州の都市。同じく保養地のビアリッツはフランス領バスクに属する。
＊M & A：企業の合併と買収。mergers and acquisitions
＊複合企業体：コングロマリット conglomerate
●P50
＊ヨーロッパのブランド：FAXが普及していなかった1980年代前半、当時から遅筆だったヤスオは原稿取りに訪れた女性編集者に紅茶を淹（い）れて差し上げるのが常だった。
当時は日本でほとんど流通していなかった「大英帝国王室御用達」フォートナム＆メイソンの緑青色した缶を目の前に置いて、恭しく差し上げると例外なく、う〜ん流石はFMの紅茶ですわ、と“通”ならではの表現でお喜び頂き、ヤスオの文章なんぞ余り評価していなかったであろう、「業務」として来訪の彼女らは脱稿まで辛抱強くお待ち下さる。が、実は缶の中身は、悪戯っ子だったヤスオが詰め替えた、全国津々浦々で購入可能な日本の銘柄、日東紅茶。精神的意匠を尊ぶ方々にとっての「ブランド」とは斯くの如き代物。
●P51
＊クリティーク：critique
●P52
＊メゾン：オートクチュールを扱うメゾン・ドゥ・クチュール。
＊蝶番の要領：それぞれカーブを描く側を内側にしてスプーンの上にフォークを重ね、フォークの外側の一番下に親指を、続いて2本の間に人差し指、中指をスプーンの外側、薬指は再び2本の真ん中に、そうして小指はフォークの外側に触れる形で持ち、両方の先端を合わせ、梃子の原理でスプーンとフォークの間に料理を挟んでサーヴする。
●P53

＊**冷徹**：アルフレッド・マーシャル「Cool Head but Warm Heart」冷静な頭脳と温情な心根。ウィリアム・ワーズワース「Plain Living and High Thinking」簡素な生活・高邁な理想。
●**P54**
＊**キャリア・パス**：career path
●**P57**
＊**肉桂色**：C0・M60・Y60・K12
●**P58**
＊**グラン・メゾン**：grande maison
＊**マイペンライ**：ไม่เป็นไร
＊**淳一**：1981年＝昭和56年春、実は自分が淳一なのさ、と周囲に自己申告する音楽家が幾人も出現しましたよ。
＊**コーポラス**：corporate house
＊**内定していた金融機関**：石橋湛山翁・後藤新平翁・田中正造翁の足元に遥か及ばぬ身の丈もわきまえず、「パステルカラーに彩られた一億総中流社会ニッポンの復権＝成熟した経済社会としての富国裕民」を唱えるヤスオに、重化学産業振興を担うべく殖産興業を旗印に掲げ、日露戦争直前の1902年＝明治35年に特殊銀行として設立された金融機関から内定通知書を受け取っていた「過去」が、よもや存在しようとは。
●**P59**
＊**由利と英文科で同級生の早苗**：「主人公の由利と早苗は、渋谷四丁目にある“七人の敵が居た”大学に通っていると思われます」（「もとクリ」註35）。石川達三「七人の敵が居た」1980年9月刊。
＊**雑誌の連載**：「その『物語』、の物語。」（「週刊SPA!」）と思われる。
●**P60**
＊**カタルーニャ地方**：バルセロナが州都の自治州。スターリン体制を批判した寓話「動物農場」、管理社会のディストピアを描いた「1984年」で知られるジョージ・オーウェルの「カタロニア賛歌」は英語表記での呼称。
●**P64**
＊**栗色**：C0・M70・Y80・K65
●**P65**

＊**紅樺色**：C0・M70・Y56・K30
＊**朽葉色**：C0・M27・Y54・K55
●**P66**
＊**From-1st**：山下和正氏の設計。施工は竹中工務店。浜野安宏氏が店舗選定等を企画。1975年10月竣工。往時の商業施設では珍しく欧州的発想で年末にソフトオープン。翌年春にグランドオープン。
＊**アルコーヴ**：alcove
＊**『日経流通新聞』**：1971年5月創刊。2001年4月「日経MJ」に名称変更。MJはマーケティング・ジャーナルの略号。
＊**午前部文科一類**：現在の駿台予備学校お茶の水校3号館、当時の駿台高等予備校本部校舎でヤスオは授業を受けていたんだね。
●**P68**
＊**根津美術館**：「毎朝、混雑する東武電車に乗ってくださる乗客のみなさん、ありがとうございます」（「もとクリ」註200）。
「事前日時指定WEBチケットを購入の上、全国津々浦々から東京スカイツリーへお越しの善男善女の皆さん、ありがとうございます」（「いまクリ」註）。
●**P69**
＊**一時代を築くこととなるアパレルメーカー**：柴田良三氏が率いたアルファ・キュービック。（1971年10月20日～1997年5月30日）
●**P70**
＊**ベラヴィスタ**：Bellavista
＊**ジャック・セロス**：RM＝レコルタン・マニピュラン＝葡萄生産者元詰の家族的経営で名高い生産者。
＊**DJブース**：銀座4丁目交差点角、総ガラス張り円筒形状、1963年竣工の三愛ドリームセンター。新宿武蔵野館ビルにかつて入居の三愛新宿店。
＊**AOR**：adult oriented rock
●**P71**
＊**エルドール**：往時のスタッフがレシピを受け継ぎ、現在は銀座8丁目の並木通り沿いでピエスモンテを営む。
●**P72**

＊代々木上原：より正確には渋谷区大山町と思われる。
＊豪徳寺：住居表示では赤堤1丁目。（「もとクリ」註315）
＊洋食屋：すずらん通りを北に渡った銀座3丁目と思われる。
＊おでん屋：数寄屋通り沿いの銀座6丁目と思われる。

●P75

＊主人公の名前だけ差し替えるわけにもいかず：「文藝賞」選考会翌日、自身の名前も筆名に変更したい、と申し出るべくヤスオは千駄ヶ谷の河出書房新社に赴くも、本日の夕刊には受賞者名が掲載されますし、本名でいっこうにノープロブレームと編集者に畳み掛けられ断念。結果、主人公＝由利の名前も変更せぬまま、『文藝』掲載に至る。
＊カサルカ社製：Casa Luker　1906年創業の家族的企業。カカオ全世界収穫量の約8%に過ぎぬ香り高きカカオ・フィノ・ディ・アロマを使用。

●P77

＊レイヤーカット：layered hair　頭頂部に近付くに従い髪を短めに切り、下ろした時に幅の広い段差が付くようなカット。layer＝階層。

●P78

＊連載対談：四半世紀に及ぶ流浪の連載対談「憂国呆談」。1989年創刊「CREA」（文藝春秋社）⇒「NAVI」（二玄社）⇒「GQ JAPAN」（中央公論社⇒嶋中書店）⇒「週刊ダイヤモンド」（ダイヤモンド社）⇒「ソトコト」（木楽舎）2014年現在。

●P82

＊処女作の註：「もとクリ」註141。渋谷区広尾4丁目に位置する大学を指す。「いまクリ」P89「詮索の対象外」註も参照せよ。
＊“招かれざる客”：1967年アメリカ製作・1968年日本公開。シドニー・ポワチエ、キャサリン・ヘプバーン共演。

●P84

＊DCブランド：デザイナーズ&キャラクターズ・ブランドの略称。

●P85

＊刈り上げタイプ：和製英語としてのハウスマヌカンの髪型。

●P86

＊可愛い：カリーノ carino
＊ネイルサロン：アン山崎＝山崎充子女史が南青山2丁目に開設の「ネ

イルバンク」。ネイリスト技能検定試験合格者は1997年〜2014年で34万人強。
＊相性：ケミストリー chemistry　P269再出。
●P89
＊詮索の対象外：「江美子の通う女子大は、高尾駅からスクール・バスに乗るしか交通手段のない、小鳥さえずる山の中のキャンパスで、一、二年次を過ごし、三、四年次は一転して皇居にほど近いキャンパスで学ぶものと思われます」（「もとクリ」註81）。実際に通っていた大学は「いまクリ」P82で言及。
＊“乳離れ”出来ない：隠喩としてのインセスト incest
＊“お肉の関係”：ペログリ。ペロペロちゃん・グリグリちゃん。前者のペロペロちゃんはcaress。後者のグリグリちゃんはgrinding。ベロベロちゃんlickingやズボズボちゃんpitchingではないのが肝。
●P91
＊御簾にお隠れ遊ばされたお姫様のよう：スウェーデン映画「ロッタちゃん はじめてのおつかい」（1993年）を日本公開翌月の2000年2月にW嬢＝メグミと鑑賞したヤスオは、「ロッタちゃんと赤いじてんしゃ」（1992年）公開に合わせて来日の主演グレテ・ハヴネショルド嬢と2000年6月22日にパーティで邂逅。知事就任後の2001年7月にはスウェーデン環境省を訪れ、先住民族サーミが居住する北部ラップランド4河川での未来永劫にわたるダム建設中止の決断に関して担当局長と面談の後、ストックホルムから1時間の田園地帯に暮らすハヴネショルド嬢の自宅を訪問。ママが作ったミートボールやニシンの酢漬け等のスウェーデン料理を頂戴し、「愛の大目玉」と題する「週刊SPA!」連載に写真掲載。『ナガノ革命638日』（扶桑社）所収。
その前後には、“100ヵ国語が語られる街”と呼ばれる、ソマリア、トルコ、シリア等からの移民が居住する、広大なる緑地の中に中層階建て集合住宅が点在するリンケビー地区、ヴァッテンフォールABのスウェーデン最初のバイオマス発電所も見学。リンケビーには専従4名に加えて総勢15名のスタッフで幼児19人のクラスを2つ運営する幼稚園が20園余り存在。さらには館内に併設の美容院で入所者がネイルケアを受ける市内の老人ホームにも驚歎。

利息の返済のみで1日1億4200万円に達していた天文学的借金財政の自治体に負担を強いる訳もなく、日本からの旅程に関わる全ての費用は当然の助動詞“べし”で自己負担。

●P93

＊定規をあてて描いたようにまっすぐな鼻筋：「あとは自分で考えなさい。」

＊バーチャルアイドル：virtual idol

●P94

＊あるいは年齢的に：詳説は控えます。

●P95

＊性別：ジェンダー gender　性差

＊薄紅色：C0・M50・Y30・K0

●P96

＊大膳職：読みが「だいぜんしき」の場合は「律令制で、宮内庁に属し、宮中の食膳のことをつかさどった役所。おおかしわでのつかさ。」（大辞林）。

同じ表記で読みが「だいぜんしょく」の場合は「1886年（明治19年）宮内庁に置かれた役所。天皇の食事および饗宴などをつかさどった。」（大辞林）。

＊村上開新堂：1874年＝明治7年、麹町山元町（現在の麹町2丁目）で創業。1965年＝昭和40年、一番町に移転。生菓子と呼ばれるケーキは7月半ば〜9月半ばは製造休止。クッキーは通年。販売は顧客に限定。2階にレストランも。

＊四代目にあたる女主人：「ロッキード事件」公判で田中角栄氏の弁護団は、丸紅の専務と首相の秘書が1973年＝昭和48年8月10日14時20分頃にイギリス大使館裏の道路に停めた車の中で金銭の授受を行った旨の「調書」の記載は、村上開新堂に菓子を取りに行った件との混同と運転日報に基づき主張。

これに対し検察側は第143回公判（1981年＝昭和56年10月7日）に女主人の東京地方裁判所への出廷を求める。当該日の前後を含め夏休みで営業しておらず、と着物姿の彼女は淡々と事実のみを証言。「アリバイ」が崩れたと「メディア」は報じ、村上開新堂の存在も取り上げられる。

＊お裾分けしてね：ヤスオよりも3歳年下の妹が授かった2人の娘が幼稚園に入るか入らないかの時分、軽井沢の“じじばば”の下に滞在中、ヤスオの両親は村上開新堂のクッキーをまずは与え、続いて別の銘柄のクッキーを出す。食べ比べるや2人は、ピンク、ピンク（の缶の方）がいい、と強請る。ウ〜ム、我が家の孫娘は味覚が鋭い、と親馬鹿ならぬ“祖父母阿呆”ぶりを発揮。
＊乳白色：C0・M0・Y3・K0
●P97
＊皇居：ギリシア語で神々を意味する「パンテオンPantheon」は日本語では万神殿。ローマ市内に位置するパンテオンも英語読みでジュピター、ミネルヴァ、ヴィーナス、マーキュリー、ネプチューン等のローマ神を奉る空間。
物の本に拠れば、円堂の直径43.2m。半球型の円蓋も高さ43.2m。天井には、ラテン語で目を意味するオクルスoculus＝眼窓なる符丁で呼ばれる開口部が設けられ、天候が優れぬ日には、その明かり窓から降り注ぐ雨雫で床の大理石が濡れそぼつ。正直、何の変哲もなき構造なれど、ローマのパンテオンは建築史に欠かせぬ存在。

西暦128年、ハドリアヌス皇帝の治世に建立される。では何故、他の遺跡と異なり、現在も供用に耐えうる世界最古の建造物たり得ているのか？

全ての力が集中し、全ての力が拡散する円蓋のオクルス＝眼窓に、構造力学上の秘密が有ると、真っ当な「科学的知見」の持ち主は語る。絶妙な均衡をもたらし、倒壊も損壊も免れ、今日に至っているのだと。

ヤスオは、全ての力が集中し、全ての力が拡散するパンテオンのオクルス＝眼窓と日本の皇室は似ている、と以前から捉える。邪な思惑で天皇に近付く輩は例外なく一炊の夢、邯鄲（かんたん）の夢で潰える歴史を顧みれば明々白々。

思えば、天皇家が「アクティヴ」だったのは長い歴史の中で極めてわずかな期間。P17でも登場したステイブルな存在としての期間の方が遥かに長い。女子会の会場となった13階のPENTHOUSEから、ひっきりなしに車両が行き交う首都高速都心環状線の先に佇む皇居を眺めながら、ヤスオは改めて実感する。

P258「富国裕民」註の宇沢弘文氏の述懐も参照。
＊千鳥ヶ淵戦没者墓苑：1959年＝昭和34年建設。環境省が管理。
2013年10月3日、日米安全保障協議委員会のために来日したアメリカ合衆国のジョン・ケリー国務長官とチャック・ヘーゲル国防長官は、首相官邸へ赴く直前、日本側の招待でなく米国側の意向で千鳥ヶ淵戦没者墓苑を訪れ、献花を行う。同行の国防総省高官は「アーリントン国立墓地に最も近い存在」と記者団に説明。「日本の防衛相がアーリントンで献花するのと同じように（戦没者に哀悼の意を表した）」との両長官の発言をAFP通信が配信。

毎年5月、厚生労働省主催の拝礼式が挙行され、「先の大戦」時に国外で死亡した日本の軍人、軍属、民間人の内、身元不明や引き取り手のない遺骨を納骨する。ヤスオは2006年から2012年まで、政党代表として参列し献花。同じく毎年8月15日に日本武道館で挙行される政府主催の全国戦没者追悼式にも政党代表として参列・献花。
＊処暑：「二十四節気の一。太陽の黄経（こうけい）が150度の時、現行の太陽暦の8月23日の頃。暑さがやむの意で、朝夕しだいに冷気が加わってくる。」（大辞林）
＊カッターシューズ：cutter shoes　和製英語。
＊丸いボンボンの付いたハイ・ソックス：「ひとつ付いているだけでは満足できず、自分でもうひとつ付けて、自慢気に歩く高校生も、下北沢や自由が丘では時たまお目にかかります。」（「もとクリ」註43）
●P98
＊ローズピンク：C0・M50・Y25・K0
＊単行本の発売：「もとクリ」1981年1月20日 880円＋消費税0%。
＊「文藝賞」の選考会：江藤淳、小島信夫、島尾敏雄、野間宏の4氏が選考委員。1980年10月15日開催。
＊会社訪問：当時は10月1日が会社訪問解禁日。11月1日が内定拘束日。
＊文字通り生まれて初めての小説で：
　入選するとは思ってもみませんでしたから、書店に『文藝』が並んでいても、中間選考の様子を見ることもありませんでした。

　お電話を頂いた時、「河出書房新社ですが……」と聞いて、瞬間的に

思ったことは、〈河出には、就職の会社訪問してないのに、おかしいな……〉ということ。「本日、『文藝賞』の選考会が……」との部分では、〈落ちた人にも激励の電話をくれるなんて、心暖かい出版社だな〉という気持ち。

「おめでとうございます」といわれて、「あっ、そうですか」と答えてしまいました。なんとなく、クリスタルで醒めた感じでした。

　初めて小説を書いて、新人賞を頂けたことを嬉しく思います。『文藝賞』に応募したのは、ほんの偶然です。でも、“本当に文学を愛する編集者の方々”を知り、こうした方々が作る雑誌の新人賞であったことを、静かに神に感謝したいと思います。これからも、気張らず、淡々と頑張りたいと思います。

（『文藝』第19巻第12号 発行者清水勝　編集者金田太郎 掲載 昭和五十五年度「文藝賞」受賞のことば）

「事実関係」は正直ありのままとは言え、突っ込みどころ満載。「入選」でなく「受賞」ですし、おそらく「新社」は省略して伝えられたであろうし、「中間選考」でなく「第一次」「第二次」「予選通過作品」だし、「なんとなく、クリスタルで醒めた感じ」の言い回しもケッだし、P34註で述べたように今では決して用いない「頑張りたい」だなんて、いやはや。でも、24歳の当時から結構、漢字を多用してるのね、ヤスオって。

●P99

＊二足のわらじ：その5年後に「目ん玉」マーク誕生のテレビ局の方がモテるかなぁ、と漠然と思っていたヤスオは「文藝賞」受賞の連絡を受け、2つの会社の人事部に報告に赴く。いずれの会社の人事部長も親身に相談に乗って下さるも石油会社を選択。
＊桜木町駅：横浜高速鉄道みなとみらい線の開通に伴い東急東横線桜木町駅は2004年＝平成16年1月30日の終電を以て営業終了。
＊自分の作品の中に登場していた：「もとクリ」を再確認した限りに於いては、ミハマ、フクゾー、キタムラ、アリスといった表記が登場。

●P100

＊その半年前から：1980年＝昭和55年10月1日。
＊旧国鉄：1987年＝昭和62年4月1日、日本国有鉄道分割民営化。

＊天馬：ペガサス Pegasus
●P101
＊銀鼠色：C0・M0・Y0・K43
＊私が入社して二年目：1984年＝昭和59年。
＊男女雇用機会均等法：1986年＝昭和61年4月1日施行。雇用の分野における男女の均等な機会及び待遇の確保等に関する法律。
●P102
＊再来年にはビルを取り壊すから：カルガモが飛来していた人工池は早くも2014年＝平成26年初頭に閉鎖される。
＊将門塚：本文で既に詳述、なるも註でも触れておかないと怨霊話に巻き込まれる蓋然性が高いのでは、との担当編集者の憂慮を杞憂で終わらすべく、註を執筆、って何の効力も発してません、って？
＊おそらくは未来永劫、首塚は維持されるのだ：「はい。ここは『平将門の首塚』があるところです。今回の再開発には含まれていません」(「日本経済新聞」電子版2014年3月28日付に掲載された三井物産の見解)。
●P103
＊バングル：bangle　腕輪。
＊初等科から三光町：2008年の学校創立100周年を機に初等科・中等科・高等科に、4学年毎の4－4－4制を導入した1学年120名の女子校と思われる。旧芝白金三光町、現白金（しろかね）4丁目に所在。以下はヤスオが「トーキョー大沈入」と題して「週刊文春」で連載していた“ルポルタージュ”の一文。文中の数値等は1984年＝昭和59年段階。
「学校は、八時十八分の朝礼から始まります。この半端な時刻が、かえって、気を引き締めるのだと、シスターは言っております。」「初等科は」「給食には、時折、アイスクリームが出ますが、これは、サーティワンのものです。もっとも、バーガンディ・チェリーやチョップド・チョコレートが出たという話は、あまり聞きません。夏になると、午前中に二時間の授業と、一時間のプールで、おしまい、って時間割になります。この期間中は、普段の給食と違って、サンジェルマンのペストリーと牛乳が出ます。その昔は、給食のメニューを校内放送で流していましたが、隣接している港区立朝日中から、『あまりにもメニューが当校と

異なるので、教育上の配慮から、放送で読み上げるのは……』と言われて、以来、中止しています。」
●P107
＊遅刻の常習犯：「その日は、朝早くから神宮外苑の絵画館前で、直美と一緒の仕事が一本入っていた。」「ところが、直美が十五分も遅刻をした。遅れてきてもスタッフの人にあやまらないのが、直美の悪いところで、『遅れてきちゃった。』なんて言って、舌をペロッと出す。」（「もとクリ」文庫本P200、202から再録）
●P108
＊外科的施療：P93最初の註も参照。
●P109
＊聖職者を指す接頭辞：dom
＊彼の名前：Pierre Pérignon
●P110
＊ベネディクト会：529年前後に聖ベネディクトがローマとナポリの中間、モンテ・カッシーノに創建したカトリック最古の修道会。第二次世界大戦時の、モンテ・カッシーノの戦いでも知られる。
●P111
＊レストラトゥール：restaurateur
＊キュイジニエ：cuisinier
●P112
＊分量：ポーションportion
●P113
＊“館”：「制服が、かわいいな、の東京女学館。別称、館（やかた）。高度経済成長の波に乗って、“物質的アッパー・ミドル”となれた、個人経営“実業家”のお父様、お母様、熱烈あこがれの女子校です。」（「もとクリ」註142）
直美が高校から内部進学の短大は東急田園都市線南町田駅で下車。2002年に4年制女子大学となるも超少子化に先駆け、2015年度を以て閉校を決定。
＊学バス：学03渋谷駅－日赤医療センター前を運行。学生以外も同料金なのは「特権」だ、と糾弾する「バ得会」が早晩、誕生する世知辛い

御時世になるのでしょうか。

素朴な疑問の余談。近時、跳梁跋扈する「在特会」の正式名称は何故、「在日特権を許さない市民の会」なんでしょうね。右巻きの「国民」でなく左巻きの「市民」なる単語を用いた段階で、「お前はもう死んでいる」と「北斗の拳」のケンシロウに諫言されちゃいそうな「愛国者」なんですけど（汗）。
＊スノーホワイト：C3・M0・Y0・K0
＊瑠璃紺色：C90・M70・Y0・K20
＊コバルトブルー：C100・M50・Y0・K0
＊秋の記念祭：“プラチナチケット”なる符丁が誕生する前から“館”の記念祭チケットは、港区元麻布や港北区日吉に通学する高校生にとって垂涎の的だった。1984年以降はチケット裏面に譲渡した生徒名の記載が義務付けられるが、そのきっかけはヤスオ。
“館”学内でも目立っていた存在の女子高校生複数名に誘われ、ヤスオは1983年11月の記念祭に出掛ける。が、その前月に軽井沢から東京への帰路、関越自動車道出口の三軒寺交差点で早朝に全損事故を起こし、退院直後。松葉杖を突いて訪れると翌日、「御存知ですの？　あの方は、（今回の事故の前にも）貴女方の先輩とお付き合いされて（物議を醸し）たんですよ」と彼女たちは職員室に呼び出される。ほどなく全校朝礼で、「来年からはチケットの裏側にお渡しした生徒の名前を書いて頂きます」と風紀担当の女性教諭が宣言。“館”の歴史に刻まれるヤスオ。

なお、ヤスオのクルマ遍歴（1981年5月～2000年10月）アウディ・80⇒アウディ・100（全損）⇒アウディ・100⇒アウディ・200クワトロ（全損）⇒アウディ・200（2台）⇒ルノー・アルピーヌ・V6ターボ⇒ランチア・テーマ8.32（3台）⇒BMW・Z3。ちなみにクワトロは購入2週間後、首都高速1号線上り勝島付近でトラック2台・ヤスオ・タンクローリーの多重衝突。
●P114
＊私だけ通ってる大学を勝手に変えられちゃってた：P82「処女作の註」、P89「詮索の対象外」の註を参照。
＊いま少し複雑だった：It’s better left unsaid.
●P115

＊ストリート・ダンス：street dance　hip-hop　break dance
＊YouTube：ユーチューブ。動画投稿サイト。2005年にアメリカでサーヴィス開始。2006年にGoogleが買収。Tube＝ブラウン管。
＊B to C：Business to Consumer/Customer　参照　B to B　C to C
●P117
＊自治省：2001年1月6日に郵政省、総務庁を統合して総務省に。2014年10月末現在、中央省庁官僚出身者は47都道府県で31名と全体の66%に達する。地方自治体職員3名、自衛官1名も含めると公務員出身者が74.5%。旧自治省・現総務省出身者は14名で全体の30%を占める。「地方分権」「地域主権」の実態。
●P118
＊カペリーニ：capellini
＊冷製スープ：ガスパッチョ　gazpacho
＊平面的：ダル　dull　鈍い・単調な
●P119
＊フィロソフィー：philosophy
＊オリーヴオイル：日本は梅干し。欧州はオリーヴ・ピクルス。天は、それぞれの風土に相応しき実をもたらした。「キリストはエボリで留まりぬ」の著者カルロ・レーヴィも、バシリカータの地でオリーヴを食したであろうか。P198「カンパーニャ州」註も参照。
＊プーリア州：Puglia　関西国際空港ターミナルビルを手掛けたレンゾ・ピアノ設計の州都バーリ郊外の巨大なサッカー競技場でも知られる、アドリア海に面した南部の州。州北部のガルガーノ半島は、ガレー船を建造する為に楢（なら＝オーク）材が切り出されたウンブラの森で知られる。
この点に着目した歴史学者のフェルナン・ブローデルは大著『地中海』で、海の生活と山の生活は繋がっており、相互の交易を生むが、然しながら乱伐は平野に洪水をもたらす、と森林整備の重要性を暗喩する。いわば、今日に於ける森林と牡蠣の関係。ガルガーノ山の山腹に位置するモンテ・サンタンジェロは、フランスはノルマンディー地方のモン・サン＝ミシェル同様、降臨したとされる大天使聖ミカエルを祀る洞窟教会が存在する。

同じ山腹には、アッシジの聖フランシスコと同じく聖痕が現れ、多くの病者の治癒を果たしたとして2002年にヴァチカンで列聖されたピオ神父＝聖ピオ・ダ・ピエトレルチーナ（1887年〜1968年）の聖地サン・ジョヴァンニ・ロトンドに位置するピオ神父巡礼教会には、病からの快復を求める巡礼者が絶えない。

夫の影響なのか、直美はこうした場所への訪問も、ドルチェを食べ終えて娘の鈴菜のストリート・ダンス映像を皆で鑑賞した後、ヤスオに語る。

●P120

＊トゥルッリ：trulli　トルッロtrulloの複数形

＊アーティチョーク：artichoke　何故か和名は朝鮮薊（チョウセンアザミ）。

＊豊富な魚介類：プーリアでは生魚を食し、バーリ郊外の浜沿い街トッレ・ア・マーレには刺身を供する料理店も。

＊『レスプレッソ』：L'Espresso　1955年創刊。

＊プーリア州のリストランテ：“食の巡礼者”が訪れる人口2万人の自治体チェーリエ・メッサーピカ＝Ceglie Messapicaを始めとして秀逸なプーリア料理を供する料理店は家族経営が今でも多い。
他方でこの10年余り、富裕層向け保養地としての地歩をプーリアは固める。南イタリアに於ける地域雇用創出の御旗を掲げ、新規参入者への補助制度や税制優遇を政府やEUが実施。然れど予想通り、北部ミラノや英独等の資本がトゥルッリとは異なる瀟洒な宿泊施設を運営し、雇用されるのも語学が達者な他地域出身者。地元にもたらされたのは清掃等の単純労働に留まる。市場万能主義＝私益資本主義が新手の21世紀型既得権益を生み出す不条理が、ここでも展開。

＊フランスのタイヤ会社：“遅れてきたバブル発想”で★（正確には✿マーク）を乱発して惨憺たる日本版とは少なからず異なるフランス版の名誉のためにP45「フランスの小さな町」註も参照を。http://tanakayasuo.me/に元編集長との対談収録。

●P122

＊ウェイクサーフィン：wake surfing

＊ウェイクボード：wake board

●P123

＊人情味と正義感に溢れる関西の下町：人口45万人の尼崎市は大阪市西淀川区、豊中市と隣接する兵庫県東端の自治体。市内全域が大阪市と同じ「06」。1890年＝明治23年の東京、横浜市内と両市間を結ぶ電話サーヴィスから3年後の1893年に大阪、神戸市内でもサーヴィスが開始された際、現在も尼崎市を登記上の本店所在地とするユニチカの前身に当たる有限責任尼崎紡績会社が自費を投じて敷設を実現。1954年＝昭和29年に市外局番が導入された際には尼崎市が、大阪市内と同一料金を維持すべく電話交換機等の工事費の一部を負担した経緯で、自治体全域が他府県の市外局番という唯一の事例を今日も保つ。
旭硝子の創業地（1907年＝明治40年）でもある尼崎市には富国強兵・殖産興業の時代に奄美大島、沖縄列島から移住した末裔も多い。下町版“やってみなはれ”の自主自律の気概に充ちた、人間としての体温の高さを実感する街。

が、阪急沿線在住者、取り分け武庫之荘駅を利用する市民の中には、他の関西地域の友人・知人に対し、住まいは武庫之荘とのみ語る傾向が強い。1923年＝大正12年開業の田園調布駅と同じ駅前ロータリーを1937年＝昭和12年開業当初から設け、阪急電鉄地所課が「阪神間モダニズム」的宅地分譲を行った名残、と語る向きも。P195エドワード・サイードの警句を拳々服膺しませう。

●P125

＊アネモネ：キンポウゲ科の球根植物。地中海沿岸原産。

＊その山裾の村：標高1000mに村役場が位置する原村。人口≒7800人、世帯数≒3000世帯。ちなみに標高1000mを超える場所に役場が位置する市町村は全国に4町村。うち3村は長野県。

＊天龍村：高齢化率が54%を超える人口≒1500人、世帯数≒800戸の村。近接する泰阜（やすおか）村は人口≒1750人、世帯数≒730戸。高齢化率が37%を超え、後期高齢化率も25%を上回る。
「老いは誰にも訪れる」ならば「残る能力を活かし地域へどう参加するか」、「どこでどのように暮らすか、どのように人生を終えるか、自己選択できるようにし」、「高齢になっても障害をもっても通常の人生の継続」を馴染んだ風景の中で村民が過ごせるように、「独居でも終末まで在宅を継続する支援」を掲げ、厳しい財政状況の中でも具体的に実践し

続ける村長には、『「安心の村」は自律の村 平成の大合併と小規模町村の未来』の著書がある。

その理念と気概に共鳴した、彼よりも6歳年下のヤスオは一時期、村民として家賃を払って村長宅に間借りし、週に何日かは県庁舎まで3時間の高速バスで“遠距離通勤”。実際に生活し、村民とも交わる中で初めて体得する事柄があろうと考えるも、県議会では「“ヤスオ化”村にしたいのか」と糾弾される。

家族が暮らすマイホームに住民票を置いたまま、単身赴任中の者も当該自治体にゴミを出し、住民サーヴィスを受けている。ならば、幾許かでも住民税を支払うべきではないか。自分が登山で釣りで繁く通う自治体、菩提寺がある自治体にも同様に、住民税を通じて支援の気持を伝えたい者もいるのではないか。「ふるさと納税」は不完全ながらも、その一歩ではある。
＊旅客鉄道三社に分轄された県：国土交通省の現地機関も、関東、北陸、中部の3地方整備局が担当する。いずれも理にも利にも適った統括体制。「道州制」で住民本位な行政が実現する、と口角泡を飛ばす向きは、「廃藩置県」以来の大改革と豪語するなら、地勢圏・交通圏・経済圏・文化圏・歴史圏の5要素に基づき、現行47都道府県をガラガラポンで解体・再編すべき。
然るに内閣府の地方制度調査会は長野県を北関東州に組み入れる。伊那谷や木曾谷は東海州であるべきにもかかわらず。47都道府県の枠組を9だか10だか11だかに“順列組み合わせ”しても、旧市町村役場を支所として“温存”し、合併特例債で“平成のハコモノ行政”が更に全国各地に出現した「平成の大合併」と同じ、屋上屋を架す行政の肥大化に陥るのみ。「この国のかたち」ならぬ「この国のあり方」こそが問われている。
●P126
＊旧体制：アンシャンレジーム ancien régime 即ち現状追認の「政官業学報」ペンタゴン。学は御用学者・報は報道機関。
＊ガラス張り知事室：守旧派に“アホーマンス”と揶揄されたガラス張り知事室。5分で母親謹製弁当を食べちゃう昼休みを含めて県議、首長は事前予約なしで来室可だった。が、ちっとも人の意見を聞かないと御

批判の面々に限って6年間の在任中、一度も足を踏み入れず。誰が来てるか、本庁舎各階の部課長席でもモニター映像で確認可能だったのが逆に屈辱だったらしい。

で、如何にして改修費用を捻出したか？　県議会に予算案を提出せずとも、300万円までは専決決裁可能、と教えてくれたのは、最後まで“伴走”し続けた職員の中の1人。旧東洋リノリユーム、現東リの長野営業所が予算内で仕上げる。奇しくも伊丹市に位置する本社は敷地の一部が尼崎市。役員に昇進した当時の支店長とちょうど10年後に邂逅。

年間120万人が訪れる安曇野のわさび農場の、クロード・モネの世界とも評すべき水車小屋の脇を流れる小河川を、国の補助金を得てコンクリート護岸で破壊せんとする公共事業計画も、“ようこそ知事室へ”と銘打って県民が来室可能な時間帯の直訴で知る。

迂回する放水路を設けて景観を保全すべき、と命じたヤスオに、その選択では補助金が見込めず、県負担の事業費が嵩むのは財政難の折に如何なものか、と土木部本流を歩む県庁職員はヤスオに御忠言。

が、1人の有為な職員が、実は金額に然したる違いは生じない、と独自に試算した書類を手渡してくれる。斯くて、知事就任10年前の1990年に公開された黒澤明監督のオムニバス映画「夢」の第8話「水車のある村」に登場の景観は今日に至るも、そのまま。放水路が竣工後、当初は計画見直しに難色を示した職員も、わさび田に家族で出掛けました、とメールをくれる。

なあんてハンド・イン・ハンドみたいな温〜い懐古話は、読み飛ばすのが賢明かも。

で、ここからが本題。P41註にも登場のロックフェラー・センターを日本企業が2千億円で購入した翌年、泡沫経済（バブル）に沸く日本で公開された「夢」の第6話「赤富士」は地震・火山大国ニッポンの富士山が赤く変色し、人々が逃げ惑う中で寺尾聰氏が演ずる主人公が「何があったんですか？」と尋ねるや「あんた知らないの？　原発が爆発したんだ」と子連れの根岸季衣女史が答えるシーンから始まる。

P131註でも言及の岡本太郎画伯の「太陽の塔」も、電通の藤岡和賀夫氏がプロデュースした「ディスカバー・ジャパン」も、「BEAUTIFUL」と手書きした紙を広げて加藤和彦氏が銀座の街を、小林亜星氏の音楽を

バックに歩く「モーレツからビューティフルへ」のキャンペーンを、「人類の進歩と調和」の大阪万博が開催中の1970年5月に展開した富士ゼロックスの小林陽太郎氏も、いやぁ、その「智性・勘性・温性」には改めて脱帽。

道筋を示すステーツマンとしての政治家が利権を交通整理するポリティシャンという政事屋に、経営者が傾営者に、御用学者が誤用学捨に、変容しちゃうのは、まっ、日本に限った話ではないにせよ……。
●P128
＊帰路に立ち寄る：2027年にリニア中央新幹線が「通過」予定の伊那谷の一廓。
ちなみに東海道新幹線の、のぞみの最速列車は現在、東京駅－名古屋駅を96分。

他方、「東京都ターミナル駅」と地下約30mに位置する「名古屋市ターミナル駅」が最速40分、と喧伝される「リニア中央新幹線」。が、JR東海の発表資料に忠実に基づき計算すると実は、東京駅－名古屋駅は「76分」。

即ち、最も運行頻度の高い山手線で東京駅－品川駅が11分。品川駅直下の地下約40mに位置する東京都ターミナル駅へ「15分程度」。リニア乗車時間が40分。地下約30mに位置する名古屋市ターミナル駅から地上へは「10分以内」。計76分。

即ち、東京－名古屋間の所要時間の差は20分。実質10分の違いとも。

全区間の86％がトンネル。車窓から富士山も浜名湖も見えず、運賃も割高なリニアを、「クールジャパン」な訪日観光客＆経費削減の日本人ビジネス客が、果たして好んで利用するのか。

中央地溝帯＝フォッサマグナ（Fossa Magna）の西端にあたる糸魚川－静岡構造線なる大断層線が走る赤石山脈＝南アルプスの山頂から1600mも下を通過するリニアは、地下水と活断層の水圧と地圧と高熱に「万が一」の場合も耐え得るのか。

さらには遠隔操作の無人運転車両から停電時、乗客を如何に地上まで誘導するのか。「科学的知見」に疎いヤスオの“素朴な疑問”。

独立行政法人産業技術総合研究所の研究者が月刊誌『科学』で発表の試算に拠れば、時速500km走行リニアの消費電力は現行新幹線の約4.5倍。

走行距離・座席当たりの消費エネルギーも約3.5倍。

「日本で最も美しい村」連合に加わる、大鹿歌舞伎でも知られる大鹿村は、工事期間中、赤石山脈の地中から排出される大量土砂の受け入れ口となる。品川－名古屋間で東京ドーム46個分、5680万㎥の大量残土処理。ちなみに皇居の面積は東京ドーム25個分。

しかもレールなきリニアは、災害時の緊急物資大量輸送も不可。リスク満載なリニア中央新幹線よりも、“ミッシングリンク状態”な金沢以西の敦賀への計画に留まらず、米原への北陸新幹線の果断・迅速な着工・完成こそ、真の危機管理バイパス新幹線としての望ましき国土強靭化のあり方。
＊防炎防火設備等：消防法は、100㎡以上の建物には緑色の避難口ランプや台所の防火化を義務付ける。

●P129

＊老保一元化：幼保一元化は文部科学省と厚生労働省の“縄張り”争い。即ち供給側の都合。老保一元化は利用側の希望に根差す。
＊課題は多いみたい：公共事業は当初予算に広報活動費を計上。ゆえに建設予定地の案内板に留まらず、総天然色の豪華パンフレットが大量印刷される。
福祉事業は「款・項・目・節」と呼ばれる予算体系の中に当該予算を組み込む具合になっていない。

国、都道府県・市区町村の自治体の別なく、公共事業と福祉、教育等の予算は、予算書に於ける金額記載の方法が異なる。公共事業は一番右端の1の単位が1000000円＝100万円。福祉、教育等は1の単位が1000円＝1千円。

前者の「215」は215000000円＝2億1500万円。後者の「2150」は2150000円＝215万円。

然るに街中よりも安価な職員食堂で300円の狐饂飩（きつねうどん）を昼食に摂って、予算書作成のためにパソコンに向かった建設局の職員は「215、少ないじゃん」と打ち込み、福祉局の職員は「2150、多いなぁ」と打ち込む。見えているのに見えていないのは、P193「阪神高速神戸線の倒壊区間」註で述べるのと同様の錯覚。

ヤスオは可視化すべく予算書を1円から記すように命ずる。すると、紙

の無駄づかいを恥じよ、と県議諸氏から有り難き御助言。ならばカシオの電卓を見よ、と「億」「万」の漢字を用いて記載する予算書に仕様変更。我ながらグッド、と思うも退任後、国と同じ仕様であるべきと後任者が命じ、元の木阿弥。
＊オレキエッテ：orecchiette
＊ラグー：ragù
●P131
＊日本で最初の万国博覧会：高齢化率7%に達した「高齢化社会」元年の1970年＝昭和45年3月15日〜9月13日に開催の日本万国博覧会は「人類の進歩と調和」を掲げ、岡本太郎画伯の「太陽の塔」をテーマ館のシンボルとする。
閉幕から1ヵ月後の1970年10月14日「鉄道の日」、電通プロデューサー・藤岡和賀夫氏が企画した旅行促進キャンペーン「ディスカバー・ジャパン」を日本国有鉄道は展開。富士ゼロックスの「モーレツからビューティフルへ」キャンペーン、国鉄提供のTV番組「遠くへ行きたい」とも連動する形で数年に亘って展開される。

「ディスカバー・ジャパン　日本を再発見しよう。60年代を馬車馬のようにモーレツに働いて、国民総生産を自由世界第2位に押しあげた日本、そして私たち日本人。しかしその間に、都会の空はよごれ、田園にまで及ぼうとしているのです。人も、動物も、虫も、魚も、本来のいきいきとした姿を失っています。それでもなお、私たちは成長と繁栄を謳おうとするのでしょうか。

本来の成長と繁栄は、人間が人間らしい豊かな環境と、豊かな精神に生活の充足感を持ったときに生まれるのです。

モーレツからビューティフルへ
私たち日本人はもっともっと母なる日本を愛そうではありませんか。日本には美しい自然があります。美しい歴史、伝統、人々のふれあいがあります。田舎の土臭い一本の道にも、やさしい一本の木にも、そして一人の老婆にも私たちは日本を発見することができます。そして日本の再発見は自分自身の再発見でもあるのです。」（日本交通公社「時刻表」1970年11月号所収「ディスカバー・ジャパンのお知らせ」）

この「お知らせ」の10年後に「文藝賞」を受賞し、「物質主義から脱物

質主義へ」「量の拡大から質の充実へ」と臆面もなく唱え始めたヤスオの拙い文章は、周回遅れに過ぎずとも思われ、他方で「日本を、取り戻す。」と唱和する昨今の運動も、「ディスカバー・ジャパン」が含有していた弁証法的心智（メンタリティ）の下では、同じく周回遅れに過ぎぬとも思われる。

＊事実婚≒PACS：Pacte Civil de Solidarité連帯市民契約。1999年＝平成11年に改正のフランス民法 第515－1条に謳う「同性、又は異性の成人2名による、共同生活を結ぶために締結される契約」。

＊述べる人たち：内閣総理大臣が議長を務める政府の経済財政諮問会議は2014年1月末、「『未来は政策努力や人間の意志によって変えられる』という認識に立って、常識にとらわれず大胆な選択肢を検討する」べく、専門調査会「選択する未来」委員会を設置。

2014年2月24日開催の第3回「選択する未来」委員会で内閣府は「移民を年20万人ずつ受け入れた場合、1億1,000万人程度を維持。」と「目指すべき日本の未来の姿について」と題した資料1を配付。

資料4では、「女性、高齢者、外国人など多様な人材の活躍と企業経営、移民」を検討項目に記載。

「少子高齢化に伴って急減する労働力人口の穴埋め策として」「外国からの移民を毎年20万人受け入れ」「合計特殊出生率が人口を維持できる2.07に回復すれば」「100年後も人口は1億人を保つことができる」と「試算」を示す。

「日本の人口『移民で1億人維持可能』政府、本格議論へ」の見出しの下、2014年2月25日に「朝日新聞」が、「毎年20万人の移民受け入れ 政府が本格検討開始」の見出しの下、2014年3月13日に「産経新聞」が、件の委員会での議論を報ずる。

が、本文でもヤスオが指摘の如く、EUトップのフランスですら2.01。日本の人口が横ばいで推移可能な2.07は逆立ちしたって不可能、との前提に立って、人口6千万人前後で維持可能な日本のあり方へ向けての行程表を示すべき。

が、政府は2014年6月24日、「経済財政運営と改革の基本方針2014～デフレから好循環拡大へ～」と題する「骨太方針」を閣議決定。

第1章の「4.日本の未来像に関わる制度・システムの改革」で、「『人口

急減・超高齢化』の克服」と題し、「従来の少子化対策の枠組みにとらわれず」、「2020年を目途にトレンドを変えるために抜本的な改革・変革を推進すべき時期に来ている」。「人々の意識が大きく変わり、2020年を目途にトレンドを変えていくことで、50年後にも1億人程度の安定的な人口構造を保持することができると見込まれる」と記す。

「高度人材だけでなく技能者や技術者も受け入れていい」と内閣府で議論が進む「移民」とは、一時的な外国人労働者と異なり、その子女も含め国籍も参政権も付与する存在。植民地統治の歴史を踏まえ、イギリスもフランスも用意周到に受け入れの条件を整備。それでもトラブルが絶えず。

日本生産性本部に事務局を置き、「日本全体のグランドデザインを描き、その実現に向けた戦略を策定すべく、産業界労使や学識者など有志が立ち上げた」と謳う日本創成会議は、構成メンバー13名の多くが政府の各種委員とも“重複”する「提言機関」。

現在≒1.4の合計特殊出生率を、2025年に欧州平均1.6よりも高い1.8に、2035年にはEUトップのフランスよりも高位に、と無謀なる達成目標を掲げ、「年間20万人の移民受け入れで100年後も人口1億人維持」を掲げた政府の経済財政諮問会議とも平仄を合わせる。

その対応策を演繹し、いささか直截に敷衍すると、100年後には人口の半数以上が「日本人」ならぬ「渡来人」。わけても中国系が過半を占めると予測されている。バラク・オバマ大統領を生んだアメリカ、ユダヤ系ハンガリー移民2世のニコラ・サルコジ大統領を生んだフランスよりも遥かに「開かれた日本」のあり方。

「骨太方針」第2章の（内なるグローバル化）には、「外国人材の活用は、移民政策ではない。」との一文が唐突に記されるも、「少子化対策」だけで1億人維持が不可能なのは暗黙知のみならず「科学的知見」の形式知でも明々白々。

ならば、直美が本文P135で鋭くも指摘した点も踏まえ、1億人を維持するのか、6千万人社会を目指すのか、無為無策で日露戦争時よりも減少に至るのか。具体的ヴィジョンを示し、感情的な賛成・反対の二項対立を超えた、冷静・冷徹な国民的議論を行ってこそ、望ましきサーヴァント・リーダー。

にもかかわらず、表向きは受け入れに否定的な発言を会見等で続けながら、会議、閣議では相矛盾する内容を議論、決定していくのは如何なる覚悟と誠意に基づいてか？

とまれ、「日本列島は日本人だけのものではない」と“宇宙人”宰相が呟いて指弾された「日本を、取り壊す。」施策に、「国柄」を尊び「日本を、取り戻す。」と唱和していたはずの面々が、無自覚にも猪突猛進の奇っ怪ジャパン。

●P132

＊中位推計：国立社会保障・人口問題研究所は、平成22年国勢調査の人口等集計結果、ならびに同年人口動態統計の確定数が公表されたことを踏まえ、全国将来人口推計を行う。
中位推計（出生率も死亡率も中位の場合）では2060年に8673.7万人、2110年に4286.0万人。
出生率高位で推計した場合でも2060年に9460.0万人、2110年に5921.4万人。（いずれも死亡率中位）
出生率低位で推計した場合には2060年に7997.2万人、2110年に3086.7万人。（いずれも死亡率中位）
＊「国柄」：今こそ石橋湛山翁の「富国裕民」、大平正芳翁の「田園都市国家」こそが「ディスカバー・ジャパン」すべき「国柄」、だと思うんですけどね。
＊スーパーマーケット：ピーコックストア青山店。大丸ピーコック青山店として1964年開店。㈱大丸ピーコックは2008年に旧松坂屋系スーパーを吸収合併し、㈱ピーコックストアに商号変更。2013年イオンの完全子会社となりイオンマーケット㈱に商号変更。P167「流通」註も参照。

●P133

＊UR：独立行政法人都市再生機構＝Urban Renaissance Agency　主務大臣・国土交通大臣
鵺（ぬえ）としての外郭団体の正しい変遷の歴史年表 1955年 日本住宅公団⇒1981年 日本住宅公団＋宅地開発公団＝住宅・都市整備公団（住都公団）⇒1999年 都市基盤整備公団（都市公団）⇒2004年 都市基盤整備公団＋地域振興整備公団＝都市再生機構。

“脱しがらみ・脱なれあい” で県内在住の経営者・弁護士等には敢えて委嘱せず、宅配便事業 “中興の祖” の小倉昌男氏をヤスオは委員長に起用し、長野県全体の94%の外郭団体を統廃合し、職員の95%に再就職を斡旋。

が、地方では家族を含めて4人に1人が公務員系。労働貴族な公務員の遠戚を羨ましく感じていた県民も、親戚が一堂に会する盆暮れ毎に、大変だと愚痴を聞かされると、やり過ぎだ、となりがち。「改革」のお題目には賛同するも、総論賛成・各論反対の一例。
＊昭和三十九年＝一九六四年：同年10月1日に東海道新幹線開通。前年に黒部ダム竣工。当時はいずれも目的が明確だった時代。

●P134

＊ルッコラ：rucola　ロケット・サラダ

●P136

＊『放射能に占領された領土』：
航空事故や列車事故は、一定の場所、一定の時間、一定の社会グループに悲劇は留まります。原発事故は、社会的にも地理的にも時間的にも、更には陸上・海上、空中・地表・地中・海中を問わず、被害が連続・拡大し続ける蓋然性が極めて高く、範囲・濃度・蓄積のいずれも変幻自在な放射能は、無色・透明・無臭。人間の五官が察知し得ぬ極めて厄介な存在です。

20世紀は「科学を信じて・技術を疑わず」の無謬性（むびゅうせい）に立脚する物質主義でした。脱・物質主義の21世紀は過謬性（かびゅうせい）の視点に立ち、「科学を用いて・技術を超える」時代で在るべき。「除染」は「移染」に過ぎず、抜本的解決には繋がらず、再考すべきです。

メルトダウンを超えた東京電力福島第1原子力発電所の周囲は、「放射能に占領された領土」と冷徹に捉えるべき。原発から少なくとも30km圏内は居住禁止区域に設定し、愛着を抱く郷里から離れる当該住民には、国家が新たな住居と職業を保証・提供すべき。それが「国民の生命と財産を護る」政治＝立法府の責務です。

「直ちに影響は無い」、即ち「今の所は大丈夫」と当時の官房長官は繰り返し、9ヵ月後の現在、「今は既に大丈夫」である旨、原子力行政担当

大臣も繰り返しています。

放射能汚染土壌の仮置き場を福島県内の国有林に。同県内に設置する中間貯蔵施設も30年間。その後の最終処分場は県外設置を約束。と政府は述べています。が、最も年若い大臣とて30年後は70歳。大半の政治家は引退しています。

立法府に集う1人として自戒を込め、問題先送りの空理空論を排し、今こそ政治が機能せねばなりません。

映画「100,000年後の安全」に登場するフィンランドの「オンカロ」も未だ建設中。イギリスの「セラフィールド」も迷走中。今、この瞬間も排出される放射性廃棄物の最終処分場が地球に存在しません。

住民移住後の30km圏内を、世界中から核廃棄物を受け入れる最終処分場としたなら、これぞ最大最強の安全保障政策となります。

放射能それ自体は「偉大な発見」。が、「科学を信じて・技術を疑わぬ」中で、人類は「フクシマ」の地に「グレムリン」を生み出してしまったのです。

委員長及び各委員に於かれては、従来型の“アームチェア”の議論を超えた委員会として、国民及び世界に対し放射能の加害国となった日本の、今後の在り方を具体的に指し示す「新しい方程式」を打ち立てられん事を要請し、発言を終わります。有り難う御座います。

（日米開戦から70年目の2011年12月8日、東京電力福島原子力発電所事故に係る両議院の議院運営委員会の合同協議会＝「国会事故調」での陳述を抜粋・編集）

人口6千人弱の飯舘村での「除染＝移染」費用は初期段階で3200億円。住民1人当たり5千万円強。4人家族で2億円強。が、7割の村民は戻れない・戻りたくないと回答。開店休業状態のゴルフ場を国が買い取り、持続可能な「新しい村」を創出してこそ裾野の広い経済効果を生む正しい「地方創生」。
＊**『フクイチ』**：「プロフェッショナル」な東京電力では「いちえふ」なる略称を用いるのだから、「フクイチ」などと「アマチュア」な一般国民の分際で呼称を改竄するな、と息巻く御仁こそ、不毛な「形式知」から逃れられぬ“漫画ワールド”。
＊**官邸前**：毎週金曜日18時～20時、首相官邸前・国会議事堂前で現在

も続く原発再稼働反対の抗議行動。
＊白い風船：子供連れの若夫婦を始め老若男女が日曜日のブリュッセルの街路を埋め尽くしたのは1996年＝平成8年10月20日。その数30万人。
複数の少女が誘拐・凌辱（りょうじょく）・殺害された事件の犯人を、何故か「庇護」する対応を続けた警察・検察・司法機関への疑念が深まる中、犯人はペドフィリア＝小児性愛の国際的組織の頭領格で、さらには会員には政治家、企業家、弁護士等が名前を連ねていたと判明。

拳を振り上げてシュプレヒコールを挙げるでもなく、警察発表でも27.5万人の人々が、“白い風船”を手にして黙々と歩き続ける。国鉄は郊外から臨時列車を運行し、民間駐車場の多くも無料開放される。

「1・17」から1年8ヵ月、避難所から仮設住宅へと移り住んだ被災者の下を訪れていたヤスオは、写真入りで報じた新聞記事に接し、如何なる為政者の演説も及ばぬ偉力を、人間は表出可能なのだと感銘を受ける。而して、何時か日本でもこうしたムーブメントが生まれる日が来るだろうかと考えた。

「3・11」から1年3ヵ月後、大飯（おおい）原発「再稼働反対」の下に個々人が官邸前抗議行動に“ユナイテッド”したのは、責任の所在すら明確にせず、目指すべき未来も国民に提示せず、無為無策な混迷が続く日本に対する異議申し立て。動員型とは対極の新しいムーブメント。

ヤスオは2012年6月から11月に掛けて10回余り、当時の秘書やスタッフ、参加を申し出てくれたヴォランティアとともに毎回、非暴力・不服従を象徴する白い風船を数千個膨らませ、参加者に手渡す。直美の夫も、その1個を受け取ったと思われる。

抗議活動終了時、「再稼働反対」と呟きながらセフティ・コーンを片付ける機動隊員に幾度かヤスオは出会す。自衛隊員とともに凄惨（せいさん）な被災地の現場で活動した彼らも、組織の一員である前に1人の国民として、官対民の不毛な二項対立を超えて、“ユナイテッド”していたと思われる。
＊自治体：コムーネ comune（イタリア語）
＊自治体：コミューン commune（フランス語）
●P137

＊“平成の大合併”：ヤスオが知事に就任した2000年＝平成12年、671市・1991町・567村、計3229。2014年＝平成26年（10月時点）、790市・745町・183村、計1718。合併特例債と称するハコモノ行政推進のアメと、三位一体改革と称する地方交付税大幅削減のムチを振りかざした「成果」。
が、合併特例債は「旧市町村間相互の道路、橋梁等の整備」「住民が集う運動公園等の整備」「合併後の市町村の均衡ある発展に資するために行う公共的施設の整備」が対象事業。介護や保育の充実に象徴される脱ハコモノ発想の施策には“流用”不可。斯くなるアメとムチは、起債償還時に巨額の後年度負担をもたらし、全国津々浦々の集落や街並みを疲弊させたのみ。

にもかかわらず、「日本独自の過剰な自前主義を捨て、国を開き、世界と共に発展していく国づくりを目指」すべく「産業界労使や学識者など有志が立ち上げた」日本創成会議は、「2040年には896もの市区町村が消滅」する「極点社会」を回避すべく、“コンパクトシティ”を地方都市に出現させて人口流出を防ぐべしと説く。

が、「ストップ少子化・地方元気戦略」の御旗の下に市町村や集落をスクラップ&ビルドさせるそのベクトルは、“平成の大合併”の失敗から何も学ばぬ悲喜劇。論より証拠。中央集権の司令塔たる霞が関の各省庁が諸手を挙げて賛同するのも、「地域拠点都市」への集中投資という名の平成の「列島改造」ハコモノ行政と“共振”しているから。

直美も呟いたように、日本よりも遥かに「小さな自治体が沢山ある」イタリアやフランスは、「過剰な自前主義」に非ず。而してP215の「コルモンス」註でも言及の広域行政組織は、実は日本にも以前から存在。基礎自治体の枠組みを超えて近隣市町村が協同で対応する「一部事務組合」の智恵を、焼却場や火葬場を始めとして、先達は創り出していたではないか。温故知新！

P119註のフェルナン・ブローデルも指摘の如く、平地から山地へと至る中山間地域に点在する集落が相次いで消滅していけば、山が荒れ、川が荒れ、ひいては人口が集積する中下流域の盆地や平野にも被害をもたらす。が、おそらくはヤスオも、山国での6年間にわたるサーヴァント・リーダーを経験せねば、全国津々浦々の、小さくとも光輝く集落や

町村で、慎ましいながらも真っ当に暮らす人々の心意気など想像し得ず、“コンパクトシティ”なる机上の空論を、したり顔で語っていたかも知れない。
＊全国知事会議：2ヵ所の発電所に計10基の原子炉が存在していた県の知事も、ヤスオと同様に“平成の市町村合併”に懐疑的だった。「プルサーマル計画」にも疑念を表明していた彼はほどなく、「冤罪」に巻き込まれる。一審判決後、『知事抹殺 つくられた福島県汚職事件』を上梓。
実はヤスオも、「下水道事業に関する公文書の毀棄を知事に命ぜられ、断り切れず、実行した」と“告解”した一職員の「証言」を「狂言」と見抜けず、真に受けて、ヤスオの否定コメントを申しわけ程度に付記して、一面で大々的に地元紙が報じ、“スクープ”した記者は社内表彰の栄に浴したのを受けて、県議会は電光石火で地方自治法第百条に基づく「百条委員会」を設置。

情報公開条例に基づく申請等の統括責任者だった彼は下水道課長に公文書毀棄を命じたと証言するも、その当日は課長が終日、出張で本庁舎を離れていた事が判明。さらには件の「公文書」とは公印等が押された代物に非ず、課内での討議・検討の際に配布した内部資料で、他の複数の課員がファイルに保管していた事も判明。ちなみに日本では未だに、公文書と公用文書の定義付けも不明確。

にもかかわらず、「毀棄を指示」したヤスオを始め、その「事実」を否定した複数の有為な職員も「偽証」と「認定」される。百条委員会で「クロ」認定された場合は検察に告発するのが通例なるも、斯くの如き案件は検察が取り合わぬのでは、と「鋭くも忖度」した県議会の有志が警察に告発。

3回目の知事選前に連日、十数名の県職員が事情聴取を受ける羽目に。さらには“曇りガラス張り県政”を県民に伝えるべく、地元紙も全国紙の地方面も連日、報道に勤しむ。

さしもの警察も「嫌疑無し」と判断するも、一応は法的手続に従い、検察に書類送検ならぬ書類送致せねばならず、淡々と執行すると「ヤッシー書類送致」と嘘偽りなきファクト＝factを各媒体が全国に報じて下さる。

世紀の“スクープ”から約2年後、「嫌疑なしで不起訴」と検察が判断

するも、そのファクトはベタ記事扱い。人間、誰しも思い込みや思い誤りは起こり得る。故に、過ちは改むるに如くはなし。が、当該スクープの記事が撤回・謝罪されたか否か、信州を離れて久しきヤスオは存じ上げず。

もののけ姫が暮らす旧南信濃村の山中に戻った、P263註で登場のカモシカ・やっしーに事実確認を頼むも、糸電話は繋がらず、手紙を括り付けた白い風船も途中でダム湖に落ちて、連絡取れず。

●P138

＊バギー：buggy　名詞／形容詞　①折畳式乳母車②砂地走行用車③一頭立て軽装馬車④狂気の⑤バグbugでPCが作動しない状況

●P142

＊ドルチェ：dolce　音楽では「甘美に」「優しく」の発想標語。

●P145

＊女学校：由利が卒業した大学と同じくメソジスト派の女学院。

●P146

＊戦後モダニズム建築の代表作：前川國男・坂倉準三・吉村順三3氏の共同設計。

●P149

＊「植治」：明治政府が南禅寺から“没収”し開発した一廓に位置する山縣有朋別邸・無鄰菴（むりんあん）の庭園を手掛けたことで知られる庭師・小川治兵衛の屋号。
＊若緑色：C40・M0・Y50・K0

●P150

＊恋も生きるためのビジネスだ：「もとクリ」註365「“私は結婚なんてバカらしくってしないわ、日本の男なんて、ちっともフェミニストじゃないんだもの”と粋がっている『キャリア・ガール』さんだって、セックスをしてくれる『日本の男』が一人はいるから、そういってられるのです」。
星霜を経て、件の記述は「ポリティカル・コレクトネス＝PC」に抵触する侮蔑的発言だ、と過剰に息巻く御仁が出現の予感。

●P152

＊プレトリア：ヨハネスブルグの北方55km。1888年にリオ・デ・ジャ

ネイロから移植した2本のジャカランダは今や7万本を超え、南半球の春に当たる10月には街中が紫色に染まる。先住民だった黒人系ンデベレ族の首長の名前「ツワネ」への市名変更を2005年に市議会が決定するも、アフリカーナ=ボーア人と呼ばれる白人オランダ系移民の反対で膠着状態が続く。

ちなみにプレトリアは、イギリス主導の植民地支配に抵抗した、オランダ系アフリカーナのアンドリース・プレトリウスに由来。

●P154

＊MIDO：毎年3月上旬に開催。ミラノ・コレクションの会場として知られていた市内に位置する4.3万平米の展示場Fiera Milano Cityに加え、北西近郊のロー地区に34.5万平米のFiera Milanoも誕生。東京ビッグサイトの約2.5倍。

＊多国籍企業：Apple・Google・Amazon・Starbucksに代表される多国籍企業ならぬ無国籍企業が自由に国境を超え、ウェストファリア条約以来の国民国家=ネイション・ステートよりも上位に立って消費者=国民を差配し、実際に事業展開する国で税金を納めていない問題が昨今、米英仏を始めとする「先進国」の議会では大きな議論に。即ち、富める者がさらに富めば、貧しき者にも富が滲透すると唱えたレーガノミクスに象徴される新自由主義の“トリクルダウン経済”への疑念。当該企業経営者が召喚される展開に。他方で日本は2013年9月25日、「もはや国境や国籍にこだわる時代は過ぎ去りました」とニューヨーク証券取引所で「新しい国柄」を宣言。彼我の違いは大きい、と慨歎する声は、「鈍感力」が増した日本では寡聞にして存じ上げず。

●P156

＊ムハマド・ユヌス氏：アンガージュマン=engagementとしての経済学者の道を歩む。「全ての人間には利己的な面と、無私で献身的な面がある。私たちは利己的な部分だけに基づき、ビジネスの世界を作った。無私の部分も市場に持ち込めば、資本主義は完成する」。2006年ノーベル平和賞受賞。2007年新党「市民の力」発足。2011年バングラデシュ中央銀行はグラミン銀行総裁の彼を解任。バングラデシュの首相を務めるのは、氏を終始一貫、ライバル視するシェイク・ハシナ女史。

＊グラミン銀行：1983年創設。英呼称Grameen Bank　ベンガル語で村

を意味するgramに由来。
＊**マイクロクレジット**：microcredit　本文に於いて記述ずみ。さらなる説明を安直に求める向きには、「あとは自分で考えなさい。」の寸言を謹呈。
●P157
＊**ハイエンド**：high-end
●P161
＊**ネルソン・マンデラ氏**：P231註で詳述。
●P164
＊**客室乗務員**：「スッチー」なる呼称はヤスオが考案。が、作詞や意匠（デザイン）と異なり、いかに人口に膾炙（かいしゃ）しようとも著作権料は1円も発生せず。
●P165
＊**ロータリーの花壇**：日本に於けるラウンドアバウトroundaboutの嚆矢。
●P166
＊**ボールぺんてる**：ボールPentel　1972年発売。
●P167
＊**マーケティング**：「ファッドfad⇒ファッションfashion⇒スタイルstyle⇒トラッドtrad」が流行の輪廻と教わった授業。「朝日ジャーナル」誌で1985年から5年間にわたって連載した「ファディッシュ考現学」のタイトルは、ここから生まれた。
＊**E・H・カー**：権力がもたらす政治闘争の現実、道義がもたらす政治統合の理想。その止揚＝アウフヘーベンを洞察した歴史家。
＊**流通**：「人々の暮らしが姿を消し、『お国のために』が前面に出て来たとき、戦争が始まった。流通が消え、配給が登場した」と述懐し、「時代と共に変わる『よい品』を、だれでも、いつでも、どこでも、欲しい量だけ買える仕組みを作る」信念で流通革命という社会革命を目指し、1980年に関西財界セミナーで徴兵制導入を含む「防衛拡張論」を議長役の日向芳齊・住友金属工業会長が開陳の際、「異議あり」と一人声を上げ、「嘗ての日本は、大東亜共栄圏建設の美名の下に侵略の過ちを犯した。戦争中、朝鮮半島、中国、アジア各国を侵略した事を知らないと

は言わせない」と噛み付いたのが、フィリピン・ルソン島で九死に一生を得た当時58歳の中内㓛氏。

自身と思しき詩人で百貨店主が主人公の作品『いつもと同じ春』を上梓の1983年頃、「私には資本主義社会、自由主義経済をより良く正すトロツキスト*としての役割が課せられているのかも知れませんね」と呟き、「資本の論理だけに換算されない」「人間の存在価値を掘り下げて、新たな商品・サーヴィスを提供すべき」「流通業界も最近は話題がM＆Aばかりだもんね。何でも金に置き換えていくのはどうなんだろう」と晩年に憂えたのが堤清二氏。

鎬（しのぎ）を削る"好敵手"の間柄だと表層的には捉えられていた二人だが、「武器と麻薬と売春だけは決して扱わない」と事あるごとに発言していた堤氏も、「戦争体験の無い人はエエ加減な事を言ったりするが、僕らみたいに関東軍やらフィリピン派遣軍やらに行かされて、実際に最前線で戦ってきた人間は、誰がどう言おうと人間と人間が殺し合う戦争だけは絶対に避けないかんと思う」と繰り返した中内氏も、その謦咳に接する機会が多かったヤスオには、ジャズとクラシックの通奏低音として響く。他方、今週のポップスベスト10は、AORのしなやかな気概とはおおよそ異なり、常に真ん中で右顧左眄する。
＊＊註のさらなる註：トロツキスト：文芸評論家でもあったユダヤ系のレフ・トロツキーは、資本主義とスターリン主義の専横振りを正すべく第4インターナショナルを結成するも亡命先のメキシコで、ヨシフ・スターリンが送り込んだ刺客に暗殺される。
行政に留まらず、企業・団体・組合・政党等の組織に巣くう官僚主義と既得権益の保持・増殖の自己目的化が専制政治の世の中を生み出す。斯くなる迷走・暴走を食い止め、軌道修正する体制内変革こそ、今に至るも評価が定着せぬトロツキズムの深意か。

●P168

＊萌黄色：C38・M0・Y84・K0

●P169

＊立身出世という功名心：「私権や私益で派閥を組み、その頭領に迎合して出世しようと考える人は、もはや政治家ではない。政治家が高い理想を掲げて国民と進めば、政治の腐敗堕落の根は絶える」石橋湛山翁、

総理大臣辞任に際しての言。

●P170

＊**鳶色**：C0・M65・Y50・K55

●P172

＊**三公社五現業**：日本専売公社・日本国有鉄道・日本電信電話公社が三公社。

①国有林野事業 ②造幣事業 ③アルコール専売事業 ④日本銀行券、国債、収入印紙、郵便切手、郵便はがき等の印刷の事業 ⑤郵便、郵便貯金、郵便為替、郵便振替及び簡易生命保険の事業。以上が五現業。

＊**半ドン**：実は郵政民営化前の方がconsumer orientedだった一例。

●P173

＊**臀部**：おしりのこと。(「もとクリ」註285を再録)。

＊**樺色**：C0・M70・Y70・K33

＊**"卒業"**：ある種の人生の悲哀も感じさせる引退とか降板の方がむしろ誠実な表現なのに、何故か最近は婉曲的表現としての「卒業」が多用される御時世。「国民に寄り添う」気も無いのに、その言い回しを好む面々と似た心智に思えて、どうやら著者は苦手らしい。が、「大人」のヤスオから、由利を慮（おもんぱか）ってとりあえずはこの表現で、と要望を頂戴する。

●P174

＊**桃花心木**：mahoganyマホガニー。カタカナを使うなと皆様からお叱りを受け続けて33年有余。で、漢字だと趣きも感じさせるので敢えて辞書から書き写したんですけど、逆にペダンティック＝衒学的ですかね(汗)。

●P175

＊**Bar&Co.**：P69で由利が言及の空間の正式表記。

＊**四名の選考委員**：江藤淳、小島信夫、島尾敏雄、野間宏の4氏。

＊**アイデンティティー**：identity（なんとも素っ気ない「もとクリ」註227を今回も再録）

●P180

＊**贅沢だ**：大学卒業後の1981年に自動車電話を契約したヤスオは翌82年秋、正午から生中継の番組が設けた「五つの焦点（フォーカス）」な

るコーナーに出演すべく毎週金曜日、新宿のスタジオアルタに赴く。自動車電話は便利ですよ、と番組前の雑談時に語ると、司会者もプロデューサーも他の出演者も一様に、贅沢だよと唱和した時代。ここでも隔世の感。

●P181

***洋雑誌**：晴海通り沿いの銀座5丁目、近藤書店3階に位置していたイエナ洋書店を通じてヤスオは、伊仏米の服飾、建築、料理、旅行、航空等の数多の洋雑誌を定期購読。Amazonが日本版サイトを立ち上げてから15ヵ月後の2002年1月に店仕舞。跡地は現在、ディオール銀座店。

***「舞踏会の手帖」**：1937年フランス製作・1938年＝昭和13年日本公開。

●P182

***ル・コルビュジエ**：国立西洋美術館の基本設計を担当。

●P183

***レトロフィット**：retrofit

***「贈与」**：ヤスオも著者も「贈与」の意味を理解していない、と冷笑・嘲笑の向きは今一度、「新しい『贈与』のあり方」との記述である点に留意。

●P184

***銀鼠色**：C0・M0・Y0・K43

●P185

***エクスリブリス**：ex libris　表紙裏に貼る蔵書票。ラテン語で「誰それの蔵書から」。

***手彩色**：15世紀前半にヨハネス・グーテンベルクが活版印刷を発明し、書籍が大量印刷可能となって以降、蔵書票が登場。白黒印刷されたものに手作業で彩色した。

●P186

***パークハイアット東京**：言わずもがな「外資系」なる符丁で括られるホテルは所有、運営が別組織。丹下健三氏が設計の新宿パークタワーに位置する当該ホテルは東京ガス都市開発が所有し、その傘下のパークタワーホテルが運営。

シカゴが本拠地の多国籍企業・グローバルハイアットコーポレーションへは、個々の契約に従い売上げの2割前後が“暖簾代”ならぬ“租庸

調”として“上納”される。ちなみに六本木のグランドハイアット東京は森ビルホスピタリティコーポレーションが所有、運営。
＊**淀橋浄水場**：東京都水道局東村山浄水管理事務所淀橋浄水場。1898年＝明治31年12月1日〜1965年＝昭和40年3月31日。
＊**ガスタンク**：和製英語。gas holder
●**P188**
＊**鉛白色**：C2・M1・Y0・K4
＊**シーザーサラダ**：カリフォルニア州サンディエゴと国境を接するメキシコはティファナでイタリア系移民が経営していたシーザーズ・パレスなる料理店で禁酒法時代の1924年＝大正13年、酒精を求めてアメリカから訪れた客に供したのが切っ掛けで、ジュリアス・シーザーの好物との伝説は幻に過ぎず、と物の本は記述。さらに引用すれば、日本での嚆矢は敗戦に伴いGHQに接収された帝国ホテルで1949年＝昭和24年12月24日開催のクリスマスイヴパーティとも。
●**P189**
＊**アヒル顔**：最近はアヒル口（ぐち）とも。
＊**スポット・カンヴァセーション**：搭乗客の鼻の下を伸ばして差し上げるべく、スッチーが接客中に交わす“気の利いた”セリフを元来は指す。
●**P191**
＊**一行情報**：欄外に縦書きで記されていた「確認情報」。
＊**業界関係者が愛読していた月刊誌**：言わずと知れた雑誌。1979年3月〜2004年4月。「噂の眞相」が正式表記。
＊**“大文字報道”**：記者クラブ報道とも。ちなみに「『脱・記者クラブ』宣言」は2001年5月15日。
「須（すべから）く表現活動とは、一人ひとりの個人に立脚すべきなのだ。責任有る言論社会の、それは基本である」と中程で謳う件の宣言は、「その数、日本列島に八百有余とも言われる『記者クラブ』は、和を以て尊しと成す金融機関すら“護送船団方式”との決別を余儀なくされた21世紀に至るも、連綿と幅を利かす。それは本来、新聞社と通信社、放送局を構成員とする任意の親睦組織的側面を保ちながら、時として排他的な権益集団と化す可能性を拭い切れぬ。現に、世の大方の記者会見は記者クラブが主催し、その場に加盟社以外の表現者が出席するのは難

しい」と冒頭で語る。

「知事室を始めとする県庁内、視察現場等での“ぶら下がり”なる符丁で知られる記者との遣り取りも、拒んだ過去は一度としてない。その精神は変わらない。」と宣言で明言の上、今後は県が会見を主催と宣言すると、開催の判断が恣意的になると記者クラブ加盟各社は反発。

然らば、従前から警察本部長や検事正の会見は主催権を先方に委ねており、往々にして当該組織内の不祥事に関して会見を拒み続けても諸君は指を咥えたままではないか、と尋ねると押し黙る。

知事就任当時、在京のスポーツ紙やTV局が知事会見に出席するには県政記者クラブに事前に文書で申請せねばならず、「赤旗」や「聖教新聞」に代表される政党や宗教団体の機関紙は出席を認めぬ、おおよそ有り得ぬ状況。

人間は須く誰もが表現者。県外からの観光客も夏休みの自由研究の中学生も参加、質問可能の知事会見を毎週実施。時間制限無し。ディスりと揚げ足が目的と思われる粘着質の参加者も時に散見するも、公的機関に於ける民主主義のコストとして達観。

とまれ、週に1度の会見を定例化していたのは全国47都道府県で当時、東京の作家知事とヤスオのみ。この点に於いても隔世の感あり。会見内容を一字一句、HPに映像とともにアップしたのも嚆矢。
＊狐色：C0・M50・Y90・K25
●P192
＊連載第一回：同年1月29日、小選挙区制を導入すれば政策本位の日本政治が実現と大法螺を吹き、その後の政治劣化をもたらした「政治改革関連法」が成立。とりあえずの小選挙区制は平成翼賛体制をもたらすのみ、と他の表現者とともに参加した参議院議員会館での記者会見（1月20日）で当時37歳のヤスオが発言との記述も。ちなみに「日本経済新聞」を除く往時の全国紙は、小選挙区制導入こそ政治改革と唱和。
＊自宅の留守番電話：携帯電話の留守電やメールではないのが当時の常識。
●P193
＊阪神高速神戸線の倒壊区間：尋常ならざる被害だ、とヤスオを含めて誰もが息を呑んだのは、上空のヘリコプターから捉えた高速道路が倒壊

した映像。落下した車両とともに亡くなった人々がいる。が、その同じ瞬間に現場の直ぐ北側の東灘区深江地区では数百名の人々が息絶えていたのだ。土木技術の粋を集めた橋脚の倒壊は衝撃でも、倒壊した家屋の中で人々が圧死しているのを、我々は想像し得なかった。

神戸市に於ける死者の8割以上は圧死。焼死は1割余り。而して一番大阪寄りの東灘区では1471名、長田区では919名。人口比の死亡率でも東灘区の方が高い。無論、死者の多寡で判断すべきではない。一人ひとりの死もまた、無慈悲にも等価。

とは言え大半のメディアは、大阪から最も遠い被災地の長田区へと集中した。倒壊家屋よりも焼失家屋の方が“絵”になるから。而して菅原市場にカメラが集中したのも、同様の理由。アーケードの鉄柱のみが残り、焼け焦げた自販機の横で仮設店舗が逞しく営業を再開する。批判を恐れず申し上げれば、判り易い“復興の絵”。

そこから歩いて2、3分、一面が焼け野原と化した水笠通は“絵”にはならず。“立体的”な菅原市場と異なり、ファインダーを通すと“平面的”に映し出されてしまう。実際に現場に立つと、建ち並んでいたケミカルシューズ工場の焼け焦げた臭いが、遥かに鼻腔を突くにもかかわらず。

夜勤者や出張者、不倫者以外は基本的に家族と一緒に自宅で激震に遭遇したればこそ人々は冷静沈着に助け合った午前5時46分発生の阪神・淡路大震災は、P23「阪神間」註でも指摘した「浜っ側から山っ側に向けて、国道43号線・阪神電車・国道2号線・JR神戸線・山手幹線・阪急電鉄の道路や鉄路を越えるにつれ街並みが変化する」階層社会を、さらに顕在化させる。

表層的には風光明媚な港町とはP198「カンパーニャ州」註でも言及の如く、裏の社会と表の社会が混在する。港を行き交う艀（はしけ）の胴元が、往々にして前者に属するように。

浜手で家族と住居を喪失した者も、山手でいずれも無事だった者も、震災当日は同じ被災者。電気も水道もガスも不通で、誰もが闇夜を過ごす。が、公共公益設備の復旧とともに、前者と後者の「格差」は固定化していく。

歴史に“若しも”は御法度にせよ、さらには不謹慎との誹りを恐れず申

し上げれば、仮に地震が2時間遅く発生していたなら、悲劇を共有する“震災共同体”は、より強くより長く存続し得たと思われる。

満員電車、高速道路、勤務先や勉学先、さらには自宅で家事中……。別々の場所で家族が被災し、連絡も取れず、阿鼻叫喚の後、家族の安否は浜手・中手・山手と居住地の別なく明暗が分かれ、その結果として、「喪の途上」を刻み続ける残された者は情緒を超えた実体と実態を伴った「震災共同体」を、復興ならぬ再生の中で保ち続けたであろうから。
＊カトリック大阪大司教区の大司教館：西宮市甲陽園。震災で損傷し、大阪市中央区玉造の司教座聖堂の敷地内に移転。
●P194
＊関空：関西国際空港。レンゾ・ピアノ設計。
＊大阪の知り合いを通じて調達した原チャリ：東京在住のヤスオの住民票では大阪で購入は不可能だった。件の行為が如何なる罪状に問われる事案か、阿呆学部出身のヤスオには判然とせず。
＊野菜ジュースのペットボトル：「配給される弁当では栄養に偏りがあり、然りとて調理を自分で行なうのは難しい状況であろうと考え、1ℓ入りの野菜ジュースも1ダース」(『神戸震災日記』から再録)。ちなみにペットボトルは和製英語。plastic bottle
＊聖フランシスコ：その名前を戴く第266代ローマ教皇フランシスコは、江美子とヤスオの新宿での逢瀬から約3ヵ月後の2013年11月26日、自ら筆を執り288節に及ぶ使徒的勧告「福音の喜び＝エヴァンジェリ・ガウディウム(Evangelii Gaudium)」を発布。
「多くの人々は貢献すべき仕事を得られず、挑戦すべき機会も与えられず、その状態から抜け出る事さえ叶わぬ中で排除され・疎外され」、「人間もその存在自体、使用後には即廃棄に至る消費財と見做されている。斯くなる“使い捨て”文化を我々は生み出し、而も急速に蔓延している」(拙訳)と記す。

「市場万能主義＝私益資本主義」の暴走と破綻を事前に回避する“真っ当な暗黙知”こそ、洋の東西を問わず「保守」の要諦、との容赦なき警告。

「ワシントン・ポスト」は即日、「教皇フランシスコ“トリクルダウン経済”を批判」と一面で、「ウォール・ストリート・ジャーナル」も「教

会は弱者救済を－ローマ教皇、経済的不平等を批判」と見出しを打って長尺記事で紹介。1年経った現在でも日本の新聞各紙は“黙殺”とも呼ぶべき「鈍感力」を継続。
＊リミニ：アドリア海に面した夏の保養地。サンマリノ共和国への玄関口。ヴァレリオ・ズルリーニ監督、アラン・ドロン主演「高校教師」(1972年) は冬のリミニが舞台。
＊マリオ・カンドウィッチ神父：フランシスコ会聖アントニオ修道院。
●P195
＊クリスタル野郎：(苦笑)。
＊エドワード・サイード：Edward Wadie Said (1935年11月1日～2003年9月25日)。スーザン・ソンタグSusan Sontag (1933年1月16日～2004年12月28日)。ともに白血病と闘う。
●P196
＊コンサルティング会社：他力本願を求める皆様から高額の御布施を頂戴する存在。かくも自信たっぷりに御高説を宣うなら、御自身で経営されたら連戦連勝でしょうにね。
●P197
＊“お肉の関係”：1980年代後半にヤスオとPG関係だった横浜在住M嬢が考案の惹句。
●P198
＊回遊魚：P68にも登場。少なからず異なる意味合いで用いてますね。
＊カンパーニャ州：2006年にロベルト・サヴィアーノが『死都ゴモラ――世界の裏側を支配する暗黒帝国』(邦訳出版2008年・河出書房新社・原題「Gommorraゴモッラ」) で描き、マッテオ・ガローネが2008年に映画化 (日本公開2011年) した作品の舞台にあたるナポリが州都。旧約聖書に登場する悪徳の街「ソドムとゴモラ」からタイトルを採ったサヴィアーノは、ナポリを本拠地とするカモッラが、シチリアのマフィアを凌駕する犯罪企業集団として麻薬・産業廃棄物に留まらずファッションの世界でも暗躍し、EU、南米、中国にも触手を伸ばす現実に踏まえ、活写する。その跳梁跋扈ぶりは、もう一つのナポリ。P154「多国籍企業」の註でも触れた、もう一つの無国籍企業と言える。
ちなみにナポリには、古代ギリシア時代に神殿等を築き、その後は19

世紀まで地下水路として、さらに第二次世界大戦中は防空壕として使用された巨大地下都市Napoli Sotterranea＝ナポリ・ソッテッラネアが中心部のスパッカナポリに存在。見学可能。もう一つのナポリ。

P119「オリーヴオイル」註で言及の、ファシズムに抗して迫害されたカルロ・レーヴィが描いた「Cristo si e' fermato a Eboli」のエボリも実は、巷間伝えられるバシリカータ州の洞窟住居都市マテーラ周辺でなく、欧州最古の医科大学を擁するサレルノから内陸に入ったカンパーニャ州のコムーネ。
＊イル・サンピエトロ・ディ・ポジターノ：http://www.ilsanpietro.it/it

●P199

＊ヴェスヴィオ火山：「『ヴェスヴィオの雄大な佇まいを見ると、その山麓に繰り広げられた歴史を思わざるをえない』とサマーセット・モームは書いたが、今その山麓でどのような歴史が織りなされているのだろうか」と大久保昭男氏は『死都ゴモラ』の「訳者あとがき」冒頭で記す。カモッラの犯罪もアヴェリーノのワインもポジターノのホテルも、その山麓で現在進行する歴史である。

●P200

＊ローズピンク：C0・M50・Y25・K0

●P201

＊ニート：NEET　Not in Education, Employment or Training

●P203

＊ミネラルウォーター：1983年に国産89000kl 輸入1036klだったミネラルウォーターは「1・17」の1995年に国産45220kl 輸入198713kl、「3・11」の2011年に国産2582632kl 輸入589575kl、直近の2013年に国産2865305kl 輸入389950kl。30年間で国産32倍、輸入376倍。他方で日本国内の水源地を海外資本が買収の動きも。

●P205

＊オレンジ色：C0・M60・Y100・K0
＊ネットで調べたら：隔世の感。インターネットの個人普及率（総務省「通信利用動向調査」）

1995年＝平成7年	2.6%	1997年＝平成9年	6.4%
2000年＝平成12年	34.0%	2005年＝平成17年	74.9%

2013年＝平成25年　　82.8%

●P207

＊ブーゲンビリア：bougainvillea　ブラジル原産

＊柿渋色：C0・M50・Y55・K60

●P209

＊深緑色：C95・M0・Y85・K60

●P210

＊選良：選良≒先生＝他人を親しんで、また、からかっていう語（明解国語辞典）。辞書って偉大ですなあ。

●P212

＊「もはや『戦後』ではない」：この惹句自体は英文学者の中野好夫氏が「文藝春秋」1956年2月号に寄稿した評論のタイトルが初出。

＊『経済白書』：正式には「年次経済報告」。第2代小錦八十吉の長男だった旧経済企画庁調査課長・後藤譽之助氏が指揮を執り、副題「日本経済の成長と近代化」を冠して1956年＝昭和31年7月に発表。「もはや『戦後』ではない」とは実は、巷間伝えられてきたバラ色「高度成長」礼賛論でなく、量の拡大から質の充実へと転換を促す、以下の認識に立つ。

「消費や投資の潜在需要はまだ高いかもしれないが、」「いまや経済の回復による浮揚力はほぼ使い尽くされ」「もはや『戦後』ではない。」

「戦後10年我々が主として生産量の回復に努めていた間に、先進国の復興の目標は生産性の向上にあった。」

「近代化――トランスフォーメーション――とは、自らを改造する過程である。」「そして自らを改造する苦痛を避け、自らの条件に合わせて外界を改造（トランスフォーム）しようという試みは、結局軍事的膨張につながった」。

●P213

＊紫色：C52・M80・Y0・K0

＊藍色：C70・M20・Y0・K60

＊ガイドブックで探し出し：「思想家」を自任する御仁とて、方丈に蟄居し、黙想しているだけでは、訪れるべき料理店と巡り会える筈もありません。

●P215
＊フリウリ＝ヴェネチア・ジュリア州：州都はトリエステ。ドイツ語、スロヴェニア語も通用する。紛らわしくもヴェネチアはヴェネト州の州都。
＊コルモンス：トリエステの北西42km。スロベニアと国境を接する人口7500人の基礎自治体＝コムーネ。近隣自治体と広域行政組織のトッレ・ナティゾーネ・コッリオ山岳部共同体＝Comunità montana del Torre, Natisone e Collioを構成。レト・ロマンス語群に属するフリウリ語も話される。
＊コルモンス醸造組合：カンティーナ・プロデュトリ・コルモンス。栽培から瓶詰に至るの工程を担う。600種類の混醸で1985年にお目見え。2010年産は848種類、2011年産は855種類。日本での価額自体は3000円台と適価なるも出荷本数は限られる。その趣旨に賛同した芸術家が毎年3名、ラベルのデザインを手掛ける。1998年にはオノ・ヨーコ女史も担当。
＊混醸：セパージュ cépage
＊ジャム作り：元禄時代に松代藩が栽培を奨励し、現在は“あんずの里”として知られる千曲市（旧更埴市）森地区の篤農家から購入の杏子を用いた、無添加ジャム。
吉田松陰、勝海舟、坂本龍馬等の門弟を育成した佐久間象山は松代藩士。公武合体論と改国論を徳川慶喜に説くも、尊王攘夷派に現在の京都市中京区木屋町御池上ルで暗殺される。享年54歳。

恩田木工（おんだ・もく）として知られる恩田民親（おんだ・たみちか）も贈収賄を禁止し、藩財政の再建に当たった江戸中期の松代藩家老。その足元にすら及ばず乍らヤスオも、就任当初は利息の返済分だけで1日1億4200万円に達し、財政再建団体転落寸前だった県財政を6年間の在任中、全国47都道府県で唯一、毎年連続して起債残高＝借金を計923億円減少させ、毎年度連続して基礎的財政収支＝プライマリーバランスを黒字化させる一方、談合の温床だった入札制度を抜本改正し、外郭団体の統廃合で生まれた原資を用い、小学校30人学級を全国で最初に全学年実施。

単なる自慢話に終わるから記載を控えては、と「いまクリ」著者は忠言

するも、他人の言う事をなかなか聞かぬ佐久間象山張りの性格らしき「登場人物」ヤスオは校正段階でも挿入を求め、この記述と相成る。

ちなみに「さくま・しょうざん」にもかかわらず、長野県の教育業界を牛耳ってきた信濃教育会は、発音しにくいとの理由で「ぞうざん」と勝手に改称し、県歌として知られる「信濃の国」でも「ぞうざん」と唄う「歴史修正主義」の歴史が刻まれる。

●P216

＊スポーツ紙：「『脱ペログリ』54歳ついに結婚　交際13年『W嬢』は元CA」と大見出しを打って2010年11月2日付「日刊スポーツ」カラー1面を指すと思われる（爆）。

●P217

＊朽葉色：C0・M27・Y54・K55
＊栗梅色：C0・M70・Y70・K53
＊金針菜：より正確にはユリ科ワスレグサ属ホンカンゾウ（本萱草）の花の蕾。中国南部原産。鉄分を含有。英名はdaylily=day + lily
一夜限りの由利・誤植・ユリ。心配事を忘れるほどに美味い事から、忘憂草の漢名も。根は生薬として用いる。

●P218

＊建築家の作品：シーザー・ペリ。
＊曹洞宗のお寺だから、極楽浄土を意味してるんだよ：浄土宗を始めとする他宗でも極楽浄土を説くのだから文脈的に変、などと早苗の夫の発言を腐す“形式知の人”は、どうぞ御自身のお花畑の中で寛ぎ続けて下さいまチェ。

●P220

＊MRI：magnetic resonance imaging　磁気共鳴画像法。
＊原宿のアンナミラーズ：既に取り壊された商業ビル「パレフランス」地階に位置していたカフェレストラン。現在は品川駅前のウィング高輪にのみ存在。
「もとクリ」では、直美の彼が運転するフォルクスワーゲン・ゴルフに由利と淳一も乗車して、「日本のディズニーランド」を目指した今は無き横浜ドリームランド（1964年〜2002年・横浜市戸塚区）へ4人で向かう途中、「フリスビーやスケート・ボードに興じている子たちで一杯」

な駒沢オリンピック公園脇の「アンナ・ミラーズに立ち寄って、ランチ・タイムにした」との記述。

「もとクリ」には以下の註396も。「肉まん、あんまんの井村屋が、出世しました。ミニ・スカートのウエイトレスに注目!!」
＊竹下通り：「もとクリ」では「原宿の竹下通りにある昔ながらのケーキ屋さん、ローリエ」を「本当の原宿を知る人が利用します。だから、貴方は行かぬ方がよろしい。いや、行ってはいけません」と註145で記述。
その後、大きく変遷を遂げたのは周知の通り。パレフランス跡地にも23階建商業施設建設が以前から囁かれるも「権利関係」を巡っての“暗躍”が囁かれ、予定は未定。

ちなみに明治通りを渡って斜め左手の一方通行路・原宿通りが「とんちゃん通り」として今も親しまれる由縁はかつて、同名の居酒屋が存在したから。1970年代後半から90年代前半にかけての全盛期には洋服・美容・広告・写真、様々な領域の面々が有名無名の別なく夜な夜な集う“梁山泊”。

東郷神社脇の女子学生会館住まいだった江美子と2回ほど、ヤスオも出掛けた過去がある。星霜を経て「1・17」翌年の晩秋、ヤスオを慕っていた7、8歳年下の医師たちに誘われ、とんちゃんでの飲み会に出向き、10歳年下の当時29歳だったW嬢ことメグミと初めて出会った場所でもある。

●P221

＊ワクチン接種後の重篤な副反応：2009年12月〜2014年3月の接種者約338万人。厚生労働省集計では約2500の副反応報告。その内、重篤な副反応報告は176人。
他方、初代厚生労働大臣の坂口力氏が理事長を務める難病治療研究振興財団のHPVワクチン副反応原因究明チームは2014年9月、中枢神経障害、視力・聴力の感覚器障害、広範囲の痛み等の重篤な副反応を、厚労省集計の6倍以上に当たる1112人に確認、と日本線維筋痛症学会で発表。

「接種後1ヵ月以上してからの発症は因果関係が薄い」との厚労省が設けた厚生科学審議会の検討部会報告とは異なり、接種から重い症状が出

るまでの平均期間も約8.5ヵ月と指摘の上、「一連の症状は、心身反応よりも、ワクチンに含まれる免疫補助剤に反応して脳神経が炎症を起こしていると解釈した方が合理的だ」と諫言。

然るに厚労省結核感染症課は「176人は追跡調査をするが、それ以外の症例の再調査予定は無い」との立場を表明。

●P225

＊歳月：諸手を挙げて最初からダム建設に賛成していた集落は寡聞にして存じ上げず。その反対の理由は環境破壊云々、血税投入云々の情緒的イデオロギーの話に非ず。集落を守り育まんとする健全なる「保守」の心智に根差す。が、賛成しないと道路は改良されず、公民館も修繕されず。都会へ出た"豚児"はUターンせず、父母は年老い、荒廃した田畑を買い取りましょうとの"甘言"に、集落の結束は切り崩される。
理念で集う者は歳月とともに疲れ果てる。利益≒利権で集う者は何十年掛かろうとも"初心"を貫徹し得る。時間を掛けて情報公開・説明責任を果たして住民合意を、なる行政の"お口チョコレート・心アイスクリーム"な常套句は残念ながら、時間稼ぎで地域住民の疲弊と分断を待つ謂わば徳川家康的手段。その直接の見聞が、「的確な認識・迅速な決断と行動・明確な責任」を"サーヴァント・リーダー"としてヤスオが掲げるに至った切っ掛け。

ちなみにヤスオが生まれた翌年の昭和32年＝1957年に計画され、51年後の2008年に竣工した岐阜県は揖斐川の徳山ダムは、独立行政法人水資源機構が事業主体。人口減少社会ニッポンだからこそ必須、と上水道・工業用水のさらなる利水を利用目的に掲げる。計画構想から19年後、ヤスオが大学入学の昭和51年＝1976年に330億円だった費用積算は、完成時には3550億円と10倍以上に増大。当初予算を下回った公共事業は寡聞にして存じ上げず。

監督大西暢夫氏、製作本橋成一氏の「水になった村」(2007年)は徳山村の15年間を追った映画。

●P226

＊堤防の決壊：日本の堤防は土と砂だけの土堤。コンクリート壁の隙間から水が浸み込み、内部は液状化現象を起こしがち。大雨で壁面が崩れると一気に堤防全体が破堤する原因。故に欧米諸国では過去に決壊した

場所には、堤防の両肩から基礎まで鋼矢板を2枚打ち込む強化策を導入。莫大な費用と年月を要し、地域社会を分断する多目的ダムやスーパー堤防と異なり、これぞ地元の土木建設業者が担当可能な地域密着型公共事業。

が、堤防内部に土と砂以外の“不純物”が混じるのは認められぬ、と国は難色を示す。「ハトを護るタカ」を自任する老練な政治家とともに国会議員時代、鋼矢板工法の調査費を予算計上させ、ようやく動き出すもヤスオが総選挙で敗退し、あえなく沙汰止みに。
＊都市計画法や建築基準法：かつて都市計画法の29条及び33条は災害危険区域、地滑り防止区域、急傾斜地崩壊区域での福祉施設、医療施設等の開発行為を何故か認めており、故に山裾や崖下に老人ホーム等の社会福祉施設が存在。
その後、現在の土砂災害防止法が施行されるも、警戒区域に指定するのは地元自治体の首長。当該“遊休地”は往々にして彼らの支持母体たる“しがらみ”満載の建設会社や農業団体。道路建設では強制収容も辞さぬ一方で、住宅地に於いても区域指定は「住民合意」が大前提。

而して現在でも、未指定なら開発許可も建築許可もスルー状態。求められるべきは、当該箇所を全国で一刀両断に指定し、家屋移転の公共事業促進で「経済効果」をもたらすノブレス・オブリージュ（noblesse óblige）＝「矜恃（きょうじ）と諦観（ていかん）」
＊「保守点検」は滞りがち：「土石・岩石の急激な流下を防止する為に設ける」砂防ダムは、溜まった土砂の浚渫・除去を実施した事例が存在せず。勾配の緩い堆砂面で土砂を一時的に捕捉する機能も、砂防ダムに充分なポケットが無ければ土石流を停止させるのは不可能。「土砂で満杯だった各砂防ダムを土石流は乗り越えて沢を下」り、人家を直撃した事例を国土交通省水管理・国土保全局砂防部も文書で認める。にもかかわらず、「放置」し続け、土砂が満杯となるや税金を投じて上下流に新たな砂防ダムを建設するのが長年にわたる「砂防工学」の流儀。
が、「好事」魔多し。その後、2014年7月に南木曾町の梨子沢（なしざわ）で土石流が砂防ダムを乗り越え、犠牲者を生む事態が生じ、同年9月末に生起した御嶽山の噴火でも土石流の二次災害発生の危険性が指摘されると、漸く国土交通省は浚渫を実施するに至る。

ヤスオは知事就任当初、「更に県下に7000カ所、砂防ダムを建設せねばなりません」と霞が関から出向の土木部長と砂防課長に“進講”を受け、すかさず以下の質問。

「資料に拠れば、僕の就任前から年間建設箇所は100ヵ所以下。他方でコンクリートの耐用年数は短いと60年とも。計画完遂時には既存の砂防ダムを造り替えねばなるまい。本当に必要な箇所ですか。それとも“永遠の公共事業”確保ですか。既存施設の堆砂の浚渫こそ先決では」。

焦頭爛額（しょうとうらんがく）⇒事前の予防を考えた者を賞さず、末端の些末（さまつ）なものを重視するたとえ。「焦頭爛額を上客（じょうかく）と為（な）すか」の略（新明解四字熟語辞典）。「預言者郷里に容れられず」。
●P227
＊**「『脱ダム』宣言」**：2001年2月20日に発表。
その宣言の冒頭は「数百億円を投じて建設されるコンクリートのダムは、看過（かんか）し得ぬ負荷を地球環境へと与えてしまう。更には何れ（いずれ）造り替えねばならず、その間に夥（おびただ）しい分量の堆砂（たいさ）を、此又（これまた）数十億円を用いて処理する事態も生じる」。

北海道日高地方を流れる沙流（さる）川は、流砂で河口部が塞がり易い事を意味するアイヌ語のサラ＝葦原に由来。チプサンケと呼ばれるサケ捕獲の舟下ろし儀式をアイヌ民族が行っていた中流域に1997年竣工した、国交省北海道開発局が管理する特定多目的ダムの二風谷ダムは想像を絶する堆砂に直面。

竣工後100年間で550㎥と想定していた堆砂量は2007年に1268㎥を“達成”。即ち230年分の土砂がわずか10年間で沈殿。同等の速度で進行すると総貯水容量3150㎥のダム湖は10数年後には堤頂まで堆砂で覆い尽くされ、激流・濁流・奔流が下流域の居住地を襲う事態に。が、今後は沙流川も安定期に入り堆砂量は減少するから現時点での浚渫は不要と国交省は回答。地球は生きているにもかかわらず、日本の治水工学の「科学的知見」はかくも豪放磊落。

「DAMNATION」なるアメリカでの脱ダム・廃ダムを追った映画も2014年に公開。damnとdamを縁語としてnationと結合の造語。

＊出直し知事選：真珠湾攻撃から59年後の2000年12月8日に県議会で“就任演説”を行ったヤスオは、2002年8月15日の“敗戦記念日”に告示日を迎え、関東大震災から79年後の9月1日の投票日に再選される。

●P228

＊「造るから治す・護る・創るへ」：フィンランドと肩を並べるほどの森林国である日本は、国土の7割近くが森林。その45％は戦後に造林された、間伐が必要な針葉樹の人工林。

だが、林野庁予算は年間2000億円台と農林水産省予算の約1割に過ぎず、しかも間伐・植林等の森林整備費はわずか8％に留まる。残りは大規模林道や谷止工（たにどめこう）と呼ばれる渓流に設ける治山ダムに象徴される公共事業。

「森林ニューディール」を掲げて森林整備の予算を2.5倍に。「2残1伐」と呼ばれる2列残して1列伐採の間伐を促進するとともに、保水力に富む広葉樹を植林する針広混交林化を目指す。間伐経費の3分の2は人件費。これぞ環境の世紀に相応しい新しい労働集約的産業のあり方。既得権に胡座をかきがちだった森林組合に刺激を与えるべく、間伐技術を習得した土木建設業者に入札参加資格を与える100時限の無料講習「信州きこり講座」も開設。

意欲ある地元業者の協力を得て、間伐材活用の一環として信州型木製ガードレールを実現。製鉄会社系3社の寡占状態が続く鋼鉄製ガードレールと同じ強度認定を受け、間伐・製造から設置に至るの工程を地域の土木建設業者が担当可能。地元業者が担えるのは設置作業のみに留まる鋼鉄製に比べ、1km辺り5倍の雇用を地元に創出。

国交省も「木の香る道づくり事業」として導入。上信越自動車道碓氷軽井沢ICから群馬県道・長野県道92号線に入り、県境を越えると国道18号線軽井沢バイパスとの交差点まで、両側に木製ガードレールが続く。

＊手塩皿：浅い小皿。おてしょ。

＊予防ワクチンの効果：厚労省HPにもアップされた「子宮頸がん予防ワクチンの接種を受ける皆さまへ」（平成25年6月版）。

「子宮頸がんの約半分は、ワクチン接種によって予防できることが期待されています」と“大書き”。その下部に、「接種は法律に基づいて実施されていますが、受けるかどうかは、接種することで得られるメリット

とリスクを理解した上で、ご判断ください」と“中書き”。更に下部に“小書き”で「子宮頸がん予防ワクチンは新しいワクチンのため、子宮頸がんそのものを予防する効果はまだ証明されていません」と記す。(厚労省は子宮頸がんワクチンでなく子宮頸がん「予防」ワクチンと表記)。

●P229

＊暗黙知：創発知、潜在知。暗黙能、潜在能。経済人類学者カール・ポランニーの弟の物理化学者マイケル・ポランニーは1949年、58歳にして科学哲学者へと“転身”。Tacit Knowingと呼ばれる「暗黙知の次元」を編み出す。

＊形式知：図表・数式等での物事は説明・表現可能だとするknowledge managementなる経営管理。集合知の親戚ともヤスオは評す。

経済は歴史現象であるが故に2度と同じ事は起こり得ず、科学は自然現象であるが故に2度と同じ事は起こり得ず。永遠の万馬券も絶対の防災も、この世には存在せず。にもかかわらず、の起こり得る事象は演算装置のアルゴリズムで解析可能と端から信じて疑わぬ“お花畑”な頭脳。

＊科学的知見：科学を用いて・技術を超えてこそ人間の叡智。なのに、科学を信じて・技術を疑わぬ「科学的知見」とやらが土木でも医学でも原発でも跳梁跋扈。

●P230

＊今や世界的な人気を集める二十代のモデル：キャンディス・スワンポール（1988年〜）Candice Swanepoel

＊ブラックアフリカン：紀元前数千年頃から狩猟民族のサン人＝「ブッシュマン」、牧畜民族のコイコイ人＝「ホッテントット」が居住していた南アフリカには4世紀から10世紀に掛けて赤道付近からバントゥー系民族が南下し定住する。オランダ東インド会社のヤン・ファン・リーベックが喜望峰に上陸するのは1652年。オランダ系移民はオランダ語で農民を意味するブール人＝英語読みでボーア人としてケープ植民地を形成。

金やダイヤモンド等の鉱脈を求めてイギリス人が到来するのは18世紀末。19世紀末にはセシル・ローズがデビアスを設立し、ボーア戦争の結果、大英帝国側が南ア全土を掌握する。その間、英語を解さぬオラン

ダ系のボーア人は二等国民として扱われ、12万人が強制収容所で非人道的扱いを受け、2万人が死亡したと伝えられる。こうした中、ドイツ系、フランス系移民とも合流する中でボーア人はアフリカーナーを名乗るようになる。

人口の8割を占めるブラックアフリカンとしてのバントゥー系民族は、コサ族、ズールー族、ツワナ族を始めとして10部族に及び、"大文字"の差別たるアパルトヘイト撤廃後は部族間抗争が激化する。ヤスオが訪れたアパルトヘイト下の1986年段階でも、卑近な一例を挙げれば、人口の1割弱を占める支配階級の白人宅に住み込むコサ族の家政婦とズールー族の庭師が口を利かない等の"小文字"の差別が顕著。

カラードと呼ばれる同じく人口の1割弱を占めるボーア人とバントゥー系との混血、インド系の南アフリカ人も居住。さらには現在、周辺国から500万人とも言われる不法移民が、P233に登場する"スクウォッター・キャンプ"等に流入している。

P234でも記すが如く、「人種という"階級間の隔離"は曲がりなりにも消滅したものの、今度は貧富という"階層間の分離"が、より顕在化し」、取り分けブラックアフリカン内部の「格差」が深刻化している。

●P231

＊ネルソン・マンデラ氏：Nelson Rolihlahla Mandela（1918年＝大正7年7月18日～2013年12月5日）"偉大なる指導者"の彼は27年にわたる獄中生活から脱し、アパルトヘイトなる理不尽な"大文字"の解法≒解放を終えるや、その後に必然的に且つ不可避に訪れる不条理な"小文字"の解法≒解決には何故か取り組むことなく、1期5年で1999年に大統領職を退任する。
ジョゼフ・コンラッド『闇の奥』の翻訳も手掛けた物理化学者の藤永茂氏はブログ「私の闇の奥」に於いて、逝去直後の2013年12月～翌年1月に「ネルソン・マンデラと自由憲章」と題し、きわめて洞察力に富む長文論考を4回にわたって発表。

「今日の南アは、経済改革が政治改革と切り離して行なわれたときに何が起るかを示す、生きた証となっている。政治的には、国民は選挙権と市民的自由、多数決原理を与えられているが、経済的にはブラジルをしのぐ世界最大の経済格差が存在している」とナオミ・クラインが2011

年に『ショック・ドクトリン』で看破した現実を踏まえ、1990年2月11日にアパルトヘイト政権のデ・クラーク大統領によって刑務所から釈放される直前に71歳の彼が獄中で書いた「支持者に向けた覚書」と1955年＝昭和30年の「自由憲章」を比較している。

さらには2013年12月10日に開催された追悼式典会場の巨大サッカー競技場に「ジンバブエのロバート・ムガベ大統領が到着すると黒人大衆が歓呼を上げ、自国南アのジェイコブ・ズマ大統領がスクリーンに現れると盛んなブーイングが起こった」とイギリスの「ザ・ガーディアン」紙が報じた点にも着目。

1980年に独立を果たした当初はジンバブエの首相として、ローデシア時代からの白人と協調して国づくりを進めた20年間、欧米での覚えは目出度く、ノーベル平和賞の有力候補となったにもかかわらず、2000年に大統領の彼が白人所有の農地を黒人に返す農地改革に着手するや「悪逆無比の独裁者」として国際的制裁が科せられ、他方で南アでは90％を占める白人所有農地が未だ手付かず状態なのは何故か、その深意を「オペレーション・マンデラ」と彼が名付けた見立てに添って説き明かす。一読に値する論考。
＊藤紫色：C40・M40・Y0・K0
●P232
＊シャック：shack
●P233
＊ゴーストタウン：漢字を用いてより直截に表現すると日本では袋叩きに遭う。
＊スクウォッター・キャンプ：Squatter Camp南アに限らず、スクウォッターは不法定住者及び不法居住区を指す。ゴーストタウンと化したヨハネスブルグ中心部の廃ビル居住者もスクウォッターと呼ばれる。
●P235
＊HIV陽性者：「誇り高き220万県民が集う信州・長野県は今、存亡の危機に直面しています。エイズ（AIDS：Acquired Immunodeficiency Syndrome：後天性免疫不全症候群）患者及びHIV（Human Immunodeficiency Virus：ヒト免疫不全ウイルス）感染者の報告数の人口10万人に対する割合は過去3か年平均で、大阪府や神奈川県、愛知

県を遥かに上回り、東京都に次いで全国ワースト2位なのです。全国平均の1.6倍です。

が、恐れてはいけません。"有為転変"するウイルスであるHIVを根治することは難しくとも、感染した初期段階で対応したなら、現在の医療では半永久的に発病を防ぐことが可能です。しかし、一旦発病したなら、残念ながら手遅れなのです。即ち、感染した後の潜伏期間に判明させ、対処することがきわめて重要なのです。

本県のHIV感染者報告数は2005年（平成17年）、全国28位でした。他方で、エイズ患者報告数は2005年（平成17年）が全国ワースト3位、2004年（平成16年）はワースト1位なのです。それは、概（おおむ）ね10年前後と言われる潜伏期間を経て、発病後に初めて医療機関に駆け込む県民が圧倒的であることを示しています。

加えて、発病者を含む本県に於ける感染原因の79パーセントは異性間の性的接触なのです。国家的犯罪だった血液製剤に因る感染、或いは同性間の性的接触に因る感染とは比較にならぬ割合です。即ち、本県に於けるエイズ問題とは最早、一部の人々の問題ではないのです。

さらに本県では、判明しているHIV感染者の中で日本国籍の方が占める割合は3分の1であるのに対し、既に発病したエイズ患者の中で日本国籍の方が占める割合は65パーセント、全体の3分の2に達しているのです。即ち、早期発見の検査機会を逸し、残念ながら根治の可能性は無きに等しい状態の中で闘病生活を送る、それも長野県で生まれ育った県民が数多く存在するのです。

ごくごく普通の、恐らくは気立ても良く、親切で優しく、仕事や勉学に励む、あなたの周囲の隣人であったりするのです。彼等や彼女等は潜伏期間中に、愛する家族や恋人や友人や、或いは母子感染を通じて未来の子どもにも、負の連鎖を与えてしまっているかも知れないのです。

一連の数値は、何を物語っているでしょうか？

SARS（Severe Acute Respiratory Syndrome：重症急性呼吸器症候群）を始めとする感染症の専門病棟を擁する県立須坂病院の担当部長は、語ります。『HIVが猛威を振るうアフリカでの最初の状況と酷似している』と。

私たちは、この現実から目を背けてはいけません。これは、信州人に与

えられた試練なのです。従来の差別意識と似通った『排除』の発想では乗り越えられません。共生の意識を抱くと共に、早期発見で発病を防げる、まさにリビング・ウイズ・エイズの時代に生きる信州人として、HIV並びにエイズに対する正確な知識を共有し、一人でも多くが検査を受ける“県民運動”を展開すべき、と考えます。

県内全ての保健所と県内8か所のエイズ治療拠点病院で、無料・匿名のHIV迅速検査を実施します。県民各位が冷静に現実を受け止め、エイズ及びHIV感染の予防と蔓延（まんえん）の防止にご協力頂けることを願っています。」（2006年6月22日　在任中最後の県議会定例会に於ける議案説明要旨の一部）

●P237

＊キッス：「キッスと表記するよりは、キスの方が、女の子を扱い慣れた男の子の雰囲気がでます。」と「もとクリ」註279には記されていたのにね。ヤスオも由利もさらなる恋愛遍歴を経て、実はキッスの方がより相応しい表現の境地に達したのかな。それは成熟、爛熟？　それとも衰微、喪失？

＊花唇：もおぅ、口唇のことですってば、単なる唇。困りますわ、そんなに想像力が逞しいなんて。

＊抽送：入れたり出したり。

●P238

＊コバルトブルー：C100・M50・Y0・K0

＊スティルウォータース：Still Waters

＊由利に教えられて出掛けた同潤会アパート近くの美容室：ボブカットを深化させたヴィダル・サスーンの下で修業を積んだロンドン帰りのヘアデザイナーが1977年＝昭和52年に開業したヘアサロン。五十嵐さんとは別のスタッフが、撮影現場で由利のヘアメイクを担当。吉祥寺、原宿と訪れる美容室を転々とするも今一つ馴染めないでいたヤスオは、訪れてみたらと彼女に言われて出掛け、五十嵐さんと巡り会う。
同潤会アパートは関東大震災（1923年＝大正12年）後、東京・横浜に建設された集合住宅。表参道沿いの青山アパートメントは1926年〜2003年。

ちなみに本書の単行本版の帯は、表参道のケヤキ並木を2014年10月に

捉えた写真。“腰巻き”の表側には、「1980年に大学生だった彼女たちは、いま50代になった。」の見出しと共に、浅田彰、菊地成孔、斎藤美奈子、高橋源一郎、壇蜜、なかにし礼、浜矩子、福岡伸一、山田詠美、ロバート キャンベルの10氏が寄稿下さった推薦文が並ぶ。

背後に映るのは表参道ヒルズ。「日本の閉塞的な状況を打ち破る」としてザハ・ハディドの設計案を新国立競技場の最優秀賞に推した安藤忠雄氏の設計。その“腰巻き”の表を眺めると一瞬、単色の“シャッター通り”と見紛う“ロールシャッハ”現象の幻覚・錯覚に陥る、期せずして「33年後」の意匠と評すべき設計。“腰巻き”の裏は一転、「33年前」を想起させる風景。
＊控え目な音量：ディーセントdecent　慎み深い。ILO＝国際労働機関は「Decent Work」を掲げる。P255で触れられるアロガントとは対極の、慎み深い誇りを抱いた人間的な職場環境を意味する。国家益の前に国民益を、愛国心の前に愛民心を目指す富国裕民にも通ずる心智。
●P239
＊有線放送：お気に入りのCDを店内で流していると音楽著作権云々と昨今は煩わしい模様。スッチー、ペログリ、脱ダム、脱記者クラブと人口に膾炙した幾つもの惹句を発案しても、著作権使用料が1円も発生しないのとは大違いでごじゃる。思えば「ネット社会」の到来とは本来、コピーライト&パテント・フリーのベクトル上にあった筈なのにね。
＊インターネットラジオ：ウェブラジオ。
＊パイド・パイパー・ハウス：開店1975年＝昭和50年〜閉店1989年＝平成元年。骨董通り最初の信号手前右側。当時、信号は存在せず。「学校帰りに寄っているうちに店の人とも親しくなった今では、三日に一遍は顔を出してみることにしている」と「もとクリ」本文で由利も独白。
●P240
＊ロバート・パーマー：Robert Palmer（1949〜2003）1978年発売のアルバム「Double Fun」収録の「Every Kinda People」が流れたものと思われる。「もとクリ」註71・72でも登場。
＊エイドリアン・ガーヴィッツ：Adrian Gurvitz（1949〜）シングル盤で1982年発売の「Classic」が流れたものと思われる。

＊マーク＝アーモンド：Mark-Almond　イギリス・ブルース界の雄ジョン・メイオールのバンドに参加していた2人組。活動期間1970年〜1978年。プロコル・ハルムの元メンバーのデイヴィッド・ボールとソフト・セルなる音楽ユニットを組んでいたマーク・アーモンドとは無関係。アルバム「Other Peoples Rooms」1978年発売。「もとクリ」註411でも登場。
＊トミー・リピューマ：「ジョージ・ベンソン『ブリージン』、アル・ジャロウ、ニック・デ・カロ『イタリアン・グラフィティ』、マイケル・フランクス『アート・オヴ・ティー』をプロデューサーとして、手がけてきた彼は、ホライズン・レーベルより、1978年にマーク＝アーモンド、ドクター・ジョン、ニール・ラーセンのレコードを出すが、多分にマニアックだったため、セールス的にはもうひとつでした」（「もとクリ」註413）
「A&Mレコードのジャズ・レーベルという色彩の強かったホライズンは、トミー・リ・ピューマを迎えることにより、アダルト・ミュージック・レーベルへの脱皮を図ろうとしましたが、トミー・リ・ピューマとの間のコンセプト調整に失敗しました」（「もとクリ」註414）
表記はTommy LiPuma（1936〜）。「もとクリ」では「トミー・リ・ピューマ」、「いまクリ」では「トミー・リピューマ」で統一。
＊ルポゼ：「薬剤師みたいな白衣を着た従業員がいて、小さくてカリカリとしたパイを焼いてくれます。なんともペダンティックな雰囲気が、『クロワッサン』あたりを読みそうな人に似合います」（「もとクリ」註131）
＊灰白色：C0・M2・Y9・K9
●P241
＊ハーメルンの笛吹き男：Pied Piper of Hamelin
＊木賊色：C58・M0・Y50・K50
＊“好事家”：ディレッタント dilettante
＊媚茶色：C0・M3・Y50・K70
●P242
＊ウチのお兄ちゃん：「直美の紹介で去年の夏に知り合った、ヨット・マンの男の子たちがいる。名まえを聞けば女の子たちが『キャーッ。』

といいそうな、私大のヨット部に入っている彼らは、今は、航空会社に勤めている直美のおにいちゃまの後輩に当たる」との「もとクリ」本文での記述に関し、註60で「女の子が『キャーッ』という大学といえば、当然港区にある大学」と解説。

件の大学の、直美の兄を含む同窓生にはいささかの恨み辛みも持ち合わせぬものの、以下の疑問をヤスオは抱き続けてきた。

「天は人の上に人を造らず、人の下に人を造らずと云（い）へり」と説きながら、「先生」なる呼称が許されるのは彼自身のみ。「一面で先生であるものが他面では生徒でもあったわけで、要するに真に先生であるのは福澤先生だけ」（慶應義塾HP）と絶対視し、他の人間を全て「君（くん）」と呼ばせる、北朝鮮やシンガポールの君主制にも通ずる「制度」は何故なのだろう、と。

星霜を経て、『學問のすゝめ』に於いて「云へり」＝「と言われている」の伝聞・引用の間接話法を用いた理由は「アメリカの独立宣言の一節を意訳したという説」（慶應義塾HP）を“手掛かり”として、①自由民権運動の高揚に際し、天賦人権説≒国民益を否定し、国権優先の「権道」≒国家益を唱えた点。②「最も恐るべきは貧にして智ある者なり」「貧人に教育を与ふるの利害、思はざる可らざるなり」と大日本帝国憲法発布の1889年＝明治22年に「貧富智愚の説」で論じた点。これらの言説を根拠に、従来から国家主義・帝国主義的側面を批判されていた福澤諭吉翁を以て、豈図らんや「新自由主義」の嚆矢とすべきではないか、とのいわば逆ベクトルとしての逆襲的「歴史修正主義」論争が勃発中。
＊ニック・デカロ：Nick DeCaro（1938～1992）。P240「トミー・リピューマ」の註も参照

●P243

＊バリー・マニロウ：Barry Manilow（1943～） 誰もが知ってる「コパカバーナ＝Copacabana」、「歌の贈り物＝I write the songs」等々のシンガー＝ソング・ライター。
＊メリサ・マンチェスター：Melissa Manchester（1951～） 1996年に「愛の灯～Stand in the Light」で山下達郎氏とデュエットしたシンガー＝ソング・ライター。
＊「カット盤」：「カット・アウト、ドリル・ホールと呼ばれる、ジャケ

ットの隅が切られていたり、穴が開けられていたりする廃盤レコード」(「もとクリ」註161)
●P244
＊ディスコで使用しているレコードプレイヤーと同じ機種：Technics SL-1200。松下電器産業が1972年＝昭和47年に販売開始、パナソニックが2010年＝平成22年に生産終了。全世界で累計販売台数≒350万台。
＊大学生協でローンを組んで：往時は学生向けクレジットカードなんぞは存在せず。
＊ピーター・アレン：Peter Allen（1944〜1992）「オーストラリア出身のシンガー＝ソング・ライター。『ドント・クライ・アウト・ラウド』の作者」(「もとクリ」註335)
＊キャロル・ベイヤー・セイガー：Carole Bayer Sager（1947〜）「メリサ・マンチェスターとの共作も多い、女性のシンガー＝ソング・ライター。」(「もとクリ」註336)
1982年から10年間、バート・バカラック（1928〜）と婚姻関係。等々、紹介したい内容は山盛りなれど、「あとは自分で考えなさい。ならぬ調べなさい。」。とは言え、P244に登場する“幻の迷著”『たまらなく、アーベイン』の以下の一文は記しておかねば。

「『あなたの持っているレコードの中から、一枚だけ選びなさい』と言われたら、迷わず、『これ』と差し出すのは、きっと、キャロル・ベイヤー・セイガーのSometimes Late at Nightだな、って気がします」と紹介。「じーんと胸に、の名曲がそろったキャロル・ベイヤー・セイガーは飛行機の離陸時に聴くのが、お推め。ジャンボの小さな窓から外を眺めているとチェック・イン・カウンターのところで見送りの彼女と、すばやくお別れのキスをした、さっきのことも浮かんできて」がリード文（ロッタの散歩用引き綱に非ず）。

で、本文も「カサブランカ・レコードで、ドナ・サマー、ヴィレッジ・ピープルなんかを世に売り出したニール・ボガードおじさんが、『カサブランカよ、さらばじゃ』って広告を、ビルボードやキャッシュ・ボックスに、ドカバカ出して新しく作っちゃったボードウォーク。レーベル・シールも、夕陽が沈む水平線のイラスト、と、海辺の散歩道という意味のBoardwalkにピッタリコンです」。「こうしたアルバムは、もちろ

ん、二人だけの時間を過ごした後、夜遅くに、彼女を家まで送っていく途中の車の中で聴いてみてもよいのですが、でも、あまりにも名アルバムすぎて、『もっと、一緒にいたいわ』『怒られちゃうよ、十一時半だから』『じゃ、このテープが終るまで、おウチの近所を、グルグルまわって』なんてことになりそうです。もちろん、少年だって、なるべく遅くまで一緒にいたいでしょうけれど、長期的展望をすると、早く帰しておいた方が、女の子の両親にも信用されるってもんでしょ。『もう少し』と思う気持に対しては鬼になった方が、正解でしょうね」

いやぁ、80年代してますなぁ。しかも文章も昔の方が読ませたりして、クシュン。
＊アシュフォード＆シンプソン：Ashford&Simpson 「黒人のおしどりデュエット・グループ。ソング・ライターとしても知られ、ダイアナ・ロスなどに曲を提供しています」（「もとクリ」註73）
Nickolas Ashford（1941〜2011）& Valerie Simpson（1946〜）夫妻の楽曲Is It Still Good to Yaが在日米軍の極東放送網FEN、現在のAFNから流れているのを神宮前の自室で由利が聴く、冒頭の場面で登場。ちなみにその後にかかったのはクール＆ザ・ギャング、エアプレイと、この日のFENは良い意味で幅の広い選曲。
＊ピーボ・ブライソン：Peabo Bryson バリー・マニロウ同様、何故か「もとクリ」には登場していない歌い手。
＊『東京ステディ・デート案内』：1988年上梓。
＊『たまらなく、アーベイン』：1984年4月上梓。「アーベイン urbane 都会的な。」（「もとクリ」註356）（文庫化に際し『ぼくだけの東京ドライブ』と改題）
「音楽は、常にその時代の気分を伝えてくれます。」

「すべての体験が疑似体験になっていってしまう都会生活の中で、」「ストーリーやメッセージを持たない“気分の音楽”は、ドラマのないのがドラマになってしまった僕たちの生活、そのものです。」

「今までのアルバム紹介とは違います。朝、昼、夕方、夜と四つの時間帯にアルバムを分けて、それぞれ、どんな時間帯の、どんなシチュエーションで聴いたら、ピッタリくるかというエッセイに仕立て上げてみました。」

「たとえば、雨の降る午前中、ミルク・ティーを飲みながらお部屋に一人、であったり、晴れた休日の午後、二人で第三京浜をドライヴ、であったり、あるいは、お互いの体がダウン・ライトの淡い光の中に浮かび上がる夜のベッド・ルーム、であったり、様々です。」

「レコード会社からもらった試聴盤とかではなくて、この七年ほどの間に、実際に僕がお金を出して買ったアダルト・コンテンポラリー、ブラック・コンテンポラリー系統の三千枚近いアルバムの中から、これから先、二年後、五年後に聴いても、ちっとも古さを感じさせないであろう百枚を選び出した、アルバム紹介の本です。」

「それぞれの章には、そのアーチストの他のアルバムや、似たような気分を味わわせてくれる他のアーチストのアルバムも、数多く紹介されています。」（「ヤスオからあなたへ」と題した前書き）

●P246

＊ルパート・ホルムズ：Rupert Holmes「アレンジャーとしても知られる、ニューヨーク派シンガー＝ソング・ライター。ビリー・ジョエルが、成り上がり的ニューヨーク派ならば、ルパート・ホルムズは、具体的な場所や風景を固有名詞で出すことにより、ある限定されたクラスの生活が浮かび上がるようになっている。そこに描かれる人は、ビリー・ジョエルの場合と異なり、自信を外へ出そうとはしない人たち。」（「もとクリ」註415）
33年を経て再び一読するや“沸点”に達する皆さまが登場しそうな予感（汗）。

＊バーブラ・ストライサンド：Barbra Streisand　ストライ「ザ」ンドとばかり思い込んでいたヤスオは今回、「文藝」掲載原稿の校閲担当者から指摘を受けて初めて「サ」だと知る。実（げ）に恐ろしや、思い込み。翻って「集合知」を端（はな）から信じて疑わない皆さまも御留意を。

●P247

＊千鳥ヶ淵での女子会：2013年8月24日の女子会から1年余り、本文第8章を脱稿後の2014年9月下旬に江美子から、北出利通・沙緒里一家が2人の子供とともにシンガポールへ移住したとメールが届く。“中興の祖”と持て囃された北出利通が経営していたコンピュータゲーム会社はその後、さらに売上げが低迷して同業他社に吸収合併され、春先に退

任したとネットニュースで報じられていた。“富裕層にとっては暮らしやすい”シンガポールでの生活を選択したと思われる。

初代首相の長男が現在の首相、次男は国内最大通信企業CEOを務め、航空会社や銀行等の政府関連企業の持株会社のトップを現首相の妻が務めていた淡路島サイズの国家。

人口540万人の40%を外国人が占め、メイド等の労働を担う。さらなる外国人労働者受入政策を表明する政府に対し、仕事を侵食される中低所得者層の不満は顕著となり、こうした状況が欧米系メディアで報じられる。

が、TV局等の既存メディアへの報道統制に加えて2013年6月から、シンガポールに関する「オンライン上のニュースサイト」も情報通信省傘下メディア開発庁（MDA=Media Development Authority）から認可免許取得の条件が課せられ、国内的には情報過疎状態が続く。

国民管理を徹底するジョージ・オーウェルの小説『1984』を彷彿とさせ、その国家資本主義国としての開発独裁体制は、「明るい北朝鮮」とも評される。

●P248

＊「キャリアとケッコンだけじゃ、いや。」：皮肉にも件の惹句は、「泡沫経済期」とは対極の現在も、当該年齢女性の深層心理。
＊二、三十代の女性向け週刊誌：1988年6月2日創刊。
＊サースティ：thirsty
＊チェルノブイリ：Chernobyl　1986年4月26日ウクライナ・ソビエト社会主義共和国。本橋成一監督「ナージャの村」（1997年）はチェルノブイリ原発事故で汚染されたベラルーシ共和国ドゥヂチ村が舞台。「アレクセイと泉」（2002年）は同国ブジシチェ村が舞台。

●P250

＊半年後、湾岸戦争：イラクのクウェート侵攻は1990年8月2日。「砂漠の嵐」作戦と称する「多国籍軍」のイラク空爆は1991年1月17日。
＊国際文化会館の講堂を予約：1991年2月21日。ヤスオにとっては遥か忘却の彼方なのだが、「お〜い、タバコ買ってきてくれ」と当時44歳の作家が編集者に語るのを聞いた1歳年下のヤスオがすかさず、「タバコくらい自分で買ってきましょうよ」と口を挟み、周囲が凍り付いたと

今でも述懐する向きが多い。翌年、病魔に冒され夭逝した作家は如何なる理由か定かならねど、他の表現者がヤスオの文章を腐すと決まって「ヤスオちゃんは、あれでいいんだよ」と“擁護”して下さった。

＊日本外国特派員協会：FCCJ　湾岸戦争時の共同会見以外にヤスオは都合4回、FCCJ側の招待で単独会見に臨んでいる。

●P252

＊ユナイテッド・インディヴィジュアルズ：united individuals

●P253

＊テディ・ペンダーグラス：Theodore DeReese “Teddy” Pendergrass（1950〜2010）「コンサート後には、パンティーが散乱する程、女性に人気のある黒人シンガー。」（「もとクリ」註98）。今ならポリティカル・コレクトネス該当表現？

＊フィリー・ソウル：Philly soul「つい数年前には、ザ・スリー・ディグリーズ等、軟弱ソウルの代名詞として軽蔑的に使われていたこの言葉も、テディ・ペンダーグラスの変身により、尊敬のまなざしの言葉となりました。」（「もとクリ」註97「フィラデルフィア・ソウル」）

●P254

＊ウィナーズ：元々は四谷ライブの店名で新宿区若葉の文化放送旧社屋前に存在。1978年11月、外苑東通りに面した六本木3丁目の薬局の急階段を上った3階でウィナーズとして営業。その後、六本木交差点至近の六本木7丁目に移転。閉店時期は1996年以降なるも詳細不明。

＊マチュアド・ソサエティ：matured society　語学通を自任する向きから、正しくはマチュア・ソサエティとの指摘も。

●P255

＊“昔みたい”：1987年に上梓した短篇集の題名でもある。

＊アロガント：arrogant

＊グリーディ：greedy

＊イントレラント：intolerant

●P256

＊ちぃばす：港区コミュニティバス。2004年10月運行開始。富士急行系列のフジエクスプレスに運行委託。当該の青山ルートは2012年4月運行開始。

●P258

＊富国裕民：ヨハネ・パウロ2世は東西ドイツ統一翌年の1991年、「新しい事」をラテン語で意味する回勅「レールム・ノヴァルム（Rerum Novarum）」を発布。作成に参与した経済学者の宇沢弘文氏は、「社会主義の弊害と資本主義の幻想」を主旋律とし、資本主義と社会主義の二つの経済体制を超えて、人々の人間的尊厳と魂の自立、市民の基本的権利が確保される経済体制を希求・実現せよとの問題提起だったと述懐。公益＝国民益を忘れた米国型の株主資本主義、中国型の国家資本主義がもたらす課題を預言・警告した回勅。

大気・河川・森林・土壌等の自然環境、道路・電力・情報基盤等の社会基盤、教育・医療・金融等の制度資本は「社会的共通資本」であり、私益でなく公益の心智に基づく保全・運用が肝要と説いた氏にヤスオは共鳴。日本政策投資銀行設備投資研究所顧問を務めていた氏に大手町の同行で面会。

どんなにか最新の医療機器があろうとも、人間の体温＝温性を持ってケアするスタッフが居なくては宝の持ち腐れ。「智性・勘性・温性」を研ぎ澄ませ、人が人のお世話をして初めて成り立つ福祉や医療、教育や環境こそ、「優しさ・確かさ・美しさ」を併せ持った21世紀型の新しい労働集約的産業のあり方、と厚顔無恥にも氏に向かって語り、「未来への提言～コモンズからはじまる、信州ルネッサンス革命～」の執筆を依頼。氏は自ら筆を執り、破綻した計画経済の如き机上の空論な数値目標の羅列が大半な、凡百の中期計画、長期計画とは異なる「ゆたかな社会」のあり方を示す長尺の答申を纏めて下さる。

余談を一つ。水俣や成田の地にも繁く通い詰め、天皇制に懐疑的でもあった氏が文化功労者に選ばれた1983年＝昭和58年、宮中で昭和天皇に、新古典派経済学がジョン・メイナード・ケインズが市場原理主義が社会的共通資本がと縷々進講するや途中で言葉を遮られ、「君！　君は経済、経済と言うけど、人間の心が大事だと言いたいのだね」と仰る。

「経済を人間の心から切り離して、経済現象の間に存在する経済の鉄則、その運動法則を求める」「経済学の考え方になんとかして、人間の心を持ち込むことに苦労していた」自分にとってコペルニクス的転回だったと老師はヤスオに述懐。その後も謦咳に接する中で、「日本を『天皇を

中心としている神の国』から『民主主義的ルールを重んずる国』に変えられるためにお心を使われてこられたことをあらためて心に刻んだ」とも著作で。

その宇沢氏は、文部科学省が設けた「国立大学法人評価委員会」の「論議」を受け、「教員養成系、人文社会科学系の廃止や転換」を各大学に通達し、一国の首相も「『エンジニアリングだけがイノベーションを生み出す』という発想を、まずは捨てねばなりません」と語る一方で、「学術研究を深めるのではなく、もっと社会のニーズを見据えた、もっと実践的な、職業教育を行う。そうした新たな枠組みを、高等教育に取り込みたい」とパリのOECD＝経済協力開発機構の閣僚理事会で演説したのを知ったなら、怒髪天を衝くであろう。

「人間の心を大事にする経済学の形成に力をつくした」氏が生前に語った最後の映像は、「宇沢弘文が語る『TPP』」と題してヤスオが聞き手で「3・11」直前の2011年3月5日放送「にっぽんサイコー！」(BS11)。HPで視聴可能。

●P259

＊**薄墨色**：C0・M0・Y0・K50

●P260

＊**『ビッグイシュー日本版』**：The Big Issue　1991年にイギリスで発刊。日本版は2003年9月に大阪で、「ホームレスの人の救済（チャリティ）ではなく、仕事を提供し自立を応援する事業」として創刊。現在は月2回刊。「1冊350円で販売、180円が販売の収入に」。
＊**ハチ公バス**：渋谷区コミュニティバス。2003年3月運行開始。フジエクスプレスが受託する当該の神宮の杜ルートは2008年2月運行開始。
＊**アジアンランチ**：山口健司・由香夫妻が1997年6月創業。川崎市中原区に厨房を置く。都内20ヵ所以上で営業。

●P261

＊**白銀色**：C0・M0・Y0・K43
＊**パクチー**：ผักชี　香菜（シャンツァイ）、コリアンダー。
＊**フォー**：phở　ライスヌードル。フランス語で火に掛けた鍋を意味するポトフpot-au-feuのfeuが語源とも言われる。

●P262

＊加圧トレーニング：上腕、あるいは上脚を専用ベルトで締め付け、血流量を制限し、行うトレーニング。1回実質45分。ヤスオは週1の頻度で受講。

●P263

＊カモシカ・やっしー：2000年9月13日生誕。県議会議員の大半、県内120市町村長の119人が対抗馬の元副知事を推薦する中、旧制松本高等学校跡地「あがたの森公園」の芝生で2時間半にわたって政策発表を行った9月13日午後、披露のシンボルマーク。より正確には受胎告知を受けた安齋肇画伯が13日午前4時12分に無痛分娩。県獣・羚羊（かもしか）を模する。告示日前日の9月27日に着ぐるみとして第2の生誕。選挙期間中の10月4日早朝、宿泊先のビジネスホテルでブローチとして第3の生誕。「共に身障者なれど献身的奮闘を続ける、塩尻市在住M夫妻が愛娘と共に来訪。安齋“ソラミミスト”肇氏がデザインの、ちょっぴりお腹が出ていて脚も短めなシンボルマーク“カモシカ・やっしー”のブローチをフェルト地で仕上げて下さる」（『東京ペログリ日記大全集』3巻所収）
その後もポプリを忍ばせたブローチの裏側に「しなやか」「まけるな」といった言葉を1個毎に刺繡してガラス張り知事室へと届けて下さる。

幼稚っぽい、嫌痴痔・誤植・県知事の威厳が感じられない、「教育県」に相応しくない等々、罵詈雑言を頂戴するも、彼女に象徴される、幾多の困難に打ち克ち、自律的に生きる県民に奉仕する“サーヴァント・リーダー”の覚悟として、1日も欠かさず襟元に付け続ける。知事退任の2006年8月31日、山の中で飛び跳ねる生活に戻りたいとのヤッシーの意思を尊重し、襟元から取り外す。

赤の他人にとっては多分、どうでもいいが、「カモシカ・やっしー」は「カモシカ・」を省く場合は「やっしー」でなく「ヤッシー」と表記される。

さらに余談。野球部員17人で「甲子園出場」を果たした松本の私立塚原青雲高校（当時の校名）をヤスオは2001年8月13日に甲子園球場で応援。勝利するも、電通のコピーライターからラーメン店主に転身した“舎弟”M氏が入った着ぐるみヤッシーの球場内での侵入は純粋なる高校野球に相応しくないと高野連が厳重注意、と夕刻に報じられる。同日

夜にレギュラー出演のTBSラジオ「アクセス」で、隣席で観戦の高野連の理事2名が可愛いと称揚下さり、孫に写真を見せたいと光栄にも記念撮影下さったと語る。

さらに翌日。「『知事に現場で直接事情説明ができずに誤解を招いたことをお詫びいたします』との一文を含む文章が、『第83回全国高等学校野球選手権大会本部』からFAXで夕刻に届く。いやはや、高野連から注意を受けた人物、団体は多かろうが、詫び状を受け取った例は数少ないのでは。私費で応援に駆け付け、お供も従えずにインタヴュー後に一人で紙袋を抱えてタクシー乗り場へと向かう後ろ姿は感動モノでした。とのメールを、球場で名刺交換したスポーツ紙記者から貰う。いやぁ、そういう“美談”は全国紙の長野県版には絶えて紹介されないんだよねぇ。」（『東京ペログリ日記』8月14日分再録）

●P264

＊人工股関節全置換術：2011年3月2日手術。17日退院。（兵庫県立尼崎病院）
ちなみに、膀胱全摘除術・回腸新膀胱造設術2003年12月25日手術。通常は2ヵ月程度入院なるも翌年1月15日退院。（長野市民病院）
この他、中学3年の盲腸。2001年の蜂窩織炎。2008年の網膜剝離。2010年の鼠径ヘルニア。2013年の正中頸嚢胞。1999年〜2003年の数次にわたる経尿道的膀胱腫瘍切除術の手術は数限りなし。満身創痍で間もなく地獄へ、と守旧派から期待されるも何故か“憎まれっ子、世に憚る”状態を辛うじて保つ。

＊災害対策基本法：明治維新以降最大の台風被害を生んだ1959年＝昭和34年の伊勢湾台風（死者4697人・行方不明者401人）を契機に1961年＝昭和36年に制定。

＊エルネスト・チェ・ゲバラ：エルネスト・ラファエル・ゲバラ・デ・ラ・セルナ（Ernesto Rafael Guevara de la Serna　1928年6月14日〜1967年10月9日）

●P265

＊「森林ニューディール」：P228「造るから治す・護る・創るへ」註参照。

＊南相馬市：東京電力福島第1原子力発電所が位置する自治体とは異な

り、東電関係の原発交付金＝原子力発電施設等立地地域特別交付金なる“飴”とまったく無縁の自治体。

●P266

＊「屋内退避指示」：さらに地震発生2週間後の3月25日、「命令」「勧告」ならぬ自主避難「要請」を官房長官が会見で発表。

「避難指示を出せば住民の移動に多額の費用が掛かる。自主避難なら少しでもコストダウン出来る」との政府関係者の発言を引き出した「共同通信」は、「首相も官房長官も安全な場所で学芸会の様に騒いでいるだけ」と被災者の慨歎もカギ括弧で配信。

＊ロジスティック：logistic

＊僕が訪れた二十日の段階：南相馬市に政府と県から「連絡」があったのは地震発生6日後の3月17日。防災担当大臣が19日に短時間訪れるも、同行のマスメディアは地元紙以外は皆無。にもかかわらず、官邸からの「伝聞」でなく「現場」からの報道として「東京」から報ずる。全国紙が実際に現地入りして報ずるのは24日付紙面から。

●P267

＊コンコース：concourse

＊周期：バイオリズム biorhythm

＊回転木馬：メリーゴーラウンド merry-go-round

●P268

＊「いちば」と「しじょう」の違い：喩えたなら前者は、横丁の商店。伴侶に先立たれた独り暮らしの老婆が買い物に出掛けると、魚屋の主が声を掛ける。「おかあさん、この切り身、小振りだから、今日は勉強しとくよ。50円引きだぁ」。人と人の相貌（かお）が見える。体温が感じられる。それが「いちば」＝リアル（真実）。

他方で「しじょう」は、相貌が見えにくい。体温も、低めだ。いわば液晶画面に映し出された数値や数列を信じて疑わない世界。その行間は読み取れない。打ち込みをミスしていたり、プログラムに欠陥（バグ）が生じて、表示が間違っているかも知れない。それが「しじょう」＝ヴァーチャル（虚構）。

即ち「科学を信じて・技術を疑わず」が「しじょう」。「科学を用いて・技術を超える」のが「いちば」。地頭、暗黙知が後者、形式知、集合知

が前者。
*公益資本主義：米国型の株主資本主義でも中国型の国家資本主義でもない、即ち利益を求める欲望経済を利用しながらも、社会にとって有用な企業や組織を全世界に生み出す経済のあり方を希求する心智。愛国心、愛社心ならぬ「愛民心」に基づく。
●P269
*ケミストリー：chemistry　相性。P86既出。
*ヘッドスパ：美容器具メーカーのタカラベルモントが命名。和製英語。
●P270
*一人の人間のありよう：「アイデンティティー identity」(「もとクリ」註227を再再録)。「あとは自分で考えなさい。」
●P271
*媚茶色：C0・M3・Y50・K70
*スチル写真：still
●P273
*ロールシャッハ・テスト：Rorschach　相場変動のリスクを回避すべく、最新の金融工学に基づき、きわめて高度な計算式を駆使して編み出された、「損失」とはおおよそ無縁の画期的な金融派生商品は、カタカナでは「ポジティヴ」なディリヴァティヴderivative。でも漢字では「ネガティヴ」な先物取引。
●P275
*千駄谷小学校：1876年＝明治9年開校。平成26年度は児童数344人。学級数12クラス。1クラス平均28.6人。校歌の一節「戦争すてた憲法の　こころ忘れず取り持って　平和日本の民となる」。
*モントゥトゥ：mon tou tou
*鳩森八幡：千駄ヶ谷一帯の総鎮守。鳩森八幡神社。
●P276
*リフレイン：refrain
*鳶茶色：C0・M65・Y50・K55

註を読了された奇特な方へのお奨め映画DVD

◎ジョージ・クルーニー監督「グッドナイト&グッドラック」2005年
◎アラン・ムーア原作「Vフォー・ヴェンデッタ」2006年
◎マット・デイモン主演「エリジウム」2013年
◎ミラン・クンデラ原作「存在の絶えられない軽さ」1988年
◎グレテ・ハヴネショルド主演「ロッタちゃん　はじめてのおつかい」1993年
◎ロベルト・サヴィアーノ原作「ゴモラ」2008年
◎黒澤明監督「夢」1990年
◎ジュリア・ロバーツ主演『エリン・ブロコビッチ』2000年
◎本橋成一監督『アレクセイと泉』2002年
◎ヴォルフガング・ベッカー監督『グッバイ、レーニン！』2003年

「33年後のなんとなく、クリスタル」（2014年11月刊）

◎合計特殊出生率の推移

1980年	1.75%
1990年	1.54%
2000年	1.36%
2005年	1.26%
2010年	1.39%
2013年	1.43%

（厚生労働省大臣官房情報統計部「人口動態統計」）

◎合計特殊出生率の推移（予測）

	中位	高位	低位
2020年	1.3397%	1.6111%	1.1017%
2030年	1.3373%	1.5939%	1.1053%
2040年	1.3457%	1.5906%	1.1192%
2050年	1.3509%	1.5955%	1.1245%
2060年	1.3507%	1.5984%	1.1219%

国立社会保障・人口問題研究所「日本の将来推計人口」（平成24年1月推計）
（死亡中位推計を前提に人口動態統計と同定義に基づく合計特殊出生率の中位・高位・低位推計）

◎高齢化率・「後期高齢」化率の推移

	65歳以上	75歳以上
1980年	9.1%	3.1%
1990年	12.1%	4.8%
2000年	17.4%	7.1%
2005年	20.2%	9.1%
2010年	23.0%	11.1%
2013年	25.1%	12.3%

（総務省統計局「国勢調査」2013年のみ同省同局「人口推計」）
高齢化率：65歳以上の老年人口比率（世界保健機関＝WHOが1956年＝昭和31年に規定）
高齢化社会7%〜。高齢社会14%〜。超高齢社会21%〜。

◎高齢化率・「後期高齢」化率の推移（予測）

	65歳以上	75歳以上
2020年	29.1%	15.1%
2030年	31.6%	19.5%
2040年	36.1%	20.7%
2050年	38.8%	24.6%
2060年	39.9%	26.9%

（厚生労働省「平成26年版 厚生労働白書」）

◎「骨太方針 経済財政運営と改革の基本方針2014〜デフレから好循環拡大へ〜」
2014年6月24日 閣議決定
第1章「4.日本の未来像に関わる制度・システムの改革」（「人口急減・超高齢化」の克服）
「従来の少子化対策の枠組みにとらわれず」、「2020年を目途にトレンドを変えるために抜本的な改革・変革を推進すべき時期に来ている」
「人々の意識が大きく変わり、2020年を目途にトレンドを変えていくことで、50年後にも1億人程度の安定的な人口構造を保持することができると見込まれる」

◎日本の将来推計人口（平成24年1月推計）
長期の合計特殊出生率を3パターンで推計（死亡は中位仮定）
（平成22（2010）年総人口12,806万人）
平成72（2060）年 日本の総人口
　1.35（中位推計）の場合8,674万人
　1.60（高位推計）の場合9,460万人
　1.12（低位推計）の場合7,997万人
平成122（2110）年 日本の総人口
　1.35（中位推計）の場合4,286万人
　1.60（高位推計）の場合5,921万人
　1.12（低位推計）の場合3,087万人
（厚生労働省「平成25年版厚生労働白書」）

「なんとなく、クリスタル」（一九八一年一月刊）から再録

◎人口問題審議会「出生力動向に関する特別委員会報告」

①出生率の低下は、今後もしばらく続くが、八十年代は上昇基調に転ずる可能性もある。

②しかし出生率が上昇しても、人口を現状維持するまでには回復せず、将来人口の漸減化傾向は免れない。

合計特殊出生率＝一人の女子が出産年齢（十五－四十九歳）の間に何人の子供を産むかという率。

一九七五年－一・九一人

一九七九年－一・七七人

（合計特殊出生率が、仮に、二・一人で推移した場合、二〇二五年人口の増減がストップする、静止人口の状態になるといわれている）

◎「五十四年度厚生行政年次報告書（五十五年版厚生白書）」

六十五歳以上の老年人口比率

一九七九年　八・九％

一九九〇年　一一％（予想）

二〇〇〇年　一四・三％（予想）

（国連が定義した、「高齢化した社会」とは老年人口比率が七％以上の場合を指す）

厚生年金の保険料

一九七五年　月収の一〇・六％

二〇〇〇年　月収の二〇％（予想）

二〇二〇年　月収の三五％（予想）

単行本版への十人の推薦文

クリスタル・ボールの中で旋回する、私的な、また社会的な記憶の欠片。その中から時間という主題が浮かび上がってくる。これはそういうほとんどプルースト的な小説なのだ。——**浅田彰**

単なる後日談でも、アラフィフの群像劇でもない。戦後日本の激変を流れる、プルーストやジョイスにも似た小説内の時間感覚。クリスタルの紋章をペダントした平民という貴族たちによる異端社会小説、待望の続篇。——**菊地成孔**

彼はぜんぜん懲りていない。激動の同時代を生きてきた同世代の富国裕民に贈る「〝自伝的〟風俗」小説。——**斎藤美奈子**

ずっとずっと待っていた。小説家・田中康夫が戻って来るのを。いま、この時代こそ、緊急に、彼の小説を必要としているのだ。——**高橋源一郎**

飲んで集って恋をして…クリスタル族に終わりなし。450円のTシャツ着て、125円のカップ麺を啜りながら、33歳、ため息。——**壇蜜**

透明性、多面性、輝き、勇気、筆力、独創性。そしてなによりもその予言性。「微力だけど無力ではない」と言いつつ黄昏の光に向かって歩くラストシーン。これはまさ

に現代の黙示録である。——なかにし礼

クリスタルの中の黄昏。その向こう側に新たな夜明けはあるのか。大人になった「なんクリたち」の愁いと成熟が光る。——浜矩子

この33年間に何があっただろう。私は「『脱ダム』宣言」のあの美しい文章を思い出した。田中康夫は何者にも増して、たえず言葉を紡ぐ人であり続けたのだ。——福岡伸一

33年の熟成期間を経て開くブーケが香る物語。——山田詠美

由利が生きる上で捨てざるを得ないことも、背負い込むことも、とても美しい。「もとクリ」よりずっと温かく、素敵な女性に変身！　ボクは終わりまで彼女を見つめて、一気に読み切った。——ロバート　キャンベル

解説にかえて

静かな感動

大澤真幸

一九八〇年、『なんとなく、クリスタル』(「もとクリ」)は、発表されるや、それこそ一大センセーションを引き起こした。この小説は、時代の最も敏感な部分に触れたのだ。『33年後のなんとなく、クリスタル』(「いまクリ」)は、著者ヤスオが、あれからおよそ三分の一世紀後に、「もとクリ」の登場人物たち――主人公の由利を含む女性たち――と再会する話である。彼女たちは、「もとクリ」では大学生だったが、今や、全員が五〇代だ。

読者は、33年間に何が起きたかを知るだけではない。メビウスの帯を辿ってきたかのようなふしぎな感覚を得るはずだ。同じ地点に回帰しているはずなのに、ポジとネガ、図と地が反転している裏側の世界に来てしまった印象を、である。この印象はまずは直接に、本文と注の関係からくる。「もとクリ」は、膨大な数の注で、人々を驚かせた。多数の注を付すというスタイルは、「いまクリ」にも踏襲されている。しかし、本文と注の関係は逆転している。「もとクリ」の本文には劇的な物語があるわけではない。それは、まさに「なんとなく」の話で、どこか現実感が乏しい。読者はやがて、本文は、注を招き寄せるためにこそあったと気づくことになる。注は、ブランドや音楽や地名やらの紹介、しかもフローベールの「紋切型辞典」を連想させるようなウィットの利いた語彙の解説になっていた。「もとクリ」では、注こそがむしろ本文だったのである。「いまクリ」は違う。注は、まさに注である。それは、本文の物語に現実としての厚みを付与するための装置だ。注では、例えば本文で言及されていることの政治的背景の解説や、データが提供される。

本文／注の役割のこうした転換は、小説の内容に即した必然性がある。「もとクリ」が画期的だったのは、登場人物たちが重い理念への思い入れを一切もたず、そうした無関心に対して疚しさや後ろめたさをまったく感じていないことである。彼らは快を、心地よさを屈託なく追求し、感性的な趣味にはこだわりを示すが、それを、現実の社会に影響を与える大それた理念へとつなげようとはしない。このことが、当時、とてつもなく大きな解放感を与えてくれた。

しかし、「いまクリ」では違う。ヤスオも、由利も、現実の社会にコミットし、それに何らかの変化を与えようとしていることがわかる。どのようにして？　何らかの理念を取り戻すことができたのか？　理念は、「もとクリ」の時点ですでに死んでおり、それを墓場から連れ戻すことはない。現実へのコミットメントの通路となっているのは、いくつもの「小さな善」への意志である。大きな理念を放棄して、美的・感性的な快楽への自由に逃走していた者たちが、理念が去ったあとに残っていた大きな空所に、いくつもの小さな善を見出し、現実へと回帰してきている。この33年の軌跡は、登場人物たちが真摯に時代と関わり、時代と共振していたことを証明しており、読後、静かな感動を覚えずにはいられなかった。

（『文藝』二〇一四年春号）

解説にかえて

現代の黙示録

なかにし礼

小林秀雄はその著『ドストエフスキイの生活』（一九三九年）の中のゴオゴリを論じているくだりでこんなことを言う。「いかに生くべきかという文学以前の問題が、彼の文学を乗越えて了つた」と。小林秀雄にとっては、いや日本の伝統的作家たちにとってはと言い換えたほうが分かりやすい。「いかに生きるべきか」は文学以前の問題なのである。では文学とはいったいなんなのかというと、それは「いかに生きるべきか」という生っちろい命題をはるかに越えた高い所にある、ある名状しがたい文芸的美であるということである。そういう考え方は昭和の軍人たちの得意文句「国体」に非常によく似ている。論理的証明機能のない、きわめて情緒的確信でしかないところまでそっくりである。

明治以降の日本には「文学」というなにやらいわく言いがたい「文芸的な美」を身にまとった幽霊が存在しつづけている。むろん文学の世界では暗黙の了解事項である。それは肯定的に言うなら日本文学の独自性と特殊性を保つ伝統であり、否定的に言うなら閉鎖性と独善性を醸成する元凶でもあるのだ。

話を簡単にするためにヘミングウェイを例にとろう。ヘミングウェイは『日はまた昇る』（一九二六年）の中で主人公のジェイクにこう言わせている。「おれの知りたいのは、どう生きるかということだ。どう生きるかがわかったら、人生の意義というやつもわかるかもしれない」と。ジェイクの職業は新進の作家である。その作家が、小林秀雄言うところの文学以前の問題にかくも思い悩むのである。

そんな文学世界へ一九八〇年、田中康夫は文学以前の問題にすら無関心なごとき作品『なんとなく、クリスタル』をひっさげて登場した。その作中人物は言う。「クリスタルか……。ねえ、今思ったんだけどさ、僕らって、青春とはなにか！　恋愛とはなにか！　なんて、哲学少年みたいに考えたことってないじゃない？　本もあんまし読んでないし、バカみたいになって一つのことに熱中することもないと思わない？　でも、頭の中は空（から）っぽでもないし、曇ってもいないよね。醒め切っているわけでもないし、湿った感じじゃもちろんないし。それに、人の意見をそのまま鵜呑みにするほど、単純でもないしさ。」

ここには証明不能な「文学」もないし、「いかに生くべきかという文学以前の問題」もない。ただ生きてそこにある青春という名の人生だけがある。一見、夏の青空のような文学が出現したのである。

田中康夫はこれを一橋大学在学中に、サークルのトラブルで一年間の停学処分を受けたその暇を利用して書き上げた。そしてそれを河出書房新社が主催する「文藝賞」

に郵送で応募した。それが五月。で忘れた頃の十月、河出書房新社『文藝』の編集者から電話があり、「あなたが、お書きになった『なんとなく、クリスタル』が、本日開かれた選考会で、昭和五十五年度の文藝賞の入選作と決まりました」と言われた。のちに、選考委員の江藤淳氏が絶賛していたと聞かされて本人は喜びと驚きの入り交じった複雑な思いに襲われる。翌月の『文藝』に「なんとなく、クリスタル」は掲載されたのだが、その時の文壇の騒ぎは面白いほどだった。こんなものは文学じゃないとか、日本文学の伝統を汚すものだとか侃々諤々(かんかんがくがく)。芥川賞の候補にはなったが、賞はもらえなかった。しかし芥川賞発表の翌日、単行本として発売されるやいなや、なんと百万部を超える大ベストセラーとなるのである。「なんとなく、クリスタル」という言葉は流行語にまでなり、田中康夫は一躍文学界の若きスターとなった。田中康夫は文学の世界にクーデターを起こし見事に成功した。いや実は文学的革命と呼んでもいいのだが、あまりにオリジナリティが強すぎて誰も追随することができなかったがゆえにそうはならなかった。

この小説のヒロイン由利は女子大生でかたわらモデルもしている。美貌とスタイルに恵まれ、仕事もそこそこ忙しく、カッコいい理解ある男と暮らしてもいて、一九八〇年代の繁栄を満喫している。たまには浮気もする。自分のセンスにとって快いものだけを味わい身辺において生活するという由利の日常が由利自身の語りで進行していくのだが、そこにはなんともいえないモノトーンなアンニュイがあり、このアンニュイの中身はなんだろうと私は読みながら不思議であった。

で、この小説の最大のキモは四百四十二にものぼるその注にある。本を開いた右ページが本文であり、左ページが注なのである。しかもその注は微に入り細をうがち的確であり、皮肉がきいている。たとえば「NHK放送センター〝大日本帝国〟のタクシー(大和、日本交通、帝都、国際)の四社以外のタクシーは、客待ちをお断わりしています。開かれた国営放送局、みなさまのNHKからのお知らせでした」といった具合だ。つまり作者自身が自ら登場して人間を観察し、世相を批評し、文化を論じてみせるのである。それだけでも画期的だと言わなければならない。そしてもっと驚くべきことは、小説のラストである。そこには「人口問題審議会『出生力動向に関する特別委員会報告』」と「五十四年度厚生行政年次報告書(五十五年版厚生白書)」が無機質に置かれている。これを見た瞬間、私はこの小説が漂わせるモノトーンなアンニュイの正体が分かったような気がした。現在日本の出生率の低下と人口減少率は、この時の楽観的予想をはるかに下回り、暗澹たる状況にある。『なんとなく、クリスタル』の著者は現在の貧困日本をすでに読み解いていた。なんとなくどころか、猛烈に冴えわたっていてクリスタルそのもののように明晰だったのである。一見、夏の青空のように思えた空には実は暗雲が垂れこめていたのだ。

あれから三十三年たって、田中康夫が書いた『33年後のなんとなく、クリスタル』(『文藝』連載、二〇一三年冬号から二〇一四年冬号、河出書房新社)は作者が過去の作中人物と再会するという手の込んだ仕掛けの小説である。主人公は現在の作者自身であり、一日四回、愛犬ロッタの散歩を欠かさない作家である。その彼が道行く女性に声をかけられる。「まあ、ヤスオさん。お久しぶり」「いやだあ、また、忘れちゃったの？　私よ、江美子。由利の友達だってば」

快調な滑り出しである。だが、この三十三年間の日本と田中康夫を見てきた私たちにはとても怖い小説である。著者はその間、長野県知事をやり、参議院議員になり、衆議院議員になり、「新党日本」を作ったり、落選したりと目まぐるしいが、まことに正直に己をさらしてみせている。その透明性こそクリスタルの証明と思い、私は感動する。日本はもはやアンニュイどころでない絶望の淵に来ている。作者は「微力だけど無力じゃない」と言いつつ黄昏の光に向かって歩いていく。そのうしろ姿は文学以前の問題としての文学こそが文学なのだという決意にみちている。いや、この本は現代の黙示録かもしれない。

（『サンデー毎日』二〇一四・一一・一六）

本書は二〇一四年一一月、単行本として小社より刊行されました。
初出●『文藝』二〇一三年冬号から二〇一四年冬号に連載
「文庫本化に際しての、ひとつの新たな長い註。」書き下ろし

33年後のなんとなく、クリスタル

二〇一八年 七 月一〇日 初版印刷
二〇一八年 七 月二〇日 初版発行

著　者　田中康夫
発行者　小野寺優
発行所　株式会社河出書房新社
〒一五一－〇〇五一
東京都渋谷区千駄ヶ谷二－三二－二
電話〇三－三四〇四－八六一一（編集）
〇三－三四〇四－一二〇一（営業）
http://www.kawade.co.jp/

ロゴ・表紙デザイン　粟津潔
本文フォーマット　佐々木暁
本文組版　KAWADE DTP WORKS
印刷・製本　凸版印刷株式会社

Printed in Japan ISBN978-4-309-41617-5

新装版 なんとなく、クリスタル

田中康夫 41259-7

一九八〇年東京。大学に通うかたわらモデルを続ける由利。なに不自由ない豊かな生活、でも未来は少しだけ不透明。彼女の目から日本社会の豊かさとその終焉を予見した、永遠の名作。

悲の器

高橋和巳 41480-5

39歳で早逝した天才作家のデビュー作。妻が神経を病む中、家政婦と関係を持った法学部教授・正木。妻の死後知人の娘と婚約し、家政婦から婚約不履行で告訴された彼の孤立と破滅に迫る。亀山郁夫氏絶賛！

邪宗門 上・下

高橋和巳 41309-9 41310-5

戦時下の弾圧で壊滅し、戦後復活し急進化した"教団"。その興亡を壮大なスケールで描く、39歳で早逝した天才作家による伝説の巨篇。今もあまたの読書人が絶賛する永遠の"必読書"！　解説：佐藤優。

憂鬱なる党派 上・下

高橋和巳 41466-9 41467-6

内田樹氏、小池真理子氏推薦。三十九歳で早逝した天才作家のあの名作がついに甦る……大学を出て七年、西村は、かつて革命の理念のもと激動の日々をともにした旧友たちを訪ねる。全読書人に贈る必読書！

わが解体

高橋和巳 41526-0

早逝した天才作家が、全共闘運動と自己の在り方を"わが内なる告発"として追求した最後の長編エッセイ、母の祈りにみちた死にいたる闘病の記など、"思想的遺書"とも言うべき一冊。赤坂真理氏推薦。

日本の悪霊

高橋和巳 41538-3

特攻隊の生き残りの刑事・落合は、強盗容疑者・村瀬を調べ始める。八年前の火炎瓶闘争にもかかわった村瀬の過去を探る刑事の胸に、いつしか奇妙な共感が……"罪と罰"の根源を問う、天才作家の代表長篇！

我が心は石にあらず

高橋和巳　41556-7

会社のエリートで組合のリーダーだが、一方で妻子ある身で不毛な愛を続ける信藤。運動が緊迫するなか、女が妊娠し……五十年前の高度経済成長と政治の時代のなか、志の可能性を問う高橋文学の金字塔！

少年アリス

長野まゆみ　40338-0

兄に借りた色鉛筆を教室に忘れてきた蜜蜂は、友人のアリスと共に、夜の学校に忍び込む。誰もいないはずの理科室で不思議な授業を覗き見た彼は教師に獲えられてしまう……。第二十五回文藝賞受賞のメルヘン。

野ばら

長野まゆみ　40346-5

少年の夢が匂う、白い野ばら咲く庭。そこには銀色と黒蜜糖という二匹の美しい猫がすんでいた。その猫たちと同じ名前を持つ二人の少年をめぐって繰り広げられる、真夏の夜のフェアリー・テール。

三日月少年漂流記

長野まゆみ　40357-1

博物館に展示されていた三日月少年が消えた。精巧な自動人形は盗まれたのか、自ら逃亡したのか？　三日月少年を探しに始発電車に乗り込んだ水蓮と銅貨の不思議な冒険を描く、幻の文庫オリジナル作品。

青春デンデケデケデケ

芦原すなお　40352-6

一九六五年の夏休み、ラジオから流れるベンチャーズのギターがぼくを変えた。“やーっぱりロックでなけらいかん”——誰もが通過する青春の輝かしい季節を描いた痛快小説。文藝賞・直木賞受賞。映画化原作。

ボディ・レンタル

佐藤亜有子　40576-6

女子大生マヤはリクエストに応じて身体をレンタルし、契約を結べば顧客まかせのモノになりきる。あらゆる妄想を呑み込む空っぽの容器になることを夢見る彼女の禁断のファイル。第三十三回文藝賞優秀作。

東京大学殺人事件

佐藤亜有子 41218-4

次々と殺害される東大出身のエリートたち。謎の名簿に名を連ねた彼らと、死んだ医学部教授の妻、娘の“秘められた関係”とは？　急逝した『ボディ・レンタル』の文藝賞作家が愛の狂気に迫る官能長篇！

二匹

鹿島田真希 40774-6

明と純一は落ちこぼれ男子高校生。何もできないがゆえに人気者の純一に明はやがて、聖痕を見出すようになるが……。〈聖なる愚か者〉を描き衝撃を与えた、三島賞作家によるデビュー作＆第三十五回文藝賞受賞作。

一人の哀しみは世界の終わりに匹敵する

鹿島田真希 41177-4

「天・地・チョコレート」「この世の果てでのキャンプ」「エデンの娼婦」——楽園を追われた子供たちが辿る魂の放浪とは？　津島佑子氏絶賛の奇蹟をめぐる５つの聖なる愚者の物語。

冥土めぐり

鹿島田真希 41338-9

裕福だった過去に執着する傲慢な母と弟。彼らから逃れ結婚した奈津子だが、夫が不治の病になってしまう。だがそれは、奇跡のような幸運だった。車椅子の夫とたどる失われた過去への旅を描く芥川賞受賞作。

インストール

綿矢りさ 40758-6

女子高生と小学生が風俗チャットでひともうけ。押入れのコンピューターから覗いたオトナの世界とは?!　史上最年少芥川賞受賞作家のデビュー作、第三十八回文藝賞受賞作。書き下ろし短篇「You can keep it.」併録。

蹴りたい背中

綿矢りさ 40841-5

ハツとにな川はクラスの余り者同士。ある日ハツは、オリチャンというモデルのファンである彼の部屋に招待されるが……文学史上の事件となった百二十七万部のベストセラー、史上最年少十九歳での芥川賞受賞作。

夢を与える

綿矢りさ　41178-1

その時、私の人生が崩れていく爆音が聞こえた――チャイルドモデルだった美しい少女・夕子。彼女は、母の念願通り大手事務所に入り、ついにブレイクするのだが。夕子の栄光と失墜の果てを描く初の長編。

憤死

綿矢りさ　41354-9

自殺未遂したと噂される女友達の見舞いに行き、思わぬ恋の顚末を聞く表題作や「トイレの懺悔室」など、四つの世にも奇妙な物語。「ほとんど私の理想そのものの「怖い話」なのである。――森見登美彦氏」

リレキショ

中村航　40759-3

“姉さん”に拾われて“半沢良”になった僕。ある日届いた一通の招待状をきっかけに、いつもと少しだけ違う世界がひっそりと動き出す。第三十九回文藝賞受賞作。

夏休み

中村航　40801-9

吉田くんの家出がきっかけで訪れた二組のカップルの危機。僕らのひと夏の旅が辿り着いた場所は――キュートで爽やか、じんわり心にしみる物語。『100回泣くこと』の著者による超人気作。

黒冷水

羽田圭介　40765-4

兄の部屋を偏執的にアサる弟と、執拗に監視・報復する兄。出口を失い暴走する憎悪の「黒冷水」。兄弟間の果てしない確執に終わりはあるのか？当時史上最年少十七歳・第四十回文藝賞受賞作！

走ル

羽田圭介　41047-0

授業をさぼってなんとなく自転車で北へ走りはじめ、福島、山形、秋田、青森へ……友人や学校、つきあい始めた彼女にも伝えそびれたまま旅は続く。二十一世紀日本版『オン・ザ・ロード』と激賞された話題作！

ニキの屈辱

山崎ナオコーラ　41296-2

憧れの人気写真家ニキのアシスタントになったオレ。だが一歳下の傲慢な彼女に、公私ともに振り回されて……格差恋愛に揺れる二人を描く、『人のセックスを笑うな』以来の恋愛小説。西加奈子さん推薦！

野ブタ。をプロデュース

白岩玄　40927-6

舞台は教室。プロデューサーは俺。イジメられっ子は、人気者になれるのか?!　テレビドラマでも話題になった、あの学校青春小説を文庫化。六十八万部の大ベストセラーの第四十一回文藝賞受賞作。

空に唄う

白岩玄　41157-6

通夜の最中、新米の坊主の前に現れた、死んだはずの女子大生。自分の目にしか見えない彼女を放っておけない彼は、寺での同居を提案する。だがやがて、彼女に心惹かれて……若き僧侶の成長を描く感動作。

平成マシンガンズ

三並夏　41250-4

逃げた母親、横暴な父親と愛人、そして戦場のような中学校……逃げ場のないあたしの夢には、死神が降臨する。そいつに「撃ってみろ」とマシンガンを渡されて!?　史上最年少十五歳の文藝賞受賞作。

窓の灯

青山七恵　40866-8

喫茶店で働く私の日課は、向かいの部屋の窓の中を覗くこと。そんな私はやがて夜の街を徘徊するようになり……。『ひとり日和』で芥川賞を受賞した著者のデビュー作／第四十二回文藝賞受賞作。書き下ろし短篇収録！

ひとり日和

青山七恵　41006-7

二十歳の知寿が居候することになったのは、七十一歳の吟子さんの家。奇妙な同居生活の中、知寿はキオスクで働き、恋をし、吟子さんの恋にあてられ、成長していく。選考委員絶賛の第百三十六回芥川賞受賞作！

やさしいため息

青山七恵　41078-4

四年ぶりに再会した弟が綴るのは、嘘と事実が入り交じった私の観察日記。ベストセラー『ひとり日和』で芥川賞を受賞した著者が描く、ＯＬのやさしい孤独。磯﨑憲一郎氏との特別対談収録。

風

青山七恵　41524-6

姉妹が奏でる究極の愛憎、十五年来の友人が育んだ友情の果て、決して踊らない優子、そして旅行を終えて帰ってくると、わたしの家は消えていた……疾走する「生」が紡ぎ出す、とても特別な「関係」の物語。

肝心の子供／眼と太陽

磯﨑憲一郎　41066-1

人間ブッダから始まる三世代を描いた衝撃のデビュー作「肝心の子供」と、芥川賞候補作「眼と太陽」に加え、保坂和志氏との対談を収録。芥川賞作家・磯﨑憲一郎の誕生の瞬間がこの一冊に！

世紀の発見

磯﨑憲一郎　41151-4

幼少の頃に見た対岸を走る「黒くて巨大な機関車」、「マグロのような大きさの鯉」、そしてある日を境に消えてしまった友人Ａ——芥川賞＆ドゥマゴ文学賞作家が小説に内在する無限の可能性を示した傑作！

犬はいつも足元にいて

大森兄弟　41243-6

離婚した父親が残していった黒い犬。僕につきまとう同級生のサダ……やっかいな中学生活を送る僕は時折、犬と秘密の場所に行った。そこには悪臭を放つ得体の知れない肉が埋まっていて⁉　文藝賞受賞作。

おしかくさま

谷川直子　41333-4

おしかくさまという“お金の神様”を信じる女たちに出会った、四十九歳のミナミ。バツイチ・子供なしの先行き不安な彼女は、その正体を追うが⁉　現代日本のお金信仰を問う、話題の文藝賞受賞作。